日語考試
備戰速成系列

日本語能力試驗精讀本

3天學完N1・88個合格關鍵技巧

香港恒生大學亞洲語言文化中心、
陳洲　編著

萬里機構

目錄

第一部分：漢字語音知識

第二部分：語彙拔萃

第三部分：文法比較

第四部分：閱讀理解

第五部分：聽解

N1 模擬試驗

答案、中譯與解說

第一部分 漢字語音知識

出題範圍	出題頻率
I 語言知識（文字・語彙・文法）・讀解	
問題 1 漢字音讀訓讀	✓
問題 2 合適詞彙選擇	✓
問題 3 同義異語演繹	
問題 4 單詞正確運用	✓
問題 5 文法形式應用	
問題 6 正確句子排列	
問題 7 文章前後呼應	✓
問題 8 書信電郵短文	
問題 9 中篇文章理解	
問題 10 長篇文章理解①	
問題 11 複數文章比較	
問題 12 長篇文章理解②	
問題 13 圖片情報搜索	
II 聽解	
問題 1 圖畫文字綜合①	
問題 2 圖畫文字綜合②	
問題 3 整體內容理解	
問題 4 即時情景對答	
問題 5 長文分析聆聽	

1 漢字語音知識①～湯桶（ゆトウ）讀法

湯桶（ゆトウ）*** 讀法，泛指日語中的漢字讀音如「湯桶（ゆトウ）」二字般，「前半部是訓讀，後半部是音讀」的現象。組合原因非常具恣意性，有些本來甚至是誤讀，但在使用過程中逐漸成為固定讀法。具體例子如「朝晩（あさバン）」、「雨具（あまグ）」等等皆為湯桶讀法，某些可能被學習者認為是訓讀的詞如「豚肉（ぶたニク）」、「鳥肉（とりニク）」（但「牛肉（ギュウニク）」則為純音讀）也是。此類詞語並非完全的「漢語（かんご）」（指日語中源自於漢語讀音 / 音讀的單詞），是「和語（わご）」（即是源自日本的讀音 / 訓讀的單詞）與「漢語（かんご）」的混種，故而將訓讀與音讀混合，並非無因。以下是筆者認為日本語能力試驗中有機會出現的湯桶讀法單詞（不分等級）。

*** 為了讓讀者容易明白音讀、訓讀所在，此篇和下篇均以平假名表示訓讀，片假名表示音讀。另外 1 的「湯桶（ゆトウ）讀法」和 2 的「重箱（ジュウばこ）讀法」練習合併在 2 之後，加強訓練效果。

あ行	か行	さ行	た行	な行	は行	ま行	や行	ら行	わ行
相性（あいショウ）	係員（かかりイン）	指図（さしズ）	縦線（たてセン）	長年（ながネン）	化学（ばけガク）	豆知識（まめチシキ）	屋台（やタイ）	根據筆者所見，日語應沒有ら行開始且常用的湯桶讀法。	若気（わかゲ）
合図（あいズ）	頭文字（かしらモジ）	寒気（さむケ）	強気（つよキ）	何気（なにゲ）	場所（ばショ）	道順（みちジュン）	家賃（やチン）		若造（わかゾウ）／若僧（わかゾウ）
相席（あいセキ）	彼女（かのジョ）	然様（さヨウ）	手順（てジュン）	何分（なにブン）	蜂蜜（はちミツ）	身分（みブン）	結納（ゆいノウ）		吾輩（わがハイ）
赤字（あかジ）	株価（かぶカ）	敷金（しきキン）	手数（てスウ）	成金（なりキン）	場面（ばメン）	見本（みホン）	夕刊（ゆうカン）		脇役（わきヤク）
挙句（あげク）	株式（かぶシキ）	敷地（しきチ）	手帳（てチョウ）	荷物（にモツ）	早番（はやバン）	目線（めセン）	夕飯（ゆうハン）		枠外（わくガイ）
朝晩（あさバン）	上半期（かみハンキ）	下半期（しもハンキ）	手配（てハイ）	布製（ぬのセイ）	人気（ひとケ）	目茶（めチャ）	湯気（ゆゲ）		枠内（わくナイ）
頭金（あたまキン）	髪質（かみシツ）	助平（すけベ）	出番（でバン）	寝相（ねゾウ）	人質（ひとジチ）	元金（もとキン）	湯桶（ゆトウ）		私立（わたくしリツ）
雨具（あまグ）	彼氏（かれシ）		手本（てホン）	値段（ねダン）	一晩（ひとバン）	元栓（もとセン）	横線（よこセン）		悪気（わるギ）
甘党（あまトウ）	生地（きジ）		友達（ともダチ）	寝坊（ねボウ）	暇人（ひまジン）		横丁（よこチョウ）		
今一（いまイチ）	切符（きっプ）		鶏肉（とりニク）	眠気（ねむケ）	吹聴（ふいチョウ）		弱気（よわキ）		
嫌気（いやケ）	車椅子（くるまイス）		泥棒（どろボウ）	野宿（のジュク）	豚肉（ぶたニク）				
厭味（いやミ）				野良（のラ）	太字（ふとジ）				
色気（いろケ）					船便（ふなビン）				
梅酒（うめシュ）					細字（ほそジ）				
浮気（うわキ）									
得体（えタイ）									
大勢（おおゼイ）									
怖気（おじケ）									
遅番（おそバン）									
御宅（おタク）									
落度（おちド）									

2 漢字語音知識②～重箱（ジュウばこ）讀法

與湯桶讀法相反的重箱（ジュウばこ）讀法，凡指日語中的漢字讀音如「重箱（ジュウばこ）」二字般，「前半是音讀，後半是訓讀」的現象。組合原因同樣非常具恣意性，亦有很多本來也是誤讀，但在使用過程中逐漸成為固定讀法。具體例子如「馬鹿（バか）」、「派手（ハで）」、「番組（バンぐみ）」等，而以下是筆者認為日本語能力試驗中有機會出現的重箱讀法單詞（不分等級）。

あ行	か行		さ行		た行	な行	は行	ま行	や行	ら行	わ行
一時（イッとき）	格上（カクうえ）	軍手（グンて）	座敷（ザしき）	素顔（スがお）	台所（ダイどころ）	根據筆者所見，日語較少な行開始且常用的重箱讀法。	馬鹿（バか）	毎月（マイつき）	役柄（ヤクがら）	両足（リョウあし）	根據筆者所見，日語較少わ行開始且常用的重箱讀法。
胃袋（イぶくろ）	格下（カクした）	訓読み（クンよ）	残高（ザンだか）	素手（スで）	駄目（ダめ）		派手（ハで）	満更（マンざら）	役場（ヤクば）	両腕（リョウうで）	
駅近（エキちか）	角煮（カクに）	激辛（ゲキから）	桟橋（サンばし）	素直（スなお）	団子（ダンご）		番組（バンぐみ）	味方（ミかた）	役目（ヤクめ）	両替（リョウがえ）	
駅前（エキまえ）	額縁（ガクぶち）	激安（ゲキやす）	試合（シあい）	素肌（スはだ）	段取り（ダンど）		判子（ハンこ）	蜜蜂（ミツばち）	役割（ヤクわり）	両側（リョウがわ）	
縁側（エンがわ）	格安（カクやす）	県境（ケンざかい）	【御】仕置き（シお）	図星（ズぼし）	竹輪（チクわ）		半袖（ハンそで）	無傷（ムきず）	洋梨（ヨウなし）	両手（リョウて）	
縁組（エンぐみ）	学割（ガクわり）	剣玉（ケンだま）	仕方（シかた）	切羽（セッぱ）	茶色（チャいろ）		半月（ハンつき）	無口（ムくち）	曜日（ヨウび）	両目（リョウめ）	
円高（エンだか）	仮名（カな）	現場（ゲンば）	仕草（シぐさ）	善玉（ゼンだま）	【お】茶目（チャめ）		番付（バンづけ）	無闇（ムやみ）	翌朝（ヨクあさ）	路肩（ロかた）	
円安（エンやす）	缶詰（カンづめ）	工場（コウば）／工場（コウジョウ）	仕事（シごと）	【お】雑煮（ゾウに）	茶屋（チャや）		半年（ハンとし）	銘柄（メイがら）	翌年（ヨクとし）	炉端（ロばた）	
王様（オウさま）	気合（キあい）	極太（ゴクぶと）	地酒（ジざけ）	相場（ソウば）	中型（チュウがた）		半端（ハンぱ）		欲張る（ヨクば）		
音読み（オンよ）	気軽（キがる）	極細（ゴクぼそ）	地主（ジぬし）	続柄（ゾクがら）	天丼（テンどん）		晩飯（バンめし）		余程（ヨほど）		
	気付く（キづ）	献立（コンだて）	地肌（ジはだ）	粗品（ソしな）	度肝（ドぎも）		美肌（ビはだ）				
	気長（キなが）		地道（じみち）		土手（ドて）		歩合（ブあい）				
	気早（キばや）		自腹（ジばら）		豚汁（トンじる）		分厚い（ブあつ）				
	気前（キまえ）		仕舞（シまい）				福引（フクびき）				
	気短（キみじか）		地道（ジみち）				福袋（フクぶくろ）				
	客足		地元（ジもと）				不仲（フなか）				
	逆手（ギャクて）		蛇口（ジャぐち）				別物（ベツもの）				
	脚立（キャたつ）		重箱（ジュウばこ）				歩幅（ホはば）				
	牛丼（ギュウどん）		職場（ショクば）				本腰（ホンごし）				
	気弱（キよわ）		仕分け（シわ）				本棚（ホンだな）				
	金色（キンいろ）		仕業（シわざ）				本音（ホンね）				
	銀色（ギンいろ）		新型（シンがた）				本物（ホンもの）				
	具合（グあい）		親身（シンみ）				本屋（ホンや）				

題 1　組織の関係者のこととて、不本意でありながら備品をじばらで買わされて実に痛かった！

1　痔薔薇　　　2　寺祓

3　士巴拿　　　4　自腹

題 2　不動産業者は物件を紹介するとき、ややもすれば商品の価値をふいちょうするきらいがある。

1　無異調　　　2　腐胃腸

3　吹聴　　　4　不意調

題 3　人間は自分の悩みを親身になって聞いてくれるような優しい異性に惹きつけられやすいです。

1　しんしん　　　2　おや

3　しんみ　　　4　おやみ

題 4　彼女は自分の料理は素人レベルだと言っていたが、包丁さばきを見ると満更でもなかった。

1　まんさら　　　2　まんざら

3　みちさら　　　4　みちざら

題 5　下半期の売上は上半期のと比べてみたら、黒字どころか 25 億円もの赤字を出してしまっている。

1　しもはんき / かみはんき　　　2　したはんき / うえはんき

3　かはんき / じょうはんき　　　4　きりはんき / ぴんはんき

題 6　落度もないのに辞任するように命じられたのは、実に心外です。

1　らくど　　　2　おちど

3　らくたび　　4　おちたび

題 7　うちの子は「切羽詰まったときにこそ、最高の能力が発揮できる」と言ってぐうたらな生活を送っている。

1　せつう　　　2　せっぱ

3　きりう　　　4　きっぱ

題 8　以下哪一個與其他三者在音聲體系上是屬於不同性質的？

1　しわざ　　　2　しぐさ

3　しごと　　　4　しらが

3 漢字語音知識③～呉音（ごおん）、漢音（かんおん）、唐宋音（とうそうおん）I

作為最後 3 篇有關漢字語音知識的篇章，筆者想簡單介紹日語 3 種漢字音讀體系，也就是吳音、漢音和唐宋音之不同。因為日本在不同時期，由中國傳入不同區域的漢語，3 種音讀正正就是吸收當時漢語並發展出來的產物。本篇先簡單介紹各自的歷史和定義，並在下一篇通過一系列的比較，嘗試找出公式，讓學習者理解哪一種是主流讀法，在考試時也相對容易找出答案。

吳音：日語吸收 5-6 世紀從中國長江流域傳來的漢語，並以此建立的漢字發音體系。那時正值中國的南北朝之際，由於日本只與南朝有外交關係，傳來的漢語也主要為江南地方（吳）的發音，故名「吳音」。由於時代背景關係，日語很多有關佛教的單詞都會用吳音讀出。

漢音：隋唐時代，中國逐漸南北統一，日本的大和朝廷也多次派遣使節到中國留學（如 607 年遣隋使、630 年遣唐使），從當時的隋唐政權輸入漢語，再以此為基礎制定為漢音。由於當時吸收的漢語數量很多，還有以後相關的國家政策帶動，漢音最終成為現代日語漢字音讀的主要群組，其數量遠遠多於吳音和唐宋音。

唐宋音：其實是兩種東西，先是宋音，這的確是中國「宋代」時傳入的漢語發音體系，主要跟佛教有關，故名；對比之下，唐音卻不是中國的唐代（唐代輸入的是上述的「漢音」），而是「明清時代」經過長崎傳入日本，並主要以中國江南的發音為主。兩者一般合併稱為唐宋音，數量很少。

撇除一些相對較深奧和罕見的案例，筆者嘗試通過一系列漢語和廣東話發音體系與日語以上 3 種音讀的比較，把典型和 JLPT 較常見的理論整理如下。此外，第 3-5 章的各種練習會合併在第 5 章之後，加強訓練效果：

1. 現代漢語拼音為 er 和 ren 的漢字，且其日語音讀同時有吳音「な行」和漢音「ざ行」的字例：

漢字（漢語拼音 / 耶魯廣東話拼音）	吳音	漢音	吳音例	漢音例	主要音讀	備註
二 (er/yi)	に	じ	二者（にしゃ） 無二（むに）	二男（じなん） 二女（じじょ）	吳	當「二」的意思相等於「次」時，如「二男（じなん）＝次男（じなん）」，讀「じ」。
児 (er/yi)	に	じ	小児（しょうに）	児童（じどう） 風雲児（ふううんじ）	漢	
耳 (er/yi)	に	じ	?	耳鼻科（じびか） 馬耳東風（ばじとうふう）	漢	
忍 (ren/yan)	にん	じん	忍者（にんじゃ） 堪忍（かんにん）	?	吳	
任 (ren/yam)	にん	じん	任務（にんむ） 解任（かいにん）	?	吳	
認 (ren/ying)	にん	じん	認識（にんしき） 確認（かくにん）	?	吳	
仁 (ren/yan)	にん	じん	杏仁（あんにん）	仁愛（じんあい） 仁義（じんぎ）	漢	

* ？表示根據筆者所見，該讀法構成的常用語例幾乎沒有，卻無法斷定完全沒有（下文同）。

漢字（漢語拼音／耶魯廣東話拼音）	吳音	漢音	吳音例	漢音例	主要音讀	備註
人 (ren/yan)	にん	じん	人間（にんげん） 三人	人類（じんるい） 日本人（にほんじん）	兩者	基本上： i「人」前是「國籍」的話讀「じん」，如「日本人（にほんじん）」、「アフリカ人（じん）」等。 ii「人」前是「表示動作單詞」的話多讀「に ん」，如「仕掛け人（しかけにん）」、「世話人（せわにん）」、「管理人（かんりにん）」等。 iii 和「人數」有關的也是「にん」，「30 人（にん）」、「人数（にんずう）」など。

結論

i 現代漢語拼音為 er 的漢字且日語音讀同時有吳音「な」行和漢音「ざ」行的話，其主要音讀為漢音「ざ行」。

ii 同樣條件下的 ren，除去一些例外，其主要音讀為吳音「な行」。

2. 現代漢語聲母為 n 的漢字，且其日語音讀同時有吳音「な行」和漢音「だ行」的字例：

漢字（漢語拼音／耶魯廣東話拼音）	吳音	漢音	吳音例	漢音例	主要音讀	備註
男 (nan/naam)	なん	だん	二男（じなん）	男性（だんせい） 男子（だんし）	漢	「男 O」時「男」多讀「だん」;「O 男」時「男」多讀「なん」。

漢字（漢語拼音／耶魯廣東話拼音）	吳音	漢音	吳音例	漢音例	主要音讀	備註
女 (nü/neui)	にょ	じょ	女人（にょにん） 男女（なんにょ）	女性（じょせい） 男女（だんじょ）	漢	女的古代日語音讀標記為「ぢょ」，故歸於「だ行」。 「男女」既可讀「だんじょ」（主要讀法），亦可讀「なんにょ」，但「老若男女（ろうにゃくなんにょ）」必須讀「なんにょ」。
耐 (nai/noi)	ない	たい	?	耐熱（たいねつ） 忍耐（にんたい）	漢	
暖 (nuan/nyun)	なん	だん	?	暖房（だんぼう） 温暖化（おんだんか）	漢	
内 (nei/noi)	ない	だい	内容（ないよう） 枠内（わくない）	境内（けいだい）	吳	
念 (nian/nim)	ねん	でん	念仏（ねんぶつ） 概念（がいねん）	?	吳	
年 (nian/nin)	ねん	でん	年末年始（ねんまつねんし） 新年（しんねん）	?	吳	
農 (nong/nung)	のう	どう	農業（のうぎょう） 酪農（らくのう）	?	吳	
濃 (nong/nung)	のう	どう	濃淡（のうたん） 濃艶（のうえん）	?	吳	
脳 (nao/nou)	のう	どう	脳裏（のうり） 頭脳（ずのう）	?	吳	

漢字（漢語拼音 / 耶魯廣東話拼音）	吳音	漢音	吳音例	漢音例	主要音讀	備註
如 (ru/yu)	にょ	じょ	如実(にょじつ) 真如(しんにょ)	欠如(けつじょ) 如才(じょさい)	漢	***「如」是這裏唯一不是聲母為 n 但具有類似特點的漢字；另外，雖然漢音「じょ」是主要音讀，吳音「如実(にょじつ)」也是現代日語經常用到的單詞。

結論

i 現代漢語聲母為 n 的漢字且日語音讀同時有吳音「な行」和漢音「だ行」的話，其主要音讀為吳音「な行」，故可説是基本上對應漢語 n 聲母。

ii 然而「男」、「女」、「耐」、「暖」等字的主要音讀為漢音「だ行」。

3. 現代漢語拼音為 hui 和 huai 的漢字，且其日語音讀同時有吳音「え」和漢音「かい」的字例：

漢字（漢語拼音 / 耶魯廣東話拼音）	吳音	漢音	吳音例	漢音例	主要音讀	備註
回 (hui/wui)	え	かい	回向(えこう)	回数(かいすう) 二回(にかい)	漢	這裏吳音為「え」的漢字，古代日語標記為「ゑ」(we)，這顯然比沒有聲母的「え」更接近漢語原來的發音。 這裏漢音為「かい」的漢字，古代日語標記為「くゎい」(kwai)，這顯然比「かい」更接近漢語原來的發音。如現代漢語讀「回」或「懷」時，必定讀到 2 個以上韻母（即 hu+i 或 hu+a+i）。古人正是透過「くゎい」來反映這種複合母音特質。
会 (hui/wui)	え	かい	会釈(えしゃく)	会議(かいぎ) 議会(ぎかい)	漢	
絵 (hui/kui)	え	かい	絵馬(えま) 絵本(えほん)	絵画(かいが)	吳	
懐 (huai/kai)	え	かい	?	懐中(かいちゅう) 本懐(ほんかい)	漢	
壊 (huai/kai)	え	かい	壊死(えし)	壊滅(かいめつ) 破壊(はかい)	漢	

結論

i 現代漢語拼音為 hui 或 huai 的漢字且日語音讀同時有吳音「え」和漢音「かい」的話，其主要音讀為漢音「かい」。

4. 現代漢語韻母為 a/an 的漢字，且其日語音讀同時有吳音「え段」和漢音「あ段」的字例：

漢字（漢語拼音 / 耶魯廣東話拼音）	吳音	漢音	吳音例	漢音例	主要音讀	備註
花 (hua/fa)	け	か	?	花瓶（かびん） 落花生（らっかせい）	漢	現代漢語韻母為 ua 的漢字，如這裏的「花」、「化」等，古代音讀標記為「くゎ」（kwa），這顯然比「か」更接近漢語原來的發音。
化 (hua/fa)	け / げ	か	化粧（けしょう） 変化（へんげ）	劣化（れっか） 変化（へんか）	漢	「変化」讀「へんか」時表示「變化 / 變遷」，但讀「へんげ」時表示「變身 / 易容」。但凡是表示「變身 / 易容」意思時，「化」就會讀「け / げ」，「化粧（けしょう）」就是一個典型例子。
下 (xia/ha)	げ	か	下旬（げじゅん） 中の下（ちゅうのげ）	下半身（かはんしん） 陛下（へいか）	兩者	

漢字（漢語拼音 / 耶魯廣東話拼音）	吳音	漢音	吳音例	漢音例	主要音讀	備註
家 (jia/ga)	け	か	家来（けらい） 山田家（やまだけ）	家族（かぞく） 一家（いっか）	兩者	如「OO 家」般，前面是姓氏則「家」讀「け」。
仮 (jia/ga)	け	か	仮病（けびょう）	仮説（かせつ） 片仮名（かたかな）	漢	
山 (shan/saan)	せん	さん	海千山千（うみせんやません）	山中（さんちゅう） 下山（げざん）	漢	
間 (jian/gaan)	けん	かん	人間（にんげん） 世間（せけん）	間隔（かんかく） 時間（じかん）	兩者	除了「間尺（けんじゃく）」這種罕有例子外，基本上如「間 O」般，「間」在前面的話讀「かん」。

結論

i 現代漢語韻母為 a 的漢字且日語音讀同時有吳音「え段」和漢音「あ段」的話，其主要音讀為漢音「あ段」。

漢字語音知識④～呉音（ごおん）、漢音（かんおん）、唐宋音（とうそうおん）II

5. 現代漢語韻母為 ou 或 iu 的漢字，且其日語音讀同時有呉音「う段」和漢音「ゆう」的字例：

漢字（漢語拼音 / 耶魯廣東話拼音）	呉音	漢音	呉音例	漢音例	主要音讀	備註
有 (you/yau)	う	ゆう	有頂天（うちょうてん）	有益（ゆうえき） 国有（こくゆう）	漢	
右 (you/yau)	う	ゆう	右翼（うよく） 右折（うせつ）	左右（さゆう） 座右の銘（ざゆうのめい）	兩者	單詞為「右 O」時，「右」基本上讀「う」。
友 (you/yau)	う	ゆう	？	友情（ゆうじょう） 親友（しんゆう）	漢	
佑 (you/yau)	う	ゆう	？	佑助（ゆうじょ） 天佑（てんゆう）	漢	
九 (jiu/gau)	く	きゅう	九月（くがつ） 十中八九（じっちゅうはっく）	九州（きゅうしゅう） 九死一生（きゅうしいっしょう）	兩者	有講法認為凡是關於時間的「九」就讀「く」，其實不然。因為讀「く」的當然有「九月（くがつ）」「九時間（くじかん）」等，但讀「きゅう」的亦有「九か月（きゅうかげつ）」「九分九秒（きゅうふんきゅうびょう）」等例子。

漢字（漢語拼音 / 耶魯廣東話拼音）	吳音	漢音	吳音例	漢音例	主要音讀	備註
久 (jiu/gau)	く	きゅう	久遠（くおん）	久闊（きゅうかつ） 永久（えいきゅう）	漢	
流 (liu/lau)	る	りゅう	流布（るふ）	流行（りゅうこう） 上流（じょうりゅう）	漢	
留 (liu/lau)	る	りゅう	留守（るす）	留学（りゅうがく） 滞留（たいりゅう）	漢	

結論

i 現代漢語韻母為 ou 或 iu 的漢字且日語音讀同時有吳音「う段」和漢音「ゆう」的話，其主要音讀為漢音「ゆう」。

ii 只有如「右 O」等極少數的情況下，吳音「う段」才有優勢。

6. 現代漢語韻母為 i 的漢字，且其日語音讀同時有吳音「あ段＋い」和漢音「え段＋い」的字例：

漢字（漢語拼音 / 耶魯廣東話拼音）	吳音	漢音	吳音例	漢音例	主要音讀	備註
西 (xi/sai)	さい	せい	西京焼（さいきょうやき） 関西（かんさい）	西暦（せいれき） 南西（なんせい）	兩者	吳音屬於古代讀法，很多年代久遠且宗教色彩濃厚的「西」讀「さい」，如「西方浄土（さいほうじょうど）」或「西天（さいてん）」等。相反，歐美的氛圍，語感較濃厚的時候，讀「せい」的機會比較大。如「西部警察（せいぶけいさつ）＝美國西部警察」或「南西（なんせい）＝西南」等，然而「東西南北（とうざいなんぼく）＝東南西北」卻慣性的讀「ざい」。題外話，古代日本「南東（なんとう）」叫「辰巳（たつみ）/ 巽（たつみ）」，「南西（なんせい）」叫「未申（ひつじさる）/ 坤（ひつじさる）」，「南西（なんせい）」是較近代的叫法。

漢字（漢語拼音／耶魯廣東話拼音）	吳音	漢音	吳音例	漢音例	主要音讀	備註
妻 (qi/chai)	さい	せい	妻子（さいし） 愛妻家（あいさいか）	？	吳	
凄 (qi/chai)	さい	せい	？	凄然（せいぜん） 凄絶（せいぜつ）	漢	
体 (ti/tai)	たい	てい	体育（たいいく） 肉体（にくたい）	体裁（ていさい）	吳	
礼 (li/lai)	らい	れい	礼賛（らいさん）	礼儀（れいぎ） 無礼（ぶれい）	漢	

結論

i 現代漢語韻母為 i 的漢字且日語音讀同時有吳音「あ段＋い」和漢音「え段＋い」的話，其主要音讀沒有特別傾向，時而吳音，時而漢音。

7. 現代漢語韻母為 uan 或 ian 的漢字，且其日語音讀同時有吳音「おん韻」和漢音「えん韻」的字例：

漢字（漢語拼音／耶魯廣東話拼音）	吳音	漢音	吳音例	漢音例	主要音讀	備註
遠 (yuan/yun)	おん	えん	遠流（おんる）	遠近（えんきん） 敬遠（けいえん）	漢	這 4 個字基本上讀吳音「おん韻」的離不開日本歷史或宗教用語。如： 「遠流（おんる）」：把犯人流放到遠方。 「怨霊（おんりょう）」：加害生者的死靈，古代多發生在貴族之間。 「建立（こんりゅう）」：建立寺廟。 「献立（こんだて）」：古代宮廷禮儀，酒與菜餚的配搭。
怨 (yuan/yun)	おん	えん	怨霊（おんりょう）	怨恨（えんこん） 私怨（しえん）	漢	
建 (jian/gin)	こん	けん	建立（こんりゅう）	建設（けんせつ） 再建（さいけん）	漢	
献 (xian/hin)	こん	けん	献立（こんだて）	献身的（けんしんてき） 貢献（こうけん）	漢	

漢字（漢語拼音／耶魯廣東話拼音）	吳音	漢音	吳音例	漢音例	主要音讀	備註
言 (yan/yin)	ごん	げん	言語道断（ごんごどうだん） 遺言（ゆいごん）	言及（げんきゅう） 方言（ほうげん）	兩者	

結論

i 現代漢語韻母為 uan 或 ian 的漢字且日語音讀同時有吳音「おん韻」和漢音「えん韻」的話，其主要音讀為漢音「えん韻」。

8. 現代廣東話尾音為 t 的入聲字，且其日語音讀同時有吳音「ち」和漢音「つ」的字例：

漢字（漢語拼音／耶魯廣東話拼音）	吳音	漢音	吳音例	漢音例	主要音讀	備註
一 (yat)	いち	いつ	一番（いちばん） 世界一（せかいいち）	?	吳	「二」的吳音是「に」，再加上這裏的「一」、「七」、「八」，可見日語中用吳音讀的數字很多。 此外，這 4 個字後續其他文字時，幾乎看不到「いつ／しつ／はつ／きつ」的讀音例子，取而代之的是大量促音化的讀音，即「いっ（一生（いっしょう））／しっ（七宝（しっぽう））／はっ（八丁（はっちょう））／きっ（吉祥（きっしょう））」等。
七 (chat)	しち	しつ	七時（しちじ） 七福神（しちふくじん）	?	吳	
八 (baat)	はち	はつ	八月（はちがつ） 尺八（しゃくはち）	?	吳	
吉 (gat)	きち	きつ	吉事（きちじ） 大吉（だいきち）	?	吳	

漢字（漢語拼音 / 耶魯廣東話拼音）	吳音	漢音	吳音例	漢音例	主要音讀	備註
悦 (yut)	えち	えつ	？	悦楽（えつらく） 喜悦（きえつ）	漢	
節 (jit)	せち	せつ	お節（せち）	節約（せつやく） 関節（かんせつ）	漢	
雪 (syut)	せち	せつ	？	雪辱（せつじょく） 豪雪（ごうせつ）	漢	
説 (syut)	せち	せつ	？	説明（せつめい） 解説（かいせつ）	漢	
絶 (jyut)	ぜち	ぜつ	？	絶望（ぜつぼう） 中絶（ちゅうぜつ）	漢	
質 (jat)	しち	しつ	質屋（しちや） 人質（ひとじち）	質疑（しつぎ） 材質（ざいしつ）	漢	「質」讀「しち」時，主要是「典當」或「人質」的意思。
達 (daat)	たち	たつ	友達（ともだち） 先達（せんだち）	達人（たつじん） 速達（そくたつ）	漢	「たち」多用作表示複數如「私達（わたしたち）」。

結論

i 現代廣東話尾音為 t 的入聲字，且其日語音讀同時有吳音「ち」和漢音「つ」的字例中，針對「一」、「七」、「八」、「吉」幾個字而言，其主要音讀為吳音「ち」；並且由於「いつ / しつ / はつ / きつ」等漢音基本上不存在之故，後續其他文字時只能是吳音或促音化開始。

ii 其餘尾音為 t 的入聲字，其主要音讀是漢音「つ」。

9. 現代漢語韻母為 u、ou 或 ong 的漢字，且其日語音讀同時有吳音「う韻」和漢音「お韻 / おう韻」的字例：

漢字（漢語拼音 / 耶魯廣東話拼音）	吳音	漢音	吳音例	漢音例	主要音讀	備註
古 (gu/gu)	く	こ	?	古今（ここん/こきん） 懐古（かいこ）	漢	
苦 (ku/fu)	く	こ	苦痛（くつう） 四苦八苦（しくはっく）	?	吳	
図 (tu/tou)	ず	と	図面（ずめん） 地図（ちず）	図書館（としょかん） 意図（いと）	兩者	
都 (du,dou/dou)	つ	と	都合（つごう） 都度（つど）	都会（とかい） 首都（しゅと）	漢	除了專門用語如地名或姓氏以外（下同），基本上讀「つ」的離不開所示的 2 個吳音例。
豆 (dou/dau)	ず	とう	大豆（だいず） 禰豆子（ねずこ）	豆乳（とうにゅう） 納豆（なっとう）	漢	
頭 (tou/tau)	ず	とう	頭痛（ずつう） 頭脳（ずのう） 頭巾（ずきん）	頭角（とうかく） 先頭（せんとう）	漢	基本上讀「ず」的離不開所示的 3 個吳音例。
共 (gong/gung)	く	きょう	?	共生（きょうせい） 公共（こうきょう）	漢	
供 (gong/gung)	く	きょう	供養（くよう） 節供（せっく）	供給（きょうきゅう） 提供（ていきょう）	漢	基本上讀「く」的離不開宗教用語。

漢字（漢語拼音 / 耶魯廣東話拼音）	吳音	漢音	吳音例	漢音例	主要音讀	備註
工 (gong/gung)	く	こう	工夫（くふう） 工面（くめん） 細工（さいく）	悦楽（えつらく） 喜悦（きえつ）	漢	基本上讀「く」的離不開所示的 3 個吳音例。
公 (gong/gung)	く	こう	公方（くぼう）	公認（こうにん） 奉公（ほうこう）	漢	基本上讀「く」的離不開日本歷史中特別是「朝廷」的意思。
功 (gong/gung)	く	こう	功徳（くどく）	功績（こうせき） 年功（ねんこう）	漢	基本上讀「く」的離不開宗教用語。
攻 (gong/gung)	く	こう	?	攻撃（こうげき） 専攻（せんこう）	漢	
空 (kong/hung)	くう	こう	空中（くうちゅう） 真空（しんくう）	?	吳	
控 (gong/gung)	くう	こう	?	控除（こうじょ） 控訴（こうそ）	漢	

結論

i 現代漢語韻母為 u、ou 或 ong 的漢字且日語音讀同時有吳音「う韻」和漢音「お韻 / おう韻」的話，其主要音讀為漢音「お韻 / おう韻」。

ii 只有少數如「空」、「苦」這些字才以吳音為主要音讀。

5 漢字語音知識⑤～呉音（ごおん）、漢音（かんおん）、唐宋音（とうそうおん） III

以下的中、日語音比較，有別於前兩章的 9 項，基本上沒有特別的定律且充滿恣意性，筆者只能把他們歸納為：

A 類：吳音為主要音讀。

B 類：漢音為主要音讀。

C 類：吳音和漢音皆為主要音讀。

10. 現代漢語聲母為 m 或 w 的漢字，且其日語音讀同時有吳音「ま行」和漢音「ば行」的字例：

A 吳音為主要音讀（文字為少數漢音例，下同）				B 漢音為主要音讀（文字為少數吳音例，下同）			
漢字	吳音	漢音	吳音例	漢字	吳音	漢音	漢音例
無 (wu/mou)	む	ぶ	無計画（むけいかく） 有無（うむ） ご無沙汰（ぶさた）	漠 (mo/mok)	まく	ばく	漠然（ばくぜん） 砂漠（さばく）
迷 (mi/mai)	めい まい	べい	迷路（めいろ） 迷子（まいご）	描 (miao/miu)	みょう	びょう	描写（びょうしゃ） 素描（そびょう）
免 (mian/min)	めん	べん	免除（めんじょ） 御免（ごめん）	馬 (ma/ma)	め	ば	馬力（ばりき） 競馬（けいば） 駿馬（しゅんめ）

A 吳音為主要音讀 （文字為少數漢音例，下同）				B 漢音為主要音讀 （文字為少數吳音例，下同）			
漢字	吳音	漢音	吳音例	漢字	吳音	漢音	漢音例
模 (mo/mou)	も	ぼ	模範（もはん） 模様（もよう）	罵 (ma/ma)	め	ば	罵倒（ばとう） 罵声（ばせい）
妄 (wang/mong)	もう	ぼう	妄想（もうそう） 迷妄（めいもう）	晩 (wan/maan)	もん	ばん	晩酌（ばんしゃく） 昨晩（さくばん）
默 (mo/mak)	もく	ぼく	默認（もくにん） 沈默（ちんもく）	挽 (wan/waan)	もん	ばん	挽回（ばんかい） 挽歌（ばんか）
門 (men/mun)	もん	ぼん	門外不出（もんがいふしゅつ） 名門（めいもん）	聞 (wen/man)	もん	ぶん	寡聞（かぶん） 風聞（ふうぶん） 前代未聞（ぜんだいみもん）
問 (wen/man)	もん	ぶん	問題（もんだい） 難問（なんもん）	勉 (mian/min)	めん	べん	勉学（べんがく） 勤勉（きんべん）
				亡 (wang/mong)	もう	ぼう	死亡（しぼう） 亡霊（ぼうれい） 亡者（もうじゃ）
				望 (wang/mong)	もう	ぼう	望郷（ぼうきょう） 希望（きぼう） 本望（ほんもう）
				忘 (wang/mong)	もう	ぼう	忘年会（ぼうねんかい） 健忘（けんぼう）
				貌 (mao/maau)	みょう	ぼう	美貌（びぼう） 容貌（ようぼう）

C 吳音和漢音皆為主要音讀					
漢字	吳音	漢音	吳音例	漢音例	備份
幕 (mu/mok)	まく	ばく	じまく 字幕 まく うち 幕の内	ばくふ 幕府 とうばく 倒幕	基本上涉及金錢時的「文」多讀「もん」，相等於中國古代的「文錢」。
文 (wen/man)	もん	ぶん	もんく 文句 にそくさんもん 二束三文	ぶんしょう 文章 しぶん 詩文	
木 (mu/muk)	もく	ぼく	もくせい 木製 じゅもく 樹木	ぼくとう 木刀 どぼく 土木	
万 (wan/maan)	まん	ばん	まん いち 万が一 いちまん 一万	ばんのう 万能 しょうしせんばん 笑止千万	

11. 現代廣東話尾音為 k 的入聲字，且其日語音讀同時有吳音「やく / いき」和漢音「えき / おく」的字例：

A 吳音「やく / いき」為主要音讀				B 漢音「えき / おく」為主要音讀				
漢字 (耶魯廣東話拼音)	吳音	漢音	吳音例	漢字 (耶魯廣東話拼音)	吳音	漢音	漢音例	備註
式 (sik)	しき	しょく	しきてん 式典 そうしき 葬式	食 (sik)	しき	しょく	しょくじ 食事 わしょく 和食 だんじき 断食	
識 (sik)	しき	しょく	しきしゃ 識者 にんしき 認識	拭 (sik)	しき	しょく	しょくじょう 拭浄 ふっしょく 払拭 せいしき 清拭	

A 呉音「やく / いき」為主要音讀				B 漢音「えき / おく」為主要音讀				
漢字 **(耶魯廣東話拼音)**	**呉音**	**漢音**	**呉音例**	**漢字** **(耶魯廣東話拼音)**	**呉音**	**漢音**	**漢音例**	**備註**
訳 (yik)	やく	えき	訳文（やくぶん） 和訳（わやく）	職 (jik)	しき	しょく	職員（しょくいん） 管理職（かんりしょく）	
借 (je)	しゃく	せき	借金（しゃっきん） 拝借（はいしゃく）	昔 (sik)	しゃく	せき	昔時（せきじ） 往昔（おうせき） 今昔（こんじゃく）	廣東話的「借」字非入聲字，但日語卻有對應入聲字的發音。
				惜 (sik)	しゃく	せき	惜別（せきべつ） 哀惜（あいせき）	
				籍 (jik)	しゃく	せい	戸籍（こせき） 国籍（こくせき）	
				赤 (chek)	しゃく	せき	赤裸々（せきらら） 赤十字（せきじゅうじ）	
				析 (sik)	しゃく	せき	透析（とうせき） 分析（ぶんせき）	
				責 (jaak)	しゃく	せき	責任（せきにん） 免責（めんせき） 呵責（かしゃく）	
				績 (jik)	しゃく	せき	成績（せいせき） 実績（じっせき）	
				駅 (yik)	やく	えき	駅前（えきまえ） 無人駅（むじんえき）	

A 吳音「やく / いき」為主要音讀				B 漢音「えき / おく」為主要音讀				
漢字（耶魯廣東話拼音）	吳音	漢音	吳音例	漢字（耶魯廣東話拼音）	吳音	漢音	漢音例	備註
				疫 (yik)	やく	えき	免疫（めんえき） 検疫（けんえき） 疫病（やくびょう）	
				益 (yik)	やく	えき	益虫（えきちゅう） 利益（りえき） ご利益（りやく）	「利益（りえき）」是 profit 的意思，而「ご利益（りやく）」則是「神佛的庇佑」。

C 吳音和漢音皆為主要音讀					
漢字（耶魯廣東話拼音）	吳音	漢音	吳音例	漢音例	備註
色 (sik)	しき	しょく	色紙（しきし） 色彩（しきさい）	異色（いしょく） 才色（さいしょく）	如果是「色 O」般的單詞，「色」多讀「しき」，反之「O 色」時多讀「しょく」。
役 (yik)	えき	やく	役者（やくしゃ） 脇役（わきやく）	役務（えきむ） 兵役（へいえき）	涉及「角色 / 功能」意思的「役」多讀「やく」，但如果是 duty 意思的話則多讀「えき」。
力 (lik)	りき	りょく	力士（りきし） 怪力（かいりき）	尽力（じんりょく） 能力（のうりょく）	

12. 現代漢語尾音為 ng 的漢字，且其日語音讀同時有吳音「よう韻」和漢音「えい韻 / おう韻」的字例：

A 吳音「よう韻」為主要音讀				B 漢音「えい韻」為主要音讀				
漢字（漢語拼音 / 耶魯廣東話拼音）	吳音	漢音	吳音例	漢字（漢語拼音 / 耶魯廣東話拼音）	吳音	漢音	漢音例	備註
京 (jing/ging)	きょう	けい	京都（きょうと） 上京（じょうきょう） 京阪神（けいはんしん）	英 (ying/ying)	よう	えい	英雄（えいゆう） 育英（いくえい）	
況 (kuang/fong)	きょう	けい	実況（じっきょう） 状況（じょうきょう）	景 (jing/ging)	きょう	けい	景品（けいひん） 夜景（やけい）	
鏡 (jing/geng)	きょう	けい	鏡花水月（きょうかすいげつ） 顕微鏡（けんびきょう）	傾 (qing/king)	きょう	けい	傾向（けいこう） 左傾（さけい）	
驚 (jing/ging, geng)	きょう	けい	驚異的（きょういてき） 驚愕（きょうがく）	径 (jing/ging)	きょう	けい	径路（けいろ） 直径（ちょっけい）	
境 (jing/ging)	きょう	けい	境界（きょうかい） 国境（こっきょう） 境内（けいだい）	軽 (qing/hing)	きょう	けい	軽度（けいど） 減軽（げんけい）	
競 (jing/ging)	きょう	けい	競争（きょうそう） 競技（きょうぎ） 競馬（けいば） 競輪（けいりん）	形 (xing/ying)	ぎょう	けい	形状（けいじょう） 図形（ずけい） 形相（ぎょうそう） 異形（いぎょう）	
城 (cheng, sing)	じょう	せい	城下町（じょうかまち） 名古屋城（なごやじょう）	敬 (jing/ging)	きょう	けい	敬愛（けいあい） 尊敬（そんけい） 愛敬（あいきょう）	

A 吳音「よう韻」為主要音讀				B 漢音「えい韻」為主要音讀				
漢字（漢語拼音／耶魯廣東話拼音）	吳音	漢音	吳音例	漢字（漢語拼音／耶魯廣東話拼音）	吳音	漢音	漢音例	備註
病 (bing/bing, beng)	びょう	へい	病気（びょうき） 風土病（ふうどびょう） 疾病（しっぺい）	警 (jing/ging)	きょう	けい	警務（けいむ） 県警（けんけい）	
領 (ling, ling)	りょう	れい	領土（りょうど） 天領（てんりょう）	正 (zheng/jing)	しょう	せい	性格（せいかく） 端正（たんせい） 正月（しょうがつ）	
				政 (zheng/jing)	しょう	せい	政治（せいじ） 国政（こくせい） 摂政（せっしょう）	
				青 (qing/ching)	しょう	せい	青春（せいしゅん） 瀝青（れきせい） 緑青（ろくしょう）	
				静 (jing/jing)	じょう	せい	静養（せいよう） 安静（あんせい） 静脈（じょうみゃく）	
				成 (cheng/sing)	じょう	せい	成果（せいか） 熟成（じゅくせい） 成就（じょうじゅ） 成仏（じょうぶつ）	「成就（じょうじゅ）」是「成就大業」的意思，而「成仏（じょうぶつ）」則是「得道成佛」之意，基本上與宗教有關的很大機會讀「じょう」。

A 呉音「よう韻」為主要音讀				B 漢音「えい韻」為主要音讀				
漢字（漢語拼音 / 耶魯廣東話拼音）	吳音	漢音	吳音例	漢字（漢語拼音 / 耶魯廣東話拼音）	吳音	漢音	漢音例	備註
				誠 (cheng/sing)	しょう	せい	誠実（せいじつ） 忠誠（ちゅうせい）	
				盛 (cheng/sing)	じょう	せい	盛衰（せいすい） 隆盛（りゅうせい）	
				兵 (bing/bing)	ひょう	へい	兵役（へいえき） 援兵（えんぺい） 兵庫（ひょうご）	
				平 (ping/ping)	ひょう	へい	平和（へいわ） 助平（すけべい） 平等（びょうどう）	
				名 (ming/ming)	みょう	めい	名物（めいぶつ） 改名（かいめい） 名字（みょうじ）	
				明 (ming/ming)	みょう	めい	明白（めいはく） 賢明（けんめい） 明日（みょうにち） 明晩（みょうばん）	「みょう」多用於「明」表示 next 的意思。
				令 (ling/ling)	りょう	れい	令和（れいわ） 命令（めいれい） 令制（りょうせい）	

JPLT N1

A 吳音「よう韻」為主要音讀				B 漢音「えい韻」為主要音讀				
漢字（漢語拼音 / 耶魯廣東話拼音）	吳音	漢音	吳音例	漢字（漢語拼音 / 耶魯廣東話拼音）	吳音	漢音	漢音例	備註
				冷 (leng/lanng)	りょう	れい	冷凍(れいとう) 寒冷(かんれい)	
				齡 (ling/ling)	りょう	れい	高齢(こうれい) 樹齢(じゅれい)	
				靈 (ling/ling)	りょう	れい	霊魂(れいこん) 幽霊(ゆうれい) 怨霊(おんりょう)	

C 吳音和漢音皆為主要音讀					
漢字（漢語拼音 / 耶魯廣東話拼音）	吳音	漢音	吳音例	漢音例	備註
經 (jing/ging)	きょう	けい	経典(きょうてん) 仏経(ぶっきょう)	経緯(けいい) 神経(しんけい)	表示儒家經典（如『易経(えききょう)』、『山海経(せんがいきょう)』）或佛經（如『般若心経(はんにゃしんぎょう)』）時，「経」多讀「きょう」。
定 (ding/ding)	じょう	てい	定規(じょうぎ) 必定(ひつじょう)	定額(ていがく) 一定(いってい)	與命運有關的一般讀「じょう」（如「会者定離(えしゃじょうり)＝天下無不散之筵席」）。

C 吳音和漢音皆為主要音讀					
漢字（漢語拼音 / 耶魯廣東話拼音）	吳音	漢音	吳音例	漢音例	備註
生 (sheng/sang)	しょう	せい	生類（しょうるい） 一生（いっしょう）	生活（せいかつ） 人生（じんせい）	基本上和生命有關的比較傾向讀「しょう」，如「生涯（しょうがい）＝生涯」、「誕生（たんじょう）＝出生」或「往生（おうじょう）＝離世」。需要留意的是「平生（へいぜい）＝平日 / 往常」這個字和漢語的「平生」略為不同，相比之下可見讀「せい」則「生命力」的語感不若「しょう」旺盛。
性 (xing/sing)	しょう	せい	本性（ほんしょう） 根性（こんじょう） 心配性（しんぱいしょう）	性格（せいかく） 一貫性（いっかんせい）	像「一貫性（いっかんせい）」這樣，表示事物性質的「OO 性」時，「性」多讀「せい」；然而當「性」和「症」共通，並用作表示個人特質時則有機會讀「しょう」，如「心配性（しんぱいしょう）＝心配症（しんぱいしょう）＝容易擔心的性格」或「浮気性（うわきしょう）＝浮気症（うわきしょう）＝動輒就想出軌的個性」。
丁 (ding/ding)	ちょう	てい	落丁（らくちょう） 一丁（いっちょう）	丁寧（ていねい） 園丁（えんてい）	與食物有關係時，「丁」多讀「ちょう」如「出前一丁（でまえいっちょう）」（一客外賣）或「包丁（ほうちょう）」（菜刀）。
行 (xing/hang)	ぎょう	こう	行列（ぎょうれつ） 興行（こうぎょう）	行動（こうどう） 犯行（はんこう）	***「行」是這裏唯一不是吳音「よう韻」和漢音「えい韻」，而是吳音「よう韻」和漢音「おう韻」的例子。

13. 唐宋音讀起來很有現代漢語味道，且多用作表達宗教意思：

C 吳音和漢音皆為主要音讀				
漢字（漢語拼音 / 耶魯廣東話拼音）	**吳音**	**漢音**	**唐宋音**	**唐宋音例**
行 (xing/hang)	ぎょう	こう	あん	行灯（あんどん） 行脚（あんぎゃ）
軽 (qing/hing)	きょう	けい	きん	剽軽（ひょうきん）
明 (ming/ming)	みょう	めい	みん	明代（みんだい） 明朝体（みんちょうたい）
京 (jing/ging)	きょう	けい	きん	北京（ぺきん） 南京錠（なんきんじょう）
鈴 (ling/ling)	りょう	れい	りん	風鈴（ふうりん）
子 (zi/ji)	し	し	す	椅子（いす） 扇子（せんす）
頭 (tou/tau)	ず	とう	じゅう	饅頭（まんじゅう）

結論

i 唐宋音「ん韻」比較忠實地反映出現代漢語的 ing 音，所以讀出來很有漢語味道。

ii 其他如「椅子（いす）」或「扇子（せんす）」的音讀亦很接近現代漢語。

iii 不得不説「唐宋音」在日語漢字音讀中只佔少數，極其量也就是這裏所列的代表例子，在 JLPT 考試應該不會重點考驗，但作為知識記着也無妨。

題1　今(いま)の香港(ほんこん)では、老若(ろうにゃく)男女、ほとんどの人(ひと)がコロナワクチンを接種(せっしゅ)しています。

1　だんじょ　　　2　なんにょ

3　なんじょ　　　4　だんにょ

題2　すみません、朝晩食事(あさばんしょくじ)付きの下宿を探(さが)していますが、ご紹介願(しょうかいねが)えませんでしょうか？

1　けしゅく　　　2　げしゅく

3　かじゅく　　　4　げじゅく

題3　たとえ同(おな)じクラスの人(ひと)であっても、他人事には首(くび)を突っ込(こ)まないのが彼(かれ)の方針(ほうしん)らしい。

1　たにんこと　　　2　たじんこと

3　よそごと　　　4　ひとごと

題4　ここは近場(ちかば)の香港恒生大学(ホンコンハンセンだいがく)の女子大生(じょしだいせい)御用達のリーズナブルなカフェだ。

1　ごようたち　　　2　ごようたつ

3　ごようたし　　　4　ごようたっす

題5　東西南北から人が集(あつ)まってきたのは、ほかでもなく偉人(いじん)のお葬式(そうしき)に参列(さんれつ)するためであった。

1　とうざいなんほく　　　2　とうせいなんほく

3　とうざいなんぼく　　　4　とうせいなんぼく

JPLT N1

題 6　凌凌漆(レンレンチャッ)というスパイは、神(かみ)の技(わざ)と言(い)っても過言(かごん)ではないほどの優(すぐ)れた包丁捌(さば)きで敵(てき)を倒(たお)した。

1　ほうちょう　　2　ほうてい

3　ひょうちょう　　4　ひょうてい

題 7　有名人(ゆうめいじん)のあの二人(ふたり)が離婚(りこん)しないでいるのは、ただ世間体をはばかっているに過(す)ぎません。

1　せけんたい　　2　せかんたい

3　せけんてい　　4　せかんてい

題 8　どうか何(なに)も隠(かく)さずに当時(とうじ)の状況(じょうきょう)を如実に教(おし)えてくださるようにお願(ねが)いします。

1　じょじつ　　2　にょじつ

3　ぎょじつ　　4　ちょじつ

題 9　お互(たが)い無言のまま見(み)つめ合(あ)い、生(い)きている私(わたし)が重病(じゅうびょう)を患(わずら)った親(おや)の最期(さいご)を看取(みと)っていった。

1　むげん　　2　むごん

3　ぶげん　　4　ぶごん

題 10　平等と正義(せいぎ)とでは、持(も)つ意味(いみ)が大(おお)いに異(こと)なっている。

1　へいとう　　2　へいどう

3　びょうとう　　4　びょうどう

題 11 貸(かし)したくないわけじゃありませんが、現(げん)に一文もなくて貸(か)そうにも貸(か)せない。

1　いちもん　　2　いっもん

3　いちぶん　　4　いつぶん

題 12 以下哪一個發音體系是不同類的？

1　体力　　2　文章

3　万事　　4　風鈴

第二部分 語彙拔萃

出題範圍	出題頻率
I 語言知識（文字・語彙・文法）・讀解	
問題 1 漢字音讀訓讀	✓
問題 2 合適詞彙選擇	✓
問題 3 同義異語演繹	✓
問題 4 單詞正確運用	✓
問題 5 文法形式應用	✓
問題 6 正確句子排列	
問題 7 文章前後呼應	
問題 8 書信電郵短文	
問題 9 中篇文章理解	
問題 10 長篇文章理解①	
問題 11 複數文章比較	
問題 12 長篇文章理解②	
問題 13 圖片情報搜索	
II 聽解	
問題 1 圖畫文字綜合①	
問題 2 圖畫文字綜合②	
問題 3 整體內容理解	
問題 4 即時情景對答	
問題 5 長文分析聆聽	

6 重要名詞①（あ行）

間柄（人與人的關係）、合間（時間與時間之間的空隙）、証（證據）、痣（痣／瘀青）、当て字（假借字）、跡継ぎ（繼承人）、後回し（推遲）⇔先回り（搶先行動）、有様（樣子）、生き甲斐（生存意義）、行き違い（走岔路／性格或行為上的分歧）、憤り（憤慨）、憩いの間（休息空間）、一身上（私人）、鼾（打鼾）、内訳（細節）、腕前（本領）、自惚れ（自戀）、生まれ育ち（出生並成長）、生まれつき（與生俱來）、～云々（説是～云云）、獲物（獵物）、大柄（身材高大）⇔小柄（身材矮小／小鳥依人）、大筋（大綱／概略）、公（公共）、お手上げ（投降）、同い年（同齡）、趣（主旨）

題 1　一身上の都合により、令和 4 年 5 月 6 日をもって退職いたしたく、ここにお願い申し上げます。

1　いっしんうえ　　2　いっしんじょう

3　ひとみじょう　　4　ひとみうえ

題 2　怪我やどこかにぶつけて生じた＿＿＿＿は、通常 1～2 週間ほどで消えていくと言われる。

1　あざ　　2　あざっす

3　いびき　　4　おもむき

題 3　試合に勝てたのは、日頃仕事の＿＿＿＿を縫って地道に練習していたからだ。

1　あいま　　2　あいだがら

3　おおやけ　　4　うでまえ

題4 急に収入が増えたようですが、ぜひその内訳を教えてください。

1 拠り所　　2 理由

3 有様　　4 明細

題5 公

1 その話を公にしない代わりに、どうやって恩返ししてくれるか分かるよね。

2 養鶏場は卵を採取する場所なので、卵を産まない公は不用品として扱われます。

3 男女には分業こそあれ、上下や貴賤の区別がなくて公でなければならない。

4 親戚の叔母は子供を公の学校でなくお金のかかる私立の所に入れようとしている。

7 重要名詞②（か行）

～階級（～階層）、顔付き（樣貌）、踵（腳跟）、崖っぷち（懸崖）、過剰（過多）⇄過疎（過少）、片言（不完整的話語）、体付き（體型）、関税（關稅）⇔税関（海關）、還暦（60 歲）、慣用句（慣用語）、貫禄（威嚴 / 派頭）、気兼ね（顧慮）、効き目（效用）、兆し（徵兆）、気立て（脾氣）、境遇（境況 / 遭遇）、郷愁＝ノスタルジア（鄉愁）、業績（業績）、禁物＝ご法度（嚴禁）、区切り（段落）、籤引き（抽籤）、愚痴（牢騷）、屈指（首屈一指）、月謝（每月的學費）、結晶（成果 / 結晶）、口頭（口頭）、～心地（～的感覺）、心得（心得）、事柄（事情）、こつ（竅門）、言伝（捎口信）、暦（傳統日曆）

題 1 父親は若死にした娘の日記を紐解いて、彼女の生きた証を必死に探そうとしていました。

1　きざし　　2　あかし

3　ゆるし　　4　しるし

題 2 この＿＿＿＿心地の良い家には、どんな秘密や工夫が施されているのでしょうか？

1　住む　　2　住んでいる

3　住み　　4　住んだ

題 3 諸君たちよ、今宵は無礼講ゆえ、酒を飲んで＿＿＿＿せずに歌を歌おうじゃないか。

1　境遇　　2　心得

3　気兼ね　　4　階級

題4　私が新プロジェクトの大筋を説明すればするほど社長の顔は次第に険しくなってきます。

1　ノスタルジー　　2　アウトライン

3　マニフェスト　　4　ナルシスト

題5　ご法度

1　ご法度を守らず自分勝手な行動をとる人は罰せられるべきである。

2　「郷に入ってはご法度に従え」という言葉の如く、予め異文化を知っておく必要がある。

3　教師と生徒（特に未成年）との恋愛はご法度、というのが世間一般的な認識ではないでしょうか。

4　こちらはお国とは違う所なので、人々のご法度を招くような言動はご遠慮ください。

8 重要名詞③（さ行）

最善（最好 / 最大努力）、逆立ち（倒立）、指図（指指點點 / 命令）、寒気（發冷）、残高（餘額）、仕送り（匯寄給家人的生活費）、仕来り（慣例 / 老規矩）、仕草（動作 / 演技）、雫（水滴）、下地（基礎 / 準備）、下調べ（事先調查）、躾（教養 / 家教）、始発（頭班車）⇔終発 / 終電（尾班車）、地元（本地）、従来（一向）、趣旨（主旨）、首脳（首腦）、集大成（集大成）、執着心（執着）、生涯（生涯）、証拠（證據）、正体（真面目 / 真正身份）

題 1 「廬山の真面目を識らず」とは、物事の<u>正体</u>を知らないという意味を持つ中国の古典である。

1　せいてい　　2　せいたい

3　しょうてい　　4　しょうたい

題 2 僅か一晩でビットコイン口座の<u>残高</u>が 1 億ドルから 1 ドルまで暴落するなんて夢なら起こしてくれ！

1　さんだか　　2　のこりだか

3　ざんだか　　4　のこしだか

題 3 僕の座右の銘は、「________を尽くして天命（天の定めた運命）を待つ」という言葉です。

1　執着心　　2　従来

3　最善　　4　集大成

題4　戦争により国元からの仕送りはしばらく途絶えてしまった。

1　送金　　　　2　風の便り

3　音沙汰　　　4　梨の礫

題5　下地

1　女遊びが激しい彼は、下地を持って女性に近づくので気を付けたほうがよい。

2　下地なしの化粧は肌に悪いって本当かどうか男性の僕にはさっぱりだ。

3　会社で一番若くて下地の社員が雑用係とされるのは当たり前なことでしょうか。

4　僕の下地名古屋では、「自転車」のことを「ケッタ」と言うんだよ。

9 重要名詞④（さ行）

情緒（情緒）、小児科（小兒科）、殖民地（殖民地）、諸君（諸位）、仕業（某人搞的鬼）、心中（自殺，另外強迫他人和自己一起自殺是「無理心中」）、辛抱（忍耐）、崇拝（崇拜）、【お】裾分け（把東西分贈給他人）、ずれ（偏差）、擦れ違い（擦身而過）、勢力（勢力）、世帯（家庭）、折衷（調和 / 合璧）、全盛期（全盛期）、先代（上一任）、先着～名（先到的～名）、創刊（創刊）、騒動（風潮 / 混亂）、素材（素材）、訴訟（訴訟）

題 1　近所の中野先生は御年 90 歳にして、まだまだ現役の小児科兼耳鼻科の先生です。

1　しょうじか / みびか　　　2　ちいにか / みびか

3　しょうにか / じびか　　　4　ちいじか / じびか

題 2　情緒不安定に陥った時は、しばらく SNS*** をあまり見ない方が症状改善につながるとか。

1　じょうちょふあんてい　　　2　じょうちょうふあんてい

3　じょうしょぶあんてい　　　4　じょうしょうぶあんてい

*** SNS：ソーシャル・ネットワーキング・サービスの略。

題 3　お眼鏡にかなう *** ようなものかどうか分かりませんが、お嫌でなければお裾分けしましょう。

1　詳しくご説明しましょう　　　2　差し上げましょう

3　分かち合いましょう　　　4　お貸ししましょう

*** お眼鏡にかなう：お気に召す。

題4　**長時間に亘って話し合った末、これ以上のものはあろうかと言われるほどの折衷案が現れた。**

1　妥協　　2　比較

3　核心　　4　疑問

題5　**ずれ**

1　お探しになっている薬屋はこの道のずれ、つまり一番奥にあります。

2　私が名古屋に帰ってくると、ちょうど親友が大阪に発った、というずれで「何という縁の薄いことか」と嘆く。

3　後ろ姿がそっくりだったので「おい、たけし」と大声で叫んだが、なんとずれでした。

4　ボタンも人生も一つでもずれがあると、あとは番狂わせの連続であろう。

10 重要名詞⑤（た行～な行）

台無《だいな》し（糟蹋）、多数決《たすうけつ》（多數表決）、魂《たましい》（靈魂 / 精神）、弛《たる》み（鬆弛 / 鬆懈）、地球温暖化《ちきゅうおんだんか》（地球變暖）、秩序《ちつじょ》（秩序）、束《つか》の間《ま》（一剎那）、継《つ》ぎ目《め》（接縫）、辻褄《つじつま》（道理）、手当《てあて》（津貼 / 治療）、手遅《ておく》れ（為時已晚）、手掛《てが》かり（綫索）、適性《てきせい》（某人擔當某個職位的素質）、手際《てぎわ》（處理事情的手法）、手順《てじゅん》（程序）、天辺《てっぺん》（頂峰）、出直《でなお》し（從頭開始 / 砍掉重練）、掌《てのひら》（＝手《て》の平《ひら》，手掌）、手配《てはい》（安排。但「指名手配《しめいてはい》」＝通緝）、手本《てほん》（樣本 / 模範）、手元《てもと》（手裏）、手分《てわ》け（分頭行事）、当《とう》～（本～）、同感《どうかん》（同感）、同然《どうぜん》（等於）、遠回《とおまわ》し（婉言）、遠回《とおまわ》り（繞道）⇄近道《ちかみち》（抄近路）、～年頃《としごろ》（正值～的年齡 / 適婚年齡）、戸締《とじま》り（關門窗）、戸惑《とまど》い（不知所措）、共稼《ともかせ》ぎ＝共働《ともばたら》き（夫婦都工作）、度忘《どわす》れ（一時忘記）、問屋《とんや》（批發商）

題 1　**あんな辻褄が合《あ》わない出鱈目な発言《はつげん》は証言《しょうげん》とでも言《い》うのか？**

1　つまつじ / でたらめ　　2　つじつま / でたらめ

3　つまつじ / であじめ　　4　つじつま / であじめ

題 2　**事業《じぎょう》で全財産《ぜんざいさん》を失《うしな》ってしまったが、もう一度裸一貫《いちどはだかいっかん》*** から＿＿＿＿を試《こころ》みたいです。**

1　出直《でなお》し　　2　手際《てぎわ》

3　手配《てはい》　　4　手分《てわ》け

*** 裸一貫《はだかいっかん》：お金《かね》も助《たす》けもない状況《じょうきょう》。

題 3　**「成功《せいこう》する男《おとこ》の背後《はいご》には、必《かなら》ず黙々《もくもく》と支《ささ》えてくれる女《おんな》がいる」という諺《ことわざ》にはまったく＿＿＿＿だ。**

1　同感《どうかん》　　2　手遅《ておく》れ

3　遠回《とおまわ》し　　4　同然《どうぜん》

題 4　私は先生に「お前がやろうとしている卒論テーマは単なる時間の無駄だ」と叱られ、一瞬戸惑いを隠せなかった。

1　彷徨い　　2　躊躇い

3　憤り　　4　疑惑

題 5　束の間

1　幸せな新婚生活も束の間、太郎は仕事のため単身赴任をすることになった。

2　今手元にある束の間の貯金をただ寝かせておくべきか、それとも株などに投資すべきか迷っています。

3　大学の友達と恋人と、どの付き合いを優先すべきかで束の間になってしまった。

4　彼とは一緒にいても話が合わないので束の間が持たない。

11 重要名詞⑥（た行～な行）

内職（在家從事的副業）、名残（惜別 / 痕跡）、雪崩（雪崩）、訛り（口音）、面皰（青春痘）、憎しみ（憎恨）、音色（音色）、値打ち（性價比 / 評價）、念のため（為了慎重起見）、念願（一直以來的心願）、倍率（倍率 / 競爭率）、派遣社員（是日本企業的一種職業種類，介乎正式員工和兼職員工的中間，由派遣公司專門管理）、裸足（赤脚）、初耳（第一次聽）、～羽目（落得～的田地）、控室（等候室）、日陰（太陽射不到的陰涼處）、日頃（平時）、左利き（左撇子）⇄右利き（慣用右手）、一息（歇口氣 / 一息尚存）、人影（人影）、人柄（人品）、一筋＝一途（一心一意）、一筋縄（普通的方法）、貧富の差（貧富之差）

題1　外国人の日本語の＿＿＿＿を真似する行為は、場合によってその国に対する侮辱に等しいという観点がある。

1　はだし　　2　ねいろ

3　なまり　　4　なだれ

題2　百人の生徒がいれば百通りの教え方が必要だ。教育というものは＿＿＿＿では行かないよ。

1　名残　　2　一筋

3　一筋縄　　4　一息

題3　信頼していた友人が借金を返済せず夜逃げしたのが原因で、連帯保証人の父親は多額の金を払わされる羽目に＿＿＿＿。

1　あった　　2　なった

3　された　　4　いった

題4　**当店では週替わりのお値打ち商品をご提供いたしておりますので、ぜひお楽しみください。**

1　外国から輸入した　　2　種類が豊富な

3　コストパフォーマンスが高い　　4　値段の安い

題5　**名残**

1　5年前までは全く無名な存在だったが、今では知らない人がいない名残の店となった。

2　彼女の腹を膨らませてしまったのに、彼は結婚するにはまだ早いと名残を設けて責任を取ろうとしなかった。

3　駅前の商店街に、1980年代の香港の名残と思わせるレトロな喫茶店が一軒残っている。

4　チームのコーチとはいえ、全く権力を持っていなくて単なる名残の傀儡に過ぎない。

12 重要名詞⑦（は行）

人気（人的氣息）、人質（人質）、人目（世人的眼光）、火花（火花）、日焼け（曬太陽）、不況（不景氣 / 蕭條）、福祉厚生（福利保健）、扶養家族（扶養家屬）、憤慨（氣憤）、平常心（平常心）、豊作（豐收）⇄凶作（歉收）、奉仕（效勞 / 服務）、冒頭（開頭）、飽和状態（飽和）、発作（發作）、保養（保養 / 享受）、本名（真名）、真上（正上方）⇄真下（正下方）、間際（正要…之際）、真心（真心）、前触れ（預告 / 先兆）、～増し（增加）、的を射る（抓住要點 / 一語中的）、瞬き（眨眼）、見栄っ張り（虛榮）、見込み（希望 / 預計 / 可能性）、道端（路旁）、見積り（估價）、見通し（瞭望 / 預料）、源（源頭）、身なり（打扮）、見晴らし（景致）、身振り手振り（指手畫脚）

題1　日本人の<u>源</u>を探ってみると、秦の時代に中国からの移民に遡れるのだという説が浮上してきました。

1　あしもと　　2　ふもと

3　みなもと　　4　たもと

題2　アイドルグループのライブコンサートを直に観ることが出来て、目の________となりました。

1　見晴らし　　2　保養

3　奉仕　　4　豊作

題3　営業職たるもの、常に的を________だけでなく、人の心理も分かる人でないとならない。

1　刺す　　2　射る

3　切る　　4　得る

題4　師匠からすれば、________のある弟子が現れたら、その人を精一杯育てたがるものだ。

1　見込み　　　2　見晴らし

3　見通し　　　4　見積り

題5　前触れ

1　パイオニアとは、その分野の前触れとなる人のことを意味する。

2　前触れの社長が重宝とした幹部は、後継者世代でも力になるとは限らない。

3　珍しくてサイズの大きい海産物が釣れると、巨大地震の前触れだと言われている。

4　今度いらっしゃるときに、前触れてご連絡いただければ幸いです。

13 重要名詞⑧（は行～わ行）

無言（無言）、結び付き（結合 / 關係）、名誉挽回（挽回聲譽）⇄汚名返上（一雪前恥）、目先（眼前）、目つき（眼神）、目途 / 目処（目標 / 頭緒）、申し出（提出 / 申請）、申し分（缺點）、盲点（盲點 / 漏洞）、矢先（正要…之際）、由緒（淵源）、優越感（優越感）、融通（隨機應變）、夕焼け（晚霞）、ゆとり教育（寬鬆教育）⇔さとり教育（無欲教育。這是 2013 日本流行語，主要是指接受「寬鬆教育」的日本新一代，對物質夢想沒有很大的追求，類進中文的「躺平」）、横綱（相撲冠軍 / 首屈一指）、良し悪し（善惡）、余所見（左顧右盼）、余地（餘地）、夜更かし（熬夜）、世論（輿論）、弱音（泄氣的話）、～乱用 / 濫用（亂用 / 濫用）、理屈（道理）、連帯保証（共同擔保）、朗報（好消息）、賄賂（賄賂）、枠内（範圍內）⇄枠外（範圍外）

題 1 **あれほど頭を下げてお願いしてたのに、全然<u>融通</u>を利いてくれなくてなんて薄情なやつだ。**

1 ゆつ　　2 ゆうつう
3 ゆず　　4 ゆうずう

題 2 **やっと仕事が終わって一服しようと＿＿＿＿矢先に、猫が膝に乗ってきて寝ようとしていた。**

1 思った　　2 思い
3 思わない　　4 思って

題 3 **今年度の予算の金額や使用目的などについては、概ね<u>目途</u>がついている。**

1 理屈　　2 申請
3 枠内　　4 見当

題 4　**本音を言わせていただきますと、家賃は別にして、この部屋は実に申し分がありません。**

1　由緒　　　2　言い訳

3　非難すべき点　　　4　取柄

題 5　**余所見**

1　ね、あたしという者がありながら、どうしていつも他の女の子を余所見するわけ？

2　余所見の利益にとらわれ過ぎると、結局得るものより失うもののほうが大きいかもよ。

3　これからスマートフォンが子どもに与える影響について、若干余所見を述べたい。

4　余所見なこと言ってしまうと事態をややこしい方向に導きかねないので、コメントは控えさせていただきます。

14 重要片假名①

アピール（上訴 / 打動對方）、アマチュア（業餘愛好者）、アルコール（酒精飲品）、インセンティブ（激勵）、インテリ（知識分子）、インテリア（室內裝飾）、インパクト（影響 / 衝擊）、インフレ（通貨膨脹）⇄デフレ（通貨緊縮）、ウィルス（病毒）、エレガント（上品 / 優雅）、オリエンテーション（【大學】迎新日）、オンライン（電腦上線）、カテゴリー（範疇）、カルテ（病歷）、カンニング（作弊）、キャリア（職業）、キャラクター（性格 / 角色）、コストダウン（生產成本下降）、コンテスト（比賽）、コントラスト（對比）、シナリオ（情節 / 劇本）、ジャンル（類型）、ショック（打擊 / 震撼）、ストロー（吸管）、セレモニー（典禮）、センス（審美能力）

題 1　彼女(かのじょ)の一挙手一投足(いっきょしゅいっとうそく)、ひいては言葉遣(ことばづか)いから、＿＿＿＿さがプンプンと漂(ただよ)ってくる。

1　センス　　2　インテリ

3　アマチュア　　4　エレガント

題 2　これからの人生(じんせい)に起(お)こり得(う)る最悪(さいあく)の＿＿＿＿を想像(そうぞう)し、しかもそれを如何(いか)に回避(かいひ)できるかを考(かんが)えるのが眠(ねむ)れない夜(よる)の過(す)ごし方(かた)です。

1　シナリオ　　2　マスコミ

3　リハビリ　　4　コントラスト

題 3　<u>カテゴリー</u>別(べつ)で英単語(えいたんご)を暗記(あんき)するのが自分(じぶん)なりの勉強方法(べんきょうほうほう)だ。

1　範疇(はんちゅう)　　2　難易度(なんいど)

3　規則(きそく)　　4　使用頻度(しようひんど)

題 4　**アピール**

1　この動物は異性にアピールするときにひっきりなしにしっぽを振るそうです。

2　いくら時間がないとはいえ、その説明はアピールすぎてみんながちんぷんかんぷんだよ。

3　病院の先生に診てもらうには、まずアピールを取っとかないとダメよ。

4　妹は小さい時からファッションに興味があって、今はアピール関係の仕事をしています。

題 5　**ジャンル**

1　A さんが最も好む映画のジャンルはラブ・アクションものです。

2　アマゾンのジャンルには、様々な野生動物が生息しています。

3　ジャンルフードの定番と言えば、まずハンバーガーやフライドポテトの類が思い浮かぶでしょう。

4　同じオブジェクトでも違うジャンルで撮影すると、雰囲気も大分変わってくる。

15 重要片假名②

タイミング（時機）、タレント（人才 / 藝人）、チームワーク（團隊合作）、チャンネル（頻道）、デモ（示威，源自デモンストレーション）、トーン（語調）、トラブル（麻煩）、ニュアンス（語言的微妙差別）、ノイローゼ（神經過敏）、バッテリー（電池）、パトカー（警車）、ヒント（提示 / 線索）、ベストセラー（暢銷書）、ヘルシーな（健康的）、ボイコット（杯葛）、マスコミ（大眾傳媒）、メーカー（製造商）、メカニズム（機制）、メロディー（旋律）、ユニークな（獨特的）、ライバル（對手）、リハビリ（康復訓練）、ルーズな（鬆懈的）、レギュラー（正規）、レントゲン（X 光）、ワークショップ（工作坊）

題 1　**彼（かれ）の不貞不貞（ふてぶて）しい *** 返答（へんとう）から、否定的（ひていてき）な＿＿＿＿が感（かん）じられた。**

1　ボイコット　　2　メロディー

3　センス　　4　ニュアンス

*** 不貞不貞（ふてぶて）しい：相手（あいて）に対（たい）する思（おも）いやりがない。

題 2　**イタズラだの、カンニングだの、田中（たなか）はクラスの中（なか）でも屈指（くっし）の＿＿＿＿＿メーカーだ。**

1　デモ　　2　ライバル

3　ノイローゼ　　4　トラブル

題 3　**竹馬（ちくば）の友（とも）でありながら、この頃（ごろ）かなりライバル＿＿＿＿されているような気（き）がしてならない。**

1　感（かん）　　2　観（かん）

3　視（し）　　4　見（けん）

題4　**お金にルーズな人は、必ず周囲に一人二人くらいは存在するものです。**

1　を気に掛ける　　　　2　を気にしない

3　が気に入る　　　　　4　が気に食わない

題5　**女性の思考のメカニズムの中に、女性しか理解できない部分もあるかと思う。**

1　仕返し　　　　2　仕上げ

3　仕草　　　　　4　仕組み

16 重要 I 類動詞①（あ行）

欺く（欺騙）、嘲笑う（嘲笑）、操る（操縱）、誤る（失敗）、歩む（步行）、【自】改まる（革新）⇔【他】改める（把…革新 / 改正）、活かす（活用）、意気込む（幹勁十足）、営む（經營）、挑む（挑戰）、受かる（合格）、促す（催促 / 促使）、【自】潤う（濕潤 / 受惠）⇔【他】潤す（使…濕潤 / 受惠）、上回る（超出）⇄下回る（低於）、劣る（比不上）⇄勝る（勝過）、怠る（懶惰）、脅かす（開玩笑吓唬他人）⇔脅す（惡意恐嚇他人）⇔脅かす（威脅…的安全 / 和平）、赴く（前往）

***** 自他動詞的基本定律，可參照《3 天學完 N4・88 個合格關鍵技巧》20 至 21 自（不及物）他（及物）動詞表①②，以下同。**

題 1　難題に<u>挑む</u>ほど仕事の醍醐味が分かってくるような気がしてならない。

1　いとむ　　2　いどむ

3　いとなむ　　4　いどなむ

題 2　家に帰ると、毎回息子が色んな所に隠れて＿＿＿＿くる。

1　おどして　　2　おどかして

3　おびやかし　　4　おこたって

題 3　傀儡政権とは、他国の意のままに＿＿＿＿政権のことを指している。

1　いかされる　　2　あらためられる

3　いきごまれる　　4　あやつられる

題 4　最近懐が潤ったと聞いたんですが、本当に目出度いことですね。

1　肌が良くなった　　2　妊娠した

3　金が多くなった　　4　結婚した

題5　上回る

1　会社の売上は予測をはるかに上回っているので、今日の晩御飯は社長の俺の奢りだ。

2　これまでの物語の発展を忘れたんだって？それなら、上回って遡れば宜しい。

3　今度の夏休みは、アルバイトをして沢山稼いでみせるぞと上回る彼がいた。

4　国のために、躊躇わずに戦地に上回る兵隊さんを見ると、尊敬の念がやまない。

17 重要Ⅰ類動詞②（か行～さ行）

【自】重なる（重疊在一起）⇔【他】重ねる（把…重疊在一起）、【自】傾く（傾斜）⇔【他】傾ける（使…傾斜）、【恥を】かく（丟臉）、嵩張る（體積大而佔據空間）、【自】叶う（夢想成真）⇔【他】叶える（實現某人的願望）、庇う（包庇）、絡む（糾纏）、効く（有效）、築く（建立）、競う（競爭）、覆す（推翻）、志す（立志）、拘る（講究）、遮る（遮擋）、囀る（鳥鳴）、悟る（領悟）、裁く（裁決）、捌く（處理 / 割肉）、彷徨う（徘徊）、障る（妨礙）、しくじる（失敗）、慕う（傾慕）、凌ぐ（忍耐 / 凌駕）、済ます（完成）、背く（背叛）

題1　夏の眩しい日差しを有効的に＿＿＿＿ために、ピッタリのカーテンを誂えた。

1　そむく　　　　2　かたむける
3　きく　　　　　4　さえぎる

題2　その見解は前人未到の領域に達していて、それによって通説が＿＿＿＿可能性だってある。

1　したわれる　　　　2　こだわられる
3　くつがえされる　　4　すまされる

題3　このシリーズの家具はデザインは抜群ですが、すこし＿＿＿＿嫌いがありますね。

1　障る　　　2　嵩張る
3　庇う　　　4　重なる

題4　**うちの猫ったら、いつもなら冷たくあしらってくせに、今日はやたら絡んでくるのはなぜか？**

1　足早になって　　2　怒って

3　近寄って　　4　食欲旺盛になって

題5　**さまよう**

1　黄昏にはさまよう街に、心は今夜もホームに佇んでいる。

2　耳をすまして聞いてみてごらん！ほら、鳥がさまよってるの聞こえて来ない？

3　先生としては、ぜひ君の夢をさまよってあげたいものです。

4　幼稚園の先生になろうとさまよったのは、戦争が起きてからの話であった。

18 重要Ｉ類動詞③（た行～な行）

携わる（從事）、漂う（漂流）【自】縮む＝縮まる（縮小）⇔【他】縮める（使…縮小）、費やす（花費 / 消耗）、司る（擔任）、繕う（修繕）、募る（募集 / 招來）、呟く（喃喃自語 / 發牢騷）、摘む（摘）、【自】連なる（連綿不絕）⇔【他】連ねる（連成一排）、貫く（貫穿 / 貫穿始終）、問う（問）、尊ぶ（尊重）、滞る（堵塞 / 拖欠金錢）、嘆く（嘆氣）、馴染む（習慣）、賑わう（繁榮熱鬧）、担う（擔任）、鈍る（變得鈍）、妬む（妒忌）、臨む（面臨）、罵る（責罵）

題 1　確かに彼とは幼馴染ですが、結婚相手とまでは一度も意識したことがないです。

1　しおり　　2　なじみ

3　ちすじ　　4　みさき

題 2　論文の内容もさることながら、首尾がきちんと＿＿＿＿いてなかなかの出来栄えですね。

1　つらぬかれて　　2　ちぢまって

3　ののしられて　　4　とうとんで

題 3　いくらなんでも半年分の家賃がとどこおっているなんてあんまりじゃないか？

1　さきばらいして　　2　せきばらいして

3　ちゃくばらいして　　4　みばらいして

題 4　費やす

1　このシリーズの本を書き上げるのに、どれだけの歳月を費やしたか知っている？

2　費やしているばかりでは何も始まらないよ。さっさと仕事に戻れ！

3　戦地ジャーナリストの山田さんと連絡が途絶えてますます不安が費やしてきた。

4　会社に大きな取引をもたらしたが、その活躍ぶりは同僚に費やされている。

題 5　つかさどる

1　ライバル企業の会社へ談判に行くと、尋常じゃない空気がつかさどっていた。

2　年を取ったせいか、勘も腕もつかさどってきた。

3　この神経は口腔内の知覚をつかさどっているため、総本山的な存在である。

4　家の壊れたところをつかさどるのは夫としての私の責任である。

19 重要 I 類動詞④（は行～わ行）

捗る（順利發展）、励ます（鼓勵）⇔励む（努力）、弾む（彈起 / 氣氛高漲）、阻む（阻擋）、響く（響 / 產生影響）、冷やかす（嘲笑 / 只問價卻不買＝類近廣東話的「混吉」）、【自】隔たる（相隔）⇔【他】隔てる（把…和…隔開）、葬る（埋葬）、施す（施行）、群がる（聚集）、齎す（帶來）、もてなす（招待）、催す（舉辦）、歪む（歪斜 / 乖僻）、揺さぶる（搖晃 / 震撼）、蘇る（這個字源自日本神話中伊邪那岐從「黄泉」之國「帰る」之意）、喚く（叫喊）

題 1　あなたは髪の毛がふさふさで幸せ者だけど、禿げた人を見たら、励ましてあげたら？

1　もてあまして　　2　すまして

3　はげまして　　4　めざまして

題 2　この国では来年から男女ともが 30 歳になっても結婚できなかった場合、毎年 1 万ドルの罰金を取られるという新しい政策が＿＿＿＿そうである。

1　ほどこされる　　2　わめかれる

3　ほうむられる　　4　よみがえられる

題 3　その気もないくせに、冷やかすのやめてくれない？

1　いちゃもんを付けてから買う　　2　値段を聞こえないふりして買う

3　買うか買うまいかを躊躇う　　4　値段は聞くが買わない

題 4　おもてなしとしては、いささか失礼になるかと存じますが……

1　個人能力　　2　お給料

3　言葉遣い　　4　ご招待

題5 はかどる

1 先祖代々がはかどり、つまり他人のお墓に侵入して中の宝物を漁り出す仕事だった。

2 息子よ、新天地での仕事がはかどっているかどうかがお父さんの最も気がかりなことだ。

3 ここから5キロはかどったところには、かの名高い神社がある。

4 彼は自分が死んだらはかどらずに骨を海にまくようにと子供に言い残した。

20 N1 程度十大重要 IIa 動詞（上一段動詞）

案じる（擔心）、演じる（扮演）、重んじる（重視）、禁じる（禁止）、帯びる（帶有 / 蘊含…特色 / 意思）、省みる（反省）、試みる（嘗試）、懲りる（吃過苦頭，不敢再犯錯）、恥じる（感到害羞 / 慚愧）、綻びる（開花 / 露出微笑）

***** 基本上重要的 IIa 動詞已列在《3 天學完 N4・88 個合格關鍵技巧》22 20 個 IIa 動詞（上一段動詞）的記憶方法），N3 程度的話足以應付；此章以及《3 天學完 N2・88 個合格關鍵技巧》24 書裏，集中梳理 N2 和 N1 程度的 IIa 動詞。**

題 1　**彼はお医者さんの忠告を<u>顧みず</u>、暴飲暴食の日々を送っている。**

1　たまりみず　　2　くすりみず

3　かえりみず　　4　こおりみず

題 2　**夫は余りに暴飲暴食し過ぎているので、妻としては彼の身の上を＿＿＿ずにはいられない。**

1　演じ　　2　禁じ

3　案じ　　4　信じ

題 3　**子供のズームの授業に先立って、パソコンの起動がうまく出来るどうか再度＿＿＿。**

1　あたまみた　　2　きもちみた

3　からだみた　　4　こころみた

題4　単独登山は危ないと何度も注意したのに、彼ったら懲りもせずまたこっそりするなんて……

1　同じ過ちを繰り返し　　2　同じ意見に従わず

3　違う過ちを振り返って　　4　違う意見を取り入れず

題5　帯びる

1　方向音痴の私を、どうか目的地まで帯びていただければ幸いです。

2　「結構です」という言葉には、肯定と否定両方の意味を帯びている。

3　あの女優の最も観客の心を鷲掴みするところは、憂いを帯びた顔だと思う。

4　初めての海外旅行なので、旅券と両替したドルを忘れずに帯びていくように心掛けている。

21 重要 IIb 類動詞（下一段動詞）①（あ行～さ行）

褪せる（褪色）、甘える（接受好意 / 恭敬不如從命）、訪れる（來訪）、怯える（害怕）、掲げる（懸掛）、枯れる（枯萎）、涸れる（乾涸）、鍛える（鍛煉）、心掛ける（留心）、捧げる（雙手捧舉 / 奉獻）、授ける（授予）、定める（制定）、据える（安置 / 固定在）、廃れる（式微）、添える（添上）、聳える（聳立）

題 1　涸れる池に枯れる葉っぱ、水墨画にとって申し分のない素材ではあるまいか。

1　かれる　　2　なれる

3　はれる　　4　われる

題 2　かつて隆盛を誇っていたあの国の言語も、今となっては＿＿＿＿つつあります。

1　そびえ　　2　すたれ

3　ささげ　　4　おびえ

題 3　それでは、御言葉に甘えさせていただきますね。

1　を成り立たせて　　2　を受け入れさせて

3　をお断りさせて　　4　を考え直させて

題4　**据える**

1　お茶に和菓子を据えるなんてなかなか用意周到な組み合わせじゃないか。

2　開店に先立って、店の看板を一番目立つところに高く据えましょう。

3　据える群山を目の当たりにした瞬間、人間のちっぽけさを思い知らされた。

4　職場を転々としてきたが、今度こそぜひ御社で腰を据えて長く働こうと思っています。

題5　**あせる**

1　この薬は、飲んでからしばらく食欲があせてしまう副作用があるそうだ。

2　どうすればこの窮地から逃れられるか、ぜひ知恵をあせていただきたいです。

3　戦争の怖さにあせるのはどの国の誰でも同じです。

4　忘れ難い記憶なので、何年経っても決してあせることはなかろう！

22 重要 IIb 類動詞（下一段動詞）②（た行～わ行）

束ねる（捆在一起）、手掛ける（親自動手）、咎める（責備）、途絶える（斷絕 / 中斷）、唱える（提倡）、惚ける（裝傻）、逃れる（逃離）、映える（映照，最近日本人用「インスタ映え」表示照片拍得很美，在 IG 上能吸睛的意思）、腫れる（腫起來）、控える（等候 / 面臨 / 節制）、踏まえる（沿用）、震わせる（使…哆嗦）、【自】紛れる（混淆，可記住「どさくさに紛れて」＝乘機 / 趁火打劫）、交える（混雜在一起）、免れる（避免）、モテる（受歡迎）、揉める（糾紛 / 爭執）、漏れる（漏出來）、緩める（放鬆 / 緩和）、避ける（避開障礙物）

題 1　部下を<u>咎め</u>たい気持ちを抑えて、まず事件の経緯を説明してもらったらどうですか。

1　とがめ　　2　まるめ

3　からめ　　4　いため

題 2　チームメンバーの皆さん、今週末に大会の本番を＿＿＿＿、今日が最終の夜通し練習だぞ。

1　震わせ　　2　束ね

3　控え　　4　緩め

題 3　あんたがやったことぐらい、とうに知ってたよ。だから、＿＿＿＿ても無駄だよ。

1　まじえ　　2　とぼけ

3　まかせ　　4　とだえ

題4　その意見を踏まえつつ、自分ならではのプランを立て直してみます。

1　根拠とし　　2　議論し

3　押し切り　　4　貶し

題5　手掛ける

1　スティーブン・スピルバーグ監督の従弟さんにあたる、スティーブン・ダブルチーズハンバーグ監督が手掛けた映画なら、見なくちゃ！

2　水溜まりを手掛けて歩きなさいと注意しても、子供って案外それをジャブジャブ歩きたがるものですね。

3　自分の子供があんな許しがたい過ちを犯したのを聞くと、母親は怒りのあまり体を手掛けた。

4　長い髪だと作業の邪魔になるでしょう？このリボンで手掛けたら？

23 重要複合動詞①（あ行～な行）

押し切る（排除 / 不理）、受け継ぐ（繼承）、受け止める（接受現實）、打ち明ける（毫不隱瞞説出）、切り替える（轉換）、食い違う（與…不一致 / 有出入）、仕上げる（完成）、仕入れる（採購 / 入貨）、仕掛ける（設置）、仕切る（隔開 / 主持）、～損なう（錯過了～的時機，如「食べ損なった」＝吃不到）、立ち去る（離開）、立ち寄る（經過）、立ち直る（振作）、辿り着く（到達）、～直す（重新～，如「立て直す」＝重新制定）

題 1　**親の反対を＿＿＿＿、高卒したらすぐ日本に留学することを決めました。**

1　おしきって　　2　たちよって

3　きりかえて　　4　たちさって

題 2　**今回の企画は何から何まで彼一人で＿＿＿＿。**

1　やり合っています　　2　仕返しています

3　やり直しています　　4　仕切っています

題 3　**ご紹介に与りました、弊社の<u>仕入れ</u>担当の山田でございます。**

1　営業　　2　入荷

3　修理　　4　会計

題 4　**食い違う**

1　同じ時間帯で同じ現場にいた二人の証人による証言が大いに<u>食い違って</u>いるのは何故だ？

2　よくノーライセンスの店で食べ物を購入する彼は昨日<u>食い違い</u>で入院したそうです。

3　<u>食い違い</u>のないように食べられる分だけ注文することを心掛けましょう。

4　死ぬ間際に、今まで何か<u>食い違って</u>いるような悔いはないかと自分に問いたい。

題 5　受け止める

1　この伝統芸能を次の世代に<u>受け止めさせ</u>たいのですが、快く承諾してくれる人はいない。

2　この国には、国際条約に準ずる健全とした難民の<u>受け止め</u>制度があります。

3　いささか信じがたい事実だと存じますが、どうか<u>受け止め</u>ていただきますように……

4　午後宅急便の人が荷物を持って来てくれるのですが、代わりに<u>受け止めて</u>もらえませんか？

24 重要複合動詞②（た行～わ行）

～尽くす（～盡，如「言い尽くす」＝説盡）、突っ込む（衝進 / 埋頭苦幹 / 吐槽）、照らし合わせる（對照）、取り次ぐ（傳達）、成り立つ（成立 / 組成）、抜け出す（逃跑 / 擺脫）、乗っ取る（奪取）、見合わせる（延遲 / 暫停）、見落とす（看漏）、見せびらかす（「見せ」＋「開かす」＝賣弄 / 炫耀）、見做す（看作）、見逃す（錯過機會 / 饒恕）、見計らう（看準時機）、見張る（監視）、見渡す（放眼望）、～まくる（拼命～「稼ぎまくる」＝拼命賺錢）、結び付く（與…有關連）、盛り上がる（氣氛高漲）

題 1　**見た目は誠実そうな木村さんがまさかとんでもない助平だったなんて、本当に見＿＿＿＿わ。**

1　尽くした　　2　下ろした
3　損なった　　4　逃した

題 2　**マックの食べ物を食べて食べて食べ＿＿＿＿のは、おまけのおもちゃが欲しかったからだ。**

1　ググる　　2　まくる
3　アップる　　4　すたばる

題 3　**大雪により一部の区間で列車の運転が＿＿＿＿となっております。**

1　見計らい　　2　見合わせ
3　見張り　　4　見落とし

題 4　**A 社を乗っ取ることができるのは、この俺以外に誰がいるのでしょうか！**

1　軌道に戻らせる　　2　運営の方針を変える

3　破滅の境地に導く　　4　自分のものにする

題 5　**見せびらかす**

1　のび太、また宿題を忘れたか。今日こそ、先生は見せびらかさないぞ！

2　諸君たちよ、ぜひ出木杉君の一挙手一投足を見せびらかしてください。

3　スネ夫のやつ、また新たに親に買ってもらった車を見せびらかしやがって……

4　ジャイアンの歌声は宛ら地獄からの喚きであるかのように見せびらかす人が大勢いる。

25 重要 III 類動詞①（あ行～か行）

値する（值得）、斡旋する（幫助 / 介紹）、圧倒する（勝過）、家出する（離家出走）、依存する（過度依賴）、運営する（運作）、お供する（同行 / 陪伴）、該当する（相當於）、介入する（介入）、介抱する（照顧）、拡散する（擴散）、合併する（合併）、換算する（換算 / 折合）、干渉する（干涉）、勧誘する（勸說）、緩和する（緩和）、偽造する（偽造）、逆転する（逆轉）、救済する（救濟）、共感する（共鳴）、共存する（共存）、協調する（協調）、仰天する（大吃一驚）、脅迫する（威脅）、吟味する（斟酌）、軽蔑する（輕視）、欠如する（欠缺）、結束する（團結）、交渉する（交涉）、向上する（進步 / 改善）、構想する（構思）、拘束する（拘留）、交代する（替班 / 政權更替）、誇張する（誇張）

題 1　『西遊記』とは、三蔵法師と彼に＿＿＿＿3 人の弟子の冒険が描かれた小説である。

1　お供する　　2　共存する

3　救済する　　4　値する

題 2　国民の皆様、我々は＿＿＿＿を強め一丸となって外国の侵入に抵抗せねばなるまい。

1　向上　　2　合併

3　結束　　4　拘束

題 3　夏場だったが、あの<u>仰天</u>ニュースを聞くや否や、火照った体も一瞬冷え込み始めた。

1　目覚ましい　　2　天気予報の

3　起きたばかりの　　4　魂消た

題4 介抱する

1 子供の時、祭りで花火が見えなくて背の高い父に介抱してもらった覚えがある。

2 国際紛争に介抱する前に、まず自国の政治を良くしろとはあの政党のマニフェストである。

3 我が子よ、父ちゃん母ちゃんが年を取ったら、安易に介抱施設に入れることなかれ。

4 飲み会で、先輩が酔いつぶれてしまったので、介抱してあげました。

題5 吟味する

1 余興ですが、これから皆さんの前で三味線を弾きながら和歌を一曲吟味します。

2 文章を書く時には適当に言葉を選ぶのではなく、よく吟味しなされ。

3 試作品で美味しいかどうか分かりませんが、吟味してもらえると嬉しいです。

4 あの人がうちの陣営に来て吟味してくれさえすれば我々は勝てるに違いない。

26 重要 III 類動詞②（さ行）

削減する（削減）、錯覚する（產生錯覺）、察する（推測 / 體諒）、試行錯誤する（反復試驗）、失脚する（下台）、実践する（實踐）、始末する（處理）、終始する（從頭到尾始終如一）、樹立する（樹立）、承諾する（承諾）、譲歩する（讓步）、上陸する（登陸）、除外する（除卻）、処分する（銷毀 / 處罰）、申告する（申報）、審査する（審查）、侵略する（侵略）、推測する（推測）、制裁する（制裁）、施錠する（上鎖）、是正する（訂正）、占領する（佔領）、相殺する＝ちゃらにする（抵銷）

題 1　SF とはいえ、現実にもそういうことが起き得るんじゃないかと錯覚するほどの傑作である。

1　さかく　　　2　さっかく

3　さかつ　　　4　さっかつ

題 2　すでに頂点に達しているかと思いきや、彼女はまたしても新しい世界記録を樹立した。

1　きりつ　　　2　こりつ

3　じゅりつ　　　4　じゅうりつ

題 3　新しい政権は、これまでの貿易不均衡を＿＿＿＿ように努力する姿勢を見せてくれた。

1　是正する　　　2　実践する

3　終始する　　　4　承諾する

題4　あのサッカー選手のたった今のエラーはせっかくのハットトリックを相殺してしまった。

1　補足して　　2　暗殺されて

3　八百長をして　　4　帳消して

題5　察する

1　ご主人様がご逝去との悲報、奥様をはじめ残されたご家族の心中お察し申し上げます。

2　冬になると餌を求めるべく寒い地域から日本にやってくる渡り鳥を察するのが趣味です。

3　あの地域に囚人を察する刑務所を建設するという政策は、住民たちの反感を買っている。

4　外国人患者さんを察する時たどたどしい英語でしか話せない日本人の医者が大勢いる。

27 重要 III 類動詞③（た行～な行）

滞納する（逾期未繳）、対比する（與…對比）、待望する（熱切期待）、打開する（打破僵局）、妥協する（妥協）、脱出する（逃出）、断言する（斷言）、短縮する（縮短）、蓄積する（積累）、着手する（開始做）、着陸する（飛機等降落）⇄離陸する（飛機等起飛）、ちやほやする（溺愛 / 奉承）、中継する（現場直播）、中傷する（中傷）、調印する（簽訂）、徴収する（徵收）、調達する（籌備）、調停する（調停）、重複する（重複）、重宝する（珍而重之）、直面する（面對問題）、直感する（直覺）、追及する（追究責任）、痛感する（深切體會）、展望する（展望）、統合する（整合）、踏襲する（沿襲）、導入する（引進）、動揺する（動搖）、得する（佔便宜 / 有利）、蔑ろにする（瞧不起 / 輕視）

題 1　**近年の子供の運動能力低下は蔑ろにできない問題だと見做されつつある。**

1　ないがしろ　　2　ありがしろ

3　なにしろ　　4　くろしろ

題 2　**台風 3 号は A 国に接近しており、日曜日の朝 6 時くらいには＿＿＿＿見込みです。**

1　登陸する　　2　上陸する

3　離陸する　　4　着陸する

題 3　**かなりの年月が経ったが、警察はいよいよ事件捜査にちゃくしゅすることにしたらしい。**

1　を果たす　　2　を諦める

3　をやり始める　　4　をやりっぱなしにする

題 4　子供をちやほやしすぎると、とんでもないことになりかねませんよ。

1　を甘やかし　　　2　を傷付け

3　に勉強させ　　　4　を嘲笑い

題 5　痛感

1　親として、非行に走った我が息子のことで痛感が絶えない。

2　出産経験のある妊婦さんから「痛感って辛いものだったよ」という話を聞いたことがある。

3　決勝戦で敗れて実力の無さを痛感し、更なる修行に赴くことを決めました。

4　データを保存せずにパソコンの電源を切るという痛感のミスを犯してしまった。

28 重要 III 類動詞④（は行～わ行）

配給する（配給）、配慮する（關懷 / 顧慮）、白状する（坦白供認）、発散する（發泄）、繁殖する（繁殖）、匹敵する（與…匹敵）、非難する（譴責）、描写する（描寫）、披露する（公開）、封鎖する（封鎖）、侮辱する（侮辱）、復興する（振興）、沸騰する（沸騰 / 情緒激昂）、並行する（同時進行）、辟易する（感到束手無策）、放置する（不理會）、膨張する（膨脹）、補給する（補給）、補強する（強化）、発足する（開始活動 / 創立）、没収する（沒收）、麻痺する（麻痹 / 麻木）、満喫する（飽享）、密集する（集中在）、免除する（免除）、網羅する（網羅）、模索する（摸索）、模倣する（模仿）、要請する（請求）、養成する（培養）、抑圧する（壓制）、落胆する（氣餒）、流通する（流通）、両立する（並存）

題 1　脱獄した犯人の逃亡を阻止するべく、警察は直ちに道路を封鎖した。

1　ふうさ　　2　ふうさく

3　ほうさ　　4　ほうさく

題 2　新事業の開始に伴い、各部署から人材を募って新たな部署を＿＿＿＿させようと考えている。

1　復興　　2　発足

3　並行　　4　両立

題 3　今の会社では、毎日簡単ではあるが同じ作業の繰り返しで辟易させられている。

1　のんびりしている　　2　うんざりしている

3　しんみりして　　4　ひんやりしている

題 4　ずばり、人生をまんきつするには、どうすればいいでしょうか？

1　有意義にする　　2　楽しむ

3　変える　　4　悟る

題 5　**落胆する**

1　熊が落胆される過程を目撃したことが彼の動物愛護施設を立ち上げるきっかけとなった。

2　一晩かけて準備したところで、まさか筆記試験に落胆するなんて信じられなかった。

3　僧侶でありながら、女や車など修行を落胆させるような生活を送るなんてけしからん。

4　待望のイベントが中止となり、落胆しない人は誰一人いなかった。

29 重要い形容詞①

浅ましい（膚淺的）、呆気ない（沒意思的 / 不過癮的）、潔い（果斷勇敢的 / 不拖泥帶水的）、著しい（顯著的）、いやらしい（下流的，讀快的話會變成やらしい）、鬱陶しい（令人鬱悶的）、縁起がいい（吉利的）⇄縁起が悪い（不吉利的）、夥しい（大量的 / 無數的）、決まり悪い（尷尬的）、心強い（有把握的）⇄心細い（沒把握的）、快い（爽快的）、渋い（味道很澀的 / 不愉快的 / 老成的）、図々しい（厚臉皮的）、清々しい（清爽的）、素早い（迅速的）、切ない（悲傷的）、素っ気ない（冷淡無情的）

題 1　**申ちゃんの先生：去年に比べて、お子さんの英語は<u>著しく</u>進歩しましたね。**
申ちゃんのお父さん：やっぱり！それは私が毎日欠かさずに教えている結果なんです。

1　おびただしく　　2　いちじるしく
3　わずらわしく　　4　あさましく

題 2　**年は 15 にしてすでにクラシック音楽をこよなく愛するなんて＿＿＿＿ね。**

1　決まり悪い　　2　鬱陶しい
3　渋い　　4　素早い

題 3　**ねえ、裕子、そろそろ俺に<u>素っ気ない</u>態度を取るの辞めてもらえる？**

1　おどおどした　　2　無愛想な
3　平等じゃない　　4　いつわりの

題 4　呆気ない

1　あの子はわざとらしさとは無縁な存在で、よく「呆気ないね」と言われている。

2　食べ放題はしたものの、支払わずに先に帰るなんて、呆気ない人だったね。

3　呆気ない人は、常に目先の利益しか見えなくて将来への見通しが出来ない。

4　予選で力を出し切ったことによる疲労が原因で今日の試合は僅か 1 分で呆気なく敗れた。

題 5　いさぎよい

1　いさぎよい空気欲しさに、長年住んでいた都会を離れて田舎に移住してきました。

2　ウィンナーソーセージは英語の Winner の発音とほぼ同じなので、日本人いにはいさぎよい食べ物だ見做されています。

3　万年赤字続きで、社長として責任を取っていさぎよく退任すべきではないか。

4　いさぎよいお家ですね！ところで、毎日掃除するのにかなりお時間がかかるでしょう！

30 重要い形容詞②

逞しい（強壯的 / 意志力堅強的）、容易い（輕而易舉的）、尊い / 貴い（尊貴的）、乏しい（不足的）、情けない（難為情的）、何気ない＝さり気ない（不經意的）、粘り強い（不屈不撓的）、望ましい（期望的）、儚い（無常的）、相応しい（合適的）、待ち遠しい（熱切期待的）、見苦しい（不堪入目的）、みすぼらしい（破舊襤褸的）、物足りない（不充分的 / 不盡興的）、脆い（脆弱的 / 多愁善感的）、ややこしい（複雜的）、欲深い（貪心的）、煩わしい（麻煩的）

題 1　アマゾン地域在住の原住民：「Ngo wa bei nei baan yau ji, gam chi dailinglok la.」

開発業者：今なんと言ってました？

通訳：今「先祖様が残してくれた尊い遺産を最後まで守り抜きたい」と仰っています。

1　おさない　　2　しつこい

3　かしこい　　4　とうとい

題 2　引っ越し屋：________お仕事ですから、ぜひ弊社の________男性社員にお任せください！

1　えんぎのわるい / もろい　　2　いやらしい / よくぶかい

3　わずらわしい / うっとうしい　　4　たやすい / たくましい

題3　いくら名高い泣ける映画とはいえ、映画館にトイレットペーパーを一巻き持って来るなんて、涙＿＿＿＿過ぎない？

1　もろ　　　2　くど

3　やっかい　　　4　はで

題4　ややこしい弁解はもうたくさんだ。もう少し手っ取り早く説明してもらえる？

1　一方的な　　　2　無責任な

3　空想的な　　　4　複雑な

題5　なさけない

1　現代人の我々は、毎日なさけない量の情報を得ているが故に消化しきれない。

2　日本に来て間もなかったあの頃は、語れる友人が誰一人いなくてなさけなかった。

3　他人のなさけない一言で人生がごろりと変わったりすることもある。

4　さほど難しい問題でもないのに解けないなんてまったくなさけない。

31 重要な形容詞①

鮮やかな（鮮艷的）、あやふやな（含糊的）、円満な（圓滿的）、大袈裟な（誇張的）、大幅な（大幅度的）、大まかな（粗枝大葉的）、臆病な（膽小的）、厳かな（莊嚴的）、愚かな（愚蠢的）、微かな / 幽かな（隱隱約約的）、画期的な（劃時代的）、簡易な（簡單的）⇔安易な（把事情看得太簡單的）、肝心な（重要的）、気軽な（輕鬆的）、几帳面な（認真的）、窮屈な（狹窄的 / 感覺受拘束的）、強烈な（感覺強烈的）、煌びやかな（光輝燦爛的）、賢明な（明智的）、滑稽な（滑稽的）、細やかな（細膩的 / 細緻的）

題 1　肝心な時に限って彼はいないです。

1　かんじん　　2　かんしん

3　がんじん　　4　がんしん

題 2　簡単な儀式ながらも厳かに行われました。

1　しとやか　　2　ゆるやか

3　おごそか　　4　すこやか

題 3　あまり期待はできないけれど、まだ＿＿＿＿可能性は残っているから、諦めることなかれ。

1　きがるな　　2　こまやかな

3　かすかな　　4　あざやかな

題 4　彼からあんなあやふやな返事が返ってくるのは実に予想外でした。

1　ハッキリとした　　2　ひどい

3　ばかばかしい　　4　どっちつかずな

題5 **大まか**

1 心にゆとりを持ち、嫌なことでも笑い飛ばす、即ち大まかな人がタイプです！

2 面白いことを言おうとして、あの大阪人は少し話を大まかに膨らませる傾向がある。

3 限られた時間内に、企画の内容をおおまかに説明させていただきます。

4 彼はおおまかなところを見せて少しも躊躇わずに 100 万円をチャリティー団体に寄付した。

32 重要な形容詞②

質素な（樸素的）、淑やかな（端莊賢淑的）、柔軟な（柔軟 / 頭腦靈活的）、健やかな（健康的）、速やかな（迅速的）、素朴な（純樸的 / 單純的）、ぞんざいな（草率的 / 馬馬虎虎的）、平らな（平坦的）、円らな（圓圓的）、滑らかな（平滑的）、長閑な（寧靜的）、遙かな（遙遠的）、半端な（不完整的＝中途半端な）、密かな（暗中的）、不審な（可疑的）、無難な（無可非議的）、惨めな（悲慘的）、身近な（身邊的）、無意味な（沒有價值的）、無口な（沉默的）、無邪気な（天真爛漫的）、無造作な（不費吹灰之力的 / 漫不經心的）、無謀な（魯莽的）、露骨な（露骨的）

題 1 **ミルクを思う存分飲ませてもらって気分爽快になったせいか、赤ちゃんは泣き止んで円らな瞳で親の顔を見上げた。**

1　まどら　　2　まるら

3　たまら　　4　つぶら

題 2 **「あたしと君のお母さんが同時に海に落ちたら、だれを先に救うか」と恋人に聞かれた時の無難な答えを教えてください。**

1　知恵のある　　2　ユーモアのある

3　支障のない　　4　困難のない

題 3 **うちの子は、無口でしかもそのせいか無愛想に見られがちである。**

1　ハローキティちゃんみたいに口がなくて

2　言葉がうまく喋れなくて

3　口数が少なくて

4　言いたい放題で

題4　**言葉遣いに対するぞんざいさが、人間を意外な方向に導いているのだあと実感している。**

1　いい加減さ　　2　知識のなさ

3　躾の良さ　　4　想像力の豊かさ

題5　**素朴な**

1　素朴な疑問なんだけど、人間はなんのために働いているの？

2　宣教師の皆さんは、豪華な食事や家具なしで最も素朴な暮らしを送っている。

3　素朴な初心者のくせに、プロのような物言いをする人はどうかと思いますが……

4　Quality over quantity、つまり「量より素朴」的な生活を送りたがるのは中高年層の共通点ではあるまいか？

33 重要副詞①（疊字）

嫌々＝渋々（不得已）、うろうろ（徘徊）、おどおど（提心吊膽）、じめじめ（天氣潮濕）、ずるずる（拖拖拉拉）、そわそわ（坐立不安）、たぶたぶ（衣服太大）、ちょくちょく（經常 / 頻繁）、堂々と（堂堂正正）、はらはらどきどき（緊張）、びしょびしょ（人或物品濕透了）、ふらふら（搖搖晃晃 / 到處溜達）、ぺこぺこ（餓了 / 卑躬屈膝）、ぼちぼち（馬馬虎虎 / 還過得去）、区々（形形色色 / 各式各樣）、丸々（整整）、めそめそ（啜泣）

題 1　**A：ご商売はいかがですか？**

B：おかげさまで________ってところですね。

1　そわそわ　　2　ぼちぼち

3　たぶたぶ　　4　ずるずる

題 2　**結論を申し上げると、取引先からの提案を渋々呑まされる情勢となりまして……**

1　やむをえず　　2　こころよく

3　間接的に　　4　みずから

題 3　**ね、どうしていつも公の場でめそめそするの？**

1　汗ばむ　　2　血だらけになる

3　涙ぐむ　　4　鼻くそをほじる

題4　人見知りの私ですが、仕事の関係で取引先の所にちょくちょく顔を出すようになった。

1　おのおの　　2　しばしば

3　じょじょに　　4　わざわざ

題5　区々

1　貸してあげたのは区々3万だけですから、そこまでぺこぺこされても困りますが……

2　その難解な文字で書かれた文章を解読するのには区々1週間かかりました。

3　勝負のことを度外視して、相手に立ち向かって区々と戦おうじゃないか？

4　今回の事故の原因に関して、専門家による意見は区々で、容易に纏まらなかった。

34 重要副詞②（あ行～か行）

予め＝前もって（事先）、案の定（不出所料）、如何に（多麼）、依然として（依然）、一概に～ない（不能一概）、いっそ（倒不如 / 索性，源自いっそのこと）、今一～ない＝今一つ～ない（還沒 / 還差點）、自ずから（自自然然地）、却って（反而）、嘗て（曾經）、辛うじて（好不容易才）、急遽（突然）、悉く（悉數）

題 1　自ら意図的にやり出したことがやがて自ずからやれるようになりたいです。

1　みずから / おのずから　　2　おのずから / みずから

3　みずから / みずから　　4　おのずから / おのずから

題 2　敵に跪いて降参するくらいなら、＿＿＿＿潔く死んだほうがましだ。

1　依然として　　2　いっそ

3　如何に　　4　かつて

題 3　新人の私からの提案はことごとく敬愛する上司に却下された。

1　予想通りに　　2　意外にも

3　無情にも　　4　何から何まで

題 4　悪天候により配送が遅れる可能性もございますので、あらかじめご了承ください。

1　くれぐれも　　2　新たに

3　先立って　　4　明らかに

題5 辛うじて

1 先週の試験はどうだったって？辛うじて合格して楽勝だったよ。

2 辛うじて育ててきた娘を嫁に出すとなると、責任を果たしたと言いたいところですが、やはり悲喜交々と言うべきでしょう。

3 同じ日本語とはいえ、関西弁は辛うじて聞き取れる程度です。

4 節目の結婚記念日は、たまには旅行もかねて辛うじてお祝いしたい。

35 重要副詞③（さ行～な行）

さぞ＝さぞかし（想必）、然程～ない＝それほど～ない（並非那麼）、強いて言えば（硬要説的話）、若干（多多少少）、しょっちゅう（經常）、即ち（換言之）、ずばり（一針見血 / 開門見山）、ずらりと（擺成一大排）、すんなりと（順利）、総じて（整體來説 / 總括而言）、但し（然而）、到底～ない（無論怎麼也不～）、どうにか（總算 / 湊合）、どうやら（勉勉強強總算 / 聽説）、咄嗟に（瞬間）、取り分け（尤其是）、尚更（更加）、何卒（務必）、並びに（以及）、なんだかんだ（這樣那樣）、なんなりと（無論甚麼都）

題 1　＿＿＿＿言って困った我が子をほっとけないのが、親、とりわけ母親ってもんだ。

1　なんだかんだ　　2　ずばり

3　ずらりと　　4　強いて

題 2　交渉がすんなりとまとまってまずまずの結果と言えよう。

1　ようやく　　2　次第に

3　総じて　　4　滞りなく

題 3　自分にも理屈をちゃんと説明できないなら、他の人に対してはなおさらだ。

1　二の舞　　2　一層

3　三階　　4　同じ

題4　**さぞ**

1　君がかかっている病気はさぞ悪いものではないようでホッとしました。

2　ご卒業おめでとうございます。ご家族の皆さまもさぞご安心なさったことでしょう！

3　気のせいかも知れないが、さぞ変な臭いがしている。

4　さぞご了承くださいますよう、よろしくお願い申し上げます。

題5　**とっさに**

1　都市建設という大事業となると、ごく一部の人間だけではとっさにできない。

2　この店のラーメンはどの味もおいしいが、とっさに醤油味がオススメだ。

3　いざとなると、とっさに言葉が出てこないのが外国語というものです。

4　とっさに申し上げますと、ご提案下さった条件ではご承諾致しかねます。

36 重要副詞④（は行～わ行）

延いては（不僅…以至於 / 甚至）、只管（一味的只顧）、ひょっとしたら（或許）、丸っきり～ない（根本不 / 根本沒有）、無闇に（胡亂 / 過度）、無論＝勿論（當然）、専ら（主要 / 光是）、最早（事到如今已經）、もろ～(徹徹底底的 / 不得不說是～）、矢鱈に（程度比平常多 / 大）、止むを得ず（無可奈何）、ややもすれば（動輒）、余程（相當）、碌に～ない（不好好的～）

題 1　この政権は、＿＿＿＿挽回の余地がないと考えられている。

1　最早　　2　延いては
3　無闇に　　4　専ら

題 2　陳さんが話しているのは、<u>もろ日本人英語</u>だな。

1　日本人英語に勝る英語　　2　日本人英語に劣る英語
3　正真正銘の日本人英語　　4　日本人英語に似た英語

題 3　私は広東語が<u>まるっきり</u>話せませんが、夫なら少し話せます。

1　それほど　　2　ちっとも
3　やや　　4　めったに

題 4　<u>ろくに</u>調べもしないくせに、いい加減なことをいうな。

1　十分に　　2　どうせ
3　ややもすれば　　4　あえて

題5 **余程**

1 余程傘を持って行きなさいって言ってたのに、どうして言うことを聞かないの？

2 夜更かしは余程にしておかないと、生活や健康に支障をきたすぞ。

3 余程のことがない限り、あんな性格の悪い女性は好きになれないでしょう。

4 お忙しいようですので、それではまた余程お伺いいたします。

第三部分　文法比較

出題範圍	出題頻率
I 語言知識（文字・語彙・文法）・讀解	
問題 1　漢字音讀訓讀	✓
問題 2　合適詞彙選擇	✓
問題 3　同義異語演繹	
問題 4　單詞正確運用	✓
問題 5　文法形式應用	✓
問題 6　正確句子排列	✓
問題 7　文章前後呼應	✓
問題 8　書信電郵短文	✓
問題 9　中篇文章理解	✓
問題 10　長篇文章理解①	
問題 11　複數文章比較	
問題 12　長篇文章理解②	
問題 13　圖片情報搜索	
II 聽解	
問題 1　圖畫文字綜合①	
問題 2　圖畫文字綜合②	
問題 3　整體內容理解	
問題 4　即時情景對答	
問題 5　長文分析聆聽	

37 樣態的表示①
「【生氣 / 諷刺】有點…似的」的 N がましい
「【感嘆】有點…的感覺 / 氣息」的 N めく / めいた
「眼看就要 / 幾乎就要…」的 V ないんばかりの / んばかりに
「假裝 / 擺…樣子」的 A 類ぶる

所需單詞類型： **N（言い訳、未練、春、皮肉）**
V ない（言わな~~い~~、溢れな~~い~~、来な~~い~~ / 離婚しない→離婚せ）
A 類～N、い形、な形（有名人、偉い、親切）

以上 4 個文法的範文合併為以下的故事，一目瞭然。

元カノはしょっちゅう**言い訳がましい**ことをタラタラ言うタイプの女だった。一度俺の誕生日の日に他の男性と一緒にホテルに入ったのを見たので、彼女に説明を求めたら、案の定**言い訳めいた**説明で俺を説得しようとしていたが、無論それを信じようとしなかった。すると、「あたしを信じないの」と**言わんばかりの**視線が降り注いで今にも**泣かんばかりの**表情で俺をじっと見ていた。こっちがびくともしない態度を見せ続けていたら、やがて**土下座せんばかりに**必死に謝ってきた。「わかった、今度だけ許してやろう」と俺が親切に宥めてやったにもかかわらず、「**いい人ぶる**んじゃねえよ、ば～か」とまさか逆切れされた。いつも**被害者ぶって**いたが、真の被害者は俺のほうだった。その彼女とはもう別れたが、たまに思い出してしまったりもする。その都度、今の彼女に「いつまでも元カノのことを引きずる男って**未練がましくて**男らしくないよ」と**皮肉めいた**言い方で揶揄われて腹が立つ。（我的前度女友經常說些聽起來類似在推卸責任的話。有一次在我的生日時，我看見他和一個陌生男人進了酒店，

就要求她說明，果然不出所料，她的解釋充滿藉口**味道**，當然我就不打算相信。然後，她投射一種**彷彿**在說「為甚麼不相信我？」的眼神，以一種**眼看**就要哭出來的表情一直盯着我。我向她展示拒不妥協的態度，然後她就**幾乎**要跪下來似的拼命向我道歉。「好了，這次就原諒你吧！」我這樣親切的安慰她，卻竟然被她反咬一口說：「不要**裝**好人，你這個 SB！」以往她經常**扮演**着被害者的角色，其實真正的被害者是我呢！我和她已經分手了，但偶然還是會想起她。每當至此，就會被現在的女友以**帶**諷刺味道的話揶揄，說：「分手之後仍然想着前度女友，這樣的男生**拖泥带水**，沒有男子氣概哦！」一聽到這話，我就很生氣。）

*****1.「N がましい」和「N めく / めいた」的最大分別是，前者幾乎都是貶義的 N（言い訳、未練），而後者卻可褒可貶，但 N 只限定是「言い訳、春、謎、冗談、皮肉、説教」等幾個。**

題 1 **口数の少なく謎＿＿＿＿女性に、男性は惹かれやすいという都市伝説は本当ですか？**

1　めいている　　2　がましい

3　のつもりの　　4　ぶった

題 2 **良い方法があるなら、＿＿＿＿ぶらないで教えてくれよ！こっちは急いでるんだからね。**

1　それ　　2　もったい

3　関係のな　　4　冷静

題 3 **卓球の試合で勝っている A 選手を「負けるもんか」と＿＿＿＿恐ろしい目つきで B 選手が睨んでいた。**

1　吼えたばかりに　　2　吼えたこととて

3　吼えんばかりに　　4　吼えんがために

題4　たかが＿＿＿　＿＿＿　＿★＿　＿＿＿のつもりですか？

1　のくせに、そんな　　　　2　僕らと同じ一市民

3　なんて何様　　　　4　口の利き方をする

38 情感的表示①

「原本就已經⋯，何況 / 再加上」的ただでさえ普のに
「請別誤會，我壓根兒也沒想過⋯」的Vたつもりはない / つもりはなかった
「【後悔】要是 / 早知道⋯就」的Vる / た型だろうに
「【後悔】要是 / 早知道⋯就」的普ものを

本書 38 至 39「情感的表示①②」需要互相比較，故 38 的練習合併在 39 之後。

所需單詞類型：**Vる（行く、始める、参加する / 来る）**
Vた（言った、見た、した / 来た）
た型（言った、言わなかった、良かった、駄目だった、日本人だった）
普（行く、行かない、行った、行かなかった、行っている、安い、有名な、学生な）

I. **ただでさえ**留年で家計が火の車に**なったのに**、ずっと信頼していた友人にまで見捨てられて、ダブルパンチを食らったと言わざるを得ない。（**原本**留班**已經**令家計百上加斤，**再加上**連一直信任的朋友也對我見死不救，不得不說是受到了雙重打擊。）

II. 困っている私を見て見ぬふりしたあなたを**許したつもりはない / つまりはなかった**よ。（**請別誤會，我壓根兒也不認為**已經原諒了你，那個當日明明知道我很困難卻假裝没看見的你。）

III. あの時手を貸してくれれば、難関を**乗り越えられただろうに**⋯⋯。（那個時候**要是**你肯伸出援手的話，我**一定**能渡過難關的，可你⋯⋯）

IV. あの時手(ときて)を貸(か)してくれれば**よかった**だろうに……。（那個時候**要是**你肯伸出援手的話**就**好了，可你……）

V. あの時手(ときて)を貸(か)してくれれば、難関(なんかん)を**乗(の)り越(こ)えられた**ものを……。（那個時候**要是**你肯伸出援手的話，我**一定**能渡過難關的，可你……）

VI. あの時手(ときて)を貸(か)してくれれば**いい**ものを……。（那個時候**要是**你肯伸出援手的話**就**好了，可你……）

VII. あの時手(ときて)を貸(か)してくれれば**よかった**ものを……。（那個時候**要是**你肯伸出援手的話**就**好了，可你……）

*****1.「ものを」可理解為 N1 程度的「のに」，他和「だろうに」最大分別在於「ものを」理論上可接上任何形式的「普通型」而「だろうに」前面主要是不同形態的「た型」。估計作為比較的機會應不大，但如果真要比較的話，只需記着像「いい」這種並非「た型」的單詞，一般只會是「いいものを」而不是「いいだろうに」！**

情感的表示②

「V 不已，衷心地 V」的 V て止まない
「不禁要 / 不禁感到」的 N を禁じ得ない
「結果雖然不是 100% 完美，但也恰如其分 / 也能以某種形式…」的 A 類なりに / なりの

所需單詞類型： **V て（願って、思えて、期待して）**
N（驚き、怒り、涙）
A 類（行く、行かない、行った、行かなかった、行っている、安い、貧乏、学生）

I. あの時、あなたが手を貸してくれるのを**願ってやまなかった**が……（那個時候，我**滿心**希望得到你的援助……）

II. あの時、**欲しくてやまなかった**のはあなたの助けでした。（那個時候，我一**直**渴望得到的是你的援助。）

III. しかし、あなたに素っ気なく断られたというまさかの結果に**驚きを禁じ得なかった**。人間、そして、この社会の冷たさに**絶望を禁じ得なかった**。と同時に、あなたならきっと助けてくれるに違いないと夢を見ていた甘すぎた自分にも、いまだに**笑いを禁じ得ない**。（但得知竟然被你無情拒絕之後，我**不禁**感到驚訝，亦**不禁**對人，甚至這個社會的冷漠，感到絕望。與此同時，我曾經做夢，奢想如果是你的話必然會盡力幫助我的，對於這個天真無邪的自己，直到今天也**不禁**要嘲笑一番。）

IV. でも、たとえあなたからの援助がなくても、**ないなりに / それなりに**生きていける。たとえあなたとは親友じゃなくなったとしても、これからは自分のペースで、**自分なりに**人生を楽しみながら生きていきたい。友人が

減ると、**減った**なりにストレスや悲しみも減るだろう。また、確かに一人じゃできないことはたくさんあるかと思うが、できなくてもいいんだ、むしろ、**できない**なりに頑張ったというプロセスのほうがよっぽど大事だと思う。最後に、あなたに感謝しないといけない。あなたがきっぱりとした態度をとったお蔭で、友情とは何か、人生とは何か、**私**なりの**答え**に辿り着いたからだ。(不過，即使沒有你的援助，我也能**在沒有**援助**之下 / 在這個情況下**活下去。也許我們再也不是好朋友，但今後我也希望能按着自己的步伐，**以**自己的**方式**一邊享受人生，一邊活下去。朋友減少了，**在**減少了的**基礎上**，壓力和悲傷也會同樣減少吧。另外，的確有很多事情是一個人不能完成的，但即使不能完成，也不要緊，反而**在**明知不能完成的**情況下**，勇敢地堅持着 —— 這個過程更加重要。最後，我衷心感激你，你那堅決拒絕的態度，令我能得出了**未必完美但屬於**自己的答案，去解答何謂友情？何謂人生？)

題 1　**決して自殺を鼓吹する *** 訳ではないが、死にたければ一人で死ねば________、どうして無関係な人たちを巻き添えにしなければいけないのか？**

1　よかっただろうと　　2　いいだろうに

3　よかったもので　　4　いいものを

*** 鼓吹する：意見を唱えて賛成を得ようとする。

題 2　**彼はただでさえ親友の前で喋るだけでもパニックしやすい________、100人を対象とするスピーチとなると言わずもがな *** のことだ。**

1　というのか　　2　というのは

3　というのに　　4　というのも

*** 言わずもがな：言うまでもない

題3 このパンツ姿の写真を応募先企業に送ってしまうと、間違いなく落とされるよ。もっと相応しい写真がいっぱいあった＿＿＿＿……

1　わりには　　2　ところを

3　だろうに　　4　わけだ

題4 この国の国民の大半が仏教徒なので、死後の世界は存在するものだと＿＿＿＿やみません。

1　信じたり　　2　信じないでは

3　信じて　　4　信ぜずに

題5 クラスきっての秀才の俺が思いっきり片思い相手の洋子ちゃんに告白してみたが、まさか振られるなんて＿＿＿＿。

1　悔しいと言ったらウソになる

2　くやしいったらない

3　くやしくて堪えない

4　悔しいのを禁じ得ない

題6 若かりし自分の心の支えであったお笑いタレント上島竜兵さんの＿＿＿＿ ＿＿＿＿ ＿★＿ ＿＿＿＿禁じ得なかった。

1　訃報に　　2　心の底から　　3　溢れんばかりの　　4　哀惜の念を

題7 君を言葉で＿＿＿＿ ＿＿＿＿ ＿★＿ ＿＿＿＿謝ります。

1　つもりはないのですが　　2　傷付けた

3　心の底から　　4　そう聞こえたなら

題 8　先日、役所へ用事を済ましに行ったのですが、私より若干年下くらいの 20 代と思われる若い男性職員が説明担当にあたりました。説明が一段落終わって、私が質問しようとすると、「なんだ、今の説明じゃわからねえのかよ？ん？さっさと話してみろ」とでも言わんばかりの上から目線を感じました。しかも、その後私の質問を聞くたびに、彼は何度も「うん」という相槌を打ってきましたが、新米職員ゆえの幼い感じの「うん」ではなく、それならまだしも、明らかに人を見下すような感じの「うん」でした。「お前の質問は取るに足らないぞ。っていうか、そんなことは聞かなくても分かるだろう」とでも言わんばかりの目つきでした。本末転倒とは正にそういうことだと思った訳だし、また喧嘩を売るつもりはなかったにしても、売られたら買わずにいられないとは 生 来 *** の気性なので、早速男性職員の上司に更なる打ち合わせをするように申し込んだ。

*** 生 来（せいらい/しょうらい）：生まれた時から / 生まれつき

1　「それならまだしも」の中の「それ」は何を指しているか？

1　相槌として打たれる「うん」。

2　人を見下すような感じの「うん」。

3　男性職員が言った「うん」。

4　新米職員が言う「うん」。

2　「更なる打ち合わせ」の談話内容として、以下のどれが最も実行される可能性が高いか？

1　職員のしかるべき態度をほめたたえること。

2　幼い感じの「うん」とそうでない「うん」を如何に使い分けるかを明らかにすること。

3　職員としてのあるまじき言動をなくすこと。

4　新米職員の仕事の体制に対する認識をさらに深めていくこと。

時間的表示①

「過去『剛 / 一 V 完 … 就』」的 V るが早いか
「過去『剛 / 一 V 完 … 就』」的 V るや否や
「過去『剛 / 一完 … 就』」的 V るなり
「老是『剛 / 一完 … 就』」的 V る /V たそばから

本書 **40** 至 **43**「時間的表示①②③④」需要互相比較，故 **40** 至 **42** 的練習合併在 **43** 之後。

所需單詞類型： **V る（行く、始める、参加する / 来る）**
V た（行った、始めた、参加した / 来た）

I. 昨日、先生が「おしっこが漏れそうでしょう！」と**言うが早いか**、山田君がトイレに走って行った。（昨天，老師**剛**説**完**「你快漏尿了吧！」，山田同學**就**直奔廁所。）

II. 昨日、先生が「おしっこが漏れそうでしょう！」と**言うや否や**、山田君がトイレに走って行った。（昨天，老師**剛**説**完**「你快漏尿了吧！」，山田同學**就**直奔廁所。）

III. 昨日、先生は「やばい、おしっこが漏れそう！」と**言うなり**、トイレに走って行った。（昨天，老師**剛**説**完**「糟糕，我快漏尿啦」，【他】**就**直奔廁所。）

IV. 山田君はいつも先生が「おしっこが漏れそうでしょう！」と**言う / 言ったそばから**、トイレに走って行く。（山田同學總是在老師**剛**説**完**「你快漏尿了吧！」，**就**直奔廁所。）

*****「が早いか」、「や否や」和「そばから」的主語可以不一樣（先生，山田君），但「なり」的主語需要一致（先生）。另外，「が早いか」、「や否や」和「なり」的後文都必須符合：**

a 過去式（＝不能是現在 / 將來式）

b 描寫文（＝不能是包含意志、請求）

c 肯定句（＝不能是否定句）

3 個條件，所以考試時如後句不符合以上 a-c，則可視為錯誤選擇，如：

V. 教室(きょうしつ)に入(はい)るが早(はや)いか、トイレのあっちこっちを汚(よご)した山田君(やまだくん)を**ビンタしたい。** ✗（一進教室，就想馬上賞那個把廁所到處弄得髒兮兮的山田同學一記耳光！＝意志）

VI. 先生(せんせい)、教室(きょうしつ)に入(はい)るや否(いな)や、トイレのあっちこっちを汚(よご)した山田君(やまだくん)をビンタ**しないでください。** ✗（老師，你一進教室，不要馬上就賞那個把廁所到處弄得髒兮兮的山田同學一記耳光吧！＝請求＋否定）

VII. **明日(あした)から**、先生(せんせい)は教室(きょうしつ)に入るなり、トイレのあっちこっちを汚(よご)した山田君(やまだくん)をビンタするらしい。 ✗（聽説從明天開始，老師一進教室，就會馬上賞那個把廁所到處弄得髒兮兮的山田同學一記耳光！＝將來）。**而「そばから」後句同樣必須是肯定句，但與上述 3 者不同，可以包含現在式或意志，如：**

VIII.「おしっこが漏(も)れそうでしょう」を**耳(みみ)にする / 耳(みみ)にした**そばから、トイレに行(い)きたくならないように、日頃(ひごろ)から**耳栓(みみせん)を付(つ)けるようにしています。**（為了避免一聽到「你快漏尿了吧！」就想上廁所，我現在習慣了每天都帶着耳塞。＝現在＋意志）

最後得出比較圖如下：

條件 / 文法	主語相同？	現在？過去？未來？	描寫？意志？	肯定？否定？
が早(はや)いか	可同可不同	過去	描寫	肯定
や否(いな)や	可同可不同	過去	描寫	肯定
なり	必須相同	過去	描寫	肯定
そばから	可同可不同	三者都可	描寫 or 意志	肯定

時間的表示②

「正…的時候」的い形 /N のところ（を）
「正…的時候，誰知道 / 冷不防」的た形矢先に
「臨…之前 /…在即」的 V-stem 際に

所需單詞類型： **い形（お忙しい、お暑い）**
N（お休み、ご来店）
V た（行った、始めた、参加した / 来た）
V-stem（行き、帰り、死に）

I. 【お客さんがお店のシェフに：】**お忙しいところ**申し訳ないんですが、一つ聞いてもいいですか。（【客人對店內的大廚說：】在你百忙**之中**打擾不好意思，能問你一個問題嗎？）

II. 【お客さんがお店のシェフに：】**お休みのところを**申し訳ありませんが、一つお伺いしてもよろしいでしょうか。（【客人對店內的大廚說：】在您休息**的時候**打擾實在抱歉，能請教您一個問題嗎？）

III. 【店のシェフが同僚に】：今日仕事が終わってしばらく休もうと**思った矢先に**お客さんにいろいろ質問されて結局ちっとも休めなかった。（【店內的大廚對同僚說：】今天幹完活，**正想**休息一會**的時候，誰知道**被客人問了很多問題，最後一點都不能休息。）

IV. 【店のシェフがお客さんに】：先代のシェフが**死に際に**「シェフたるもの、お客を快くもてなす心がないとダメだ」と 18 歳の息子、即ち俺にそう言い残した。（【店內的大廚對客人說：】上一代的大廚在彌留**之際**跟他 18 歲的兒子，也就是我這樣說：「作為一個真正的廚師，沒有真誠款待客人的心是不行的。」）

V.　【お客さんが友人に】：昨日あの有名なレストランで食事したのですが、シェフにいろいろ質問をした上に**帰り際に**ツーショットまで撮らせていただきました。（【客人對朋友說：】昨天在那家有名的餐廳吃了飯，不但問了大廚很多問題，而且**臨走之前**還能和他拍了合照。）

*****1.「ところ」前面常用的「い形 /N」一般就是「忙しい、お暑い」和「お休み、ご多忙、お楽しみ」幾個。同樣「際に」前面也離不開「行き、帰り、死に」幾個常用動詞。同樣有「正⋯的時候」的意思，但比起「ところ」，「矢先に」可配搭的「た形動詞」更多，且後文往往伴隨着「誰知道 / 冷不防」等令人驚訝的展開。**

時間的表示③

「N 這段時間」的ここ N というもの / この N というもの
「自從」的 V てからというもの
「V1 後 V2，V2 後又 V1」的 V1 ては V2-stem，V2 ては V1

所需單詞類型：　**N（10 年間、何年間）**
　　　　　　　　V て（行って、始て、参加して / 来て）
　　　　　　　　V-stem（行き、始め、参加し / 来）

二人の恋人が 16 年ぶりに再会して次のように話しました（一對戀人在分別 16 年後重逢，並作出以下一番對話）：

過兒：　龍兒、この 16 年間はどうやって過ごしてきたの？(龍兒，這 16 年你是怎樣過的？)

龍兒：　あたしも覚えてないわ。気づいたらすでにこの百花谷にいたの。**それからというもの**、毎日蜂の胴体に文字を刻みながら、あたしの過兒が訪ねてくるのを待ち続けていた。過兒は？あれから何してたの？(我自己也不記得，當察覺時已經在這百花谷上。**自此**我就每天一邊把字刻在蜜蜂身上，一邊等待我的過兒來找我。過兒呢，自從那日之後，你一直在做些甚麼？)

過兒 1：龍兒と**別れてからというもの**、私はずっと龍兒を探し続けていたが、一向に見付けることが出来なかった。しょうがないから、洞窟でカンフーの奥義を**習っては実践し**、**実践しては**また新しいカンフーを**習う**の繰り返しだった。ほら見て、これは最近習ったばかりの黯然銷魂掌というカンフーだ。それにしても、**この 16 年間というものは**、私にとっては地獄宛らであった。(**自從**和龍兒分開之後，我一直在尋找

JPLT N1

你，可總是找不到你在何處。沒辦法，只能在山洞裏過着不斷把功夫學了**再**練，練完**又**學新功夫的日子。你看，這就是最近剛練好的黯然銷魂掌。話説回頭，**這** 16 年**呀**，對我來説，就宛如地獄般一樣的痛苦。）

龍兒 1：なんという可哀想な過兒だ……（我苦命的過兒呀……）

過兒 2：龍兒と**別れてからというもの**、私は 30 分ほど龍兒を探してみたが、見付けられなかったからや～めた。しょうがないから、新しい若い女の子を探しに行くことに。以来、ピチピチの女の子と**付き合っては別れ**、**別れては**また新しい女の子と**付き合う**の繰り返しだった。ほら見て、これは最近別れたばかりの陸無雙という女の子だ。それにしても、**この 16 年間というものは**、私にとっては天国宛らであった。（**自從**和龍兒分開之後，我找了你 30 分鐘都找不到，我就不幹了。沒辦法，只能去找其他年輕的女孩。從此就過着不斷和年輕貌美的女孩交往了**再**分手，分了手**又**和新的女孩交往的日子。你看，這就是最近剛分手的一個叫陸無雙的女孩。話説回頭，這 16 年呀，對我來説，就宛如天堂般的一樣快樂。）

龍兒 2：なんという可哀想なあたしだ……（苦命的我呀……）

*****1.「それからというもの」是「からというもの」的一個不跟 V て的特別形態。**

時間的表示④
「短暫的順便」的 N がてら
「短暫的順便」的 N かたがた
「長期的一邊…一邊」的 V る /N のかたわら

所需單詞類型： **N（散歩、買い物、報告）**
Vる（行く、見る、参加する / 来る）

I. **散歩がてら**書こうとする小説の内容を考案して吟味するのは、私の毎日の習慣です。（去散步**順便**思考並推敲今後打算寫的小說內容，是我每天的習慣。）

II. 今度お書きになる小説のテーマについては、**散歩かたがた**お話ししましょうか。（關於您今後打算寫的小說主題，不如我們走着聊，**順便**散步如何？）

III. 私は**本業のかたわら**小説を書いています。（我**一邊**從事正職，**一邊**寫小說。）

IV. 私は会社に**勤めるかたわら**、小説を書いています。（我**一邊**在公司工作，**一邊**寫小說。）

*****1. 相比「がてら」和「かたがた」，「かたわら」通常用於表達長時間持續的行為，如 III 和 IV 般「長時期從事兩種職業」的意思。另外，「A がてら B」中 A 和 B 的重要性相約，然而「A かたがた B」有一種 B 比 A 重要，A 只是 B 附屬的預感。II 中可感受到「聊小說的主題」遠比「散步」重要。**

比較圖如下：

條件 / 文法	長期？短暫？	A、B 哪個重要？
A がてら B	短暫	沒有明確規定
A かたがた B	短暫	B
A かたわら B	長期	沒有明確規定

題 1　【お店のシェフがお客さんに：】今度お目にかかる＿＿＿＿、前もってご連絡いただければ駐車場までお迎えに参ります。

1　際に　　2　折に

3　矢先に　　4　がてら

題 2　息子は家に帰ってくる＿＿＿＿泣き出した。学校で何かあったのだろう？

1　ごと　　2　なり

3　すえ　　4　ゆえ

題 3　都会からこのど田舎に引っ越してきて＿＿＿＿、彼はそれっきり外に出たがらなくなった。

1　からというもの　　2　とはいうものの

3　というもの　　4　からものの

題 4　うちの子ったら、側から離れろと言ってる＿＿＿＿、また引っ付いてくるんだよね。

1　が早いか　　2　そばから

3　矢先に　　4　かたわら

題 5　食べ＿＿＿＿寝、寝＿＿＿＿食べ、いわゆる「食っちゃ寝」の生活は太りやすいのみか、健康にも支障をきたす。

1　やら / やら　　2　ては / ては

3　だの / だの　　4　たり / たり

題 6　近々お礼＿＿＿＿お宅にお伺いしたいと思いますが、ご都合はいかがでしょうか。

1　先だって　　　2　かたわら
3　の挙句　　　4　かたがた

題 7　この音楽を聞く＿＿＿＿、学生時代のあの頃を思い出さずにはいられない。

1　につけ　　　2　につき
3　にあって　　　4　や否や

題 8　この桜は特殊な品種であり、＿＿＿＿　＿＿＿＿　＿★＿　＿＿＿＿淡い墨色に変化していくとか。

1　蕾が花開く時は　　　2　白く咲き誇るが
3　散りぎわになると　　　4　薄いピンク色だった

題 9　たまに連休になったら、＿＿＿＿　＿＿＿＿　＿★＿　＿＿＿＿のも悪くないと思う。

1　帰省がてら　　　2　を満喫してくる
3　故郷にある諸々の花鳥風月　　　4　思う存分

題 10　＿＿＿＿　＿＿＿＿　＿★＿　＿＿＿＿、彼はクラスメイトの皆に仮病だと思われている。

1　風邪を引いただのと　　　2　ここ数日というもの
3　頭が痛いだの　　　4　ずっと授業を休んだが

題 11 日本人の私が上海留学中に同じ日本人から「日本人としては当たり前すぎたことに中国人がビックリ仰天するんだよ」と聞いたこともあるし、自分自身も「そっか、ごく 1 ことでも中国人から見れば、俄かに信じ難いことに変わるのだ」と、いわば 2 からウロコの経験がしばしばあった。

ある日「中国人はみんなこの漢詩を暗記するんだよ」と一人の中国人友達が言う 3 、李白の「桃花流水杳然去，別有天地非人間」という詩を私に見せてくれた。そこで私が「あー！これなら知ってるよ！中学のときに習った覚えがある」と言った。

すると、そのとき一緒にいた中国人友達はみんなビックリ仰天して、言葉を失っていたというか、「マジかよ」と 4 ばかりの目つきで私を見詰めた。そして、開いた口がやっと塞がってそこからつぎの質問が発せられた。

「日本の中学生は、中国語…それも古典が読めるのか」と。

「え？これは中国語じゃなくて漢文なんだよ」とそこで慌ててこう答えた。

5 しばらく漢文とは何ぞやについて、拙い中国語で 6 説明してみることに。なんとか「日本の古語の一種で、例えば『桃花流水杳然去，別有天地非人間』を『桃花流水杳然トシテ去リ、別ニ有リ三天地ノ非ザル二人間一』に変身させ（桃花流水　杳然として去り、別に天地の人間に非ざる有り）、施されたいくつかの奇妙な数字や符号などの意味さえ理解できれば、日本人でも中国人同様に古の中国語が読めるのだ」というメッセージを伝えられたようだった。

日本の学校でやれと言われたのでやっていて、それが当然なことだと思っていたが、よくよく考えると中国語を母語とする人たちから見れば不思議なことに違いない。確かに日本人の我々でも、もし外国人が『源氏物語』の原文を、特殊な記号を加えた上に、順序を反転させてそこから彼らの母語しかも現代語に直して理解していたら、我々もビックリせずにはいられようか？

立場が変わると、つまらない日常茶飯事だって面白み満載のものに変身していくということが異文化交流の「 7 だいごみ」なんだなぁと、その場で 8 感じたのであった。

1

1　あっけない　　2　あやふやな　　3　ありふれた　　4　あいまいな

2

1　耳　　2　鼻　　3　口　　4　目

3

1　そばから　　2　際に　　3　途端　　4　や否や

4

1　言う　　2　言わん　　3　言った　　4　言って

5

1　どれからというもの　　2　これからというもの

3　それからというもの　　4　それからというもの

6

1　初々しく　　2　女々しく　　3　清々しく　　4　たどたどしく

7

1　粗大芥　　2　醍醐味　　3　大御美　　4　第五観

8

1　改めて　　2　予め　　3　恰も　　4　後々になって

題 12　4年前に、父は重い病気で暫く入院生活を送っていましたが、長い治療生活を経てようやく回復の兆しを見せ始めたある日に、彼は退院したいと病院の先生に言いました。まだ体の状態は完全ではありませんが、意識だけははっきりしていました。ただ足元が危なくて傷もまだ深く当分一人では生活出来ないと判断されました。でも父が自宅療養を希望するなら、お正月に外泊をして様子を見て大丈夫そうだったら、その後は退院するという旨を病院に伝えました。

もちろん退院しても、父はしばらく通院してリハビリ生活を繰り返すことになります。初めはなるべく他人の手を借りず自力で面倒を見てあげるつもりでいましたが、しょっちゅう会社を休める訳にもいかないことが判明されたので、それなりの努力をしつつ、いよいよフィリピン人のメイドさんを雇う段取りとなりました。すべてが着々と進んで、久しぶりに日光を浴びたいという彼の願望を叶えてあげようと思った矢先に、病院から電話がありました。父は一度良くなりかけた症状をこじらせて、救急措置は施されたものの、やがて帰らぬ人となったとのお知らせでした。

思うには、「万事意のまま」のはずだったのですが、いきなり「万事休す」という展開となって実に悔しい限りですが、それこそ「天命逆らえ難し」ということではないでしょうか。

1　「万事休す」をほかのフレーズに書き直すなら、すなわち次のどれになるか？

1　すべてのことはあるがままに任せればよい。

2　物事は成り行き次第で考え直す必要がある。

3　どんなことでも、強い意志をもって実行すれば成就できる。

4　もはや施す手段はない。

2　次に情報として正しいのはどれか？

1　作者は父親に一度救急措置を施してあげたことがある。

2　病院の医者は父親の願望を耳にするやいなや快く承諾した。

3　作者は介護の仕事をメイドさんに任せっきりにせず自分も分担しようとした。

4　作者の父親は過去になったことのない病気が原因で突然逝去した。

44 對象的表示①

「視乎 A 如何而 B」的 A（の）いかんで（は）B ＝ A（の）いかんによって B
「B 取決於 A 如何」的 B は A いかんだ
「不論 A 如何都 B」的 A（の）いかんにかかわらず B ＝ A（の）いかんによらず B ＝ A（の）いかんを問わず B

本書 44 至 45「對象的表示①②」需要互相比較，故 44 的練習合併在 45 之後。

所需單詞類型： A ＝ **N（天気、体調、結果）**

I. **天候いかんで（は）**明日出かけるかどうかを決める。(**視乎**天氣**如何**，再決定明天會否外出。)

II. **天候いかんによって**明日出かけるかどうかを決める。（**視乎**天氣**如何**，再決定明天會否外出。）

III. 明日出かけるかどうかは**天候いかんだ**。（明天會否外出**取決於**天氣**如何**。）

IV. **天候のいかんにかかわらず**、明日は出かける。（**不論**天氣**如何**明天都外出。）

V. **天候のいかんによらず**、明日は出かける。（**不論**天氣**如何**明天都外出。）

VI. **天候のいかんを問わず**、明日は出かける。（**不論**天氣**如何**明天都外出。）

*****1. 雖然「いかん」多用平假名表示，但若知道其漢字是「如何」，則能容易聯想到「視乎 A 如何而 B」或「B 取決於 A 如何」等的意思。「いかんだ」就是一個 N1 的「次第」，與「いかんで（は）/ いかんによって」的關係只是 AB 位置改變而已。**

比較圖如下：

文法	A、B 注意事項
A（の）いかんで（は）B A（の）いかんによって B	視乎 A 如何而 B。 A：對象條件，B：行動
B は A いかんだ	B 取決於 A 如何。 A：對象條件，B：行動
A（の）いかんにかかわらず B A（の）いかんによらず B A（の）いかんを問(と)わず B	不論 A 如何都 B。 A：對象條件，B：行動 注意助詞： にかかわらず / によらず を問(と)わず

45 對象的表示②

「不把 N 當作一回事 / 視 N 如無物【，排除萬難，實現理想】」的 N をものともせず（に）

「不把 N 放在心上【，公然 / 貿貿然】」的 N をよそに＝「不顧 N」的 N を顧みず

「除了 N 之外，再無其他」的 N をおいて他にない / いない

所需單詞類型：**N（期待、危険、心配）**

I. あの消防士は、自分の**危険をものともせず**任務を果たそうとして実に天晴です！（那個消防員不把自身安全當作一回事，想盡力完成任務，實在是了不起！）

II. あの消防士は、奥さんの**心配をよそに**無理やり任務を果たそうとしていささか無謀かと……（那個消防員不把太太的憂慮放在心上，強行完成任務，稍嫌魯莽……）

III. あの消防士は、自分の**危険を顧みず**任務を果たそうとして実に天晴です！（那個消防員不顧自身安全，想盡力完成任務，實在是了不起！）

IV. あの消防士は、奥さんの**心配も顧みず**無理やり任務を果たそうとして、いささか無謀かと……（那個消防員不顧太太的憂慮，強行完成任務，稍嫌魯莽……）

V. 火災場で怯まずに任務を果たそうとする消防士を支えてくれるのは、**己の信念と家族からの支えをおいて他にない**。（支撐着那個消防員勇敢地在火災現場盡力完成任務的【要素】，除了自己的信念和家人的支持外，再無其它了。）

VI. 火災場で怯まずに任務を果たそうとする消防士を支えてくれるのは、**最愛の娘をおいて他にいない。**（支撐着那個消防員勇敢地在火災現場盡力完成任務的【要素】，除了最愛的女兒外，再無其它了。）

*****1.「をものともせず」的「もの」可視為一件事物，所以譯作「不把當作一回事 / 視如無物」；「をよそに」中「よそ」的漢字是「他所 / 余所」，表示「別的地方」（余所見＝左顧右盼），即把原本應該念茲在茲的事情拋諸腦後，故譯作「不放在心上」。「をものともせず」、「をよそに」和「を顧みず」，3 者後接的句子均不同，比較圖如下：**

文法	後接
をものともせず	I 排除萬難，正面積極的事情
をよそに	I 不應該做的 / 魯莽的事情
を顧みず	I 排除萬難，正面積極的事情 II 不應該做的 / 魯莽的事情

題 1　**理由のいかん＿＿＿＿問わず、不愉快にさせた箇所については、改めてお詫び申し上げます。**

1　の　　2　に

3　も　　4　を

題 2　**「地獄の沙汰 *** も金＿＿＿＿」とは世の中は金があれば何でも解決できるという諺である。**

1　左右　　2　次第

3　有無　　4　いかん

*** 沙汰：裁判

題3　**ピエールという男は、生まれつきの不細工な顔をものともせずに、＿＿＿＿。**

1　高嶺の花にお付き合いの申し出をしてきた

2　韓国へプチ手術に行ってきた

3　天涯孤独のままで人生を終えた

4　泣きまくった末、自分の親を怨むようになった

題4　**今後の君の態度いかんによってはご希望も＿＿＿＿。**

1　叶うといいですね　　　2　考えられなくもありません

3　全く不可能に近いです　　　4　叶えてあげましょう

題5　**判定のいかんによっては、うちのチームは＿＿＿＿。**

1　負けるなんて信じられません　　　2　負けるとでも思いますか

3　勝っていたのかもしれません　　　4　勝ったことがあります

題6　**あのサッカー選手は＿＿＿　＿＿＿　＿★＿　＿＿＿パフォーマンスを観客に見せた。**

1　以前にもまさる　　　2　数か月にもわたるブランク

3　をものともせずに　　　4　怪我による

題7　**退職後に夫婦二人で海外移住するなら＿＿＿　＿＿＿　＿★＿　＿＿＿はまず念頭にない。**

1　をおいて　　　2　タイかマレーシアなど

3　東南アジアの国々　　　4　他に候補地

題 8　バチカン市国にサンピエトロ広場という場所があるが、そこの目と鼻の 1 に、カトリック教会の反対にもかかわらず、ファストフード 2 大手マクドナルドの店舗が 2016 年 12 月 30 日についにオープンした。

店舗が入った建物の階上に住むカトリック教会の関係者は、欧米の消費主義の象徴 3 マクドナルドの出店に対して猛烈に抗議していた。また、地元住民たちも、歴史的なエリアが壊されるかと 4 している。そうした声を 5 、マクドナルドは計画通りに新店舗をオープンして多くの人々の反感を 6 。

しかし、出店はカトリック教会に対する侮辱だという批判がある 7 、一部の観光客たちは「広場の隣にあって、サービスは早いし、より便利だ」と肯定な見解を示した。

AFPBB News「バチカンの隣にマクドナルドがオープン」
2017 年 1 月 3 日掲載のものを節録及び一部潤色

1

1　よこ　　2　となり　　3　うしろ　　4　さき

2

1　おおて　　2　おおで　　3　たいしゅ　　4　だいしゅ

3

1　ととも に　　2　ともなって　　3　ともすれば　　4　ともいえる

4

1　蔑視　　2　切望　　3　懸念　　4　空想

5

1　をよそに　　2　のいかんで

3　を皮切(かわき)りに　　4　をおいて他(ほか)にはなく

6

1　残(のこ)した　　2　売(う)った　　3　借(か)りた　　4　買(か)った

7

1　いっぽう　　2　かたがた　　3　ながら　　4　としても

理由的表示①

「不愧是 / 果然是」的普だけあって / だけのことはあって / だけある / だけのことはある

「正正因為是 N」的 N が N（な / である）だけに

「又不是」的 N じゃあるまいし

本書 46 至 48「理由的表示①②③」需要互相比較，故 46 至 47 的練習合併在 48 之後。

所需單詞類型：**普（行く、行かない、行った、行かなかった、行っている、安い、有名な、学生な）**
N（日本人、場所、内容）

I. 10 年ほどアメリカに**住んでいた**だけあって / だけのことはあって、英語が堪能だ。（**果然是**住過美國 10 年的，英語非常流暢。）

II. 英語が堪能だね。さすが 10 年ほどアメリカに**住んでいた**だけある / だけのことはある。（英語很流暢呀，**不愧是**住過美國 10 年的。）

III. 英語が堪能だね。さすが 10 年ほどアメリカに住んでいた**帰国子女な**だけある。（英語很流暢呀，**不愧是**住過美國 10 年的海歸。）

IV. 英語が堪能だね。さすが 10 年ほどアメリカに住んでいた**帰国子女な**だけのことはある。△

V. **帰国子女**が**帰国子女な**だけに、また**国際貿易会社**も**国際貿易会社な**だけに、求められる英語力の高さも、我々ローカルの中小企業に勤めている平社員とは雲泥の差だ。（**正正因為**是海歸，亦**正正因為**是從事國際貿易的公司，所要求英語能力之高，和我們這些在本地小公司任職的普通員工相比，根本就是一個在天，一個在地。）

VI. 僕は**帰国子女**じゃあるまいし、また御社も国際貿易を生業とする**会社**でもあるまいし、どうしてネイティブスピーカーみたいに英語がぺらぺら喋れないといけないのですか？（我又不是海歸，貴社亦不是以從事國際貿易為生的公司，為何我一定要像本地人一樣，說得一口流利英語不可？）

***** 1.「だけあって / だけのことはあって」放於句中，而「だけある / だけのことはある」放句末。**

2. IV 的「N だけのことはある」不是常用的語法，故用△表示其半對半錯，筆者認為這可能是和 N 與名詞化的「こと」這 2 個同屬名詞性質的詞彙同時出現會引致冗長有一定的關係。

3.「N が N なだけに」其實就是 N2 語法「だけに」（請參照《3 天學完 N2・88 個合格關鍵技巧》46 理由的表示②）的「加強＋名詞限定版」，和「だけあって」形態非常相似，但意思完全不一樣，試作比較圖如下：

文法	例句（意思）	相同 / 相異之處
①だけあって	経験者だけあって（不愧是 / 果然是有經驗的人） 安いだけあって（不愧是 / 果然是便宜的）	可配搭任何普通型
② N が N（な / である）だけに	経験者（N）が経験者（N）なだけに（正正因為是有經驗的人）	只能配搭 2 個 N
③だけに	経験者なだけに（正正因為是有經驗的人） 待ち望んでいただけに（正正因為一直期待）	可配搭任何普通型

7 理由的表示②

「為了」的 V るべく
「為了」的 V ないんがために
「以 N 為借口」的 N にかこつけて

所需單詞類型：**V る（行く、食べる、する or す / 勉強する or 勉強す / 来る）**
V ない（行か~~ない~~、食べ~~ない~~、しない→せ / 結婚しない→結婚せ / 来~~ない~~）
N（日本人、場所、内容）

I. 離婚によるトラウマを**解消すべく**、洋子はホストに通い始め、しかも気に入ったピエールというホストの売上目標を**達成させるべく**、毎晩かならず高級なシャンパンを注文しています。（**為了**消除離婚所帶來的精神創傷，洋子開始尋找牛郎，並**為了**讓自己喜歡的那個叫 Pierre 的牛郎能達到訂下的生意額，她每晚都會下單買高級的香檳。）

II. 離婚によるトラウマを**消さんがために**、洋子はホストに通い始め、しかも気に入ったピエールというホストの業界ナンバーワンになりたいという夢を**実現させんがために**、毎晩かならず高級なシャンパンを注文しています。（**為了**消除離婚所帶來的精神創傷，洋子開始尋找牛郎，並**為了**讓自己喜歡的那個叫 Pierre 的牛郎能實現成為業界龍頭的夢想，她每晚都會下單買高級的香檳。）

III. あれほど貢いでくれたにもかかわらず、ピエールというホストはなぜか洋子に対して、感謝はおろか、憎悪さえ覚えてきた。この頃はしょちゅう洋子からのお誘いを**用事や病気にかこつけて**断りがちで彼女を遠ざけようとしている。（雖然花了那麼多錢在自己身上，但那個叫 Pierre 的牛郎對於洋子，別説感激之情，更不知為何對她衍生出一份討厭。最近他經常**以**有要事啦生病啦之類**為藉口**來推搪洋子的邀請，企圖慢慢去疏遠她。）

*** 1.「べく」和另外一個 N1 文法「べくして」形態很相似，但意思完全不一樣，試作比較圖如下：

文法	意思	例句
べく	為了	子供は気に入った親に会うべく、生まれてくるのだとか。 據説，小孩子是為了想遇上自己喜歡的父母而出生的。
Vるべくして	應該V的就會V／V的話是很必然的	会うべき人たちは、会うべき時に、会うべくして会う。 該遇上的人，會在該遇上的時候遇上！

理由的表示③ 4 個特別的「由於」～
「變化多端的由於」的普 1 ゆえ（に）
「舊式由於」的普 2 こととて
「由於是…所以不得不」的 A 類手前(てまえ)
「【客觀情況 / 社會現實】由於特殊情況的…，所以理算當然是」的 B 類とあって

所需單詞類型：**普 1（行(い)く / 行(い)くが、行(い)かない / 行(い)かないが、行(い)った / 行(い)ったが、行(い)かなかった / 行(い)かなかったが、行(い)っている / 行(い)っているが、安(やす)い / 安(やす)いが、有名(ゆうめい) / 有名(ゆうめい)であるが、学生(がくせい) / 学生(がくせい)が / 学生(がくせい)であるが）**

普 2（行(い)く、行(い)かない / 行(い)かぬ、行(い)った、行(い)かなかった、安(やす)い、有名(ゆうめい)な、学生(がくせい)の）

A 類～V る、V ている、V た、N の（行(い)く、行(い)っている、行(い)った、日本人(にほんじん)の）

B 類～V る、V た、V ている、い形、な形、N（行(い)く、行(い)った、行(い)っている、安(やす)い、便利(べんり)、日本人(にほんじん)）

I. 一度(いちど)離婚(りこん)を**経験(けいけん)した（が）ゆえに**、彼女(かのじょ)は婚姻(こんいん)に対(たい)して大(おお)きな不信感(ふしんかん)を抱(いだ)いている。（**由於**曾經離過一次婚，所以她對婚姻存着很大的懷疑。）

II. 一度(いちど)離婚(りこん)を**経験(けいけん)している（が）ゆえに**、彼女(かのじょ)は婚姻(こんいん)に対(たい)して大(おお)きな不信感(ふしんかん)を抱(いだ)いている。（**由於**曾經離過一次婚，所以她對婚姻存着很大的懷疑。）

III. 離婚(りこん)経験(けいけん)が**辛(つら)かった（が）ゆえに**、彼女(かのじょ)は婚姻(こんいん)に対(たい)して大(おお)きな不信感(ふしんかん)を抱(いだ)いている。（**由於**離婚的經驗很痛苦，所以她對婚姻存着很大的懷疑。）

IV. 離婚(りこん)経験(けいけん)が**大変(たいへん)だったゆえに**、彼女(かのじょ)は婚姻(こんいん)に対(たい)して大(おお)きな不信感(ふしんかん)を抱(いだ)いている。（**由於**離婚的經驗很痛苦，所以她對婚姻存着很大的懷疑。）

V. 離婚経験が**大変であったがゆえに**、彼女は婚姻に対して大きな不信感を抱いている。（**由於**離婚的經驗很痛苦，所以她對婚姻存着很大的懷疑。）

VI. **離婚経験者ゆえに**、彼女は婚姻に対して大きな不信感を抱いている。（**由於**她是個有離婚經驗的人，所以對婚姻存着很大的懷疑。）

VII. **離婚経験者がゆえに**、彼女は婚姻に対して大きな不信感を抱いている。（**由於**她是個有離婚經驗的人，所以對婚姻存着很大的懷疑。）

VIII. **離婚経験者であるがゆえに**、彼女は婚姻に対して大きな不信感を抱いている。（**由於**她是個有離婚經驗的人，所以對婚姻存着很大的懷疑。）

IX. 彼女は自分の離婚経験を「**無知ゆえの大胆さ**に始まって、結局は**若さゆえの悲劇**のままで終止符を打った」と比喩的に言っています。（對於自己的離婚經驗，他比喻那是一場「**源自**無知的大膽，**罪在**年幼的悲劇」。）

X. 確かに彼女とは親友ですが、なにせ彼女が離婚したのは **10 年前のこととて**、こちらは何もかも憶えておりません。（我的確和她是閨蜜，但無奈**由於**她離婚已是 10 年前的事，我甚麼都忘了。）

XI. 離婚されたこと、こちらが**知らない / 存ぜぬこととて**、迂闊に旧姓を呼んでしまい大変ご迷惑 おかけいたしました。（**由於**我實在不知道你已經離婚一事，所以用你前夫的姓來稱呼，為你帶來不便實在抱歉。）

XII. 夫が他の女子に手を**出した手前**、こちらが離婚を申し出たわけです。切ないことですが、**子供の手前**、弱気になったり泣いたりするような醜態を見せることができません。（**由於**我丈夫勾搭其他女性，我**迫於無奈**申請離婚。雖然是一件很痛苦的事，但**為了**孩子，在他們面前表現軟弱或是哭泣這些醜態，我**寧可強忍**，也不會表露出來。）

XIII. 日本における社会問題の一つは、男女平等になりつつある**現代とあって**、離婚や再婚の人口が次第に増えてきたということである。（作為日本的一個社會問題，**由於**男女逐漸平等的關係，離婚和再婚的人口慢慢增加起來。）

XIV. 熟年離婚の合理性を唱えるセミナが 3 年前に初めて日本で**開催されたとあって**、中高年層における離婚や再婚の人口が次第に増えてきた。（**由於** 3 年前首次在日本舉行了宣揚中年離婚的合理性的研討會，銀髮族的離婚和再婚的人口慢慢增加起來。）

***** 1.「こととて」和「とて」，而「とあって」、「にあって」和「とあっては」形態非常相似，但意思完全不一樣，試作比較圖如下：**

文法	意思	例句
こととて	由於	日本人のこととて：由於是日本人
とて	源自「と言って」＝即使	日本人とて：即使是日本人
とあって	由於	日本社会とあって：由於是日本社會的緣故
にあって	處於…情況下	日本社会にあって：身處日本社會下
とあっては	如果／要是	日本社会とあっては：要是日本社會的話

題1&題2

若い（題1）________かえって我武者羅に（題2）________あげく、体を壊してしまった。

（題1）

1　だけに　　2　だけのことはあり

3　だけあって　　4　だけなら

（題2）

1　働いた　　2　働いている

3　働いく　　4　働いて

題3

尋常ならぬ________ゆえに、冷凍庫から出されたチョコレートは3秒ほどで全部溶けてしまった。

1　天気　　2　天気な　　3　天気と　　4　天気である

JPLT N1

題4　全ての人は貴賤を問わず、生まれる＿＿＿＿生まれたのだ。

1　べく　　　　　　　　2　べくして

3　べからずとして　　　4　べきで

題5　このホテルはサービスが素晴らしくて、5つ星ホテルと称される＿＿＿＿

1　ことを余儀なくされる。　　2　甲斐があるまい。

3　だけのことはある。　　　　4　所以はだこだ？

題6　ホラー映画を見たからって、まず＿＿＿＿、トイレぐらいは一人で行けるでしょう！

1　いくら大人といえども　　2　子供が子供なだけに

3　子供じゃあるまいし　　　4　大人じゃないくせに

題7　ただでさえ断れない人間なのに、片思いを抱いている貴子ちゃんの頼み＿＿＿＿、敢行決定だ。

1　にあっても　　2　とあっては

3　にあって　　　4　とあって

題8　暗闇の後、夜明けは必ずやってくる。従って、どんな困難な状況＿＿＿＿、解決策は必ずある。

1　にあっても　　2　とあっては

3　にあって　　　4　とあって

題 9　「私はこの＿＿＿　＿＿＿　＿★＿　＿＿＿」とは、野口英世さんの名言である。

1　なさんがためにに　　2　生まれてきたのだ

3　何事かを　　4　世界に

題 10　封建的な家であるがゆえに、家の長男＿＿＿　＿＿＿　＿★＿　＿＿＿べしという考え方が未だに根強く残っている。

1　結婚する　　2　盛大に祝う

3　となれば　　4　とあって

題 11　日本在住の親友のお父様がまもなく大きな手術を受けることになりましたが、すべて順調に行きますようにと神様に願っております。 1 、若かりし*** 頃、いちどだけ親友の京都のご実家にお邪魔に行ったことがあり、当時親友のお父様お母様に 2 もてなしていただいたのですが、なんといっても美味しいベッタラ漬け *** を鱈腹 *** 食べさせていただきました。僕の 3 の食べっぷりに圧倒されたお父様お母様は、 4 ベッタラ漬けのことを「チンシュウ漬け」、つまり僕の名前といまだに呼ぶようにしているそうです。

コロナ禍が終わった 5 には、今執筆中のこの 6 拙作を 7 久し振りに親友の京都のご実家にお邪魔し、あの時みたいに再び「チンシュウ漬け」をご馳走になりながら、お父様お母様に再度この話を聞かせて喜ばせてあげようと考えております。

*** 若かりし：若い
*** ベッタラ漬け：東京を代表する有名な漬物
*** 鱈腹：たくさん、お腹いっぱい

1

1　思えば　　2　思ったら　　3　思うと　　4　思うなら

2

1　口薄く　　2　口厚く　　3　手薄く　　4　手厚く

3

1　余分な　　2　せっかくの　　3　流石の　　4　あまりの

4

1　これから　　2　それから　　3　あれから　　4　次いで

5

1　曙　　2　暁　　3　夕暮　　4　黄昏

6

1　だっさく　　2　せっさく　　3　つっさく　　4　でっさく

7

1　持参して　　2　ご持参になって

3　ご持参されていただいて　　4　ご持参いただきたくて

題 12　**以前チベットを訪れた時、下記の詩は至る所で見たり聞いたりすることができました：**

「その時、わたしが五色のタルチョー* を翻したのは、福を祈るのではなく、ただ汝*** が来るのを待たんがためなり。**

その日、瑪尼堆 *** を積んだのは、徳を修めるのではなく、ただ汝の心に石を投じせんがためなり。

その月、只管マニ車 *** を回したのは、誰かを苦界から救うのではなく、ただ汝の指紋を摩らんがためなり。

その年、山道の凸凹を首で突いた *** のは、尊き人に謁見するのではなく、ただ汝の温もりに近づかんがためなり。

その世、山や川に流離って仏塔を転々としたのは、来世のためではなく、ただ途中で汝と相見え *** んがためなり。」

ダライ・ラマ6世ツァンヤン・ギャツォ
「その日、その月、その年、その世」による

*** 汝：君を意味する古文。

*** タルチョー、瑪尼堆、マニ車はすべてチベット仏教の法具、すなわち仏教の象徴とされる。

*** 首で突いた：自分の頭で地面を突くこと。

*** 相見える：お会いする。

1　「汝の心に石を投じせんがためなり」と最も意味の近い表現はどれか？

1　汝の生を喜ぶ。

2　汝の死を悲しむ。

3　汝に反応してもらうように問いかける。

4　汝からの助けを求める。

2　文章の特徴として言えないのはどれか？

1　現代文、古文交じり文で書かれていること。

2　文章の時空はグラデーション式、即ち漸次的に移行して展示されていくこと。

3　否定文に先立って肯定文をもって印象付けることがほとんどであること。

4　「汝」の体に関する描写は少なくとも3箇所は見られること。

推測 / 判斷的表示①
「理所當然」的 V てしかるべき
「也是難怪 / 情有可原」的 V る /V ないのは / も無理も / はない
「未必不會」的 V ないとも限らない
「未必不會」的 V ないものでもない /V ないでもない /V なくもない

本書 49 至 51「推測 / 判斷的表示①②③」需要互相比較，故 49 至 50 的練習合併在 51 之後。

所需單詞類型：**V て（行って、食べて、参加して / 来て）**
V る（行く、食べる、参加する / 来る）
V ない（行かない、食べない、参加しない / 来ない）

I. A 小説はもっと高く**評価されてしかるべきだ**。こんなに人間の心のメガニウムを繊細に書けた本はいままで読んだことがなかったのです。（A 小說**理應**得到更加高的評價。因為直至遇上他為止，我從來都沒讀過一本像他這麼對人心描繪得絲絲入扣的作品。）

II. A 小説はノーベル文学賞が**あってしかるべき**作品だと思う人は少なからずいます。（有不少人認為 A 小說是一本**理應**得到諾貝爾文學獎的作品。）

III. A 小説はまだ漢訳されていないので、李君がその名を**知らないのも無理はない**。（A 小說還沒有漢化，所以李君你未聞其名也是**情有可原**的。）

IV. A 小説を書いた作者はイギリス生まれの日本人なので、ノーベル文学賞を受賞できるかどうかということが最近日本のお茶の間の話題に**なっているのは無理もないです**。（由於 A 小說的作者是英國出生的日本人，**難怪**他能否獲得諾貝爾文學獎一事成為最近日本茶餘飯後的熱門話題。）

V. 確かにライバル作品は手強い存在ですが、審査委員会が持つ観点の如何によっては、A 小説もノーベル文学賞を**受賞できないとも限らない**。（雖然競爭對手很強，但視乎評審會的觀點與角度，A 小説**未必就不能**獲得諾貝爾文學獎。）

VI. 確かにライバル作品は手強い存在ですが、審査委員会が持つ観点の如何によっては、A 小説もノーベル文学賞を**受賞できないものでもない**。（雖然競爭對手很強，但視乎評審會的觀點與角度，A 小説**未必就不能**獲得諾貝爾文學獎。）

VII. 確かにライバル作品は手強い存在ですが、審査委員会が持つ観点の如何によっては、A 小説もノーベル文学賞を**受賞できない**でもない。（雖然競爭對手很強，但視乎評審會的觀點與角度，A 小説**未必就不能**獲得諾貝爾文學獎。）

VIII. 確かにライバル作品は手強い存在ですが、審査委員会が持つ観点の如何によっては、A 小説もノーベル文学賞を**受賞できなく**もない。（雖然競爭對手很強，但視乎評審會的觀點與角度，A 小説**未必就不能**獲得諾貝爾文學獎。）

***** 1. 參考 III 和 IV，可見「のは / も無理も / はない」中，如果前面用「は」，後面一般就會跟着「も」；但如果前面選「も」，後面就傾向是「は」，甚少重複 2 個相同助詞。**

推測 / 判斷的表示②
「值得」的 V る 1/N に堪える
「值得」的 V る 2/N に足る / に足りる
「值得」的 V る /N に値する
「值得 / 有…的意義」的 V る /N の甲斐 / V-stem 甲斐がある

所需單詞類型： **V る 1（読む、見る、鑑賞する）**
V る 2（取る、恐れる、信頼する、信ずる）
N（評価、宣伝、注目）
V-stem（頑張り、生き、し）

I. A 小説は今年のノーベル文学賞を獲得した作品であり、**読む**に堪える。
（A 小説是今年諾貝爾文學獎得獎之作，值得一讀。）

II. A 小説は今年のノーベル文学賞を獲得した作品であり、**一読**に堪える。
（A 小説是今年諾貝爾文學獎得獎之作，值得一讀。）

III. A 小説の作者は授賞式で「これまで自分の書いた小説が**注目する**に足りなかったのは、ほとんど**取る**に足らないものばかりだったからだ」と話している。（A 小説的作者在頒獎禮時説：「之前自己所寫的小説不受注目，原因是那都是些不值一提的作品。」）

IV. A 小説の芸術性と言えば、特に人間の心理における見事な描写が**賞賛** / **評価**に値する。（説起 A 小説的藝術性，對人心出色的描寫尤其值得讚賞 / 高度評價。）

V. A 小説の作者は授賞式で「この作品は 100 年経っても**語る**に値するものでありたい」と抱負を語っている。（A 小説的作者在頒獎禮時這樣説出自己的抱負：「希望這個作品，就算經過 100 年仍值得人們探討。」）

VI. A 小説の作者は授賞式で「この作品は来年の今頃、せめて**語るに値しない**ものだけにはならないでほしい」と冗談を言って観客や一座の者をどっと笑わせた。（A 小說的作者在頒獎禮時說：「明年今日，希望這個作品不會成了大家覺得**不值**一談的東西就好了。」這句幽默的話引得台下觀眾們哄堂大笑。）

VII.「ノーベル文学賞を受賞出来て、やはりこれまでめげずに**頑張ってきた甲斐があった**と思います。しかし作品のインスピレーションは度重なった白血病の**治療の甲斐もなく**、わずか 5 年の短い生涯の幕を閉じた我が子から得たものであり、この作品は本当に**やり甲斐があって**、創作が自分の**生き甲斐**並びに亡くなった我が子との繋がりです」と A 小説の作者は涙ぐみながら述べている。（「能夠獲得諾貝爾獎，我覺得自己一直無懼困難，刻苦奮鬥的努力都**不枉**了。但說起這個作品的靈感，卻是啟發自我那患了白血病的兒子。他雖然經過一連串的治療，但卻**徒勞無功**，年僅 5 歲便結束自己短暫的一生。所以我覺得這個作品很**有價值**，而創作不但是我自身的生存**意義**，更是我和亡兒之間的連繫！」A 小說的作者一邊泛着淚光，一邊說着。）

***** 1.「堪える」可理解為中文的「堪稱」、「足る / に足りる」是「足以」，「値する」就如「春宵一刻值千金」的「值」，這解釋了為甚麼全都是「值得」的意思。另外，基本上大部分的名詞都可以配合，但正如上文「V る 1」「V る 2」所記載，每個文法都有些使用傾向。**

推測 / 判斷的表示③
「…的話，也就完蛋了」的 V ばそれまで
「一旦…的話，就沒完沒了」的 V ば /V と /V たらきりがない
「只不過…罷了」的 V たまでだ / までのことだ

所需單詞類型：V ば（行けば、食べれば、来れば / すれば）
V と（行くと、食べると、来ると / すると）
V たら（行ったら、食べたら、来たら / したら）
V た（行った、食べた、来た / した）

I. カンニングが先生に**見つかってしまえば**それまでだ！（要是被老師發現作弊**的話，那一切就完蛋了**。）

II. 田中君、今学期こそ**頑張らなければ**それまでだよ！（田中君，你這個學期要是再不努力**的話，那一切就完蛋了**。）

III. カンニングだの、遅刻だの、怠け者だの、先生たちに田中という学生の落ち度を**言い出させたら**きりがない。（又作弊、又遲到、又懶惰，**要是**讓老師們說出那個叫田中的學生的缺點，那可是**沒完沒了**。）

IV. カンニングだの、遅刻だの、怠け者だの、先生たちに田中という学生の落ち度を**言い出させれば**きりがない。（又作弊、又遲到、又懶惰，**要是**讓老師們說出那個叫田中的學生的缺點，那可是**沒完沒了**。）

V. 貪欲だの、嫉妬だの、好色だの、仮に神様たちが人間の罪を**挙げ出すと**きりがないでしょう。（又貪心、又妒忌、又好色，**要是**神舉出人類的罪行**的話**，那可是**一言難盡**吧！）

VI. 「どうして田中君がカンニングしたことを先生にチクったか」って？俺はただ当たり前のことを**した**までだ。（為甚麼我把田中君作弊的事向老師打報告？我**只不過**做了一件應該做的事情**罷了**。）

VII.「どうして田中君がこの前の試験でカンニングしたことを先生に告げ口したか」というと、僕は人間として正義を果た**したまでのことです**。(為甚麼我把田中君在上次考試作弊的事告發給老師聽？我**只不過**伸張了作為人類應該有的正義**罷了**。)

題 1　**弊店は、常にお客様へのもてなしは丁寧に＿＿＿＿と考えております。**

1　しかるべき　　2　無理はない
3　越したことはない　　4　堪える

題 2　**どんなに頑張ったって必ずしも夢が叶うという訳ではないが、＿＿＿＿。**

1　叶うとも言いかねる　　2　叶うことを禁じ得ない
3　叶わないとも限らない　　4　叶ったらそこまでだ

題 3 & 題 4

(題 3) ＿＿＿＿切がないので、実際にやってみれば、成功 (題 4) ＿＿＿＿。

題 3

1　考えたところで　　2　考えてまでして
3　考えに即して　　4　考えるやいなや

題 4

1　成功できるまでもない　　2　成功なんて出来っこない
3　成功以外の何物でもない　　4　成功できないものでもない

題 5　あんたが物心がつく前の出来事なので、覚えていないの＿＿＿＿無理はないよ。

1　なら　　2　も

3　は　　4　に

題 6　女性の涙は、常に男性の僕の同情を誘おうとしているかのようなもので、見るに＿＿＿＿。

1　足らない　　2　値しない

3　忍ばない　　4　堪えない

題 7　重大な決断をするに先立って、親と＿＿＿＿しかるべきだ。だが、最終的決定権は自分の手中にあるべし。

1　相談の　　2　相談し

3　相談すれば　　4　相談して

題 8　これ以上褒めないでおくれ。単に困っている人を＿＿＿　＿＿＿　＿★＿　＿＿＿ではない。

1　助けたまで　　2　それほど

3　のことなので　　4　大したこと

題 9　総裁の私の＿＿＿　＿＿＿　＿★＿　＿＿＿ならば、現存のシステムを変えるつもりはございません。

1　を変える　　2　考え

3　に足る　　4　意見がなかった

題10　のび太がジャイアンに＿＿＿　＿＿＿　＿★＿　＿＿＿見ぬふりはできなくなった。

1　見かねて　　2　見るに　　3　いじめられているのを　　4　見て

題11　東京に住んで十一年になるが、ずっと郊外だったから私は東京の夏祭がどんなものか **1** 知らない。私には東京の夏は暑くて **2** <u>殺風景</u>だ。ごくまれに、手拭 *** と黒褌 *** とを入れた袋をぶら下げて神宮のプールに出かけ、歸りに新宿の不二屋あたりで濃い熱い珈琲をのんだり、冷房装置のある映畫館へ涼み *** **3** 出かけたりするのが、東京の夏の樂しみといえば樂しみだった。

しかし、**2** <u>殺風景</u>に感ずるのは私が田舎育ちだからで、東京生れの人にはもっと身についた微妙な樂しみがあるのだろう。私は生れ故郷と殆ど縁がなくなった今でも、漠然と田舎の夏を豐富なものに感ずるのは、子供の時からそこに馴 **4** 來たから **5**。

市内に住んでいたこともなくはないが、學生時分のことで、夏休になるとさっさと田舎へ歸って行ったから、東京の夏祭を **6**。

*** 手拭：手や顔や体などを拭くのに用いる布。
*** 黒褌：黒い下着。
*** 涼み：涼しい風に当たる。

田畑修一郎『盆踊り』によるが、一部旧仮名遣いの修正あり

1

1　まるで　　2　むしろ　　3　まさか　　4　まもなく

2

1　さっぷうけ　　2　さっぷうけい

3　ころしふうけ　　4　ころしふうけい

3

1　に際して　　2　の折に　　3　のかたわら　　4　がてら

4

1　染して　　2　染みて　　3　染めて　　4　染んで

5

1　にきまっていない　　2　にたえない

3　にちがいない　　4　にとどまらない

6

1　知ったらきりがない　　2　知らない訳がない

3　知らないのも無理はない　　4　知らず仕舞いだった

題 12　**遊女が恋人（平田さん）に恋心を寄せている：**

平田さんと別れちゃ生きてる甲斐がない。死んでも平田さんと夫婦にならないじゃおかない。自由にならない身の上だし、自由に行かれない身の上だし、心ばかりは平田さんの傍を放れない。一しょにいるつもりだ。一しょに行くつもりだ。一しょに行ッてるんだ。どんなことがあッても平田さんの傍は放れない。平田さんと別れて、どうしてこうしていられるものか。体は吉原 * にいても、心は岡山の平田さんの傍にいるんだ。と、同じような考えが胸に往来して ***、いつまでも果てしがない。その考えは平田の傍に行ッているはずの心がしているので、今朝送り出した真際は一時 *** に迫って、妄想の転変が至極迅速であッたが、落ちつくにつれて、一事についての妄想が長くかつ深くなッて来た。**

*** 吉原：遊女が働いている風俗の町。
*** 往来する：感情が心の中に現れたり消えたりすること。
*** 一時：一時的に。
*** 心中：相愛の男女が一緒に死ぬこと。

広津柳浪『今戸心中*』による**

1　「自由にならない身の上だし、自由に行かれない身の上だし」とあるのは何故か？

1　職業柄のため。
2　平田さんと夫婦になれないため。
3　平田さんの傍を離れないため。
4　体と心は別々の所にあるため。

2　遊女の「心がしている」のはどんなことか？

1　恋人のことを考え出すといつまでも果てしがないこと。
2　恋人と別れてからというもの生き甲斐を感じなくなったこと。
3　自分の恋人に対する恋心はちゃんと恋人のいる場所に届いていること。
4　自分の恋人に対する妄想の転変が日に日に迅速に発展してきたこと。

52 程度 / 傾向的表示①

「竟是 / 有 N 這個驚人的數字 /… 達」的 N からある / からいる / からする / からの N

「【正面的】極度」的 N の至り

「【負面的】極度」的な形 / な形＋こと / い形＋こと極まる / 極まりない

「極其量也不過是 N/ 也就是 N 那個程度」的 N といったところ

「這個程度不難…」的 V る /N に難くない

本書 52 至 54「程度 / 傾向的表示①②③」需要互相比較，故 52 至 53 的練習合併在 54 之後。

所需單詞類型： **N（5 千人、20 万円、想像、理解）**
な形（失礼、危険、迷惑、残念）
い形（恥ずかしい、美しい）
V る（察する、想像する、理解する）

洋子：彼氏の一郎が **1 キロからある**ダイヤモンドが嵌めらた **2 億ドルからする**ネックレスを誕生日プレゼントに買ってくれて、しかも **3000 人からいる**コンサートの真っ最中にいきなりプロポーズしてきたよ。（男朋友一郎買了一枚鑲有**重達** 1 公斤鑽石，價值**高達** 2 億元的項鏈給我作生日禮物，而且還在**多達** 3000 人參加的演唱會中，在最高潮迭起的時候向我求婚。）

真弓：へえ、そうなんだ。いいな、される側は「**感激の至り**」としか言いようがないよな！（是嗎，那很不錯呀！接受好意的一方也只能説「**無比**感激」吧！）

JPLT N1

洋子：でもね、コンサートの真っ最中にあんなプロポーズをされるなんて、**恥ずかしいこと**極**まりない**し、しかもなんかコンサートのバンドとわざわざ観に来たファンたちには**失礼**極**まりない**ことをしてしまったなあとつくづく思った。（但是在演唱會最高潮迭起的時候被那種方式求婚真**超級**不好意思呢！還有仔細想一想，越來越覺得對樂隊以至遠道而來的歌迷做了件**極度**失禮的事呢！）

真弓：【チェッ！】ネックレス見せてもらっていい？あれ、メッキを剥がせば、ダイヤモンドじゃなくて、特大アーモンドだけじゃない？手間かかるのは**想像に難くない**し、貧しい彼の切ない気持ちも**理解するに難くない**けど、これなら、しょせん**300ドルといったところ**かな。ぶっちゃけ、一郎のような男は、あたしの中では**下の中**（9段階の中の下から2番め）**といったところ**かも。（【哼，又在裝B！】可以看一下你的項鏈嗎？咦，剝下鍍金的話，裏面不是**鑽石**，只是一個**特大杏仁**。**不難**想像他的確花了很多心思，而貧賤夫君百事哀的心情也**不難**理解，但這個玩意，**極其量也就值**300元吧。老實說，像一郎這種男人，在我心裏可能**只算**是個下中【9個排名中的倒數第2】貨色而已。）

洋子：ダイヤを買ってちょうだいやってあれほどお願いしたけど、結局ダイヤが問題や。もう離婚よ。（求了他那麼多次給我買鑽石，結果鑽石卻成了致命傷。我要馬上跟那傢伙離婚！）

***** 1. 基本上，涉及金額或價值的用「からする」、涉及人數的是「からいる」或「からの」、其他數字（如數量 / 溫度之類）則用「からある」。**

2. 理論上無論「極まる」或「極まりない」，如「失礼極まる」和「失礼極まりない」都是同等意思，但無可否認一般情況下「極まりない」比較普遍。

3.「至り」一般多用作正面的意思如「光栄の至り」（光榮之至）或「感激の至り」（無比感激），但亦有如「若気の至り」般，表示某種失敗是因為「血氣方剛且年幼無知」。亦有類似用法的「Nの極み」一語，但只用在個別的單詞如「痛恨の極み」（痛恨至極）、「贅沢の極み」（極盡奢華）、「無駄の極み」（極度浪費）甚至「鬼畜の極み」（根本不是人）等，泛用性不如「極まりない」。

4. 本篇屬於輕鬆小品，「ダイヤモンドじゃなくて、特大アーモンド」、「ダイヤを買ってちょうだいや」和「ダイヤが問題や」，劃線地方均是同音異義，是日本相聲等大眾娛樂作品中經常使用的藝術技巧。

程度 / 傾向的表示②

「就算是…也應該有個限度 / 分寸」的 A 類にもほどがある

「這程度的話還好」的普だけ（まだ）ましだ

「老是有…這種不好的傾向」的 B 類きらいがある

所需單詞類型： **普（行く、行かない、行った、行かなかった、行っている、安い、有名な / 有名である、学生である）**

A 類～V る、V ない、い形、な形、N（行く、行かない、安い、無責任、冗談）

B 類～V る、V ない、N の（行く、行かない、重視の）

一郎：ダイヤモンドが特大アーモンドだってことがバレて洋子にひどく怒られて大喧嘩した挙句、ボコボコにされる始末だった。（鑽石只是一個特大杏仁這事穿崩了，所以洋子很生氣。我和她吵了大架，最終落得被她痛打一身的下場。）

健二：ボコボコにされちゃったけど、**殺されなかった / 殺されていないだけましだ**と思え。それにしても、**喧嘩できるだけましだ**。こっちは喧嘩する恋人さえいないんだから。（只被痛打一頓，沒有被殺就**已經萬幸**了。還有可以吵架**已經不錯**了，我連可以吵架的戀人都沒有呢！）

一郎：でもどうして真弓ちゃんと別れたの？（其實為甚麼和真弓分手？）

健二：あいつはお嬢だから、家庭が裕福のせいか世間の苦労を知らなさ過ぎて、よく他人を**見下すきらいがある**からだ。しかも人に言葉の暴力を加えるのが好きで、日頃温厚で滅多に怒らないご両親にまで「**冗談にもほどがある**だろうが…」と注意されたことがたびたびあってさ。（那傢伙

是個千金小姐，可能是家境富裕吧，太過不懂民生疾苦，所以**老是**瞧不起他人。加上喜歡用語言傷害別人，就連她那平日溫文有禮、不輕易發怒的父母也曾經多次警告過她：「開玩笑**也有一個限度**吧！」）

一郎：へえ、そうなんだ。これで別れたのも無理はないなあ。でも、あんたは、**見た目重視のきらいがある**から、いい加減にやめたら？（哦，原來是這樣的。難怪你跟他分手。但你自己**老是**重視人家樣子，改一改這個性格吧！）

健二：お前だって見栄っ張りで嘘つきやがてよ。まあ、**嘘をつくにもほどがある**ぞ、身のためにはならないからな。（你還不是一樣？愛面子而老是撒謊。撒謊**也有個限度的**，老是這樣做對自己沒有好處的。）

***** 1. 由於「まし」＝「いい」，所以儘管本書沒有介紹，但 N1「ほうがまし」＝ N5「ほうがいい」，故例如「何もしないで後悔するよりも、何かしてから後悔したほうがまだましだ」＝「何もしないで後悔するよりも、何かしてから後悔したほうがまだいい」。（與其甚麼都不做而後悔，做了之後才後悔還比較好）。**

程度 / 傾向的表示③
「比起 A，更 B」的 N にもまして
「如果 A 的話還情有可原，但是 / 一旦 B」的 V る /N ならいざしらず
「即使不 A，但至少 B」的 V ないまでも

所需單詞類型： N（いつも、去年、日本人）
V る（行く、食べる、する / 来る）
V ない（行かない、食べない、しない / 来ない）

真弓の父親：真弓の我が儘な態度は**以前にも増して**酷くなってるね。（最近真弓的驕蠻態度**比**以前有過之而無不及呢。）

真弓の母親：そうなのよ。**家だけならいざ知らず**、公の場でも結構わがままな振る舞いをしててかなり評判が悪くなってるんだから、ちょっと困ったわよ。（對呀，如果只是在家**的話還情有可原，但**在公共場所也任性妄為，所大家都對她評價不好，真令人發愁哦。）

真弓の父親：確かにその通りだ。しかもお酒を**飲まないならいざ知らず**、酔うと、**普段にも増して**暴言を吐き始めるんだよね。これからは毎日とは**言わないまでも**、せめて週 2-3 回くらい外出とお酒を禁止にしたほうが良いんじゃない？（你説的很對。而且不喝酒**的話還好，一旦**醉了就開始胡説八道，説些**比**平時更過分的話！今後，**雖**説不要求每天，**但至少**每周 2-3 次不准她外出和喝酒，你覺得怎樣？）

真弓の母親：それが良いかもね。あと、いままで真弓の勝手な振る舞いで傷ついた人がかなりいるようだけど、土下座を**しないまでも**、真弓を一人ずつ謝らせたらどう？（這個方法很好呀！還有，至今被真弓説話傷害過的人有很多，**就算不**要求跪下道歉，我還是想讓她一個一個的向人家道歉，你覺得呢？）

真弓の父親：いいね。我が家の家訓の中には「聡明な頭を育てろ。**それにもまして**潔い心を培え」というものがあるから、早速真弓を被害者たちの家に連れて行って謝らせよう！（好呀！我們家的家訓中有一個是「造就一個聰明的腦袋，**但比之更重要的是**，培養一顆純潔的心靈」，我們馬上帶她到受害人的家，挨家挨戶的道歉吧！

題 1　**この田舎の駅は 1 日の利用者は_______ 20 人といったところなので、いわゆる「廃駅」になる可能性がだんだん大きくなってきます。**

1　ややもすれば　　2　すくなくとも

3　せめて　　4　せいぜい

題 2　**相手はプロのバスケットボールチームだから、勝てないまでも、_______。**

1　引き分けになるぐらいなら死んだほうがまし

2　勝つことを余儀なくされた

3　負けた暁には切腹せねばならない

4　スリーポイントを何本か決めてやろうじゃないか

題 3　**オリンピックのボランティアの募集には、100 万人_______応募者が殺到した。**

1　さえの　　2　までの　　3　のみの　　4　からの

題 4　**財布の紐が堅い *** 人で有名な田中君が寿司屋に行って、5 万円_______おまかせセットを注文した時は正直驚いた。**

1　からある　　2　からする

3　からなる　　4　からいる

*** 財布の紐が堅い：けち

題5 **うちの息子は何をやっても、いわゆる「三日坊主」の如く、________。**

1　やめられるものなら、今すぐにでもやめたい

2　やろうと思えばやれないものでもありません

3　すぐに飽きてしまうきらいがある

4　実行しようにもできないケースが多い

題6

A：あなたは本当に態度が失礼________人ですね。

B：は？今何か言った？もう一回言ってみろ、このくそ爺！

A：まったく非常識にもほどが________でしょう！

1　極まりない / ある　　2　極まらない / ある

3　極まった / ない　　4　極まる / ない

題7 **怪我________、大事に至らなかっただけましです。**

1　はしなくてよかったが　　2　をした以上

3　をしてまで　　4　はしたものの

題8 **いわゆる______ ______ __★__ ______通用しないぞ。**

1　ならいざしらず　　2　15年前まで

3　今となってはもはや　　4　オレオレ詐欺は

題9 **高齢少子化が深刻な問題となっている昨今、______ ______ __★__ ______想像に難くない。**

1　それを担うこととなる若者にとって

2　と考えたらそれが

JPLT N1

3　これから如何に国の経済を担っていくか

4　重荷であろうことは

題 10　＿＿＿　＿＿＿　＿★＿　＿＿＿ほうがまだマシ。

1　最初から　　　2　いっそうやらない

3　放置するくらいなら　　　4　途中で諦めて

題 11　たまには、昔話に思いをはせるのも悪くない。それを当事者から聞けるのなら 1 だ。「ウェグマンズ LPGA 選手権」*** 初日、首位と 1 打差でラウンドを終えた朴セリ選手（韓国）が会見場に現れた。朴選手は 4 月の「LPGA ロッテ選手権」*** を病気のために棄権すると、翌週の「モービルベイ LPGA クラシック」*** の火曜日には、クラブハウスの階段を踏み外して肩を脱臼。2 週連続での棄権のみならず、医師によっては手術を勧める 2 の 3 容体だったが、驚異的な回復力で今大会での復帰を 4 。

けがをしたときに頭を 5 よぎったことは、「全米女子オープンに行けなくなる」という想いだったと朴選手は言う。他の年 6 、今年のコースだけは絶対譲れない。そして、記者に促されて、朴選手は当時の思い出を 7 始めた。14 年前、その地で行われた全米女子オープンでつかんだ勝利は、史上最年少でなおかつ韓国人にとっての初タイトル、さらに同一年度に 2 つのメジャーを制したのも最年少という歴史的快挙だった。

*** ともに有名なゴルフ大会である。

GDO News「朴セリ、歴史的な一日を語る」
2012 年 6 月 8 日掲載のものを節録及び一部潤色

1

1　なんだかんだ　　2　若干　　3　なおさら　　4　ひたすら

2

1　だに　　2　さら　　3　ほど　　4　まで

3

1　ようてい　　2　ようでい　　3　ようたい　　4　ようだい

4

1　仕上げた　　2　叶った　　3　戻した　　4　果たした

5

1　過った　　2　通った　　3　穿った　　4　閃った

6

1　ならばいざしらず　　2　は想像に難くないが

3　をものともせずに　　4　ではあるまいが

7

1　振り分け　　2　振り込み　　3　振り返り　　4　振り掛け

題 12　四世紀の末葉から五世紀の初めへかけての時期といえば、雲岡や麦積山の石窟ができるころよりも、半世紀ないし一世紀前である。そのころは中インドの方でもグプタ朝 *** の最盛期で、カリダーサ *** などが出ており、シナから法顕 *** を引き寄せたほどであった。だからそのインド文化を背景に持つインド・アフガニスタンの塑像美術が、カラコルム *** を超えてカシュガル ***、ヤルカンド ***、ホタン *** あたりへ盛んに入り込んでいたことは、察するに難くない。敦煌までの間にそういう都市は、ずいぶん多く栄えていたであろう。

そうしてそういう都市は、仏教を受け入れ、それをその独自の立場で発展させることをさえも企てていたのである。仏教美術がそこで作られたことももちろんであるが、木材や石材に乏しいこの地方において、漆喰と泥土とを使う塑像のやり方が特に歓迎せられたであろうことも、察するに難くない。とすれば、タリム盆地 *** は、アフガニスタンに次いで塑像を発達させた場所であったかもしれない。

*** グプタ朝：古代インドにおいて、西暦 320 年から 550 年頃までの時代。
*** カリダーサ：インド古典文学史上最高の詩人劇作家。
*** 法顕：中国東晋時代の僧侶。
*** カラコルム（和林、かつてのモンゴル帝国の首都）、カシュガル（疏勒）、ヤルカンド（莎車）、ホタン（和闐）はともに古くからシルクロードの要衝である。
*** タリム盆地：塔里木盆地、中央アジアにある内陸盆地である。

和辻哲郎『麦積山塑像の示唆するもの』による

1 「雲岡や麦積山の石窟ができるころ」はいつ頃だと推定され得るか？

1 約四世紀の初め
2 約四世紀の末葉
3 約五世紀の初め
4 約五世紀の中葉

2 「独自の立場で発展させること」を証明できる事実は以下のどれか？

1 工芸品が木材や石材以外の材料でも盛んに制作されたこと。
2 敦煌までの間の複数の都市をずいぶん発展させていたこと。
3 仏教の教えを民衆が受け入れられるように様々な階級に浸透させていたこと。
4 木材や石材に乏しい地域における仏教美術はそうでない地域よりも歓迎されたこと。

5 媒介的表示①

「以…為手段 / 基準 / 理由」的 N でもって
「以…為手段 / 基準」的 N をもって / をもってすれば / をもってしても
「以某法律條文 / 歷史為基準」的 N に則って /N1 に則った N2
「以某事實 / 文化 / 歷史為基準」的 N に即して /N1 に即した N2
「以某格式 / 綱要為基準，或模仿某事物」的 N に準じて /N1 に準じた N2

所需單詞類型： **N（拍手、50 点、規則、習わし、現状）**

I. 学生の諸君よ、**今日（限期）でもって / をもって / を限って / を限りに / 限りで**、この学校ではテストは 60 点ではなく、**50 点（基準）でもって / をもって**合格点としますので、ぜひ**笑顔（手段 / 方法）でもって / をもって**この新しい政策を迎えましょう。ちなみに、今回は校長先生の**御意向（理由）でもって**この変更となりました。（諸位學生，**從**今天開始，這個學校的考試，其合格分數會**以** 50 分取代 60 分，請大家**以**笑容去迎接這個新政策。話說回頭，這次是**基於**校長的意向而作出改變的。）

II. 新しいコース / プログラムを作る場合、この学校の**校則 / 慣例に則って**、テストの合格点を 60 点から 50 点と設定しなければならないので、いわば「**慣例に則った設定**」となるのです。（開設新課程時，必須**根據**這間大學的校規 / 慣例，把考試合格分數從 60 分設定為 50 分，換言之這是一項「**根據**慣例的設定」。）

III. **世界の風潮 / これまでの歴史の発展に即して**、私たちの学校もテストの合格点を 60 点から 50 点と設定して対応することになったため、いわば、「**風潮に即した対応**」となるのです。（為了**迎合**世界潮流 / 至今的歷史發展，我們學校決定了把考試合格分數從 60 分更改為 50 分以作回應，換言之這是一項「**迎合**潮流的回應」。）

IV. 香港大学の**「課程発展規則 HK 15 条」**に準じて、われわれ恒生大学もテストの合格点を 60 点から 50 点と変更し、「課程発展規則 HS 15 条」と名付けました。我々からすれば、これは一種の「**条文に準じた更新**」となるのです。（我們恒生大學**模仿**香港大學「課程發展規則 HK 15 條」，把考試合格分數從 60 分更改為 50 分，並命名為「課程發展規則 HS 15 條」。對我們而言，這是一項「**模仿**條文的更新」。）

***** 1. IV 的「香港大学『課程発展規則 HK 15 条』」後可以是「に準じて」或「に則って」，但如果意思是「模仿 A 以製作類似的 B（課程発展規則 HS 15 条）」的話，則「に準じて」的語意會比「に則って」更貼近。**

2. 除了以上較常見的「に則って / に則った」、「に即して / に即した」和「に準じて / に準じた」外，還有諸如「以某法律 / 歷史為標準」的「に照らして / に照らした」（兼具「に則って / に則った」和「に即して / に即した」）、「以前人的經驗 / 歷史為標準」的「に鑑みて / を鑑みて」和「根據成功失敗 / 調查結果」的「を踏まえて / を踏まえた」等，可以一併留意。

3. 這裏想藉這個機會把「N でもって」、「N をもって」和「を限って / を限りに / 限りで」的用法做個比較。前 2 個基本上大同小異，「限りに」只能用在限期之前，表示「過了這個限期就……」，例如偶爾會見到「当店は今月 31 日を限って / を限りに / 限りで閉店致します」，表示「過了這個月 31 號就會關店」的意思，作比較圖如下：

用法	N でもって	N をもって	N を限って / を限りに / 限りで
N ＝限期（今日）	✓	✓	✓
N ＝基準（50 点）	✓	✓	✗

用法	Nでもって	Nをもって	Nを限(かぎ)って／を限(かぎ)りに／限(かぎ)りで
N＝手段／方法（笑顔(えがお)）	✓	✓	✗
N＝理由（OOさんのご意向(いこう)）	✓	✗	✗
後接文法	✗	もって<u>すれば</u> ✓ 50点(てん)をもってすれば（如以50分為基準的話…） もって<u>しても</u> ✓ 50点(てん)をもってしても（就算以50分為基準也……）	✗

題1 **戦争(せんそう)＿＿＿＿人間(にんげん)がひっきりなしに犠牲(ぎせい)となるのは、人類(じんるい)がいる限(かぎ)り変(か)わらない現状(げんじょう)であろう。**

1　とて　　　　2　でもって

3　こととて　　　　4　をもって

題2 **最新(さいしん)の技術(ぎじゅつ)をもってしても、＿＿＿＿**

1　癌(がん)と隣(とな)り合(あ)わせの生活(せいかつ)はもうたくさんです！

2　果(は)たして人間(にんげん)は150歳(さい)まで生(い)き延(の)びられないのでしょうか？

3　治(なお)せない病気(びょうき)はわずか少(すこ)ししか残(のこ)っていない。

4　治(なお)せない病気(びょうき)は多々(たた)あります。

JPLT N1

題３　このドラマは＿＿＿＿制作（せいさく）されたため、信憑性（しんぴょうせい）が高（たか）いものだと見做（みな）さています。

1　実際にあった清王朝（しんおうちょう）の歴史（れきし）に照（て）らして

2　坂本龍馬（さかもとりょうま）の波乱万丈（はらんばんじょう）な一生（いっしょう）に則（のっと）って

3　18世紀（せいき）アメリカのインデアン文化（ぶんか）に準（じゅん）じて

4　江戸時代（えどじだい）に完成（かんせい）された法律条約（ほうりつじょうやく）に従（したが）って

題４　本作（ほんさく）は＿＿＿＿　＿＿＿＿　＿★＿　＿＿＿＿原作（げんさく）よりも芸術性（げいじゅつせい）が高（たか）いという声（こえ）すらある。

1　となっておりますが

2　オリジナルに

3　いわばパロディー作（さく）

4　準（じゅん）じた作品（さくひん）であり

話題的表示①
「名副其實的 / 真真正正的 N（職業 / 身份），必須…」的 N たるもの
「有着 N 這種職業 / 身份的人，卻…」的 N ともあろうものが
「像 N（代名詞）這樣的人，竟會犯下這樣的錯」的 N としたことが
「沒有特別的 / 沒有值得一提的 N」的ここ / これといった N がない / いない

所需單詞類型： **N（教師（きょうし）、政治家（せいじか）、私（わたし）、趣味（しゅみ））**

I. **男（おとこ）たるもの**（＝身份）、気（き）に入（い）った娘（こ）がいたら、躊躇（ちゅうちょ）せずに口説（くど）け！（**作為一個堂堂正正的**男人，見到喜歡的女人，不要猶豫，**馬上**追求！）

II. **医者（いしゃ）たるもの**（＝職業）、何（なに）よりも患者（かんじゃ）の命（いのち）を最優先（さいゆうせん）に考（かんが）えるべきだ！（**一個真真正正的**醫生，**首要**考慮的是患者的性命！）

III. **男（おとこ）ともあろうものが**（＝身份）、奥（おく）さんの尻（しり）に敷（し）かれるとは男（おとこ）の恥（はじ）だ。（你是個**堂堂**男子漢，**卻奈何**是個妻管嚴，這令我們男人蒙羞。）

IV. **医者（いしゃ）ともあろうものが**（＝職業）、診察中（しんさつちゅう）に患者（かんじゃ）さんに猥褻（わいせつ）なことをするなんて怪（け）しからん。（他是一個**有着醫生這樣【崇高】職業的人**，**卻**在替病人看病時毛手毛腳，真是太豈有此理！）

V. 長年（ながねん）医者（いしゃ）として患者（かんじゃ）に慕（した）われてきた**彼（かれ）としたことが**、このような過（あやま）ちを犯（おか）すなんて俄（にわ）かに信（しん）じがたい。（作為一個醫生他一直被患者們所敬仰，但**像他這樣的人**，卻犯下這樣的過失，一時三刻實在難以令人相信。）

VI. 住んでいる地域が辺鄙な集落ですから、**ここといった**美味しい**料理屋さんもなければ、これといった**有名な**お医者さん**もいない。（我住的地方是落後的村落，既**沒有特別**好吃的餐廳，也**沒有**很有名的醫生。）

***** 1.「N たるもの」和「N ともあろうものが」的最大分別在於前者多後接表示「命令」或「應該」等文章；後者通常呈現轉折，多有「想不到」、「竟然」等口吻。**

2. 一般來說，「代名詞（僕 / 彼）＋としたことが」。

題 1　**関西人＿＿＿＿、話にちゃんとしたオチ *** がないと許されないと常に期待されがちである。**

1　たるもの　　2　ともあろうものが

3　としたことが　　4　ともなると

*** オチ：一般指對話 / 故事有意思或有趣的梗。

題 2　**親ともあろう者が、＿＿＿＿。**

1　「親として当然こうするべきだ」という先入観は捨てたまえ

2　子どもの選択に余計な干渉をすべきではない

3　子供と接する際には教育者だけでなく友人という身分も忘れるべからず

4　子供に暴力を振るうなんてどういうことですか

題 3　＿＿＿　＿＿＿　＿★＿　＿＿＿ミスに気付かなかった。

1　としたことが　　2　と自負していた私

3　自分なら大丈夫だ　　4　迂闊にも

題 4　**米プロバスケットボール協会（NBA）、ロサンゼルス・クリッパーズ（＝ある NBA チームの名前）のオーナーが、黒人への人種差別とも取れる発言をしたことで、波紋が広がっている。4 月 27 日に行われた試合前の練習中、**

クリッパーズの選手たちは、ウェアをあえて裏返しに着て、チームのロゴや名前を人目をはばかるかのように振る舞い、抗議の意思を明らかにした。なお、かつて一世風靡した名選手マイケルジョーダン氏も、今回の件について次の声明を発表している。

「NBA チームのオーナーともあろう人物が不快な発言をしたことを遺憾に思います。NBA、そしてどの世界であろうとも、あのような人種差別や嫌悪があってはなりません。このような無知がいまだに我が国に、そして世界最高峰のスポーツの世界に存在すると思うと、辟易させられます。NBA 選手の大半はアフリカ系アメリカ人。いかなるレベルであろうとも、差別は絶対に許されません」と。

HUFFPOST「NBA・クリッパーズの選手が人種差別発言したオーナーに無言の抗議」
2014 年 4 月 28 日掲載のものを節録及び一部潤色

1 今回の事件をめぐって、人々は如何にして自分の憤りをオーナに発したか？

1 匿名者が非難のコメントを送った。
2 NBA のチェアマンが罰金をするよう命じた。
3 選手たちが公の場においてあえて自分の氏名を見せようとしなかった。
4 ファンたちが相次いでユニホームを燃やした。

2 「辟易させられます」とあるのはつまりどんな心境か？

1 対応のしようがなくて困った心境。
2 相手の無知な発言を聞いて悲しくなった心境。
3 高い身分に反して幼稚な振る舞いを見せてバカバカしいと思った心境。
4 言ってはいけないことを言わなきゃよかったのにという残念な心境。

57 責任的表示①
「理所當然要 V」的 V るべし / V るべき N
「不可 V/ 不可 V 的 N」的 V るべからず / V るべからざる N
「不該有的 / 不能被原諒的 N」的ある / 許(ゆる)すまじき N

本書 57 至 58「責任的表示①②」需要互相比較，故 57 的練習合併在 58 之後。

所需單詞類型： **V る（行(い)く、食(た)べる、する / 来(く)る）**
N（行為(こうい)、発言(はつげん)、体制(たいせい)）

I. 学生(がくせい)たるものは勉学(べんがく)に**励(はげ)むべし**。（所謂學生的典範，**應當**勤奮學習。）

II. 学生(がくせい)たるものはしっかりと**勉強(べんきょう)す (る) べし**。（所謂學生的典範，**應當**勤奮學習。）

III. 学生(がくせい)たるもののす **(る) べきこと**は勉強(べんきょう)である。（所謂學生的典範，其**應做的**事情是學習。）

IV. カンニングやいじめなどの行為(こうい)は、学生(がくせい)として**許(ゆる)すべからず**。（作為學生，作弊或校園欺凌等行為是**不可**饒恕的。）

V. カンニングやいじめなどは、学生(がくせい)として**許(ゆる)すべからざる行為(こうい)**である。（作為學生，作弊或校園欺凌等行為是**不可**饒恕**的**行為。）

VI. カンニングは学生(がくせい)として**あるまじき**行為(こうい)だ。（作為學生，作弊是**不該有的**行為。）

VII. カンニングは学生(がくせい)として**許(ゆる)すまじき**行為(こうい)だ。（作為學生，作弊是**不能饒恕的**行為。）

*****1. 從 III 可見，N4 水平的「べき」就是「べし」後接 N 的形態。**

2. 一般來説，和「まじき」匹配的常用動詞是「ある」或「許(ゆる)す」。

責任的表示②

「用不着V」的Vないで/Vずに済む

「不V的話不能罷休/事情不能結束」的Vないでは/Vずには済まない/済まされない

「【作為常識】不V不可/【心靈上】不得不讓人V」的ないでは/Vずにはおかない

「迫不得已只能V」的Vる余儀なくされる

所需單詞類型：**Vない/Vず（行かない/行かず、食べない/食べず、しない/せず、来ない/来ず）**
Vる（行く、食べる、する/来る）

I. Aさん：当初、コロナも普通の風邪と同様、そのうち自然に治るので、医者に**行かないで/行かずに**済むだろうと高をくくる人は少なからずいた。（A先生：當初，不少人低估了新冠肺炎，認為他和普通的感冒一樣，不久就會自然好起來，也**用不着**去看醫生吧！）

II. Aさん：どうも彼が私にコロナをうつした張本人のようで、お見舞金は言うに及ばず、ちゃんと**謝らないでは/謝らずには**済まないからね。（A先生：似乎他就是把新冠肺炎傳染給我的元凶，慰問金就不用說了，**不好好**道歉的話，我**是不會罷休的**。）

III. Aさん：どうも彼が私にコロナをうつした張本人のようで、**処罰されないでは/処罰されずには**済まされないからね。（A先生：似乎他就是把新冠肺炎傳染給我的元凶，他**不被處罰的話**，這事情**是不會輕易結束的**。）

IV. Bさん：私のせいでコロナに感染し今病床に就いている友人に一言**言わないでは/言わずには**おかない。（B先生：都怪我把新冠肺炎傳染給我朋友，令他躺在病床上，【道義上】我是**不能不**說一句話的。）

V. Bさん：責任追及の話を聞くと、その深刻さについて**考えさせないでは / 考えさせずにはおかない**。（B先生：聽到他要我負責任的説話，我對於事件的嚴重性，**【心靈上】不得不**再三思量。）

VI. Bさん：結局、友人にコロナをうつした張本人として、**罰金と土下座、ひいては辞職を余儀なくされて**トリプルパンチを食らった。（B先生：最後，作為把新冠肺炎傳染給朋友的元凶，我**迫不得已**的接受了罰款、跪下認錯和辭職這三重打擊。）

***** 1. 像V般，當描述某些感情，心理是不得不發出 / 油然而生的時候，一般都用「V使役」。除了「考えさせる」外，還有諸如「感動させる」或「不安にさせる」等。**

題1　**子どもを長時間車に放置して死なせるとは、親ともあろうものが________行為だ。**

1　許さないではおかない　　2　許しかねない

3　許すまじき　　4　許さなければそれまでの

題2　**映画の良さを際立たせるには、________**

1　監督の腕はいかがなものかと思いますが……

2　観客は海賊版を購入せず、映画館へ見に行くべし！

3　他の映画に対するパクリなんてあるまじき行為であろう！

4　美しい音楽は欠くべからざるものではないか？

題3　**田中被告はファミレスの厨房に大便をし、店員に清掃作業を________という罪に問われた。**

1　余儀なくされる　　2　余儀なくさせる

3　余儀なくせざる　　4　余儀なくさせられる

題4　あの美しく繊細な描写からなる歌詞は、20 世紀中葉の香港を________にはおかないはずだ！

1　彷彿せず　　　　2　彷彿しない

3　彷彿させず　　　4　彷彿させない

題5　道路でスマホに気を取られて左右を見なかったばかりに________。

1　事故に遭っちゃった……

2　事故が起きていたらどうするのよ！

3　幸い事故に遭わずにすんだ。

4　事故が起きていたかもしれないよ！

題6　いわゆる「______ ______ __★__ ______」とは現代でも通じる名言である。

1　べからず　　　　2　働かざる

3　食う　　　　　　4　もの

題7　教授に______ ______ __★__ ______せずには済まないですね。

1　高価なプレゼントを　　　2　いただいたものですから

3　何かお返し　　　　　　　4　身に余る

題8　高校の卒業式である先生がスピーチを行った：

高校三年生の諸君、卒業おめでとうございます。振り返ってみれば、おそらく希望や不安の入りまじった複雑な気持で **1** と思いますが、以来勉強に部活にと、注ぎ込まれた三年間の青春の思い出が、 **2** 走馬燈のように通り過ぎ去るがごとく、今新しい旅立ちをしようとしていらっしゃいますよね。21 世紀の 20 年から 21 年めに差し掛かろうとしているこの歴史の転換期に 3 卒業生諸君の将来は、まさに、日々千変万化の様相を 4 でありましょう。でも、高校で培った知識と根性を持って進めば、5 道は開けるに違いないと思います。誇りと自信を持って、誰にも恥じることのない前向きの人生を送っていただきたいです。「ぼくの前に道はない　ぼくの後ろに道はできる」とはかの有名な高村光太郎先生 *** の詩ですが、自分の道を切り開いてこそ、本当の生き甲斐のある人生だと思います。また、「少年老い易く学成り難し、一寸の光陰軽んず 6 」という中国の古典の言葉のように、諸君も若いうちに目標をしっかりと定め、それに向かって一歩一歩確実に近づくように弛まぬ努力を続けてください。最後に、私も本日 7 定年退職とさせていただきます。諸君よ、どうか先生たちの教えをお忘れのないようお願いいたします。と同時に、先生の代表として、我々も諸君一人一人から元気をもらったことに厚く御礼を申し上げます。

*** 高村光太郎：近代日本詩人

1

1　ご入学になったか　　2　ご入学なされたか

3　ご入学したか　　4　ご入学におったか

2

1　あたかも　　2　案の定　　3　悉く　　4　辛うじて

3

1　ただよう　　2　になう　　3　あたる　　4　うまれる

4

1　呈する　　2　進ぜる　　3　献ずる　　4　失せる

5

1　何(なん)なりと　　2　自(おの)ずから　　3　さぞかし　　4　何卒(なにとぞ)

6

1　べし　　2　べくして　　3　べからざる　　4　べからず

7

1　に限(かぎ)って　　2　をもちまして

3　に際(さい)して　　4　に伴(ともな)って

59 條件的表示①

「【遺憾的是】一旦…就一定…」的Vたら最後/Vたが最後

「【請相信我/令人驚訝的是】一旦…就…」的いざとなれば/いざとなったら/いざとなると

「一到N這個季節/年紀/時期」的Nともなると

本書 59 至 60 「條件的表示①②」需要互相比較，故 59 的練習合併在 60 之後。

所需單詞類型：**Vた（行った、食べた、した/来た）**
N（時期、季節）

I. あの人にお金を**貸したら最後**/**貸したが最後**、二度と返してもらえないから、あげたつもりでいなさい！（【很遺憾地告訴你】，**一旦**借錢給他的話，他**就一定**不會還你，所以你還是當送了給他好了。）

II. あの人にお金を貸すかどうかは君次第だが、**いざとなったら**困るのが自分だからね。（借不借錢給他是你的自由，**但請相信我，萬一有事**的話，遭殃的還是自己。）

III. 日頃はやや金癖が悪い人で有名だが、**いざとなれば/いざとなると/いざとなった時**、意外と他の誰よりも頼りになる。（他平日出了名是個不善於理財的人，**但令人驚訝的是，當一有事情**來的時候，他卻比任何人都值得信賴。）

IV. 毎年は**年末ともなると**必ずあの人からお金を貸してほしいというメッセージが来る。（每年一到歲晚，就一定會收到那個人的聯絡，說想要借錢。）

V. 毎月こっちがお給料を**もらうとなると**必ずあの人からお金を貸してほしいというメッセージが来る。（每月一到發工資的時候，就一定會收到那個人的聯絡，說想要借錢。）

***** 1. IV 的「ともなると」和 V 的「となると」最大分別在於，「ともなると」前面一般是 N，而「となると」則是「N/V る /V ないとなると / となれば / となったら」。可參照《3 天學完 N2・88 個合格關鍵技巧》59 條件的表示②。**

60 條件的表示②

「如果是…就一定 / 就不得不…」的 A 類とあれば
「如果是…就一定 / 就不得不…」的 V る /N とあっては
「【客觀情況 / 社會現實】由於特殊情況的…，所以理算當然是」的 B 類とあって
「如果不 / 沒有…就…」的 N/V ることなくしては

所需單詞類型：**A 類～V る、な形、N（行く、必要、日本人）**
B 類～V る、V た、V ている、い形、な形、N（行く、行った、行っている、安い、必要、日本人）
V る（行く、食べる、する / 来る）
N（ため、涙、努力）

I. 彼女の**頼み / ためとあれば / とあっては**、お金を貸してやらないわけにもいかない。（**如果是**她的請求 / 能為了她，我**不能不**借錢，施以援手。）

II. あなたの会社が**生き延びられるとあれば / とあっては**、お金はいくらでも貸してあげる。（**如果**你的公司能得以延續的話，多少錢**我都會**借給你。）

III. **必要とあれば**、お前の兄貴である俺は手を拱くことなく必ずお金を貸してやるよ。（**如果**你有需要的話，作為你的老哥，我肯定不會袖手旁觀，**一定會**借錢給你的。）

IV. コロナがもたらした**経済不況とあって**、借金問題で困っている人たちが増えつつあります。（【作為一個社會問題】**由於**新冠肺炎所帶來的經濟不景，飽受借貸問題而煩惱的人正慢慢增加。）

V. お恥ずかしい話ですが、**借金なくしては**明日のお日様は見られるとも限らない。（真慚愧，**如果沒有**借貸的話，能否看見明天的太陽也成疑。）

VI. お恥ずかしい話ですが、あなたにお金を**貸していただくこと / 借りること なくしては**明日のお日様は見られるとも限らない。（真慚愧，**如果**你**不**借錢給我 / **不**問你借錢的話，能否看見明天的太陽也成疑。）

題 1　**日本と言ったら、一度社会的信用を＿＿＿＿、それを取り戻すのがいたって大変な国である。**

1　失うなり　　2　失うや否や

3　失ったが最後　　4　失ったあげく

題 2　**＿＿＿＿ハイキングに出かけようというときに限って、雨がぽつぽつ降り出してしまうことが多い雨男の俺である。**

1　さぞ　　2　いざ

3　いまだ　　4　咄嗟に

題 3　**憧れている日本に住む＿＿＿＿、たとえばどの県に住みたいですか？**

1　とあれば　　2　といっても

3　としたら　　4　につけ

題 4　**兵士 *** ゆえの避けられない運命と申しましょうか、観音様 *** からの切なるリクエスト＿＿＿＿、たとえ安月給＿＿＿＿エルメスでも何でも快く買って進ぜます。**

1　としても / にせよ　　2　にせよ / とあれば

3　とあれば / といえども　　4　といえども / としても

*** 兵士：「貢ごうとする下部的な存在」の意味をあらわす広東語。

*** 観音様：「高嶺の花」の意味をあらわす広東語。

JPLT N1

題5　このシリーズの携帯電話は、もうすぐもっと性能のいい機種が販売されるはずなので、今持っている機械がこわれた＿＿＿＿、あと 2、3 か月ぐらい待っていたほうが良いと思いますよ。

1　にしても　　2　ものなら
3　ともなると　　4　とあっては

題6　＿＿＿　＿＿＿　＿★＿　＿＿＿個人情報をむやみに第三者へ開示してはいけない。

1　正当な理由　　2　のあるときを除き
3　関係者の同意　　4　なくしては

題7　＿＿＿　＿＿＿　＿★＿　＿＿＿なかなか歩けないよね。

1　歩こうにも　　2　気軽に町を
3　有名人ともなれば　　4　さすが彼みたいな

題8　映画公開当時の評価からは、アニメ映画の『火垂るの墓』が、いかに観る者の涙を誘ったのか、うかがい知ることができる。

A さん：何年ぶりのことだろう、映画を見てこんなにとめどなく涙が流れ出したのは。涙はあふれてキリがなく、試写室の席を立つとき、顔見知りとツラを合わせなければいいが、と思ったくらいである。

B さん：私が『火垂るの墓』を読んだのは中学生のときだった。戦争が悲惨なものだと漠然とはわかったのだが、毎日腹一杯食べていた私には、現実にどういうものかはっきりしなかった。夜、布団にはいるといつも、自分が子供のときのこと、弟のこと、そして大人たちのためにあまりに簡単に殺されてしまった、罪のない兄妹のことを思い出して、毎晩枕カバーで涙をぬぐっているのである。

戦争を体験していない世代であっても十分に感情移入して涙を流していたことがわかる。涙なくしては見られないという評価をもたらした要因として、もう一点、親戚の「おばさん」の描かれ方をみておくべきだろう。

原作では「もともと父の従弟の嫁の実家」と説明されているのに対し、アニメ映画では、「親戚のおばさん」とだけ説明されるので、どのような関係の親戚なのか、観客には判断できない。「親戚のおばさん」という説明だけでは、「仲の良い親戚」と受け止める観客もいたのではないか。さらに、本稿が前章で指摘したように、清太たちに冷たく当たる「おばさん」に対し、原作では「それも無理はない」と述べているが、アニメ映画にはそのような付言はなく、むしろ「おばさん」の容姿や口調によって、観客に冷酷な印象を与えることを意図しているようですらある。

アニメでは、表情や立ち居振る舞いの描線、声の抑揚などによって、特定の人物の印象が決まってしまう。原作では未亡人に同情の余地もあるが、アニメ映画では単なる「わかりやすい悪役」として造形されていると言ってよいだろう。これによって清太と節子の不幸が一層際立ち、観客のなかで彼らへの憐憫の情が掻き立てられたのである。

山本昭宏「『火垂るの墓』のメディア文化論」
2014年掲載の論文を節録

1 「原作では『それも無理はない』と述べているが、アニメ映画にはそのような付言はなく」と書いてあるが、なぜそのような取り扱い方をするか？

1 それによって「おばさん」ならではの切なさも次第に伝わってくるからだ。

2 アニメとしては原作の描写をそのまま書き写すのにも限界があるからだ。

3 「それも無理はない」という箇所はアニメ制作にとって左程重要なものじゃないからだ。

4 違う角度で人物描写を果たそうとする監督の魂胆があったからだ。

2 総じて、この文章で作者が最も焦点を置いた箇所はどこか？

1 斬新な芸術的手法を通せば期待される効果を生み出せること。

2 映画と原作における時空、人物設定の違いとそれを裏付ける根拠。

3 原作でしか楽しめない箇所を何よりも大事に取り扱うこと。

4 いかにして戦争を体験していない世代を感動させるかという件。

添加的表示①

「【唉 / 氣死人】… 就不用說了，連」的 Vること/Vるの / Nはおろか…も / まで / さえ

「N 就不用說了，連」的 Nは言うに及ばず…も / まで / さえ ＝「N 就不用說了，連」的 Nは言うまでもなく…も / まで / さえ

「N 就不用說了，…」的 Nもさることながら

本書 61 至 62 「添加的表示①②」需要互相比較，故 61 的練習合併在 62 之後。

所需單詞類型： Vる（行く、食べる、する / 来る）
N（涙、努力、それ）

I. 音楽家と自称しているあの人ときたら、**曲を作ること / 曲を作るのはおろか**、楽譜**も**まともに読めないなんて笑止千万だ。（説起那個自稱音樂家的人，作曲**就不用說了**，樂譜**也**不太會看，真是可笑之極。）

II. ギタリストと自称しているあの人ときたら、**演奏はおろか**、最低限のコードの知識**すら**なくて笑止千万だ。（説起那個自稱結他手的人，演奏**就不用說了**，**連**最低限度的吉他和弦知識也沒有，真是可笑之極。）

III. ギタリストと自称しているあの人ときたら、**演奏は言うに及ばず**、最低限のコードの知識**すら**なくて笑止千万だ。（説起那個自稱結他手的人，演奏**就不用說了**，**連**最低限度的吉他和弦知識也沒有，真是可笑之極。）

IV. ギタリストと自称しているあの人ときたら、**演奏は言うまでもなく**、最低限のコードの知識**すら**なくて笑止千万だ。（説起那個自稱結他手的人，演奏**就不用說了，連**最低限度的吉他和弦知識也沒有，真是可笑之極。）

V. ギタリストと自称しているあの人ときたら、**演奏もさることながら**、最低限のコードの知識すらなくて笑止千万だ。（說起那個自稱結他手的人，演奏**就不用說了，連**最低限度的吉他和弦知識也沒有，真是可笑之極。）

VI. このラブソングは、メロディーの**完成度もさることながら**、なんと言っても素晴らしい歌詞に泣かされる人が後を絶たない。（那首情歌，旋律完成度【之高】**就不用說了**，最重要的是，無數人的心弦被他優美的歌詞所感動。）

*****「N もさることながら」後面可以有「も / まで / さえ」這些助詞（V），也可以沒有（VI）。**

添加的表示②

「如果是…則另當別論，但遺憾的是…」的普ならまだしも

「如果是…則另當別論，但遺憾的是…」的普ならともかく

「姑且不論 N」的 N はさておき

「和 N 一起產生好 / 壞影響的」的 N と / が相俟って

所需單詞類型： **N（涙、努力、それ）**

普（行く / 行かない / 行った / 行かなかった / 行っている / 安い / 有名 / 日本人）

I. 小学生の思い付いた適当な**作品ならまだしも**、なんでもこのラブソングはプロの音楽家が創作したものだそうなので、あまりのレベルの低さに開いた口が塞がらない。（**如果是**小學生不經意想出的粗糙作品**則另當別論，但遺憾的是**據説這首情歌竟然是專業音樂家所創作的，其水平之低，簡直令人咋舌。）

II. 小学生が落書きのつもりで**書いたならともかく**、なんでもこのラブソングはプロの音楽家が創作したものだそうなので、あまりのレベルの低さに開いた口が塞がらない。（**如果是**小學生當是塗鴉而寫的**則另當別論，但遺憾的是**據説這首情歌竟然是專業音樂家所創作的，其水平之低，簡直令人咋舌。）

III. このラブソングは、メロディーの**完成度はさておき**、第一、素晴らしい歌詞に泣かされる人が後を絶たない。（那首情歌，旋律完成度【之高】**先姑且不論**，首先，無數人的心弦被他優美的歌詞所感動。）

IV. **メロディーと歌詞が**相まっていて空前絶後のラブソングが成し遂げられた。（旋律**和**歌詞**結合在一起，相得益彰**，造就了這前無古人後無來者的一首情歌。）

V. **最低な歌声**と、**これでもかと酷評された雑なメロディー**と / に、**ゴミ同然の価値なき歌詞が**相まっていて世界一クソな音楽がついに世に現れた。（最差勁的歌聲，**伴隨着**被評為沒有比他更糟糕的旋律，**配上**零價值故無異於渣滓般的歌詞，的確是**沒有最爛只有更爛**，世界第一垃圾的音樂就此面世了。）

題 1 **彼の能力＿＿＿＿しても、我々をこの絶体絶命の境地から救出するのは難しいでしょう。**

1 をもって　　2 と相まって

3 のいかん　　4 ならまだ

題 2 **国内旅行はおろか、＿＿＿＿。**

1 最終的には世界旅行をしてみたいものだ

2 どちらか言うと家に居る派だ

3 国外旅行も日常茶飯事だ

4 隣の県すら行ったことがない

題 3 **路上喫煙は迷惑極まりない行為だと思うので、全面的に禁煙しろ＿＿＿＿、特定場所だけで吸ってほしいものだ。**

1 とは言うまでもなく　　2 とは言うにおよばず

3 とは言わないまでも　　4 と言わざるを得ないし

題4　世間の冷笑や罵声＿＿＿＿、彼は自らの信念を貫き通した結果、これまでなかった新商品を世に送った。

1　と相まって　　2　をものともせず

3　もさることながら　　4　ならともかく

題5　娘：お母さん、今日の仕事の面接にまたしても落ちてごめんなさい……

母：いいの、結果＿＿＿＿、精一杯頑張ったことに意義があるでしょう！

1　をよそに　　2　に反して

3　はさておいて　　4　ならまだしも

題6　このご時世では＿＿＿　＿＿＿　＿★＿　＿＿＿疑わしいところだ。

1　全額出るかどうか　　2　月給だって

3　ボーナスは　　4　おろか

題7　あの料理屋さんは＿＿＿　＿＿＿　＿★＿　＿＿＿が最も印象に残る。

1　なんと言っても　　2　従業員の接客態度

3　おいしさも　　4　さることながら

題8　本村は農業が盛んで、地域の乾燥冷涼な気候を利用しての夏場のセロリーは、全国一の産出量を 1 、全国各地でおいしく食べて戴いています。また高原の適切な日光は花卉の発色を良くし、人々の生活に精神的にも物理的にも 2 を与えており、 3 ところです。今後更なる農業の振興を期して取り組んでいるところです。

封建時代の長い歴史の中から本村の村民性は培われ、勤勉、忍耐、団結、協調性、自尊心などとなって、表われて来ています。近年の村の発展、成長は村を誇り、愛する気持ちを更に強くしています。先人が村を **4** 400年の労苦に思いをいたし、今日があることを感謝するところから、本村の福祉は始まりました。先人の夢見た「遅れていない良い村」を作ること。これが今の私の信条となっています。

「幸せな生活には健康が第一」との考えに立ち、村を発展させて来た高齢者は **5**、乳幼児、児童、生徒、障害者、母子・父子家庭、<u>世帯主</u> **6** などの医療費を完全無料化している他、各種健診も無料としています。詳しくは述べられませんが、他の政策も相俟って今日では「福祉先進村」と言われるようになりました。

「好きで好きで堪らない愛する村よ、永遠に栄え **7**」と、今後も村勢発展に邁進していく覚悟です。

長野県原村　清水澄村長
「愛する村よ、永遠に」
を節録及び一部潤色

1

1　栄え　　2　光り　　3　輝き　　4　誇り

2

1　嵩張り　　2　営み　　3　潤い　　4　促し

3

1　気になってしかたがない　　2　不思議でたまらない

3　感謝に堪えない　　4　評価したくてならない

4

1　開いて以来　　2　開かんばかりに

3　開いたそばから　　4　開いたかとおもいきや

5

1　言うに及ばず　　2　言うとなると

3　言うことなし　　4　言うどころか

6

1　せたいしゅ　　2　せたいぬし　　3　よおびしゅ　　4　よおびぬし

7

1　なれ　　2　あれ　　3　おれ　　4　せよ

63 逆轉 / 否定的表示①
「【表示不滿】唉，有別於 / 相比起」的普 1 に引き換え
「不用」的 N/V るには及ばず / には及ばない
「還以為…，誰想到竟然」的普 2 かと思いきや
「就算如何…，也不會 / 也未必 / 也來不及」的 V たところで

本書 63 至 64「逆轉 / 否定的表示①②」需要互相比較，故 63 的練習合併在 64 之後。

所需單詞類型：**普 1（行くの / 行かないの / 行ったの / 行かなかったの / 行っているの / 安いの / 有名なの / 日本人の）**
普 2（行く / 行かない / 行った / 行かなかった / 行っている / 安い / 有名 / 日本人）
N（去年、それ、心配）
V る（行く、食べる、する / 来る）
V た（行った、食べた、した / 来た）

I. 双子とはいえ、**妹に引き換え**、姉は超だらしない。（唉，雖說是雙胞胎，但**有別於**妹妹，姐姐是超級的不修邊幅。）

II. 双子とはいえ、妹が**真面目なのにひきかえ**、姉は超だらしない。（唉，雖說是雙胞胎，但**有別於**妹妹的認真誠實，姐姐是超級的不修邊幅。）

III. 双子とはいえ、姉が超だらしない。**それ**に**引き換え**、妹は至って真面目だ。(唉，雖説是雙胞胎，姐姐是超級的不修邊幅。**有別於此**，妹妹則是非常的認真誠實。)

IV. 双子とはいえ、妹が常に友達に**囲まれているの**にひきかえ、姉はどちらかというと一匹狼だ。(唉，雖説是雙胞胎，但**相比起**妹妹經常被朋友包圍，姐姐傾向是我行我素。)

V. 双子の姉が階段を下りた時に転んでしまい、打撲はしたものの、大した怪我ではなくて**ご心配**には**及び**ません。ゆえに、お気持ちだけいただきますが、遥々拙宅までお見舞いに**お越しいただく**には**及び**ませんよ。(我那雙胞胎的姐姐下樓梯時不小心跌倒，摔傷倒是有的，但卻不是很嚴重，所以請您**不用**擔心。也**不需**千里迢迢來寒舍探病，您的好意我們心領了。)

VI. ベランダに佇んでいる女性の後姿を見て**妻**かと**思い**きや、彼女の双子の 妹で、つまり僕の義理の妹だった。しかもあやうく義理の妹の腰に手を回して「愛しているよ」と囁くところだった。また、義理の妹がじっと立っていて動かなかったから、**何をやっているの**かと**思い**きや、まさか鼻くそをほじほじしていて、仕舞にはそれを美味しそうに食べてしまったなんて夢にも思っていなかった。(看着站在陽台上的女性背影，**還以為**是我老婆，**誰想到**是老婆雙胞胎的妹妹 —— 我的小姨，還差一點就上前攬着她的腰説句：「我愛你！」話説，小姨一動不動的站在那兒，**以為**她在做甚麼，**竟然**是在挖鼻屎，然後再把挖出來的東西貌似很美味的吞下肚，我卻是始料不及。)

VII. 双子の中から、よりによってだらしなくて怠け者の姉を選んで結婚してしまったわけだし、今更**後悔した**ところで結果は何も変わらないよ。それに、俺の前で怒って奥さんの悪口を**言った**ところで、何も解決しないし、落ち着いて二人でゆっくり話してみたらどう？(雙胞胎裏面你好選不選，偏偏選了那個不修邊幅且懶惰的姐姐當老婆，到現在**就算如何**捶胸後悔**也**改變**不了**這個事實了。而且，**就算**你在我面前大罵你老婆**也無**補於事的，倒不如兩個人心平氣和的談談或許會更好。)

***** 1.「に引き換え」主要是「先揚後抑」，也就是「相比起前者的優點，後者的缺點是甚麼甚麼」，故筆者在翻譯上加了「【表示不滿】唉」這句話，縱使偶爾也有如 III 的例外，但一般還是以「先揚後抑」為主。**

64 逆轉 / 否定的表示②

「作為一個理由，這是明白的 / 是能理解的 / 是值得同情的，但畢竟…」的（たとえ / いくら）…普とはいえ

「雖然是這樣，但出人意外的是… / 怎麼説這也不能成為理由，所以必須 / 不能…」的（たとえ / いくら）…普と言えども / と雖も

所需單詞類型：**普（行く / 行かない / 行った / 行かなかった / 行っている / 安い / 有名 / 日本人）**

1.

I. **双子とはいえ**、妹に引き換え、姉は超だらしない。（【雙胞胎很多時給人家的印象是兩個人甚麼都一樣而這種觀念是可以理解的，然而】唉，**雖然**是對雙胞胎，**但**有別於妹妹，姐姐是超級的不修邊幅。）

II. **双子と言えども / と雖も**、妹に引き換え、姉は超だらしない。（**雖然**是對雙胞胎，**但令人驚訝的是**有別於妹妹，姐姐是超級的不修邊幅。）

III. **双子と言えども / と雖も**、本質は「個人」なのだから、同じことをしたがるとも限らないし、よって**同じことをさせる必要もない**。（【雙胞胎很多時給人家的印象是兩個人甚麼都一樣，然而這不一定就是正確。】**就算**是雙胞胎，**但**本質上也是一個「個體」，大家彼此不一定會想做同一件事，所以也不需要讓他們做同一件事。）

2.

I. たとえ**ダイエットしている**とはいえ、食べなさすぎるのは体に毒だよ。（【你在減肥，你的心意我是明白的，然而】**就算**如何在努力減肥，**但**過分節食真是對身體不好的哦！）

II. たとえ**ダイエットしている**と言えども / と雖も、痩せるどころか太ってしまうことだってありうる。（**就算**如何在努力減肥，**但你可能不知道**，減不了肥反而變胖了也是有可能的。）

III. いくらお**腹が空すいている**と言えども / と雖も、ゴミ箱に入っている物は**食べてはいけない**。（**就算**你肚子是多麼的餓，【這也不能成為你吃垃圾桶裏食物的藉口】**但**垃圾桶裏的東西是不能吃的。）

*****1. 筆者覺得其中一個分別的方法在於「とはいえ」傾向表示「同情 / 無可奈何」，而「といえども」則多：**

I. 「以為是 A，但令人驚訝的竟是 B」般的語感；

II.「你必須 / 不允許」的語感，故後面則多是「ものだ / べきだ / なければならない / べからず」等涉及「規範」的語句。

2. 所以 1.I 和 1.II 後面均可是「妹に引き換え、姉は超だらしない」、但 1.I 譯作「能理解…，但…」而 I.II 是「雖然…，但令人驚訝的是…」，2.I 和 2.II 亦然，不過筆者覺得「過分節食真是對身體不好」可能已經是社會共識，用「令人驚訝的竟是」似乎有點誇張，所以 2.II 改為「減不了肥反而變胖了也是有可能的」這個未必每個人都知道的事情。

題 1 **バスケの試合で逆転のスリーポイントが決まったかと思いきや、＿＿＿＿。**

1 相手チームとはわずか 1 点差となりました

2 審判にオフェンスファールと判定された

3 終了まで残り 3 秒しかないので敗退が決まったも同然だ

4 結果はどうであれ、最善を尽くしたチームに観客は惜しみなく拍手を送った

JPLT N1

題 2　試験の合否はお電話でお知らせしますので、来ていただく＿＿＿＿及びません。

1　には　　　2　では

3　のに　　　4　とは

題 3　なぜ休日は一日があっという間に終わってしまうんだろう。＿＿＿＿平日はやたら長く感じるのに……

1　そうはいうものの　　　2　それにもかかわらず

3　それをいうなら　　　4　それにひきかえ

題 4　悔やしい＿＿＿＿、過ぎ去った事や時間は取り返しのつかないのを分かってほしい。

1　ところで　　　2　ばかりに

3　といえども　　　4　とはいえ

題 5　流石にピカソには及ばない＿＿＿＿、あの画伯 *** だってかなりの腕前だ。

1　どころか　　　2　までも

3　こそすれ　　　4　かぎり

*** 画伯：絵を画く人

題 6　彼女は＿＿＿　＿＿＿　＿★＿　＿＿＿なんと彼氏に会いに行ったじゃないか。

1　家族に会いたいと　　　2　昨日帰国したらすぐに

3　家族に会うと思いきや　　　4　ずっと言っていたから

題7　確かに＿＿＿＿　＿＿＿＿　＿★＿　＿＿＿＿やはり謝るべきだ。

1　とはいえ　　2　事実なのだから

3　わざとじゃなかった　　4　現に怪我をさせたのが

題8　以前でありますと、企業は自分のものである、働いて儲けて税金を払ったならば、あとに残ったものはみんな個人のものである、株式会社であれば株主のものである、会社自体のものであるというように、本質的にそう考えてよかった。今日はそういう考え方をしておったら、いかんのではないかという感じがするんです。

もちろん法律上は、今日といえども、個人の商売であればその企業というものはその人個人の所有である。会社も法律上は株主のものである、収益は株主が分配するべきものであると、こういうようになります。（中略）しかし本質的に考えて、これは社会共有のものであるとなれば、それをたまたま自分が適任者として預かっているんだから、親といえども、子供といえども、親戚といえども、同じ適正だと考えられる値段をもって売らなくてはならないということが、そこに生まれてくる。公平無私とでも申しますか、そういう考え方で近代経営の理念というものが創造されなくてはならんと思うんですね。

松下幸之助、『松下幸之助発言集ベストセレクション』
第四巻「企業は公共のもの」を節録

1　「以前でありますと」、企業としては

1　儲けは「株式会社であれば株主のものである」ということに関する認識が薄かった。

2　働きこそすれ、納税義務は認めようとしなかった。

3　企業は自分のものというより国のような公のものであろうと考えがちであった。

4　儲けとは、税金のどうこうを計算したら分かるものであった。

2　「そこに」とは、何を指しているのか？

1　「社会共有のものであるとなれば」という仮説。

2　「親といえども、子供といえども」の正当性についての説明。

3　「適正だと考えられる値段をもって売らなくてはならない」ことの理由。

4　「近代経営の理念とは何ぞや」に関する定義。

始末 / 經過的表示①

「以…為起點 / 開始 / 代表」的 V る＋こと / V た＋の /N を皮切(かわき)りに

「到頭來 / 最終淪落到…地步」的 V る /V ない始末(しまつ)

「結果 / 最終都沒有 V」的 V ず仕舞(じま)い

本書 65 至 66 「始末 / 經過的表示①②」需要互相比較，故 65 的練習合併在 66 之後。

所需單詞類型： **V る（行(い)く、食(た)べる、する / 来(く)る）**
V た（行(い)った、食(た)べた、した / 来(き)た）
N（日本(にほん)、女性(じょせい)、発売(はつばい)したこと）
V ない（行(い)かない、食(た)べない、しない / 来(こ)ない）
V ず（行(い)かず、食(た)べず、せず / 来(こ)ず）

I. A 作家(さっか)の探偵小説(たんていしょうせつ)は**日本(にほん)を皮切(かわき)りに**、アジアや欧米(おうべい)の諸国(しょこく)でも愛読(あいどく)されている。（A 作家的偵探小説**以**日本**為首**，在亞洲及歐美各國都被傳誦一時。）

II. A 作家(さっか)はこの度(たび)の『名鉄名古屋本線殺人事件(めいてつなごやほんせんさつじんじけん)』という作品(さくひん)を**出版(しゅっぱん)することを皮切(かわき)りに**、今後(こんご)も日本(にほん)の文壇(ぶんだん)にささやかな貢献(こうけん)をしていきたいと述(の)べている。（A 作家說，這次出版作品《名鐵名古屋本線殺人事件》並**以此為開端**，希望今後也能對日本文壇作出微末的貢獻云云。）

III. A 作家(さっか)はあの『名鉄名古屋本線殺人事件(めいてつなごやほんせんさつじんじけん)』という作品(さくひん)を**書(か)いたのを皮切(かわき)りに**、今日(こんにち)に至(いた)るまですでに 100 冊以上(さついじょう)の作品(さくひん)を出版(しゅっぱん)している。（自從 A 作家寫了那本叫《名鐵名古屋本綫殺人事件》的作品並**以此為**事業的**開始**，至今已經出版了 100 本以上的作品。）

IV. A 作家の真面目さに引き換え、B 作家は最近やる気がなくて原稿の提出をよく忘れがちだ。出版社の我々は何度か期限を延ばしてあげたが、悉く**滞納する始末**だった。（唉，有別於 A 作家的認真態度，B 作家最近缺乏幹勁，所以經常忘記提交稿件。我們出版社已經好幾次延長期限給他，但**到頭來**他竟全部拖欠。）

V. B 作家ときたら、最近やる気がなくて原稿の提出をよく忘れがちだ。出版社の我々は何度か期限を延ばしてあげたが、結局納期を**守ってくれない始末**だった。（說起 B 作家嘛，真氣死人，最近缺乏幹勁所以經常忘記提交稿件。我們出版社已經好幾次延長期限給他，但**最終**還是沒有遵守期限，準時交稿。）

VI. あれほどずっと納期を伸ばして待ってあげていたのに、原稿を**貰えずじまい**だった。B 作家に理由を尋ねてみたところ、この頃はまたしてもインスピレーションがなくて書いてはみたものの、結局納得の行くものがついに**書けず仕舞い**だったそうだ。（明明已經延長了那麼多期限在等他的稿件，但**最終**還是**收不到**原稿。問 B 作家箇中原因，他說這段日子還像老樣子沒有靈感，雖然試寫過，但**結果**還是**寫不出**滿意的東西來。）

始末 / 經過的表示②

「【中性敘述】開始 / 以至 / 發展到…階段 / 地步」的 V る /N に至(いた)る（句末）/ に至(いた)って（句中）/ に至(いた)っても

「【中性敘述＋多了一份感嘆】開始 / 發展到 / 甚至是…階段 / 地步」的 V る /N に至(いた)るまで

「至於 N 就更加」的 N に至(いた)っては

所需單詞類型： V る（行(い)く、食(た)べる、する / 来(く)る）
N（日本(にほん)、女性(じょせい)、発売(はつばい)したこと）

I. A 作家(さっか)にどうして探偵小説(たんていしょうせつ)を好(この)んで書(か)き続(つづ)けているかと聞(き)いたら、初恋(はつこい)の人(ひと)の好(す)きな作品(さくひん)が探偵小説(たんていしょうせつ)だったから自分(じぶん)もそれを書(か)いてみようと思(おも)うようになり、そのまま**現在(げんざい)に至(いた)っている**とのことだった。（問 A 作家為何一直熱衷於寫偵探小説，他說他初戀的人喜歡偵探小說，所以自己也想試寫一下，就這樣**直到**現在。）

II. A 作家(さっか)は数(すう)か月前(げつまえ)から『名鉄名古屋本線殺人事件(めいてつなごやほんせんさつじんじけん)』の続編(ぞくへん)を書(か)こうと考(かんが)えていたのだが、昨日(きのう)はやっと**執筆(しっぴつ)するに至(いた)った**そうだ。（聽 A 作家說幾個月前已開始打算寫《名鐵名古屋本線殺人事件》的續集，而昨天他終於**開始**動筆。）

III. A 作家(さっか)は『名鉄名古屋本線殺人事件(めいてつなごやほんせんさつじんじけん)』の続編(ぞくへん)を書(か)こうと考(かんが)えているが、考(かんが)えているだけでまだ**実行(じっこう)には至(いた)っていない**そうだ。（聽 A 作家說正在打算寫《名鐵名古屋本線殺人事件》的續集，但也只是在打算而已，而**未**付諸實行＝**未達**實踐階段。）

JPLT N1

IV. A 作家はインタビューで次のことを述べている：「数か月前から『名鉄名古屋本線殺人事件』の続編を書こうと考えていたのだが、**執筆するに至って**初めて続編を書くことの難しさを思い知らされた。だが、**この期に至って**は書けないなんてとても言えない」と。（A 作家在接受訪問時這樣説：「幾個月前已開始打算寫《名鐵名古屋本線殺人事件》的續集，但**開始**執筆才深深體會到寫續集的難度。然而，事**到**如今，『寫不出來呀』這樣的話是很難啟齒的。」

V. A 作家は多くの読者から批判を**受けるに至っても**なお、己の信念を貫き通して『名鉄名古屋本線殺人事件 II』という作品を書き上げた。当初の世間の予想とは裏腹に、『名鉄名古屋本線殺人事件 II』の人気は、**今日に至っても**衰えるところを知らない。（**縱然** A 作家受盡眾多讀者的批評＝**到了**一個飽受眾多讀者批評的地步，但仍堅持信念，寫出了《名鐵名古屋本線殺人事件 II》這本作品。和當初大家的預料相反，《名鐵名古屋本線殺人事件 II》的人氣高漲，**至**今**仍然**沒有衰落的跡象。）

VI. **今日に至るまで**、名作『名鉄名古屋本線殺人事件 II』の人気は、衰えるところを知らない。（**直到**今天，《名鐵名古屋本線殺人事件 II》的人氣，仍然沒有衰落的跡象。）

VII. 『名鉄名古屋本線殺人事件』シリーズは登場人物の個性と物語の発展もさることながら、**殺人トリックに至るまで**精巧に描写されている。A 作家にその訳を聞けば、リアリティーを最大化させるために、**執筆するに至るまで** 100 回以上も名鉄名古屋本線に乗っていたことが分かった。（《名鐵名古屋本線殺人事件》系列的人物個性和故事發展自不必説，**甚至連**殺人的巧妙手法也被刻畫得淋漓盡致。問 A 作家他的秘訣是甚麼？他説為了展示最大的真實感，**直至**執筆寫作為止，他一共乘坐了名鐵名古屋本線鐵路超過 100 次。）

VIII. 『名鉄名古屋本線殺人事件』300 万部発行部数にも増して、**『名鉄名古屋本線殺人事件 II』に至っては**、なんと累計 500 万部を突破しています。（《名鐵名古屋本線殺人事件》的發行冊數是 300 萬本，**至於**《名鐵名古屋本線殺人事件 II》**就更**優勝，已經突破了 500 萬本。）

***1. 如 IV 般，很多時候「に至って」後面會跟着「ようやく」、「初めて」、「やっと」或「いまさら」等的副詞，以產生一種「直至…才 / 初次 / 終於」的語氣。
2. 和「に至る / に至って」一樣，「に至るまで」既有中性陳述性質，也有一種「甚至 / 竟然…連」的感嘆語氣，如 VII 的「殺人トリックに至るまで」就是典型例子。
3.「N に至っては」表示「至於 N 就更加」，放在「話題的表示」固然合適，然而放在這裏與其他近似的文法作比較，找出各自異同也不失為一個好方法。

題 1　気付いたらあの連続殺人事件から 10 年が過ぎているが、今日に＿＿＿＿犯人はまだ捕まっていない。

1　至って　　　　2　至っては
3　至っても　　　4　至るまで

題 2　いざ自分が父親の立場に至り、＿＿＿＿。

1　ようやくあの時父の言葉の真意が分かった
2　到底あの時父の言葉の真意が分からない
3　何卒あの時お父様のお言葉の真意をご理解いただければ幸いです
4　ややもすればあの時父の言葉の真意を忘れがちである

題 3　クラスの全員が大学に合格したし、取り分け首席 *** の山下くん＿＿＿＿受けた学校はすべて合格したという。

1　にあっても　　　2　においても
3　にいたっては　　4　にかけては

*** 首席：もっとも成績の優れた人。

題 4　大学を卒業した＿＿＿＿、もはや親に頼ることなく何とか一人で食べていかなくては。

1　しまつ　　　2　あげく

3　しまい　　　4　いじょう

題 5　一日＿＿＿＿の仕事なので、足が疲れるというか、感覚がなくなるほど痺れてしまう。

1　立つや否や　　　2　立ちっぱなし

3　立つ始末　　　4　立たず仕舞い

題 6　あのとき＿＿＿　＿＿＿　＿★＿　＿＿＿卒業してしまった。

1　わからずじまいで　　　2　怒っていたのか

3　あれほど　　　4　クラスメイトがどうして

題 7　テストは＿＿＿　＿＿＿　＿★＿　＿＿＿始まらないよ。

1　この期に及んで　　　2　なにも

3　もう過ぎたもんで　　　4　悔やんだところで

題 8　先日、仙台在住の高橋社長のご紹介で、関西から香港へ出張にいらっしゃった山本さんと友達になりました。山本さんはもともと神戸大学で教授として教鞭を **1** いらっしゃいましたが、現在は **2** として、起業家に対するメンタル的な支援や、日本企業が海外でビジネスを展開するにあたって必要とされる様々なノーハウを企業側にご伝授なさるなど素晴らしい **3** の持ち主でいらっしゃいます。

我々は香港のローカルレストランでひっきりなしに *** 盃を交わしながら、日本の津々浦々*** 4 、日中、米中ないしロシアとウクライナの関係に 5 、とにかく様々な話題が飛び交って大変賑わっておりました。いわば中国古典の「君の一席の話を聞けば、十年の書を読むに 6 」とは、まさにこういうことであろう。山本さん、ありがとうございました。またお 7 のを楽しみにお待ちしております。

*** ひっきりなしに：絶え間なく続く。
*** 津々浦々：全国に至るところ。

1

1 握って　　2 抑えて　　3 持って　　4 執って

2

1 コンソメスープ　　2 コンサルタント
3 コンタクトレンズ　　4 コンプレックス

3

1 プライスダウン　　2 プロフィール
3 プリペイド　　4 プレゼンテーション

4

1 に因んで　　2 を機に　　3 につけ　　4 を皮切りに

5

1 至るまで　　2 至っては　　3 至っても　　4 至ると

6

1 勝る　　2 案ぜず　　3 如かず　　4 及ぼす

7

1 目をかける　　2 目が回る　　3 目が冴える　　4 目にかかる

67 二重構造表示①

「【相對概念】無論 / 不管是 N1 還是 N2 都…」的 N1 であれ N2 であれ

N1 であろうと / だろうと N2 であろうと / だろうと

N1 であろうが / だろうが N2 であろうが / だろうが

「無論 / 不管是不是 N 都…」的 N であろうとなかろうと or N だろうがなかろうが

「無論 V 不 V 都…」的 V 意向が V るまいが or V 意向と V るまいと

「就算想 V 也不能 V」的 V 意向にも V 可能ない型

本書 67 至 68「二重構造表示①②」需要互相比較，故 67 的練習合併在 68 之後。

所需單詞類型： **N（日本人、女性、何）**
V る（行く、食べる、する / 来る）
V 意向（行こう、食べよう、しよう / 来よう）
V 可能ない型（行けない、食べられない、出来ない / 来られない）

I. 香港で就労している 18 歳から 65 歳までの人は、**香港人**であれ**外国人**であれ、基本的に MPF【＝日本の年金のようなもの】に加入する必要がある。
（在香港工作且年滿 18-65 歲的人士，**不管是**香港人**還是**外國人，基本上**都**需要參加強制性公積金計劃 MPF【就像日本年金般的東西】。）

II. 香港で就労している 18 歳から 65 歳までの人は、**香港人**であろうと**外国人**であろうと、基本的に MPF に加入する必要がある。（在香港工作且年滿 18-65 歲的人士，**不管是**香港人**還是**外國人，基本上**都**需要參加強制性公積金計劃 MPF。）

III. 香港で就労している 18 歳から 65 歳までの人は、**香港人**だろうが**外国人**だろうが、基本的に MPF に加入する必要がある。（在香港工作且年滿 18-65 歲的人士，**不管是**香港人**還是**外國人，基本上**都**需要參加強制性公積金計劃 MPF。）

IV. 香港で就労している 18 歳から 65 歳までの人は、**香港人**であろうとなかろうと、基本的に MPF に加入する必要がある。（在香港工作且年滿 18-65 歲的人士，**無論是不是**香港人，基本上**都**需要參加強制性公積金計劃 MPF。）

V. 香港で就労している 18 歳から 65 歳までの人は、**香港人**だろうがなかろうが、基本的に MPF に加入する必要がある。（在香港工作且年滿 18-65 歲的人士，**無論是不是**香港人，基本上**都**需要參加強制性公積金計劃 MPF。）

VI. 外国人が香港の永住権を取得すると、広東語を**話そうが話すまいが** / **話そうと話すまいと**、原則としてローカルの香港人と同様の権利・義務を保有することになる。だが、やはり広東語が出来る人じゃないと、場合によっては、ローカルの香港人とコミュニケーションを**取ろうにも取れない**し、広東語しか通じない一部の老舗に**入ろうにも**敷居が高すぎるだろうし、また香港ならではの伝統的文化を**勉強しようにもできない**という可能性だってある。（外國人成為香港永久居民後，**無論**說**不**說廣東話，原則上和本地香港人一樣，擁有相同的權利和義務。然而，如果是不會說廣東話的人，在某些情況下，**就算想**和本地香港人溝通**也**溝通**不到**；**想**進去一些只能說廣東話的老字號**也**可能門檻太高；或者**想**學一些香港地道的傳統文化**也未必**容易學會。）

*****1. 如 VI 的「老舗に入ろうにも敷居が高すぎる（想進去一些老字號也可能門檻太高）」般，有時候儘管後文沒有「V 可能ない型」，但如果表示的意思和前面是呈相反的就可以。其他諸如「結婚しようにも相手がいない」（想結婚卻沒有對象）等也是同樣概念。**

68 二重構造表示②

「【相對概念】無論 / 不管是 N1 還是 N2 都…」的 N1 であれ N2 であれ

「【同類概念的具體例子】無論 / 不管是 N1 還是 N2 都…評價」的 N1 といい N2 といい

「【唉，真麻煩 / 氣死了】，無論 / 不管是 N1 還是 N2 都…」的 N1 と言わず N2 と言わず

「【作為忠告 / 勸諭 / 建議】或是…或是…，請你…」的 V る /N なり V る /N なり

「不斷地或是或是…或是…」的 V-Stem つ V-Stem つ

「不知道該說是…好呢，還是說是…好，總之 / 反正…」的普というか普というか

所需單詞類型： **N（日本人、女性、何）**
V る（行く、食べる、する / 来る）
V-stem（持ち…持たれ、抜き…抜かれ、見え…隠れ）
普 2（行く / 行かない / 行った / 行かなかった / 行っている / 安い / 有名 / 日本人）

I. 香港で就労している 18 歳から 65 歳までの人なら、**男性**であれ、**女性**であれ、また**香港人**であれ**外国人**であれ、基本的に MPF【＝日本の年金のようなもの】に加入する必要がある。（在香港工作且年滿 18-65 歲的人士，**不管是**男性**還是**女性，也**不管是**香港人**還是**外國人，基本上**都**需要參加強制性公積金計劃 MPF【就像日本年金般的東西】。）

II. MPF には様々な投資プランがありますが、しかしアグレッシブな **A プランといい**、どちらかというと国内公債に焦点が置かれる **B プランといい**、または投資会社となると、老舗ともいうべき **C 社といい**、新進気鋭的な存在である **D 社といい**、どうせ今年はどの会社に通じてどのプランで投資しても、資産が赤字になっていることには変わりない。（MPF 有各式各樣的投資組合，但是**無論是**進取的 A 計劃，**還是**主要把焦點放在國內債券的 B 計劃，又或是當提及投資公司時，**不管是**被認為是老派代表的 C 公司，**或是**嶄露頭角的 D 公司，反正今年通過哪一間公司投資哪一項項目，**也**改變不了資產負值這個事實。）

III. 香港に住んでいる以上、やはり広東語は勉強しなければなりません。日本人の私にとっては、広東語の**発音と言わず**、**文法と言わず**、すべて簡単にクリアできるようなものではありません。従って、とても大変な作業ですが、私は**平日といわず**、**週末といわず**、毎日時間の許す限り一生懸命勉強しています。というか勉強させられています。（既然住在香港，就必須要學廣東話。**唉，真麻煩**，對日本人的我而言，廣東話的發音**也好**，文法**也好**，全都不是輕易就能學會的東西。**故此作為一件非常艱巨的工作**，我**不論**平日，**還是**週末，只要每天時間容許，就會努力的學習。也許這樣說吧，是被迫學習。）

IV. 広東語学習者の私に言わせれば、香港に住んでいる以上、やはりある程度の広東語、それは簡単な**数字なり日常会話なり**、とにかく基礎的なことを勉強しておいたほうがいいです。もし分からないことがあったら、先生に**聞くなり**、インターネットで**調べるなり** / **何なり**してくださいね。（讓我這個廣東話學習者說一下吧，既然住在香港，某程度上的廣東話，**哪怕是**數字**或者是**日常會話，總之是基礎的東西，**最好也要**先學會。如果有不懂的東西，**要麼**問老師，**要麼**在網上查閱 / **要麼**試試其他辦法**吧！**）

V. 日本人の田中と申しますが、いま同じ日本人の鈴木君と一緒に広東語を勉強しています。鈴木君とは**持ちつ持たれつ**の関係で、これまでお互い助け合ってきました。昨日、広東語でしか通じないという噂で有名な老舗に入ろうと思ったのですが、まだまだ広東語が下手なので、心配のあまり店の前を**行きつ戻りつ**していました。（我是日本人叫田中，現在和同是日本人

的鈴木君一起學廣東話。我和他嘛，是那種**或是**我拉他一把，**或是**他指點我一下的關係，一直互相扶持到今天。昨日，我們打算進入一家據說只能用廣東話才能溝通到的老店，但因為彼此的廣東話還是很差勁，所以非常擔心，一直在門前**徘徊了【一會兒**走過去，**一會兒**又退回來】一段時間。）

VI. 日本人の自分にとって、広東語の勉強は**趣味というか**、**仕事のためというか**、香港で生きる上での必要不可欠なことといえよう。ところで、先日大学の広東語講座の期末テストで 100 点満点をゲットしたのですが、それは**運が良かったというか**、**奇跡だったというか**いまだに実感が出来ていません。今日も先生やクラスメイトからたくさんのお祝いのメッセージをいただきましたが、**嬉しいというか**、**感激というか**、言葉になりません。（對日本人的我而言，學廣東話一事，**不知道該說是**興趣，**還是**為了工作，**反正**就是在香港生存所不可或缺的事情吧。話說回頭，上次大學的廣東話課程的期末考試，我得到 100 分滿分，這**不知道該說是**運氣太好，**還是**奇蹟，**反正**我還沒有體會過來。今日也收到老師和同學們很多祝賀的說話，**說是**開心，**還是**感激萬分呢？**總之是**無法用語言表達。）

*****1.「であれ」和「といい」最大的不同在於一，「であれ」的 N 是相對（男性 VS 女性；香港人 VS 外国人），而「といい」的 N 則是眾多同類中的 2 個（眾多 plan 中的 plan A 和 plan B；眾多公司中的老公司 vs 新公司 —— 當然如果這裏認為是「相對的」也並非不可，但卻不能只有「老公司 vs 新公司」這裏用「であれ」，必須整體統一）。**

2. 另外一個則是，相比「であれ」，「といい」的後文更多是對 N 的「評價」。相比 I 的「基本的に MPF に加入する必要がある」是陳述句，II 的「資産が赤字になっていることには変わりない」更接近是一句評價。

3.「といわず」的特色是後文傾向「不如意或覺得厭煩的事情」故筆者譯作「【唉，真麻煩 / 氣死了】」。

4.「なり」的特色是後文傾向「忠告 / 勸諭 / 建議」。另外，當只有一個 V 的時候，一般使用「V なり何なりしてください」（要麼 V，要麼就試試其他辦法吧）這種文型。

5.「つ」的特色是這裏只有他是和 V-stem 做配合。

6.「A というか B というか C」則 C 是最終答案；然而有時候也會有「A というか B」這種縮小版，即 B 是最終答案。

題 1　目の前で自分の親がマフィアに銃殺されてしまった光景は忘れ＿＿＿＿忘れられない。

1　つつ　　2　ようにも

3　ようものなら　　4　ないかぎり

題 2　世界では何億もの人たちが食べるものがなくて死にかけているので、おいしかろうが、＿＿＿＿、おなかいっぱい食べられるだけで感謝しなければならない。

1　そうだろうが　　2　そうじゃなかろうが

3　まずだろうが　　4　まずくなかろうが

題 3　心配性の母は、一人暮らしの私がもしや餓死しているのでないかと勝手に勘違いしているようで、昼＿＿＿＿夜＿＿＿＿電話してくるのでちょっとうるさくて困る。

1　であれ / であれ　　2　といい / といい

3　なり / なり　　4　といわず / といわず

題 4　君、衝動買いしてしまった服はどうするつもりですか？捨てるなり売るなり＿＿＿＿。

1　どっちかにしたらどうですか？

2　したらものに対する価値観が変わるかもしれないよ。

3　してもしなくて私には関係ないですが……

4　するかと思いきや、まだ何もしていないじゃないか！

題5 **彼がパーティーに来ようが来まいが**

1 俺は絶対に来るからな。

2 によってスケジュールは変わってきます。

3 分からないが、来てほしいなあ……

4 私だって来ようにも来られないよ！

題6 **昨日の F1 レーシングカーの試合は________の大接戦で、心臓ドキドキしていて面白かった。**

1 浮きつ沈みつ　　2 抜きつ抜かれつ

3 見えつ隠れつ　　4 持ちつ持たれつ

題7 **今度の旅行だけど______。______ ___★___ ______って感じ。**

1 行こうにも　　2 行けない

3 というか、お金がないから　　4 たぶん行かない

題8 **タイトル：吐露港ハイウェー*** にて即興に心境を書す**

羽根型の雲を
飛行機が
つぎつぎと
飛んでゆく

円型の湖で
黒や白の鷺が
ゆらりゆらりと
つばさを閉じては開く

ロータリーを
ローカルバスが
うねうねと
曲(ま)がろうとしている

と、そのとき
無精(ぶしょう)ひげに加(くわ)え
物憂(ものう)げな目(め)が
くらくらと
目眩(めまい)し始(はじ)め
こそこそと
呟(つぶや)きだした
一人(ひとり)の中年(おじさん)がいた

もやもやと
来世(らいせ)というものが
あろうとなかろうと
ぐるぐると
輪廻(りんね)というものが
誠(まこと)であろうがなかろうが
つくづくと
重要(じゅうよう)ではなくなったような
気(き)がしてならない

明日(あす)も

今日(きょう)みたいに

しみじみと

生(い)きる喜(よろこ)びを

感(かん)じられるのが

すべての超自然(ミステリー)を

はるばると

凌駕(りょうが)する

平凡美(へいぼんび)

そのものであろう、と

*** 吐露港(トウロウゴン)ハイウェー：香港(ほんこん)にある有名(ゆうめい)な高速道路(こうそくどうろ)。

1　この詩(し)の特徴(とくちょう)と言(い)えるのは次(つぎ)のどのことか？

1　至(いた)るところにオノマトペが駆使(くし)されていること。

2　複数(ふくすう)の人間(にんげん)の会話(かいわ)が綯(な)い交(ま)ぜになっていること。

3　非科学的発想(ひかがくてきはっそう)は詩人(しじん)によって極度(きょくど)に退(しりぞ)けられようとしていること。

4　物事(ものごと)より人間(にんげん)の容貌(ようぼう)に対(たい)する描写(びょうしゃ)が焦点(しょうてん)に置(お)かれていること。

2　ずばり、詩人(しじん)が言(い)おうとしていることは何(なに)か？

1　生(い)きる喜(よろこ)びにもまして死(し)に対(たい)する意識(いしき)のほうが重要(じゅうよう)だと。

2　生(い)きるに値(あたい)しない命(いのち)は僅(わず)かだが存在(そんざい)していると。

3　生(い)きる喜(よろこ)びを探(さが)そうと思(おも)えばいくらでも見(み)つけられると。

4　生(い)き甲斐(がい)を探(さが)せずに悩(なや)んでいる人(ひと)は、生(い)き甲斐(がい)を無(な)くしたのも同然(どうぜん)だと。

強調的表示①
「唉，連…都…」的 N（で）/V てすら
「連 N 都不 / 沒有…」的 N だにしない
「只有…才是王道 / 除了…別無他法」的ただ V る /N があるのみ
「連 / 哪怕是一…都不 / 沒有…」的「一」的量詞たりとも…ない

本書 69 至 71「強調的表示①②③」需要互相比較，故 69 至 70 的練習合併在 71 之後。

所需單詞類型：**N（日本人、言葉、努力）**
「一」的量詞（一円、一杯、一人）
V て（行って、食べて、して / 来て）
V る（行く、食べる、する / 来る）

I. 一郎の所謂親友：一郎、お前は東京大学を目指すことを親友の**俺らですら**隠していたね。お前のおふくろさんの話では、この頃は俺らに**会ってすら**くれなくなったほど猛勉強しているそうだが、そういえばお前は**中卒ですら**持っていないじゃないか。それじゃ大学への**応募資格すら**ないと思うけど……（一郎的所謂好友：一郎，好呀，你打算考東大一事**連**我們這班好友也一直隱瞞着。聽你媽説，這段日子你在努力讀書，甚至**連**讓大家見你的機會也不給了。但是你不是**連**中學畢業證書也沒有嗎？這樣的話，根本**連**報名考大學資格也沒有的……）

II. 一郎の所謂親友：一郎、中卒すら持ってないお前が東京大学を目指して受験勉強するなんて正直**想像だにしなかった**よ。親友の俺らにあんなに揶揄われてたというか、説教されてたというか、あれほど「辞めろ」と

JPLT N1

恐喝してもお前は**微動だにしなかった**ね。(一郎的所謂好友：一郎，連中學畢業證書也沒有的你，卻以考上東京大學為目標在努力讀書，坦白說，我們這班好友**連**想**也沒**想過。你可以說是被我們揶揄，也可以稱之為說教，雖然我們恐嚇過你很多次：「快給我放棄！」，但你竟然**一點也不**為所動。)

III. 一郎：僕の名前は一郎だが、東京大学に合格したいので、**ただ勉強あるのみ**だと思う。でも、たまには息抜きも必要だということで、明日は親友とハイキングすることにした。しかし、天気予報によると、よりによって明日は大雨が降るそうだが、久しぶりのアウトドアなので、雨が降らないように、**ただ祈るのみ**だ。(一郎：我的名字是一郎，為了考上東京大學，我覺得**只有**讀書**才是王道**。但是偶爾休息一會也是必要的，所以我決定了明天和朋友們一起去遠足。但是聽天氣報告說，不巧明天將會下大雨，因為這是我們很久沒有舉辦的戶外活動，我**除了**衷心渴求不要下雨，**別無他法**。)

IV. 一郎：あれほど大雨が降るだろうと報じられていたのだが、結局**一滴たりとも**降って**いなかった**。と同時に、待ち合わせ場所には親友の姿も誰一人いなかった。その訳を電話で聞いてみたら、「雨が降る」やら何やらと言って全員すっぽかししたのみならず、僕に対する申し訳ない気持ちは**1ミリたりともなかった**という。(一郎：雖然電視報導了很多次說會下大雨，但結果**連**一滴**也沒有**下。與此同時，在等候的地方，朋友們一個都沒出現。我打電話問他們因由，都說是「會下雨啦」或者其他藉口，反正所有人都放了鴿子。還有，聽他們的口吻，他們對我的歉意，**哪怕是**一毫米，根本**連**丁點兒**都**沒有呢！)

***1.「N だにしない」中，N 一般都是「微動、予想、想像、一顧」等限定名詞，但偶爾也會出現如「夢にだに」或「思いだに」等這些特別形態：

i 常盤貴子さんとツーショットが撮れるなんて、夢にだに思わなかった。(做夢也沒想過，竟然可以和常盤貴子拍 2 人合照。)

ii まさか自分が 10 児の父になるなんて思いだにしなかった。(我哪裏會想到自己會成爲 10 個孩子的爸爸呢？)

強調的表示②

「正因為有 N1 才有 N2」的 **N1** あっての **N2**

「N1 首屈一指的 / 數一數二的 N2」的 **N1** きっての **N2**

「只有 N1 才能體會到的 N2」的 **N1** ならではの **N2**

71 強調的表示③

「不是別的，正是N」的 N 以外の何ものでもない

「除了說是N，還能說別的嗎？」N でなくてなんだろう

「是多麼的 / 簡直是太…」的なんと（いう）い形 / な形 /N

「無法形容 / 沒有比…更…」的い形 / な形 /N（とい）ったらない / といったらありゃしない

所需單詞類型：　**い形、な形容詞（珍しい / 美味しい、奇妙 / 不幸）**
N（日本人、言葉、努力）
A 類～V る、い形、な形、N（行く、有名人、偉い、親切）

以上 7 個文法的範文合併為以下的故事：

鈴木一郎と申しますが、現在は東京大学医学部の一年生です。東大生になれたのも、今の私があるのも、**親友のたけしあってのこと**です。たけしとは小学校からの竹馬の友で、しかも兄弟でもないのに、よく人に「**なんという偶然**だ。っていうか、実は本当の兄弟なんじゃないか」と揶揄われるほどの瓜二つ *** でした。思えば、たけしは**クラスきっての秀才**でしたが、彼の家は貧乏で彼を大学に行かせるほどの余裕がありませんでした。逆に、私の家はそこそこ裕福ですが、私は「頭に入っているのは**ゴミとクソ以外の何ものでもない**じゃないか」と馬鹿にされたほど勉強が不得意な人間でした。皮肉なことに、こういう人に限って東大生になりたいという欲望は尋常ぬものでしたが、やはり東大に入って**東大生ならではのいい気分**を味わってみるのも夢のさらなる夢だとずっと思っていました。しかし、安易に諦めるような私じゃありませんでした。そこで、私はたけしとある取引をしました。私の替え玉として、たけしは

東京大学の試験をすべて受けてくれますが、その代わりに合格した場合、彼が一生安泰に暮らせることをこちらが保証してあげます。そこから物事はすべて登り坂となって、やがて東京大学の合格通知をもらった時の**興奮（とい）ったらなかった**です。まあ、自分が成し遂げたことじゃなかったにしても、やはり終わった後の**達成感といったらありゃしない**です。今私は立派な東大生になれて彼も毎月私からのお小遣いでのんびりと優雅な生活を送っているので、これが**ハッピーエンディング / ウィンウィン**でなくてなんでしょうか。

*** **瓜二つ：あまりに似ていることのたとえ。**

（我的名字叫做鈴木一郎，現在是東京大學醫學部的一年生。能夠成為東大生，甚至擁有現在這個人生，**正正**是我的好朋友小武賦予給我的。我和他在小學時代開始就是很好的玩伴，雖然我們不是親兄弟，但是樣子長得一模一樣，甚至經常被人家調笑說：「這**是多麼的**巧合啊，其實你們真的是兄弟吧！不是嗎？」小武是我們班裏**首屈一指的**的高材生，但是由於家裏很貧窮，沒有錢供他上大學。相反，我的家有一定的資產，還算富足，但我曾被人嘲笑：「裝在你腦子裏的除了垃圾和糞便**之外，應該沒有其他**吧！」——我就是這麼一個不擅長讀書的人。卻就是這樣的一個人，對成為東大生有着非一般的欲望，但曾幾何時，進入東大，感受東大生**才能夠**體會**的**優越感，對我來說是一種遙不可及的夢而已。雖然如此，但輕易放棄不是我的個性。於是我想到和小武協議，他作為我的替身，去參加所有東京大學的考試，如果考上的話，作為回報，我會保證他今後一生都能生活富足，衣食無憂。自此所有的事情都順風順水，當我收到東京大學的合格通知時，那種興奮，**簡直是筆墨難以形容**。雖然不是自己成就的大業，但人嘛，畢竟完成後的達成感、滿足感是**無法説明**的【那麼喜悅】。現在我已成為了一個出色的東大生，而小武他也每個月得到我的零用錢，優哉游哉地過着舒適的生活，這**如果不能説是**大團圓結局 / 雙贏，**還能説是甚麼呢**？）

題 1　**洞窟の中で発見されたウクライナの難民たちは、救助されるまで不潔________衛生環境の中での避難生活がすでに数ヵ月も続いていたという。**

1　きわまりない　　　2　あっての

3　ならではの　　　　4　きっての

題2　釣り自慢の父は体長が１メートル＿＿＿＿魚が釣れて、大得意でした。

1　からある　　2　からいる

3　ならではの　　4　きっての

題3　昔の男というのは、簡単に人に涙や弱みを見せてはいけない存在だと思われがちだったが、中でも父親＿＿＿＿がなおさらであった。

1　たるもの　　2　なるもの

3　あってのもの　　4　ごときのもの

題4　最高な恋とはなんぞやについて様々な定義があるが、僕にとっては＿＿＿＿＿＿＿＿。

1　一瞬たりとも忘れたことがあろうか

2　最終的に結婚に限ったことだ

3　相思相愛抜きでは語れなくもない

4　ただ相手に対する一途あるのみだ

題5　元カノはすでに私と婚約していたのに、突然それを破棄して金持の御曹司***と結婚してしまった。これが裏切り＿＿＿＿と思いつつ、人間本来の姿でもあるなあと認めてやらざるを得ない。

1　というにあたらない　　2　といったらきりがない

3　とはいえないまでも　　4　でなくてなんだろう

*** 御曹司：金持ちの家の息子。

題6　あなたの人生は、あなたのもの以外の何ものでもないから、＿＿＿＿。

1　自分ならではの生き方で送るに限る
2　親の言う通りに送るべくして送る
3　会社きってのエリート社員にならなければ損だ
4　ソウルメイトあっての人生はなんと素晴らしいだろう

題7　コロナのせいというか、自分の怠け本性に勝てず、近頃はめっきり歩かなくなって、近くのスーパーに＿＿＿＿ついつい車で行ってしまう。

1　こそ　　2　だに
3　すら　　4　かぎり

題8　いくら＿＿＿　＿＿＿　＿★＿　＿＿＿なんて、くやしいったらない。

1　とはいえ　　2　あのチームに負ける
3　リーグ最下位の　　4　準備不足だった

題9　今思えばあの時は＿＿＿　＿＿＿　＿★＿　＿＿＿のだろうと後悔してやまない。

1　あったものの　　2　不本意で
3　言ってしまった　　4　彼になんとひどいこと

題10　若い頃は反抗ばかりしていて、＿＿＿　＿＿＿、＿★＿　＿＿＿初めて親の苦労が分かった。

1　となっては　　2　子どもを持つ今
3　親に対する思いやりは　　4　一ミリたりともなかったが

題 11 学生の皆さんは普段どのようにインターネットを活用しているでしょうか？特に、卒業研究・特別研究では、インターネットの活用 1 研究の遂行も 2 ならないことが多いのではないでしょうか。今の時代は、自分が学生の頃の 10～20 年前と比較しても、 3 ほどインターネットが格段に進化しました。極論を言えば、欲しい情報はほとんど何でも手に入るようになりました。その代わり、 4 昨今話題のフェイクニュースに代表されるような虚偽の情報も非常に多く、どの情報が正解なのかは自分自身で考えなければなりません。学生の皆さんにとっては、これは非常に難しいかもしれません。

しかし、学術的な情報に限って言えば、インターネットで利用できて、しかも信頼性が高いものがあります。それが「電子ジャーナル」です。これは、雑誌などに掲載された論文や記事などをオンラインで読むことができるようにしたものです。検索やリンク機能が充実していて、参考文献や二次資料などへのアクセスにも便利です。電子ジャーナルには様々な種類があります。普通は一般家庭からのアクセスが制限されていますが、大学や高専などの高等教育機関などでは定期購読の形式でアクセスできるようになっています。また、アクセス制限されていても、abstract（概要）は多くの場合読むことができます。abstract は、論文を全部読まなくても、これだけ読めば何が 5 のかがわかりますので、その収集だけでも役に立ちます。

さて、インターネット上の情報を研究に役立てる上で是非覚えておいてほしいのは、調べたい事柄を検索するのにも工夫がいる、ということです。皆さんは、ある事柄をあるキーワードで検索して出てきた初めのほうの論文や記事などだけを読んで満足していませんか？また、満足な情報が得られずあきらめたりしてはいませんか？満足したりあきらめたりする前に、例えば「キーワードを同じ意味の別の言葉に置き換えてみる」「論文や記事の中で関連のありそうな事項を探し出し、それで検索してみる」「論文や記事の中の参考文献も読んでみる」などを試してみてください。そのような 6 自体も勉強になりますし、意外な発見もあるかもしれません。

「小山工業高等専門学校図書情報センターだより」
平成 29 年度のものを節録及び一部潤色

1

1　なしには　　2　なれば　　3　なろうと　　4　なせばなる

2

1　ぱぱ　　2　まま　　3　じじ　　4　ばば

3

1　比較できるとはいえないまでも

2　比べても比べきれる

3　比較できないと言ったわりには

4　比べものにならない

4

1　むかしいま　　2　おといま　　3　さいごん　　4　さっこん

5

1　書いてある　　2　書いておく　　3　書いている　　4　書いていく

6

1　言語道断　　2　起承転結　　3　試行錯誤　　4　因果関係

題 12 推理小説というのは、昭和二十一年に初めて用いられた名称で、戦前は探偵小説と呼ばれていた。なぜ戦後急に名称が変えられたかというと、昭和二十一年に発表された『当用漢字表』の中に「偵」の字が入っていなかったので、探偵と書けなくなったからであるにすぎないが、当用漢字は「使用する漢字の範囲」であって、そこに入っていない字を使うことははばかられたのだ。

しかし推理小説とよぼうが、探偵小説と呼ぼうがさすものは同じである。このジャンルを創始したのは、十九世紀前半のアメリカの作家エドガー・アラン・ポー*** で、最初の推理小説は「モルグ街の殺人」だとするのが定説だ。

推理小説の定義としては、江戸川乱歩によるものが最もよくできている。つまり、推理小説とは「主として犯罪に関する難解な秘密が、論理的に、徐々に解かれて行く径路の面白さを主眼とする文学」だ。…（中略）…乱歩は論理的推理で謎を知的に解いていくという、本格推理小説をめざしていた。推理小説とはそういうものでなければいけない、という信念も持っていた。

ところがそういう推理小説はそうそう量産できるものではない。本格だけでは行き詰まるのだ。

*** エドガー・アラン・ポー＝ Edgar Allan Poe、アメリカの小説家。ちなみに、中国では「愛倫坡」と呼ばれている。

清水義範『学校では教えてくれない日本文学史』による

1 作者の主張の一つとして言えるのは次のどれか？

1 探偵小説の地位を確定させたのは江戸川乱歩であること。

2 推理小説の最もよくできた定義は外国人によってはじめて定められたこと。

3 推理小説で使用された文字いかんでは売り上げが変動する可能性があったということ。

4 探偵小説本来あるべき内容に拘り過ぎるとかえって不利益が生じること。

2 「そこに入っていない字を使うことははばかられたのだ」とあるが、つまり、

1 『当用漢字表』の中に入っていない字でもふんだんに使用された、ということ。

2 『当用漢字表』の中に入っていない字の使用は敬遠された、ということ。

3 『当用漢字表』は使用する文字の目安として然程重要性がなかった、ということ。

4 『当用漢字表』に記載された漢字は戦前と戦後とでは大いに違っている、ということ。

72 五大系列快速閱覽表①：「限り」・「ばかり」・「ところ」

與前作《3 天學完 N2・88 個合格關鍵技巧》一樣，本書文法最後 2 篇將會網羅繼 N3-N2 後，N1 也會出現的 5 個大系列，希望以最快速度讓學習者明瞭各系列中類似文法的不同。因為每個文法的例文和練習皆在本文中出現過，亦鑒於篇幅有限，故 2 篇只有快速閱覽表，不設額外練習。

① 「限」系列快速閱覽表

文型		意思	參考
い形 / な形	限りだ	非常…	
A 類	限り	只要…	
ない型	限り	不（是）/ 沒有…就 ＝除非（是）…否則	《3 天學完 N2・88 個合格關鍵技巧》58 條件的表示①
B 類	に限る	最好是…	
N	に限り	只限…	
N	に限って	偏偏…	
C 類	限りでは / 限りの N	據…所知 / 在…範圍之内	
V ない	とも限らない	未必不會	本書 49 推測 / 判斷的表示①

所需單詞類型：**い形 / な形（嬉しい、恥ずかしい / 幸せな、残念な）**
V ない（行かない、食べない、参加しない / 来ない）
ない型＝主要是 V ない＋少量特別例子（行かない、説明がない、日本人でない）

A 類～V る /V ない /V ている / い形 / な形 /N（其實除了「過去式」就可以，終わる / 終わらない / 生きている / 明るい / 丈夫な / 日本人である）

B 類～V る /V ない /N（飲む / 飲まない / ビール）

C 類～V る /V た /V ている /N の（主要涉及「看」、「聽」、「知道」、「調查」動詞的各種型態如：見る、聞いた、知っている、調査の）

N（お客様、～時、～日）

②「ばかり」系列快速閱覽表

文型		意思	參考
N	ばかり	盡是 N	《3 天學完 N4・88 個合格關鍵技巧》46
V て	ばかりいる	老是，總是不斷重覆做 V	
V た	ばかり	剛剛 V 完	
普	ばかりではなく	何止…還 / 甚至	《3 天學完 N3・88 個合格關鍵技巧》63 添加的表示①
普	ばかりか	何止…還 / 甚至	
普	ばかりに	歸咎於 / 問題出於…之故	《3 天學完 N2・88 個合格關鍵技巧》46 理由的表示②
V る	ばかりだ	不斷在 V	
V ない	んばかりの / んばかりに	眼看就要 / 幾乎就要 V	本書 37 樣態的表示①

所需單詞類型：**N（仕事、大人）**

V て（行って、食べて、して、来て）

V た（行った、食べた、した、来た）

普（行く / 行かない / 行った / 行かなかった / 行っている / 安い / 有名な or 有名である / 学生 or 学生である）

V る（増す、減る、なる）

V ない（行かない、食べない、参加しない / 来ない）

③「ところ」系列快速閱覽表			
文型		意思	參考
Vる	ところ	剛要 / 正要開始 V	《3 天學完 N4・88 個合格關鍵技巧》 45
Vている	ところ	正在 V	
Vた	ところ	剛 V 完	
Vた	ところ	雖然 V，但…/ V 後竟然 / 想不到…	
N	としたところで	儘管從 N 的立場而言	《3 天學完 N2・88 個合格關鍵技巧》 54 立場的表示①
A 類	ところを / ところだ	平常是…但今天 / 這次不同	
Vる	ところだった	差點就 V	
普	どころか	豈止…還 / 更	《3 天學完 N2・88 個合格關鍵技巧》 60 添加的表示①
普	ところを見(み)ると / 見(み)れば / 見(み)たら	從…一事看來	
Vる /N	どころではない	不是 V/N 的時候	《3 天學完 N2・88 個合格關鍵技巧》 64 逆轉 / 否定的表示③
い形 /N の	ところ（を）	正…的時候	本書 41 時間的表示②
N	といったところ	極其量也不過是 N/ 也就是 N 那個程度	本書 52 程度 / 傾向的表示①
Vた	ところで	就算如何 V，也不會 / 也未必 / 也來不及	本書 63 逆轉 / 否定的表示①

所需單詞類型：Vる（行く、食べる、する、来る）
Vて（行って、食べて、して、来て）
Vた（行った、食べた、した、来た）
N（教師、学生、一人の人間）
A類～Vる/Vない/Nの（飲む/飲まない/10000円の）
普（行く/行かない/行った/行かなかった/行っている/安い/有名な or 有名である/学生 or 学生である）
Vる/N（行く、食べる、来る、結婚する、相談する/結婚、相談）
い形（お忙しい、お暑い）

73 五大系列快速閱覽表②：「こと」・「もの」

④「こと」系列快速閱覽表			
文型		意思	參考
Vる / Vない	ことにする	基於「個人意志」決定V/不V這個「結果」，但不強調能否成為習慣	《3天學完N4・88個合格關鍵技巧》52 至 53
	ことになる	基於「外在因數」、「產生 / 變得」V/不V這個「果」，並不強調能否成為習慣	
	ことになっている	表示V/不V這個行為是某個組織的「規矩 / 宗旨」	
Vる / Vない	こと（だ）	請一定要V/不要V	《3天學完N3・88個合格關鍵技巧》60 責任的表示②
Vる	ことはない	用不着V	
普1	ことだし	由於某事…V吧 / 請V	《3天學完N2・88個合格關鍵技巧》45 理由的表示①
普1	ことから	由於某事…	
N	のことだから	由於某人…	
Vる	ことなく	不V就…	《3天學完N2・88個合格關鍵技巧》64 逆轉 / 否定的表示③
普1	ことに	令人感到…的是	
	ことか	多麼的…啊！	

④「こと」系列快速閱覽表

文型		意思	參考
普 1	だけあって / だけのことはあって / だけある / だけのことはある	不愧是 / 果然是	本書 46 理由的表示①
普 2	こととて	舊式由於	本書 48 理由的表示③
V た	までだ / までのことだ	只不過…罷了	本書 51 推測 / 判斷的表示③
N	としたことが	像 N（代名詞）這樣的人，竟會犯下這樣的錯	本書 56 話題的表示①
N	もさることながら	N 就不用說了，…	本書 61 添加的表示①

所需單詞類型：V る /V ない（行(い)く、行(い)かない / 食(た)べる、食(た)べない / 来(く)る、来(こ)ない / 結婚(けっこん)する、結婚(けっこん)しない）
普 1（行(い)く / 行(い)かない / 行(い)った / 行(い)かなかった / 行(い)っている / 安(やす)い / 有名(ゆうめい)な、有名(ゆうめい)である / 地震(じしん)、地震(じしん)である）
普 2（行(い)く、行(い)かない / 行(い)かぬ、行(い)った、行(い)かなかった、安(やす)い、有名(ゆうめい)な、学生(がくせい)の）
N（日本人(にほんじん)、先生(せんせい)、文法(ぶんぽう)、話(はな)すこと）
A 類～V た /V ている / い形 / な形（驚(おどろ)いた / 辛(つら)い思(おも)いをしている / 嬉(うれ)しい / 幸(しあわ)せな）
V た（行(い)った、食(た)べた、来(き)た / した）

⑤「もの」系列快速閱覽表			
文型		意思	參考
普 1	ものだ	… 是理所當然的 / 自然…	
V る /V ない	ものだ	當然要 V/ 不 V 是理所當然的	《3 天學完 N3・88 個合格關鍵技巧》 60 責任的表示②
V る	ものではない	當然不應該 V	
V た	ものだ	從前總是 V	
普 2	もので＝ ものだから	都怪那些想像不到的 / 突發的情況，或無可奈何的理由，所以變得…	《3 天學完 N3・88 個合格關鍵技巧》 44 理由的表示②
普 3	ものの	雖說	《3 天學完 N2・88 個合格關鍵技巧》 63 逆轉 / 否定的表示②
普 4	とはいうものの		
普 4	というものだ	正正是	《3 天學完 N2・88 個合格關鍵技巧》 65 強調的表示①
V できる	ものなら / もんなら	發生可能性較低的「想像假使」	《3 天學完 N2・88 個合格關鍵技巧》 59 條件的表示②
V 意向	ものなら / もんなら	萬一是這樣的話就糟糕了	
A 類	ものか	怎會…？ 一定不會！	
B 類	ものがある	有…的感覺 / 真讓人感到…	

⑤「もの」系列快速閱覽表			
文型		意思	參考
普2	ものを	【後悔】要是／早知道…就	本書 38 情感的表示①
N	ここNというもの／このNというもの	N這段時間	本書 42 時間的表示③
Vて	からというもの	自從	
N	をものともせ（に）	不把N當作一回事／視N如無物【，排除萬難，實現理想】	本書 45 對象的表示②
Vない	ものでもない／でもない／Vないくもない	未必不會	本書 49 推測／判斷的表示①
N	たるもの	名副其實的／真真正正的N（職業／身份），必須…	本書 56 話題的表示①
N	ともあろうものが	像N（代名詞）這樣的人，竟會犯下這樣的錯	
N	以外（いがい）の何（なに）ものでもない	不是別的，正是N	本書 71 強調的表示③

所需單詞類型：普 1（行く / 行かない / 行った / 行かなかった / 行っている / 安い / 有名な）
普 2（行く / 行かない / 行った / 行かなかった / 行っている / 安い / 有名な / 学生な）
普 3（行く / 行かない / 行った / 行かなかった / 行っている / 安い / 有名な or 有名である / 学生 or 学生である）
普 4（行く / 行かない / 行った / 行かなかった / 行っている / 安い / 有名 / 学生）
V た（行った、食べた、した、来た）
V て（行って、始て、参加して / 来て）
V る（行く、食べる、する、来る）
V ない（行かない、食べない、参加しない / 来ない）
V できる（行ける、食べられる、出来る、来られる）
V 意向（行こう、食べよう、しよう、来よう）
A 類～V る / い形 / な形 /N（行く / 嬉しい / 幸せな / 正直者）
B 類～V る / い形 / な形（心を動かす / 嬉しい / 残念な）
N（10 年間、困難、先生、揶揄われたこと）

第四部分 閱讀理解

出題範圍	出題頻率
I 語言知識（文字・語彙・文法）・讀解	
問題 1 漢字音讀訓讀	
問題 2 合適詞彙選擇	
問題 3 同義異語演繹	
問題 4 單詞正確運用	
問題 5 文法形式應用	
問題 6 正確句子排列	
問題 7 文章前後呼應	
問題 8 書信電郵短文	
問題 9 中篇文章理解	
問題 10 長篇文章理解①	✓
問題 11 複數文章比較	✓
問題 12 長篇文章理解②	✓
問題 13 圖片情報搜索	✓
II 聽解	
問題 1 圖畫文字綜合①	
問題 2 圖畫文字綜合②	
問題 3 整體內容理解	
問題 4 即時情景對答	
問題 5 長文分析聆聽	

74 長篇文章理解①

北極圏に位置するロシアの村で3年前、何十頭ものホッキョクグマが食べ物を求めてうろつき、ごみ処分場で餌をあさる様子が撮影された。科学者や自然保護団体は先週公表した論文で、人間の食品廃棄物がホッキョクグマの脅威となる事例は増加しており、当時世界中に報じられたロシアの出来事も氷山の一角だと警鐘を鳴らした。

北極圏では、世界平均の約3倍の速さで温暖化が進んでおり、ホッキョクグマが狩りをする際に欠かせない海氷が減っていることから、ホッキョクグマは気候変動の直接的な悪影響にさらされている。

環境保全の専門誌『オリックス（Oryx）』に掲載された論文の共同執筆者で、ホッキョクグマ保護団体「ポーラー・ベアズ・インターナショナル（Polar Bears International）」のジェフ・ヨーク（Geoff York）氏は、「人間とホッキョクグマとの有害な接触が、ゆっくりとではあるが確実に増えている。海氷の減少が主因となり、ホッキョクグマが上陸する機会が増え、より長期間居座るようになっているからだ」と指摘した。

ヨーク氏は、「欧州や北米のクマの例から、ごみ捨て場がクマにとって大問題となっていることは把握している」と述べている。

例えば米アラスカ州カクトビク（Kaktovik）には、先住民族イヌピアット（Inupiat）が伝統的に捕獲してきたホッキョククジラの残骸を投棄する沿岸の処理場があり、毎年秋になると90頭ものホッキョクグマが集まってくるという。中には160キロ離れた場所から移動してきた個体もいた。

論文執筆者は、氷の状態が悪かった2019年、ロシアのベルーシヤグバ（Belushya Guba）のごみ処分場にホッキョクグマ50頭以上が集まった問題について、開放投棄型のごみ処分場が招きかねない事態が顕著に表れた例だと説明している。

ホッキョクグマは、高脂肪の餌を食べるよう進化してきた。春にアザラシの子を捕食して体重を増やし、その年の残りの期間を生き延びる。

ヨーク氏によると、ホッキョクグマにとって重要な時期となる春に氷が早く溶けてしまうと、体重を十分に増やせず陸に戻るホッキョクグマがいるほか、十分な栄養を得た個体でさえ、より長く陸にとどまるようになっているという。

ホッキョクグマは格好の餌場としてごみ処理場に集まるが、「同時にプラスチックや有毒物質も摂取していることを、クマたちは知らない」とヨーク氏は述べている。キャットフードなどを食べたり、ごみ処分場で人間や他の動物と接触したりすることで、病気になるリスクもある。

ヨーク氏は、北極圏の集落では家庭ごみの処理に多額の費用がかかると指摘している。凍結し、岩の多い地盤では、ごみ処理の選択肢が限られるからだ。

一般的な処理法は開放投棄や低温焼却だが、高温焼却する方が、完全とは言えないまでもより良い方法だと同氏はみている。

一部の集落では、ホッキョクグマが人間の食品を食べる前にごみ処理場からおいはらうため、パトロール隊を結成している。

論文の執筆者らは、問題に関する啓発活動の推進に加え、エアホーン（空気警音器）や電気フェンスといった殺傷力のないとも言わないまでも、ほぼないに等しい手段の活用も提唱している。

AFPBB News「人間の食品廃棄物、ホッキョクグマの脅威に論文」

2022 年 7 月 26 日掲載のものを一部潤色

題 1　**作者が述べている「氷山の一角」とは、すなわち**

1　氷山が崩れかけている。
2　事例はわずか一部である。
3　事例はことごとく報告された。
4　どうすることもできない。

題 2　**「招きかねない事態」とあるが、どのようなことか？**

1　ホッキョクグマの数が大幅に減ってしまうこと。
2　ホッキョクグマが食べ物を見付けられなくなってしまうこと。
3　ホッキョクグマの上陸する機会が増えてしまうこと。
4　ホッキョクグマが春になるとアザラシの子を捕食してしまうこと。

題3　**北極圏の集落におけるごみの処理法について、ヨーク氏はどのように述べているか？**

1　高温焼却より低温焼却のほうがよりましだ。

2　プラスチックや有毒物質を摂取し、死に至るホッキョクグマすらいた。

3　不本意ではあるが、先住民族の伝統的な行事を取り締まる必要がある。

4　ごみ処理の選択肢が限られるのは地理と密接な関係がある。

題4　**総じて、ホッキョクグマの上陸防止の対策として、正しいのはどれか？**

1　ホッキョクグマが一定の地域に入ってこないようにこまめに巡査し駆逐する。

2　世界の風潮とされる「開放投棄型」を投入するのはもはや時間の問題だ。

3　ホッキョクグマの餌として、クジラの残骸などを事前に陸と海の境に置いておく。

4　不法侵入してきたホッキョクグマに対する殺傷を余儀なくされる場合もある。

長篇文章理解②

天保十二年 *** の暦ももう終りに近づいた十二月はじめの陰った日であった。半七が日本橋の大通りをぶらぶらあるいていると、白木の横町から蒼い顔をした若い男が、苦労ありそうにとぼとぼと出て来た。男はこの横町の菊村という古い小間物屋 *** の番頭 *** であった。半七もこの近所で生まれたので、子供の時から彼を識っていた。

「清さん、どこへ……」

声をかけられて清次郎は黙って会釈した ***。若い番頭の顔色はきょうの冬空よりも陰っているのがいよいよ半七の眼についた。

「かぜでも引きなすった *** かえ ***、顔色がひどく悪いようだが……」

「いえ、なに、別に」

云おうか云うまいか清次郎の心は迷っているらしかったが、やがて近寄って来てささやくように云った。

「実はお菊さんのゆくえが知れないので……」

「お菊さんが……。一体どうしたんです」

「きのうのお午すぎに仲働き *** のお竹どん *** を連れて、浅草の観音様へお詣りに行ったんですが、途中でお菊さんにはぐれてしまって、お竹どんだけがぼんやり帰って来たんです」

「きのうの午過ぎ……」と、半七も顔をしかめた。「そうして、きょうまで姿を見せないんですね。おふくろさんもさぞ心配していなさるだろう。まるで心当りはないんですかえ。そいつはちっと変だね」

菊村の店でも無論手分けをして、ゆうべから今朝まで心当りを隈なく詮索 *** しているが、ちっとも手がかりがないと清次郎は云った。彼はゆうべ碌々に睡らなかったらしく、紅くうるんだ眼の奥に疲れた瞳ばかりが鋭く光っていた。

「番頭さん。冗談じゃない。おまえさんが連れ出して何処へか隠してあるんじゃないかえ」と、半七は相手の肩を叩いて笑った。

「いえ、飛んでもないことを……」と、清次郎は蒼い顔をすこし染めた。

娘と清次郎とがただの主従関係でないことは、半七も薄々睨んでいた。しかし正直者の清次郎が娘をそそのかして家出させる程の悪法を書こうとも思われなかった。菊村の遠縁の親類が本郷 *** にあるので、所詮無駄とは思いながらも、一応は念晴らし *** にこれから其処へも聞き合わせに行くつもりだと、清次郎は頼りなげに云った。彼のそそけた鬢の毛 *** は師走 *** の寒い風にさびしく戦慄いていた。

「じゃあ、まあ試しに行って御覧なさい。わっしもせいぜい気をつけますから」

「なにぶん願います」（…中略…）

菊村の主人は五年ほど前に死んで、今は女あるじのお寅が一家の締めくくりをしていた。お菊は夫が形見の一粒種 *** で今年十八の美しい娘であった。店では重蔵という大番頭のほかに、清次郎と藤吉の若い番頭が二人、まだほかに四人の小僧 *** が奉公 *** していた。奥はお寅親子と仲働きのお竹と、ほかに台所を働く女中 *** が二人いることも、半七はことごとく記憶していた。

半七は女主人のお寅にも逢った。大番頭の重蔵にも逢った。仲働きのお竹にも逢った。しかしみんな薄暗いゆがんだ顔をして溜息をついているばかりで、娘のありかを探索することに就いて何の暗示をも半七に与えてくれなかった。帰るときに半七はお竹を格子 *** の外へ呼び出してささやいた。

(A)「お竹どん。おめえはお菊さんのお供をして行った人間だから、今度の一件にはどうしても係り合いは逃がれねえぜ。内そとによく気をつけて、なにか心当りのことがあったら、きっとわっしに知らしてくんねえ。いいかえ。隠すと為にならねえぜ」

年の若いお竹は灰のような顔色をしてふるえていた。その嚇しが利いたとみえて、半七があくる朝ふたたび出直してゆくと、格子の前を寒そうに掃いていたお竹は待ち兼ねたように駈けて来た。

「あのね、半七さん。お菊さんがゆうべ帰って来たんですよ」

「帰って来た。そりゃあよかった」

「ところが、又すぐに何処へか姿を隠してしまったんですよ」

「そりゃあ変だね」

「変ですとも。……そうして、それきり又見えなくなってしまったんですもの」
「帰って来たのを誰も知らなかったのかね」
「いいえ、わたしも知っていますし、おかみさんも確かに見たんですけれども、それが又いつの間にか……」
聴く人よりも話す人の方が、いかにも腑に落ちない *** ような顔をしていた。

*** 天保十二年：1841 年
*** 小間物屋：雑貨店
*** 番頭：商家では、店主に代わって店を管理する者。
*** 会釈する：軽く頭を下げてお礼をすること。
*** なすった：「なさった」の江戸語。
*** かえ：「かね」の江戸語。
*** 仲働き：女性の店員。
*** どん：商家で目上の人が目下の店員を呼ぶときに用いる語。
*** 詮索する：調査する
*** 本郷：東京の地名。
*** 念晴らし：疑念を晴らすこと。
*** 鬢の毛：耳際の髪の毛。
*** 師走：古代 12 月の呼び方。
*** 心中：相愛の男女が一緒に死ぬこと。
*** 一粒種：大切な一人っ子。
*** 小僧：身分の低くて幼い男性店員。
*** 奉公：雇われる身として働く。
*** 女中：雇われて家事の手伝いなどをする女性。
*** 格子：細い角材や竹などを、碁盤の目のように組み合わせて作った建具。戸・窓などに用いる。
*** 腑に落ちない：納得できない。

岡本綺堂『半七捕物帳・石燈籠』を抜粋

題1　「飛んでもないこと」とは、どういうことに対するコメントか。

1　菊さんを隈なく詮索したこと。

2　清次郎が半七に肩を叩かれたこと。

3　菊さんが清次郎にかどわかされたこと。

4　菊さんと清次郎がただの主従関係でないこと。

題2　波線を引いてある（A）のセリフを言った半七の意図として考えられるの次のどれか？

1　「知っていることがあったら教えてみてはいかが」という励まし。

2　「真実を知らなければ嘘をつくものではない」という忠告。

3　「知っているのに知らんぷりすると大変な目に遭う」という脅かし。

4　「知っていることをことごとく教えてくれると助かる」という願い。

題3　菊村には、店の主を含めて合計何人勤めているか？

1　9人　　2　10人　　3　11人　　4　12人

題4　物語の内容に合っている正しい順番はどれか？

1　菊さんの一時帰宅→菊さんの二回目の失踪→半七のお竹に対する嚇し→家族による捜査

2　半七のお竹に対する嚇し→菊さんの一時帰宅→菊さんの二回目の失踪→お竹からの報告

3　清次郎と半七の会話→お竹からの報告→菊さんの一時帰宅→半七のお竹に対する嚇し

4　菊さんの一回目の失踪→菊さんの一時帰宅→清次郎と半七の会話→菊さんの二回目の失踪

6 長篇文章理解③

〈決断して生きるということ〉

(…前略…)光***という障害を持った子どもが産まれてきた。「よし、僕は地獄へ行こう」というほどではないけれど、そこで彼とやっていこう、と決めた。家内と一緒に、光を中心にやっていこうと。(…中略…)ほかの子どもたちがよくそれに協力してくれた。兄貴が重要視されることで歪んでいくということは全然ない。弟も妹も、すでに独立して生活しています。

もう一つは、障害を持った子どもと一緒に生きるということを、自分の文学の中心にすえてやろうと思った。これこそ、もっとも危ない選択だった。むしろ、僕が乗り移った屋根が沈むかもしれないような選択でした。自分の文学の世界を狭くするものではないかという疑いはあった。

日本語の文学というものが、特殊な文学ではないということを示したい、と考えていたんですね、若いころ。だから、翻訳すれば世界に通用するような文学をつくろうと思っていた。そのためにも、日本的なあいまいさのある文筆はやめたいと思った。そこで、むしろ自然の勢いで難しくなることもあるけれど、よく読んでくだされば、僕のいっている答えは一つだということ、答えが二つも三つもあってぼんやりしているということはない、とわかってもらえるように書きたいと思った。

〈元気をだして死んでください〉

(…前略…)僕の母は、愛媛の田舎に生まれそこで死にました。父が戦中に亡くなったので、長兄と二人で家を支えた人です。そして、どういうわけか、僕を選んで、この子どもを勉強させてやろうと考えたのです。七人兄弟の中で、大学には、僕一人だけ。それだけの経済力しかなかった。

僕が小説家になると聞いて、学者になることを期待していたらしい母はがっかりしました。母がひとりで東京に出てきたことがありましたが、どうも僕の先生の渡辺一夫さんに会いに行ったらしい。ともかく小説家になってしまった、子どもの時から風変わりな息子と結婚してくれる人がいるということは、母にとってありがたいことで、家内を尊敬していた。そして、子どもが産まれて、障害を持っていた瞬間から、母はこの子を支持しようと考えたわけです。

障害を持って生まれた子どもにも、面白いところはある。例えば、鳥の声をよく聞いて、それを覚えることは、普通の生活には何の役にも立たないけれど、僕たちは面白いと思った。母もそうだった。そして、光が間違った言い方をするときも、その独自の言い方が面白いと思ってくれた。あるとき、光が「おばあちゃん、元気を出して死んでください！」といった。それは間違っていると、弟や妹が説得して、「生きている間は頑張って、それから死んでください」と電話でいい直したのだけれど、母は、光のその言葉が気に入って、元気をだして死のうと考えることは自分にとっては役に立ったといっていました。

〈光のひと言が私の母に力与えた〉

母が一度大病したとき、もう駄目だと僕たちは思った。ところがそれを乗り越えて、「元気を出して死んでください」という言葉を思い出すたび、ふつふつと力が湧いてきたといっていました。光が音楽をつくり始めたときも喜んでくれた。「この子に障害がなくて、健常に育っていたらば」というようなことは、絶対にいわない人でした。そのようなところ、母と僕と家内には似た性格がありました。

*** 大江光：日本の作曲家、父は作家の大江健三郎。

しんぶん赤旗「人間・歴史を語る～大江健三郎さん特別インタビュー」
2001 年 7 月 15 日～20 日掲載のものを節録

題 1　「ほかの子どもたち」と「弟も妹」とそれぞれあるが、誰のことを指しているか？

1　大江健三郎さんからすれば、前者は自分の子供たちで後者は自分の親族である。

2　大江光さんからすれば、前者は光と同じ障碍者の人たちで後者は自分の子供たちである。

3　大江光さんからすれば、前者は障碍者でない人たちで後者は自分の兄弟である。

4　両者は同じ人間である。

題 2　**大江健三郎さんのお母さんが大江健三郎さんの奥さんを尊敬する最も大きな理由は何か？**

1　変わった自分の息子と結婚してくれたから。

2　障害児の孫が産まれたが、彼を見捨てなかったから。

3　自分の理念と同じで、すなわち「元気をだして死のう」と考えているから。

4　彼女が支えてくれたお陰で、自分の息子はようやく小説家になれたから。

題 3　**「『この子に障害がなくて、健常に育っていたらば』というようなことは、絶対にいわない人」とあるが、そこから大江健三郎さんのお母さんのどのような魂胆が読み取れるか？**

1　「もし…たら」のようなマインドセットで考えたり悩んだりしてもキリがないと。

2　健常に育つことよりも、気に入ったことさえあれば十分だと。

3　初めから孫には普通の子供でなくて特別な人間として生まれてほしかったと。

4　孫には現実を受け止めて怯まずに障害児のままの人生を送り続けてほしかったと。

題4　**若い頃の大江健三郎にとって、日本語の文学たるものとは、どのようなものであったか？**

1　本国の日本に焦点を当てられるように、世界を狭くする必要のあるものであった。

2　手法も内容もとにかく特別でなければならないものであった。

3　あいまいさはある程度認められるべきものであった。

4　日本のみならず世界中のどこでも通用するようなものであった。

複數文章比較①

親への愛情や感謝にまつわる作品を 2 つ諳んじた ***。

①「今生今世」

我が人生の中で
己を忘れるほど泣いてしまったことが
二回ある
一回は
僕の命が始まったあの日に
もう一回は
爾 *** の命が焉わったあの日に
一回めは
僕はまったく覚えておらず
すべて爾から聞いた
二回めは
爾はそれを知るよしもなく
僕が言っても意味なんてない
しかし二回の泣き声の間には
数え切れないほどの笑い声が
何回も何回も
ほとんど三十年にも及んで
我々の心に谺している ***
爾はすべて知っているにちがいないし
僕もことごとく覚えている

*** 諳んじる：暗記する。
*** 谺する：声などがある場所に反響する。
*** 爾：あなた

②「売(う)ってくれる酒瓶(さかびん)はないか」

ジューガンタンヴェーモー
ジューガンタンヴェーモー
売(う)ってくれる
酒瓶(さかびん)はないか

馴染(なじ)みある声(こえ)が
孤児(みなしご)の俺(おれ)を
育(そだ)ててくれた
この恩(おん)は忘(わす)れず

天(そら)がなければ
地(とち)はどこだ
地(とち)がなければ
家(いえ)あるものか

爾(あなた)いなかったら
道端(みちばた)で風(かぜ)や
雨(あめ)にさらされて
露(つゆ)飲(の)んでたでしょうか

最初(さいしょ)の言葉(ことば)
初(はじ)めての三輪車(さんりんしゃ)
暖(あたた)かい家(いえ)を
みんな爾(あなた)がくれた

世(よ)の善悪(よしあし)とはなにか
喋(しゃべ)れないけど教(おし)えてくれた
手話(て)のみで固(かた)く守(まも)る

真心ありのまま
遠くからあの声聞こえる
度に目に笑顔が浮かぶ
いつか俺のそばに帰って
この歌を聞いてくれ

天がなければ
地はどこだ
地がなければ
家あるものか

家がなければ
爾はどこだ
爾がなければ
俺あるものか

ジューガンタンヴェーモー***
ジューガンタンヴェーモー
売ってくれる
酒瓶はないか（A）

ジューガンタンヴェーモー
ジューガンタンヴェーモー
売ってくれる
酒瓶はないか

*** ジューガンタンヴェーモー：中国の方言（閩南語）で「売ってくれる酒瓶はないか」という意味を表すもの。

題 1　「売ってくれる酒瓶はないか」の中、線を引いてある A の部分に関して言えることは次のどれか？

1　主語のスケールが次第に拡大していく。

2　主語のスケールが次第に集中していく。

3　ストレートな質問こそあるが、反問はない。

4　反問こそあるが、ストレートな質問はない。

題 2　二つの詩の内容として、間違っているものはどれか？

1　①の作者は親の結末をはばからずに明言しているが、再会したいかどうかという願望はハッキリされていない。

2　①では数字が好んで使われ、またそれぞれの数字の意味に焦点が当てられている。

3　②の作者は親の身体上の特徴と自分の特別な成長経歴を読者に示している。

4　②では過去に関する具体的な記述は多いが、仮設についての内容は見当たらない。

複數文章比較②

死刑についてそれぞれの論拠を見付けた。

① 死刑廃止の立場

1〈死刑の廃止は国際的潮流であるので、我が国においても死刑を廃止すべきである〉

・「今日、死刑廃止が迫られている理由の第一は、国連の死刑廃止条約の批准を急がなければならないということである。死刑廃止条約の批准のいかんにかかわらず、西欧のほとんどの国はすでに死刑を廃止しており、いわゆる先進国において完全に死刑存置国といわれるのはわが国だけであって、…このようなことで、『平和を維持し、…国際社会において名誉ある地位を占めたいと思ふ。われらは、全世界の国民が、ひとしく恐怖と欠乏から免かれ、平和のうちに生存する権利を有することを確認する。』（日本国憲法前文）と宣言したのはどうなったのであろうか。」（平場安治「死刑廃止を目指して－なぜ、今」佐伯千仭ほか編著『死刑廃止を求める』所収）

2〈死刑に犯罪を抑止する効果があるか否かは疑わしい〉

・「死刑の威嚇力に関しては、その肯定・否定論双方にとっても全く信用のできる実証的・科学的調査は存在していない。…人の命を奪う制度の存廃を論じる際の正当化根拠としてははなはだ不適切であると言わざるを得ない。」（加藤久雄「死刑の代替刑について」『現代刑事法』25 号）

法務省「資料 4　死刑制度の存廃に関する主な論拠」による

https://www.moj.go.jp/content/000096609.pdf

② 死刑存置の立場

1〈一定の極悪非道な犯人に対しては死刑を科すべきであるとするのが、国民の一般的な法的確信である〉

・「わが国家社会における現代の文化程度なり、社会一般人の法的確信の状態を考察するに、いまもなお社会人の一面において凶悪なる犯行が頻々として行われ、この種極悪の犯人に対しては死刑制を存置するのでなければ国家社会秩序の維持は十全ならずとし、国民道徳もこれをもつて、なお社会正義の要求に属すると考えているかぎり、国家はなおその存在を肯定しなければならないであろう。」(安平政吉「改訂刑法総論」)

2〈被害者・遺族の心情からすれば死刑制度は必要である〉

・「具体的にも、多くの殺人事件で、その遺族が、特に子を殺された親、親を殺された子が、その悲痛な思い、やりばのない怒りを検察官や裁判官にぶつけて犯人の死刑を求めるという現実があります。…事件が余りに凶悪で、残虐な一部のものについて、被害感情が余りに激しく、大方の人が犯人は自己の生命をもって償うべきだと考えるような場合には、死刑をもって臨み、被害者とその遺族の悲しみと怒りを癒すことも、正義につながることであり、またその死刑判決が正義の実現に寄与するものと考えております。」(本江威憙「死刑の刑事政策的意義について」刑法雑誌 35 巻 1 号)

法務省「資料 4　死刑制度の存廃に関する主な論拠」による
https://www.moj.go.jp/content/000096609.pdf

題 1　②の 1 と 2 に共通しているものはなにか？

1　正義の表し方　　2　処刑の行い方

3　秩序の守り方　　4　権利のあり方

題2　**死刑の必要性について、①と②の観点はどのようなものか？**

1　①の1は科学的な根拠のありかなしかに焦点を置いているのに対して、②の1では如何に国家や社会の秩序を守れるかということが主旨である。

2　①の2はメンタル的な面の損害を焦点に置いているのに対して、②の②では如何に国のメンツをを守れるかということが主旨である。

3　②の1は国民の道徳の存亡に焦点を置いているのに対して、①の1では如何に日本のグローバリゼーションを加速させるかということが主旨である。

4　②の2は死刑を正当化しない人間が偽善者との関連性に焦点を置いているのに対して、①の2では死刑における威嚇力の強弱についての評価が主旨である。

79 圖片情報搜索①

下はある薬の説明書である。

商品説明：小児用「サンピロ風邪シロップ」は、かぜの諸症状に効果のある成分に加え、苦しいせきやのどの痛みを緩和する和漢生薬を配合した飲みやすいシロップタイプの総合かぜ薬です。抵抗力が弱く、ちょっとした変化にも敏感な小さなお子様のかぜの諸症状を緩和します。

効果：かぜの諸症状（鼻水、鼻づまり、くしゃみ、のどの痛み、せき、たん、悪寒、発熱、頭痛、関節の痛み、筋肉の痛み）の緩和。

使用方法 / 用量：

年齢	一回の量	回数
3才～6才	5mL	1日3回、食後なるべく30分以内に服用してください。また、必要な場合には就寝前に服用してもよく、やむをえない場合には約4時間の間隔をおいて1日最大6回までご服用いただけます。（添付の目盛付コップではかって服用してください。）
3才未満	服用しないでください。	

用法・用量に関連する注意：

(1) 用法・用量を厳守してください。

(2) 小児に服用していただく場合には、保護者の指導監督のもとで服用してください。

(3) 開栓時、指にケガをしないようご注意ください。

保管及び取扱い上の注意：
(1) 直射日光の当たらない涼しい所に密栓して保管してください。
(2) 小児の手の届かない所に保管してください。
(3) 他の容器に入れ替えないでください（誤用の原因となったり、品質が変わったりする可能性があります）。
(4) 添付の目盛付コップはご使用のつど、水洗いなどして常に清潔に保管してください。
(5) 使用期限をすぎた製品は服用しないでください。

題 1　この薬の特徴に関する内容として<u>正しくない</u>ものはどれか？

1　純正な日本の生薬のみで調合された。
2　子供とはいえ条件によって飲めない者もいる。
3　一日 30mL 以上の服用は望ましくない。
4　3 つ以上の痛みを治したり軽減させたりすることがである。

題 2　他の容器に入れ替えないことを裏付ける理由は？

1　使用期限や飲む量を狂わせてしまう可能性があるからだ。
2　貴重な成分が流失してしまう可能性があるからだ。
3　誰かが別物のつもりで飲んでしまう可能性があるからだ。
4　オリジナルロック付きの蓋でないと子供が簡単に開栓して飲んでしまう恐れがあるからだ。

80 圖片情報搜索②

ホームページで「平和に関する世界の若者の意識調査－2021 年度」というアンケートの調査結果を見た。149ヵ国合計 6538 人（うち、日本からは 239 人）の若者より回答が得られました。

Q1. 昔に比べて、世界は平和になったと思いますか。

1.1 世界各国の若者の意見：

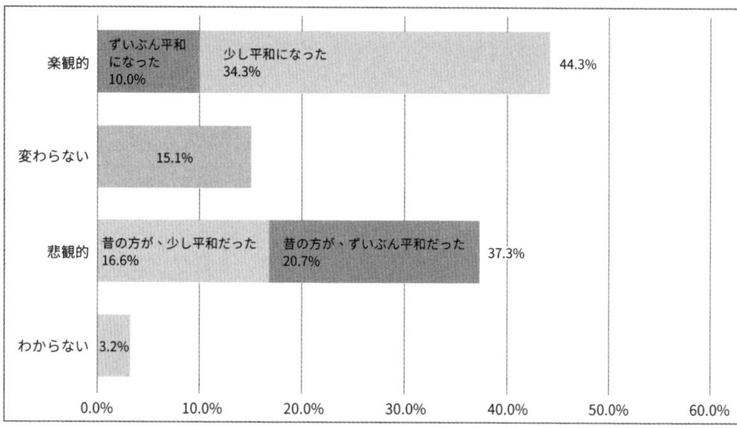

1.2 日本の若者の意見：

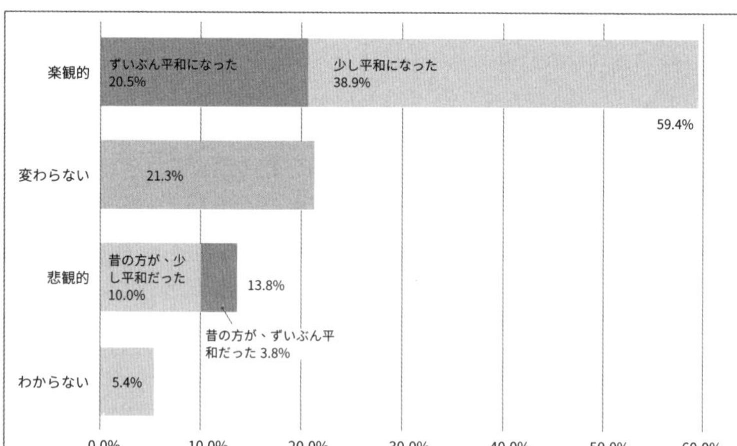

Q2. いまの世界(せかい)は平和(へいわ)だと思(おも)いますか。平和(へいわ)の度合(どあ)いに点数(てんすう)を付(つ)けるとすれば、何点(なんてん)だと思(おも)いますか。

2.1 世界各国の若者の意見：

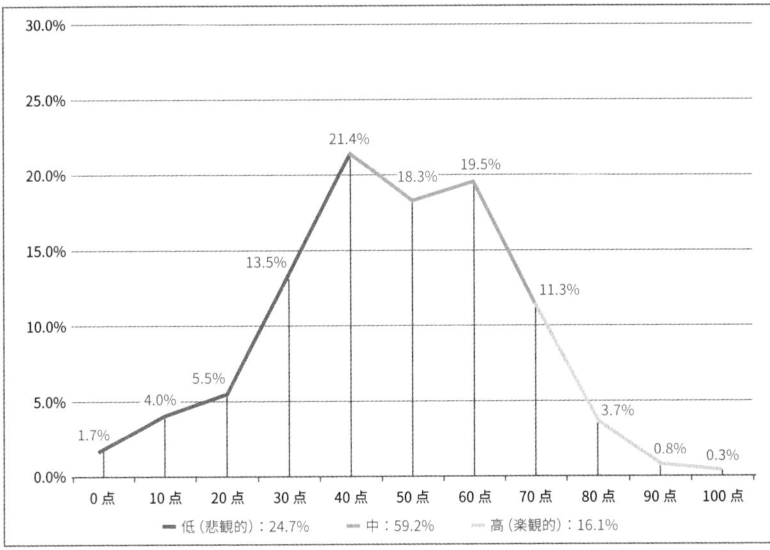

2.2 日本の若者の意見：

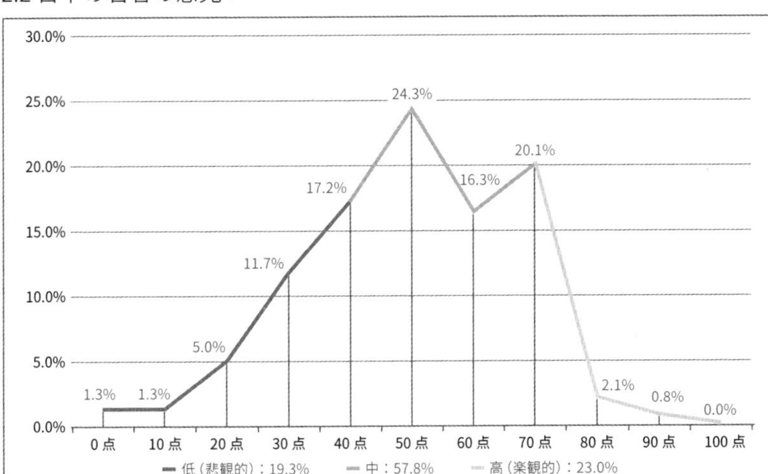

JPLT N1

Q3. 世界が平和になるために、解決しなければならない重要な課題は何だと思いますか（3 つまで選択可）。

3.1 世界各国の若者の意見：

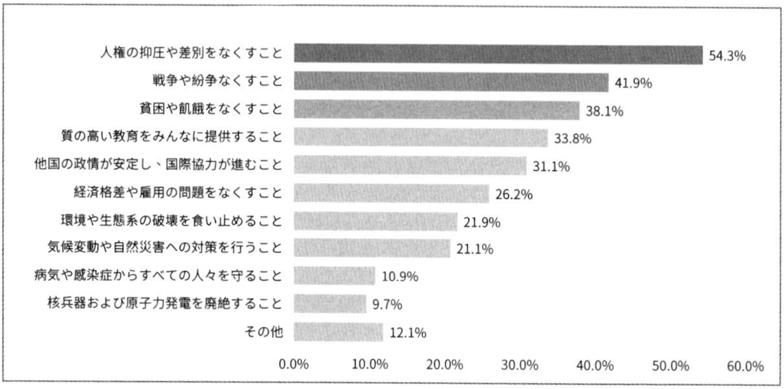

3.2 日本の若者の意見：

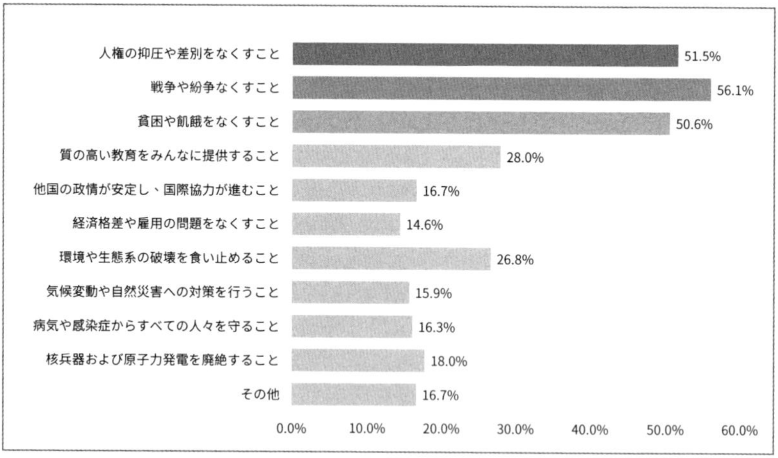

「公益財団法人　五井平和財団」のホームページより一部改

https://www.goipeace.or.jp/news/peace-survey2021/

題1　Q1の「昔に比べて、世界は平和になったと思いますか」という質問に対して、数字と数字の間に最も大きな差があるのは次のどれとどれか？

1　日本における「変わらない」と「悲観的」の間の差。

2　日本における「楽観的」と「悲観的」の間の差。

3　世界における「楽観的」と「変わらない」の間の差。

4　世界と日本の間に見られる「悲観的」という回答の差。

題2　Q2の「いまの世界は平和だと思いますか。平和の度合いに点数を付けるとすれば、何点だと　思いますか」という質問に対して、結論として言えるのは次のどれか？

1　日本でも世界でも、悲観的な答えより楽観的な答えのほうが多く見られた。

2　日本においても世界においても、悲観的な答えも楽観的な答えも最も主流な意見ではなかった。

3　日本には、満点をつけた答えはわずかだが存在している。

4　80点もしくはそれ以上の点数を付けた世界各国の若者は日本のより若干数が少なかった。

題3　Q3の「世界が平和になるために、解決しなければならない重要な課題は何だと思いますか」というアンケートを見ている限り、どの類の課題が取り上げられていないか？

A　平和　　B　外交　　C　移民　　D　保育

1　AとB　　2　C

3　CとD　　4　B、CとD

第五部分 聽解

出題範圍	出題頻率
I 語言知識（文字・語彙・文法）・讀解	
問題 1 漢字音讀訓讀	
問題 2 合適詞彙選擇	
問題 3 同義異語演繹	
問題 4 單詞正確運用	
問題 5 文法形式應用	
問題 6 正確句子排列	
問題 7 文章前後呼應	
問題 8 書信電郵短文	
問題 9 中篇文章理解	
問題 10 長篇文章理解①	
問題 11 複數文章比較	
問題 12 長篇文章理解②	
問題 13 圖片情報搜索	
II 聽解	
問題 1 圖畫文字綜合①	✓
問題 2 圖畫文字綜合②	✓
問題 3 整體內容理解	✓
問題 4 即時情景對答	✓
問題 5 長文分析聆聽	✓

81 即時情景對答①

題 1

1	2	3

題 2

1	2	3

題 3

1	2	3

題 4

1	2	3

題 5

1	2	3

題 6

1	2	3

即時情景對答②

題 7

1	2	3

題 8

1	2	3

題 9

1	2	3

題 10

1	2	3

題 11

1	2	3

題 12

1	2	3

83 圖畫文字綜合①

題 1

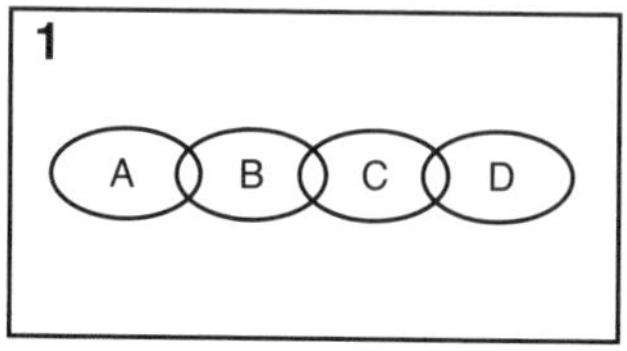

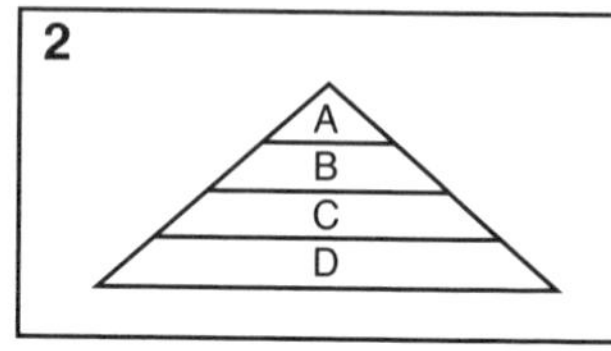

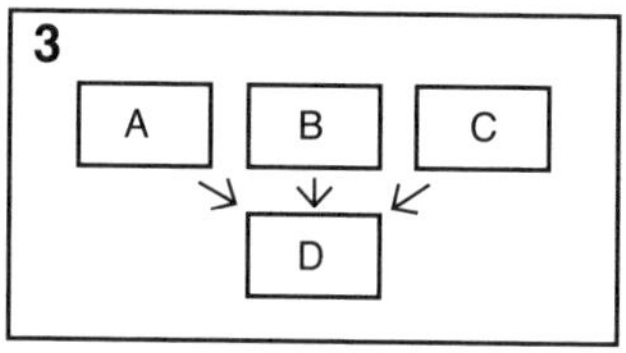

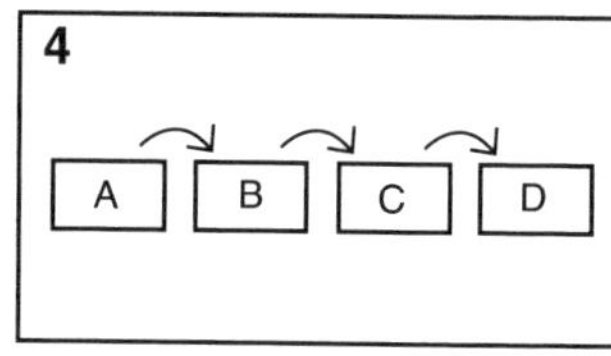

題 2

1　午後(ごご) 1:00　　2　午後(ごご) 1:20

3　午後(ごご) 2:00　　4　午後(ごご) 2:40

題 3

1　栄養成分表示(えいようせいぶんひょうじ)　100ml 当(あ)たり

カロリ	タンパク質(しつ)	ビタミン B
17 kcal	0.7g	0.11 mg

2　栄養成分表示(えいようせいぶんひょうじ)　100ml 当(あ)たり

カロリ	タンパク質(しつ)	ビタミン B
22 kcal	0.8g	0.17 mg

3　栄養成分表示　100ml 当たり

カロリ	タンパク質	ビタミン B
28 kcal	0.9g	0.34 mg

4　栄養成分表示　100ml 当たり

カロリ	タソパタ質	ビクミソ B
11 kcal	0.85g	0.19 mg

題 4

1　623455　　2　060606

3　678516　　4　766669

84 圖畫文字綜合②

題 5

1 お母さんがいなくなった時間

2 おじさんの正体

3 だれが自分の本当の親

4 喧嘩の場所

題 6

1 市道→県道→国道→高速道路

2 市道→国道→県道→高速道路

3 高速道路→市道→県道→国道

4 高速道路→市道→国道→県道

題 7

1 タバコそのものを吸う若者が多くなったがゆえに、吸い殻も多くなったようだ。

2 タバコそのものを吸う人が少なくなったのに、吸い殻は多くなったようだ。

3 従来のタバコを吸う若者が増えたからので、吸い殻も多くなったようだ。

4 従来のタバコを吸う人が減ったわりには、吸い殻は多くなったようだ。

題 8

1 新型コロナによる死亡だと思います。

2 合併症による死亡だと思います。

3 人為的なミスによる死亡だと思います。

4 脳死による死亡だと思います。

85 86 整體內容理解①②

題 1

1	2	3	4

題 2

1	2	3	4

題 3.1

1	2	3	4

題 3.2

1	2	3	4

題 4

1	2	3	4

題 5

1	2	3	4

題 6.1

1	2	3	4

題 6.2

1	2	3	4

88 長文分析聆聽①②

題 1

1	2	3	4

題 2.1

1	2	3	4

題 2.2

1	2	3	4

題 3

1	2	3	4

題 4.1

1	2	3	4

題 4.2

1	2	3	4

N1 模擬試験

言語知識（文字・語彙・文法）・読解（110 分）

問題 1　＿＿＿のことばの読み方として最もよいものを、1・2・3・4 から一つえらびなさい。

題 1　いくら親友とはいえ、その取引は拒否したほうが賢明かと。

1　きょひ / けんめい　　2　きょひ / げんめい
3　きょうひ / けんめい　　4　きょうひ / げんめい

題 2　得体の知れない病にかかり病院を転々し、やっと病名が分かった時にはすでに手遅れだった。

1　とくみ　　2　えみ
3　とくたい　　4　えたい

題 3　我々があれほど骨折って辛うじて完成させた仕事だが、彼はいと無造作にやってのけた。

1　ぶぞうさ　　2　ぶそうさく
3　むぞうさ　　4　むぞうさく

題 4　コロナによって停滞している経済を甦らせるためには、まず何をすべきでしょうか？

1　ゆさぶらせる　　2　ひるがえらせる
3　わかがえらせる　　4　よみがえらせる

題5　次男の名前である「じろう」を端折って「じっちゃん」と呼び上げると、祖父が「わしを呼んだか」と尋ねてくることが多いので、なんという紛らわしい名前を付けてしまったのだろうとやや後悔。

1　きりよって / わずらわしい　　2　きりよって / まぎわらしい

3　はしょって / わずらわしい　　4　はしょって / まぎらわしい

題6　うちの会社では現在優秀な人材を募っているし、しかもポストもかなり幅広くあるので、応募すればきっとあなたに相応しい仕事が見つかるはずですよ。

1　ぐずって / まあたらしい　　2　つのって / ふさわしい

3　したって / まちどおしい　　4　やとって / みすぼらしい

題7　硬貨の後ろに貴族らしき友人がいて、若さ変わらぬその名は女王なり。俺が売買する度に必ずついてきて、朴訥とした顔に笑みはないが慈愛あり。…華麗なる友人が「さようなら」と言うも未だに華麗なり、テレビに映り続けるのは古きよき顔のみ。

1　もくたつ　　2　もくとつ　　3　ぼくたつ　　4　ぼくとつ

問題2　＿＿＿＿の入れるのに最も良いものを、1・2・3・4から一つ選びなさい。

題8　毎日の昼休みは前日の寝不足問題を解決せんがために睡眠＿＿＿＿をしています。

1　補償　　2　補足

3　補強　　4　補給

JPLT N1

題 9　あのお坊さんは十年一日 *** のごとく＿＿＿＿強く修行を続けてきている。

1　執着　　2　気性　　3　辛抱　　4　妥協

*** 十年一日：長い間たっているにもかかわらず、何も変わっていないこと。

題 10　幽霊が夜な夜な自分を死なせた人を襲ってくるのは＿＿＿＿話だと思いませんか。

1　有耶無耶な　　2　非存の　　3　架空の　　4　無実な

題 11　もうすぐ友人が来るというのに部屋を片付けようともせず、足の＿＿＿＿もない状態で恥ずかしくないのかしら？

1　踏み場　　2　立ち場　　3　入れ場　　4　伸ばし場

題 12　プロの相手に引き換えこっちがアマチュアなもんで、せめて何か＿＿＿＿付けて試合を行えよ。

1　パンティー　　2　ハンディ　　3　ペナルティ　　4　ファシリティ

題 13　事故に遭われたと聞きましたが、ご無事で＿＿＿＿です。

1　だれより　　2　どれより　　3　なにより　　4　どこより

題 14　あの子は特殊児童だが、興味のあることなら＿＿＿＿までやり抜く根気がある。

1　とことん　　2　がりべん　　3　いちゃもん　　4　いめちぇん

問題 3　＿＿＿に意味が最も近いものを、1・2・3・4 から一つえらびなさい

題 15　**相当あるほうだと思いますが、これ以上素養を高める必要はどこにありますか？**

1　素質　　2　教養　　3　質素　　4　栄養

題 16　**あの人は至って平凡な人ですが、自分をアインシュタインの生まれ変わりだとうぬぼれている。**

1　思い余って　　2　思い浮かべて

3　思い遣って　　4　思い込んで

題 17　**彼は日本のアニメ、とりわけ「鬼滅の刃」に興味を持っている。**

1　いっそ　　2　いっそう　　3　とくに　　4　とっくに

題 18　**ご結婚されるとお聞きしまして、月並みですが、末永くお幸せに。**

1　風変り　　2　真心から

3　新鮮味のない　　4　これから

題 19　**彼の口からナンセンスな発言を耳にすること、しばしばある。**

1　滑稽な　　2　厳しい　　3　斬新な　　4　くだらない

題 20　**中身は後程でもいいので、まず構想だけ教えてくれ。**

1　フレーム　　2　クレーム　　3　トラウマ　　4　バックアップ

問題 4　　つぎのことばの使い方として最もよいものを、1・2・3・4から一つえらびなさい。

題 21　飲み込む

1　若者だけあって、新しい知識に対する飲み込みは老いぼれの僕らよりやはり早いね。

2　将来的に飲み込みのある生徒ゆえ、先生も格別に育成に力を注いでいる。

3　先生として、生徒の心にしっかりと飲み込む教え方を身に付けられるように日々努力。

4　彼は事故によって四肢麻痺などの後遺症が残り、最悪飲み込みになってしまう場合もあるそうだ。

題 22　禁物

1　すみませんが、図書館館内での携帯電話のご利用は禁物となっております。

2　あのマラソン選手は禁物を服用した疑いで試合の出場停止処分に命じられたという。

3　友人が中国製の燻製ソーセージを日本に持ち込もうとしたが、空港の税関で禁物だと判断されて処分を余儀なくされた。

4　この大会で金メダルを獲得するのは十中八九のことだが、結果で出るまで油断禁物だ。

題 23　揉める

1　大会後の利益の配分をめぐって、各部屋の相撲さんが揉め始めた。

2　黴の発生する原因となるので、使用後の雑巾はしっかりと揉めて水気を切ること。

3　ね、あなた、背中が痒いので、軽く揉めてもらえると助かるわ。

4　海や川で溺れた場合、揉めれば揉めるほど沈みやすくなるという。

題 24　密着

1　既婚者の二人は密着を重ねてついにバレてしまったようです。

2　公園には学生が密着してコンサートのスタートを待っていた。

3　この国の法律では、麻薬密着の場合、たとえ一グラムであっても死刑判決が下されることとなっている。

4　「真実を見よう」という番組は、後の各種のスキャンダルを密着取材するような番組にとっては、草分け的存在にほかならない。

題 25　ずらりと

1　このパンは食べる前に、オーブンで焼くとずらりと美味しそうな焼き目がつきますので美味しさ倍増です。

2　コロナが落ち着いた暁には、各観光地に観光バスがずらりと並ぶように願っています。

3　素直な彼は相手の言葉をずらりと受け入れる態度を取りがちだが、果たしてそれがいいことなのかな。

4　私どもでできることがございましたら、ずらりとお申し付けくださいませ。

問題 5　つぎの文の＿＿＿＿に入れるのに最もよいものを、1・2・3・4から一つえらびなさい。

題 26　いくら取材とはいえ、女一人で立てこもりの銀行強盗グループと交渉しようとするなんて、無謀というか、命知らずとしか＿＿＿＿。

1　いったらない　　2　いえなくもない
3　いいようがない　　4　いうに当たらない

題 27　一日たりとも遅刻せずに会社に来ているとはいえ、その仕事ぶりは＿＿＿＿。

1　ひどいはずがない　　2　ひどいといったらない
3　ひどいというわけでもない　　4　ひどいと言ってはいられない

題 28　家族の期待を＿＿＿＿、弟は正社員をやめてフリーターとなった。

1　よそに　　2　反して　　3　さておき　　4　ものともせずに

題 29　大きな事故に遭い、命を落とさずに済んだものの、＿＿＿＿。

1　片足しか残らないという無様な格好になったとは残念な限り……
2　なんと言ってもまだ生きていてよかったよ！
3　神様に見捨てられたかと思いきや、まだまだ運がついていると思う。
4　今更ですが、今後は安全運転を心掛けよう！

題 30、31

この辺りは泥棒が多いので、しっかり戸締りをしておかないと自分の家も泥棒に 30 ＿＿＿＿ とも限らない。ゆえに、31 ＿＿＿＿。

題 30　1　入らせない　　2　入れてやらない
3　入るべからず　　4　入られない

題 31　1　用心をおいて他にない　　2　用心するに値する
　　　3　用心するとそこまでだ　　4　用心するに越したことはない

題 32　**まったく夫＿＿＿＿、息子＿＿＿＿、うちのオスどもはみんな自分勝手なんだから！**

1　つつ / つつ　2　といい / といい　3　なり / なり　4　であれ / であれ

題 33　**初めての子供なので、男の子＿＿＿＿、女の子＿＿＿＿、とにかく無事に生まれてきてほしい。**

1　つつ / つつ　2　といい / といい　3　なり / なり　4　であれ / であれ

題 34　**取引先：明日の飛行機は 3 時ごろ成田着の予定です。**
営業員：かしこまりました。弊社から車で空港まではわずか 10 分ほどの距離なので、お手数ですが、＿＿＿＿、一度お電話いただけませんでしょうか？

1　お着きになり次第　　2　お着きになるや否や
3　お着きになった途端　　4　お着きになったそばから

題 35　**ノーベル賞受賞者の慎ましい発言を聞きながら、「これぞ一流の一流＿＿＿＿所以だな」と思いました。**

1　うる　2　さる　3　なる　4　たる

題 36　**明日はレントゲン検査の日だから、今日の夕飯と明日の朝ご飯は＿＿＿＿。**

1　食べずに済んだほうが良いんじゃないか？
2　食べないでいたほうが良いんじゃないか？
3　食べなさいとは言わないまでも、やはり食べるべきじゃない。
4　食べないではいられないのが人情だろう。

問題 6　つぎの文の ★ に入る最もよいものを、1・2・3・4 から一つえらびなさい。

題 37　**資金、経営方針＿＿＿　＿＿＿　＿★＿　＿＿＿なので一つでも欠けると成立できなくなる。**

1　事業　　2　あっての

3　並びに　　4　人脈

題 38　**＿＿＿　＿＿＿　＿★＿　＿＿＿なんであろう。**

1　入社半年にして　　2　早くも

3　部長に抜擢されたのは　　4　異例でなくて

題 39　**首相の通訳として超有名人との＿＿＿　＿＿＿　＿★＿　＿＿＿なかった。**

1　会談とあって　　2　手汗

3　半端　　4　日頃出るはずもない

題 40　**未熟者＿＿＿　＿＿＿　＿★＿　＿＿＿申し訳ありませんでした。**

1　度重ない　　2　の

3　失礼な言動が　　4　こととて

題 41　**外に佇んでいる愛しいお母さんの姿が目に入った瞬間、＿＿＿　＿＿＿　＿★＿　＿＿＿。**

1　と叫ばんばかりに　　2　もう行かないで

3　子供は泣きながら部屋を　　4　飛び出していった

問題 7　つぎの文章を読んで、文章全体の趣旨を踏まえて、**42** から **46** の中に入る最もよいものを、1・2・3・4 から一つえらびなさい。

日本ではこれまで幼稚園園児殺害事件が数多く起きたが、どの事件も手法が残酷 **42** としか言いようがない。中には、外国籍で子供のいる親による犯行があったというのは、実に驚きを **43** 。「周りの子供が悪い。深刻ないじめに遭ったので、このままじゃうちの子がダメになる。だから、殺した」という **44** 供述さえあったが、殺人行為を正当化させる理由は何一つなかった。その外国籍の容疑者がどんな生活をしてきたのか、またどんな心の闇を抱えているのかは今となっては **45** が、一つ考えらるのは日本に適応できず悩んだり思い込みがあったりしたのではないだろうか。

現に私の中国人の友人も国際結婚を経て日本で暮らして数年経っているのだが、悩みや心配なたねもかなりあるそうだ。それは言葉の問題だけではなく、むしろ文化や習慣の違い、**46** 各々の個性もあるから、トラブル **47** 生きていくのは難しいとのことだった。

馴染めない環境にいち早く **48** 、家族などとの上ニケーションが何よりも大事ではないかと思う。その上に、自分の住んでいる地域の住民たちと交流できるプログラムに積極的に参加したり、外国語のサークルで国のことを紹介したりするなど、要するに国の親善大使になったつもりで、一度閉ざされた心の扉を少しずつ開いて様々な活動をしてみてはどうだろうか。

42　1　極まりない　　2　堪らない
　　3　限りない　　4　敵わない

43　1　隠れない　　2　考えさせられた
　　3　余儀なくされた　　4　禁じ得ない

44　1　くじゅつ　　2　くうじゅつ
　　3　きょじゅつ　　4　きょうじゅつ

45　1　知っていたつもりだ　　2　知らせようもない
　　　3　知る由もない　　4　知らされずに済んだ

46　1　まちまち　　2　すべすべ
　　　3　おのおの　　4　そもそも

47　1　ないと共に　　2　なしに
　　　3　でさえ　　4　にしろ

48　1　溶け込むからって　　2　溶け込むには
　　　3　溶け込むとあって　　4　溶け込むにつけ

問題 8　次の 1 から 3 の文章を読んで、後の問いに対する答えとして最もよいものを、1・2・3・4 から一つ選びなさい。

1

日本では、台湾の国際運転免許証の使用は認められていませんが、台湾の運転免許証を保有している方は、運転免許証の日本語翻訳文を取得する、又は日本の運転免許証を新たに取得することにより、日本において自動車やバイクなどの車両を運転することができます。主に、前者は短期滞在者向け、後者は長期滞在者向けの制度となっています。

なお、これらの制度を利用して、日本においてタクシーやバスを営利目的で運転することはできませんので、その場合には第一種運転免許、つまり普通の運転免許を取得してから 3 年以上保有し、さらに第二種運転免許（職業免許）を取得する必要があります。

公益財団法人日本台湾交流協会
「台湾の運転免許保有者が日本において車両を運転するための制度」による
https://www.koryu.or.jp/consul/drivers/detail3/

題 49 **長く日本に住む台湾人が日本で職業としてタクシーなどを運転するにはどうすればいいか？**

1 台湾の運転免許証の日本語翻訳文を取得し、日本の運転免許証に変更しなければ運転できない。

2 台湾の運転免許証を放棄するとともに日本の運転免許証を取得しなければ運転できない。

3 第一種運転免許か第二種運転免許のどちらかを持っていれば運転できる。

4 第一種運転免許と第二種運転免許を同時に持っていなければ運転できない。

2

去年、友達の彼女が轢き逃げに遭って亡くなりました。警察は犯人を捕まえるどころか、その正体すら分かっていません。最愛の彼女なので、友達は、言うまでもなく未だにひどく落ちこんでいます。毎日生ける屍 の如く途方に暮れている友達ですが、こんな時でも僕の誕生日にはお祝いをしてくれるようでした。無理しているようにも見える彼の偽りの笑顔がなんだか見てはいられないと思いつつ、正直嬉しかったです。しかも、誕生日プレゼントまで用意してくれたと、ラインメッセージにこのように書いてありました。

「男同士なんで、直接に渡すの恥ずかしいから、合鍵でお前の家に行って調味料の棚の、『酢の上の段、布の中』にものを隠してきたよ」と。

メッセージに書いてある通り、調味料の棚の「酢の上の段、布の中」を見たら、あら、俺の大好きな桜餅が入っているのではありませんか？

「桜餅かよ」と一口食べてついつい笑ってしまいましたが、彼女さんを轢き逃げしてしまったことに再び申し訳ないなあと思いました。でもあのとき、逃げずに自首でもしていたら、いまは呑気に暮らしてはおらず、牢屋で苦しんでいたのかもしれません。どうせ一生かけても償えない罪だと分かっているのだから、一生黙り続けるつもりでいます。

「桜餅ってこんなに苦かったっけ。まったく、あいつはどこでこんな変なやつを買ったんだろう。そういえば、『酢の上の段、布の中』って、えっ、ちょっと待って！『すの上』と『ぬ・のの中』、ってことは、まさか……」と慄き始めたその瞬間、急に喉に激痛が走って、「ゲホゲホ、おえぇっ」とドロドロとした血の塊を吐いてしまったのは、いったい何故なのだろうか。

*** 慄く＝恐ろしさなどのために、体や手足が震える。

題50 **「俺」が「酢の上の段の布の中」の意味をあれこれ思案した末、どうして「慄き始めた」のだろうか？**

1 「酢の上の段の布の中」の意味を解き明かすと、死んでいる筈の友人の彼女が蘇ってくるからだ。

2 「酢の上の段の布の中」には、恐ろしいメッセージが隠されているからだ。

3 「酢の上の段の布の中」から、友達が今家のどこに潜んでいるか分かるから。

4 「酢の上の段の布の中」の意味を解き明かすと、良心の呵責に苛まれて自殺したくなってしまうからだ。

3

クレジットカードの契約に関しては、契約をしたからといって一定期間解約をすることができないというようなことはありません。基本的には、解約手数料が無料のところが多く、カード会社に解約したいと連絡をするだけで契約を解除することが可能となっています。そのため、入会特典が欲しくて、そのクレジットカード会社と契約を結んでも問題はないのです。しかし、入会特典を目当てにして、そのクレジットカードの解約を早々にしてしまうという場合には気を付けないといけない点がいくつかあります。

まずは、特典を受け取る前に解約を行わないことです。カード会社ごとの決まりにもよりますが、入会してすぐに特典をもらえないという場合も多くあります。入会から1ヵ月後の口座引落日や半年後など、特典によってもらえるタイミングに差がある場合もあるでしょう。そのため、特典をいつもらうことができるのかをしっかり確認した上で、解約手続きを行わなくてはいけません。

また、契約から半年以内の解約は、クレジットカード会社からの印象を悪くしてしまうこともあります。今後万が一そのクレジットカード会社でカードを作りたいと思った時でも、作ることができないという可能性もあるかもしれないので、入会してすぐの解約はよく考えましょう。

HP「クレジットカード比較SMART」の記事による
https://chushokigyo-support.or.jp/creditcard/credit_ranking/nyukaitokuten/

題51 **解約を早々にしてしまうという場合には気を付けないといけない点として考えられるのは？**

A　契約違反とカート会社に訴えられること。

B　特典が思い通りにもらえないこと。

C　追加費用を払わされる羽目になること。

D　今後新たな申し込みをしてもそっけなくあしらわれる。

1　B

2　BとD

3　A、CとD

4　以上全部

問題9　次の1から3の文章を読んで、後の問いに対する答えとして最もよいものを、1・2・3・4から一つ選びなさい。

1　以下は ある日本語の先生が学生の諸君のために準備したスピーチである。

学生の諸君よ、採点が終わって第3学期も正式に幕を閉じることになりました。コロナの真っ最中の時期に臨んで波瀾万丈な学期でしたが、それなりに楽しいことも多々あってやり甲斐を感じました。

思えば、何年か前に語学歴ゼロから勉強し始めたC子という学生がいたのですが、ある日ずっと伸び悩んでいるということで私の所へ相談に来ました。来たら来たでこころよく迎えようとしていましたが、いきなりC子に泣かれて正直こちらはいささか狼狽えていました。(A)

その後、落ち着きを取り戻したC子はご自分の努力を惜しまず、多数のタスクに積極的に取り組んだ結果、最終的な成績がなんと75人もいるクラスの中で五本の指にあっと一歩というところまで行けて実にお見事でした。

学生の諸君よ、成功とは、1%の生まれつきの才能と、89%の努力と、残念ながらやはり10%の運も必要で、三者がうまく作動し合ってこそはじめて現れるものだと思います。真ん中のものだけが我々自分の手に握れるんですよね。まあ、握れるものはしっかりと握りましょう。最後に、皆さんに「お疲れ様でした」と「機会があればまた会いましょう」ということを申し上げたい次第です。

題 52 **波線を引いてある（A）の部分に描かれた先生の心境は**

1 始めはバタバタしていたが、次第に落ち着きを取り戻した。

2 始めはどうすればいいか分からなかったが、次第にめそめそしたくなってきた。

3 始めはやや悲しかったが、次第にもうこれまでだと観念してきた。

4 始めは気分爽快だったが、次第にパニックになっていった。

題 53 **先生はどうしてここに「残念ながら」と言ったのでしょうか？**

1 全力で努力したからって成功できない場合もあるからだ。

2 世の中には、人間を成功に導けるような完璧な方程式なんて存在していないからだ。

3 学生の諸君は天才とは縁の遠い人間だからだ。

4 自分の手に握れるものはわずか一つだけだからだ。

題 54 **C 子の最終的な成績は、全クラスで何パーセントという所に位置付けられているか？**

1 7%以内　　2 7%-14%以内

3 15%-20%　　4 90%以降

2a 取引先宛てのお悔やみの手紙

貴社代表取締役社長田中一郎様のご逝去の報に接しまして、謹んでご冥福をお祈り申し上げます。

JPLT N1

突然の訃報に驚くとともに、ご生前に賜った格別のご厚情を思い、悲しみを深めております。ご遺族をはじめ、社内の皆様のご悲嘆は、察するに余りあるものと拝察申し上げます。本来であればただちにご弔問に参上いたすべきではございますが、遠方のためままならず、誠に心苦しく存じております。

同封のもの、些少ではございますが、ご霊前にお供えくださいますよう、お願い申し上げます。

まずは略儀ながら、書中にてお悔やみを申し上げます。

2b 家族によるお悔やみの手紙の返信

拝啓

このたびはご多忙中にもかかわらずお心のこもったお手紙を頂戴し、ありがとうございました。また、ご丁寧なご厚志を賜り厚く御礼申し上げます。

お手紙を読み返し、不思議に気持ちが楽になったような気がいたしております。お手紙は頂戴したご厚志とともに父の遺影に供えさせて頂きました。

頂いたお心遣いが嬉しかったので、ほんの心ばかりですが季節のものを送らせていただきます。母も日が経つにつれて少しずつ気持ちが落ち着いてきているようです。お心遣いに感謝し、くれぐれも宜しくと申しておりました。

亡父になりかわりまして、生前のご厚情に深謝いたしますとともに、今後とも変わらぬお付き合いのほど、よろしくお願い申し上げます。本来であれば拝眉の上お礼を申し上げるべきところ、略儀ながら書中をもちまして御礼及びお詫びを申し上げる次第でございます。

敬具

題 55　「些少ではございますが」とは何についてのことか？

1　手紙に綴られた言葉　　2　お香典

3　時間　　4　儀式

題 56　「家族によるお悔やみの手紙の返信」の中に見られない内容は次のどれか？

1　報告　　2　謝罪　　3　憧憬　　4　追憶

題 57　お悔やみの手紙を書いた人とそれに対する返信をした遺族の人が今後どのような行動をするか？

1　お悔やみの手紙を書いた人も、それに対する返信をした遺族の人も、ともに相手の住所に行くことにした。

2　お悔やみの手紙を書いた人も、それに対する返信をした遺族の人も、ともに相手の住所には行かないことにした。

3　お悔やみの手紙を書いた人は遺族の人の住所に行くが、遺族の人は相手の住所には行かないことにした。

4　遺族の人はお悔やみの手紙を書いた人の住所に行くが、お悔やみの手紙を書いた人は相手の住所には行かないことにした。

3

バトラー*** が「言葉で人を傷つけること」で論じているのは、まさに言葉で人が傷つくこととはどのようなことなのか、ということである。われわれはたびたび言葉によって傷つけられる。他者からの何気ない言葉によって、あるいは悪意のこもった言葉によって。それではある発話によって傷つけられるとき、すなわち言葉で傷つくというとき、実際には何がわれわれを傷つけているのだろうか。発話された言葉の意味が傷つけるのだろうか。それとも発話者の意図が傷つけるのだろうか。

確かにわれわれは言葉のみで生命が脅かされるとは考えない。ただ言葉は発せられるだけであって、相手を **I** に傷つけはするが、命を直接奪うまではしない。侮蔑の言葉が目の前にいる人の顔にあざを残すことはない。なぜなら言葉は結局のところ言葉でしかないからだ。しかしわれわれは言葉で傷つけられる、と表現する。言葉は **II** に傷を残す力があるわけではないにもかかわらず、**III** な痛みや傷と同じレベルで、言葉によって傷つけられた、と表現する。**IV** な言葉を投げかけられると、われわれはまさに心臓を射抜かれたような衝撃と脅威を体験する。…（中略）…

ひとつに言葉の暴力とは、発話された言葉の意味から、それが暴力であると直ちに決定できるわけではない。自分では何気ない言葉のつもりでも、相手にとっては侮蔑の言葉であることも多々経験する。つまりいわゆる侮蔑的な単語だけが人を傷つけるわけではない。あらゆる言葉は文脈によって、あるいはその他の要因によって人を傷つける可能性を含んでいる。また逆に侮蔑的な単語であっても、それが親密性を表す表現となる場合もある。例えば「バカ」という単語をそれだけで取り出すと人を侮蔑する言葉になるが、子どもがちょっとした失敗をしたときに母親が笑いながら「バカだねぇ」と言うとき、そこには失敗を責めるというよりも、「お前はおっちょこちょい *** でかわいいねぇ」というニュアンスが含まれているといえるだろう。よって人を傷つける言葉を、単語として取り出して、リスト化することは不可能である。

*** ジュディス・バトラー：アメリカの哲学者であり、とくに現代フェミニズム（Feminism ＝女性主義）思想を代表する一人とみなされている。

*** おっちょこちょい：「落ち着きが悪くて軽率な行動をする」という意味のほか、現在では「よくドジる（失敗する）タイプ、いわゆる『天然』」というカワイイ意味としても使われる。

望月由紀「言葉の暴力と主体性ージュディス・バトラーにおける主体化論」による

https://opac.ll.chiba-u.jp/da/curator/900067107/

題 58 波線を引いてある第一段落の主な疑問点は次のどれか？

1　言葉の人を傷付ける力とは何か？

2　言葉はいつ誰に傷付けてしまうのか？

3　どうして他者からの何気ない言葉によって人間は傷つくのか？

4　言葉の意味によって傷つくことと、発話者の意図によって傷つくことの違いはどこにあるか？

題 59 正しい組み合わせはどれか？

	I	II	III	IV
1	身体的	心理的	物理的	侮蔑的
2	心理的	物理的	身体的	侮蔑的
3	物理的	侮蔑的	身体的	心理的
4	侮蔑的	身体的	物理的	心理的

題 60 「人を傷つける言葉を、単語として取り出して、リスト化することは不可能である」という主張に仮に例を加えるとしたら、次のどれが最も相応しいか？

1　都会の子供が田舎の子供に対する「スマホを持ってないってすごいね」という発言。

2　日本人が韓国人に対する「あんたも犬の肉ぐらい食ったことあるでしょう」という発言。

3　関西人が東京の人に「それを言うなら『馬鹿』ちゃうで『アホ』やで」*** という発言。

4　彼氏が彼女に対する「あんたって本当に天下一の泣き虫だね、ほらまた出没しやがって」という発言。

***：「それを言うなら『馬鹿』ではなくて『アホ』ですよ」という意味の関西弁。

問題 10　次のの文章を読んで、後の問いに対する答えとして最もよいものを、1・2・3・4 から一つ選びなさい。

「じゃ、好きな近代文学者は誰？」

という大学入試の面接官の質問に対して僕は森鷗外 *** と答えた。そこから 30 分ほど熱論していて意気投合の余りにもう少しで飛行機に乗り遅れるところだった。だが、内心では喜んでいた。面接官と 15 分以上会話が出来たら、合格は間違いないというジンクス *** を聞いたことがあるからだ。

案の定大学に合格した。そこで近代文学を本格的に勉強し始めたわけだが、段々そこまで好きでもないということに気付いた。一方、漢文の面白さに魅了されて虜になりつつあった。森鷗外の講義で先生が『舞姫』を朗読している際に、僕はレ点 *** に苦しめられながらもゲーム感覚で遊んでいた。無論、満更後ろめたさがないわけでもなかった。

ゼミメンバーの田中君が「全くの裏切り者だな」と発言したのを聞いた瞬間、「おいおい、確かに近代文学じゃないけど、漢文が好きだからって裏切り者呼ばわりされるのは心外 *** だ」と反論を加えた。「え？エリスを捨てた豊太郎って裏切り者だと思わないの」（以上は『舞姫』の内の一部）と首を傾げた *** 田中君の姿を見て、とんだ勘違いしたなと気付いて穴を掘って埋まりたいぐらい恥ずかしかった！

ごく自然な流れともいうべきだろうか、「そうだ、僕は漢文の研究者になりたい」という思いはある日突然頭に浮かんだ。漢文を研究することで好きだった中国文学を違う角度で楽しめ、漢文とはいえ母体は日本語であるが故に、今まで見たことがない日本語の美しさも手に入れるのではと目覚めたからだ。「此れ、一石二鳥に非ずや」***？
ある時代小説 *** を読んだときに、こんな台詞があった：
「枯葉とて ***、ただ散るのではない。来年また花を咲かせ、実らせる、肥やしとなるためにああして散るのだ。」
思わず「落紅　是れ無情の物にあらず、化して春泥と作りても更に花を護らん ***」（落紅不是無情物　化作春泥更護花）と口遊んだ。本家のような韻文こそ違えど、「ても」や「ん」の語で本家にない余情や隠されている因果関係を示し、その拡散力たるものがイメージをさらに膨らませた。他の人にも漢文の素晴らしさを分かってもらえればどれだけ幸せなことかと夢を見始めた。
9 年前に故郷の香港に帰って地元の大学で教鞭を執る日本語教師の端くれだが、講義のみならず出版物に投稿するなど少しずつ漢文教育を広げられるように日々精進。現代の日本語を習得出来ればキャリアにつながりやすくなるという現状の中、確かに漢文なんぞは就職や出世の面ではさしたる存在価値もないように思われがちだ。しかし、甘からざる現実社会から酷い仕打ちを受けてヘトヘトになった学生たちの心を癒す分には、少しばかりだが「落紅」宛ら *** の働きがあると信じている。
つまり、異なった日本語の美しさを次世代に伝えようとする訳だ が、その意味では裏切り者どころかむしろ真実一路だ。これを特に田中君に聞かせたい。

*** 森鴎外：近代日本文学者で、『舞姫』はその代表作の一つ。
*** ジンクス：縁起の良いこと。
*** レ点：漢文訓読に用いるスキールの一つ。
*** 心外：残念、遺憾。
*** 首を傾げる：疑問に思う。
*** 此れ、一石二鳥に非ずや：「これは一石二鳥じゃありませんか」と同じ意味を持つ漢文。
*** 時代小説：古い時代の事件や人物などに題材を取った小説。
*** とて：といって / だって。
*** 花を護らん：花を護ることになるでしょう。
***A 宛らの B：A のような B。

題 61 「満更後ろめたさがないわけでもなかった」という気持ちを起こさせるきっかけは？

1　漢文の面白さに魅了されて虜になりつつあったこと。
2　近代文学を本格的に勉強し始めたこと。
3　『舞姫』の授業で漢文を習っていたこと。
4　自分が「裏切者」であることを否認したこと。

題 62 「拡散力」と称された所以はなにか？

1　ある概念が本家の中国語にはなかったり見えにくかったりするが日本漢文には明白だからだ。
2　ある概念が本家の中国語にしかなくて日本漢文にはないからだ。
3　本家の中国語に示された因果関係が日本語によってより曖昧なものにされるから。
4　本家の中国語に示された意味が日本語によって全く別の方向に持って行かれるから。

題 63 「落紅宛らの働き」とは具体的に何を指しているのか？

1　学生の病んだ心を癒してくれる力。
2　学生に社会の厳しさをありのままで教えてくれる力。
3　学生の就職や昇進など一助となってくれる力。
4　病気や怪我でボロボロになった学生の体を治してくれる力。

題 64 作者が「これを特に田中君に聞かせたい」と言った理由はどれか？

1　どうして日本近代文学を辞めてしまったかを弁解したかったから。
2　二人の会話の行き違いによって生じた誤解を説明したかったから。

3　田中君なら一緒に漢文教育を広げられそうに思ったから。

4　どうすれば異なった日本語の美しさを次世代に伝授できるかを教えてもらいたかったから。

問題 11　次の A と B の文章は、日本における「早期英語教育」についての意見です。A と B の両方を読んで、後の問いに対する答えとして最もよいものを、1・2・3・4 から一つ選びなさい。

A　早期英語教育に賛成する専門家の意見

① 聴覚機能が完成する小学校低学年ごろまでにたくさん英語を聞いたり話したりすることで、英語独特の音やリズムが聞き取れる「英語耳」を育てることができる。それにより、L と R、TH など日本語にはない音を聞き取って、きれいな発音で話すことにつながる。

② 幼児期は口や喉の動きが「日本語仕様」になりきっておらず、英語らしいきれいな発音につながる「口」の動きをつくることができる。

③ 年齢が上がると日本語との違いに戸惑いがでて、必要以上に「難しい」と感じたり、発音に恥ずかしさを感じる子も出てくる。子どもそれぞれに得意・不得意なことがあり、語学習得も同様である。年齢が上がってから不得意なことを習得するのは、子どもにとって労力を伴うものになる。一方、幼児期から始めれば抵抗感が少なく、小さなステップを積み重ねながら身につけられる。

④ 英語を「勉強」ではなく、歌、ゲーム、クラフトなど、体を動かしながら子どもの興味のある活動の中で行うことができるのは、幼少期ならではのことだ。幼少期からの「英語は楽しいもの」という気持ちや自信が、成長してからも英語や異文化への興味につながり、主体的に学べるようになる。

B　早期英語教育に反対する専門家の意見

① 赤ちゃんの脳の中では、より使用頻度が高い言語のネットワークを強化し、そうでないネットワークをシャットアウトすると言われている。バイリンガルにするためには、英語も日本語と同じくらいの量をインプットしなければならず、子どもにとって相当のストレスとなる。下手をすると、過度なストレスにより日本語も英語も一定レベル以下のコミュニケーション力しか持たない子供になってしまう。

② 言語は、コミュニケーションの道具であると同時に、思考の道具である。英会話を習うなどで多少英語が話せるようになっても、家庭や園・学校で過ごすほとんどの時間が日本語ならば、考える時には日本語になる。だから、小学校高学年である程度、論理的な思考力がついてから始める方がよい。

③ 子どもは習っても使わない環境ではすぐに忘れてしまうから、効率が悪い。それならば、語学の習得ばかりに注力せず、他の色々な経験をさせたほうが良い小学校　高学年や中学校からでも、やる気になればできるはず。

「林 修先生『幼児英語は反対！』あなたは早期英語教育は反対派？賛成派？」による
https://www.eigofamily.com/archives/2168

題 65　マッチングとして合っていないのはどれか？

1　A②＝身体機能発達論

2　A④＝異文化必要論

3　B①＝逆効果論

4　B②＝思考力優先論

題 66 賛成者と反対者が共感を持っていることは何か？

1 男女差別ではないか、やはり学習能力は性別によって差が出てくると言わざるを得ない。

2 語学は習得するものというよりゲームをすることによって身に付くものだと見るべきだ。

3 英語を学ぶなら、時期うんぬんよりもその人のやる気の有無が一番のキーワードとなる。

4 日本語や英語に限らずどの言語の学習も子供にとってストレスになり得る。

問題 12 次のの文章を読んで、後の問いに対する答えとして最もよいものを、1・2・3・4 から一つ選びなさい。

日本のホラー作品が好きな人なら「伊藤潤二」の名前は聞いたことがあるだろう。また、伊藤潤二を知らなくても、川上富江というキャラクターは聞いたことがあるはずだ。

伊藤潤二の作品の最大の魅力は、恐ろしさに身の毛もよだつような物語だけでなく、そこに人間性への深い洞察がある点だ。その作品は、人の心に潜む醜い部分を赤裸々に描き出しており、人間の悪や陰湿な一面、本能に端を発した恐ろしい花を、妖艶に艶やかに咲かせている。

伊藤潤二は、シンプルな物事を通じて、大げさで恐ろしいストーリーを書き上げることに長じ、それこそが彼の作品の真骨頂とも言える。そのため、その作品のほとんどは、現実の世界を描いているものの、そこで登場する現実の生活は、本当の世界とは異なる。ごく普通の物やアイデア、エピソードなども、写実的な画風により、息が吹き込まれてリアルになる。その人物像はというと、「こんないい人に会ったことがあるようなないような」というほど、例えば穏やかで紳士的だけれど、不機嫌になったり激怒する姿や細面の涼しげなルックスで、いつも静かに笑っているなど、我々凡人とは全く異なるエイリアンかと聞いたらそうでもないし、しかし我々の先入観がこういった稀にしか見られない物事によって裏切られ仕舞にはずたずたになってしまったがゆえに、ぞっとさせるような疎外感が現れる。要するに、そのギャップがあったからこそ恐怖が生じる訳だ。**A**
伊藤潤二の作品では最も売れている『富江』に登場する絶世の美貌を持った女子高生・川上富江は、ほとんどすべての人を虜にさせる魔性の女だが、会ったことがある人なら、老若男女問わず、誰もがその美しさに惹かれてしまう。男性たちが次々に彼女に夢中になるのに対して、富江は誰のことを好きになることもなく、自分と付き合うことができても、心から愛されることはない男性を見て、快感を感じ、それを楽しんでいる。そして、定番のパターン **B** を繰り返し、すなわち男性によって愛された後、必ず憎まれて殺されるとはいうものの、体をバラバラに切断されても、細胞が 1 つでも残っていれば、何度でも生き返り、その外見も、内面も永遠に変わることはない。一方、富江の周囲の人は、常に変化し、貪欲の塊のような人もいれば、善良でピュアな人もいる。富江は、人の心の醜い部分を拡大しただけで、彼女が男性たちに精神的な苦しみを与えるのは、男性の醜い欲望に対する罰なのだ。
そして、その人気はいまや世界規模だ。北米を中心に年間約 350 の日本漫画を英語に翻訳・販売する VIZ MEDIA の門脇ひろみ（47）によると、これまでに北米で発売された伊藤作品は全 11 冊しかないが、その売上は全 72 巻の『NARUTO』か現在までに 95 巻を刊行した『ONE PIECE』の総売上に匹敵する。2019 年には漫画界のアカデミー賞と言われるアイズナー賞を受賞し、台湾をはじめ上海や北京を巡回する個展が行われたり、デザイナーのヨウジヤマモト社の擁する S’YTE とコラボしたコートやシャツが販売されたりしてきた。最近の SNS では、世界中のファンによる作中キャラのコスプレ写真がアップされることが一つ流行となっているのは、正に錦上花を添えると言えよう。

《人民網》日本語版
「美しくも恐ろしいホラー描く　伊藤潤二漫画の人気の秘密とは？」
2020 年 6 月 29 日掲載のものを節録及び一部創作
http://j.people.com.cn/n3/2020/0629/c206603-9704676.html

題67　A に見られる「要するに、そのギャップがあったからこそ恐怖が生じる訳だ」を分かりやすく説明するなら、即ち

1　恐怖とは人間の内心に潜んでいる醜さや邪悪などが暴露された時のみ生じるものだ。

2　恐怖とは物事が自分が望ましい方向に進んでいかないが為に生じるものだ。

3　恐怖とは自分の持っている認識とは違うものに気付かされたときにはじめて生じるものだ。

4　恐怖とはこれまで経験したことのない物事が現れたがゆえに生じるものだ。

題68　B のところにある「定番のパターン」とは、どんなパタンなのか。

1　富江の自分を愛してやまないが自分には愛されない不憫な男性を見て、快感を感じ、それを楽しむというパタン。

2　富江の不思議にも殺されてはまた蘇れるというパタン。

3　外見も内面も永遠に変わらない富江に反して、男性たちの急に衰えていくパタン。

4　男性たちの富江によって精神的な苦しみを与えられ続けるというパタン。

題69　文章をともに北米における日本漫画の事情について正しい情報はどれか？

1　伊藤潤二の作品の売上は『NARUTO』プラス『ONE PIECE』の総売上に相当する。

2　『ONE PIECE』の総売上は『NARUTO』をやや上回っている。

3　伊藤潤二の作品の一種類につき平均的売上は同じ条件の『NARUTO』や『ONE PIECE』よりも多い。

4　これまで合計 350 もの日本漫画が英語に翻訳し販売されてきた。

題70 伊藤潤二の作品の業績として言えないのはどれか？

1 業界屈指の賞を取ってその力を認められたこと。

2 漫画のイメージが服の柄やデザインのモチーフとなって商品化されたこと。

3 撮られたキャラのコスプレ写真が展示会で一般公開されたこと。

4 SNSの世界においてちょっとしたブームを巻き起こしたこと。

問題13 これらは大学生実態調査（図一）と江戸川区大規模調査（図二）だが、共に人間関係に関する調査と見做されている。後の問いに対する答えとして最もよいものを、1・2・3・4から一つ選びなさい。

（図一）：ベネッセコーポレーションの「大学生の学習・生活実態調査」で、コロナ禍のキャンパスライフは友人関係を築きづらく、充実感を得られていないことが明らかになった。調査は2021年12月、インターネットを通じて全国の大学1〜4年生4124人から回答を得た。

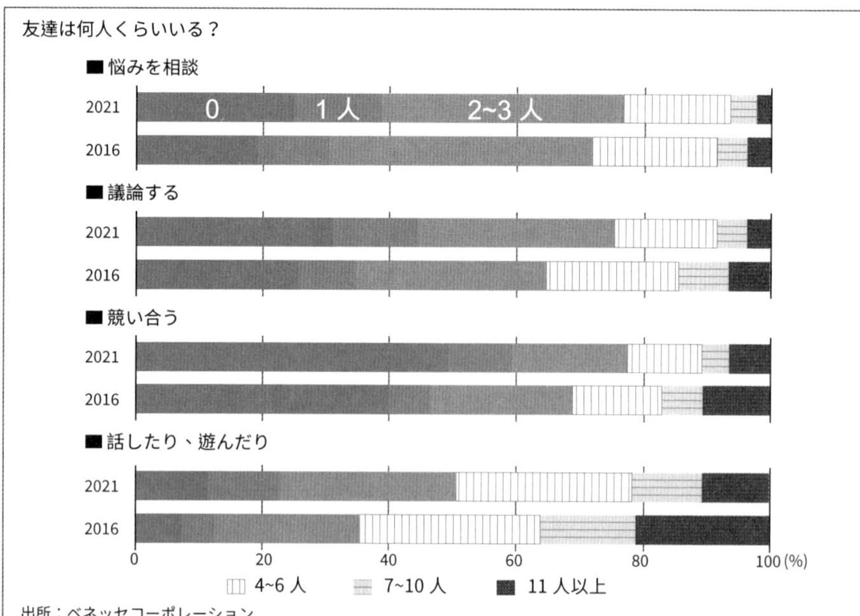

リンク：https://www.nippon.com/ja/japan-data/h01400/

題 71　（図一）から分かることは何か？

1　2016 年に比べて、2021 年の「話したり、一緒に遊んだりする」友人関係は全体的に減った。

2　2021 年に「悩み事を相談できる」友人は 1 人だけの割合が一番多かった。

3　2021 年に「議論する」友だちについては、8 割近くの人は最低でも 1 人の友人がいると答えた。

4　2016 年も 2021 年も「学習やスポーツで競い合う」場合、友人が側にいない可能性はいる可能性とほぼ同じであった。

（図二）：東京都　江戸川区が 2021 年度に実施したひきこもり大規模実態調査で、区内の 7604 世帯に 7919 人のひきこもり当事者がいることが分かった。

引きこもり当事者が求めているもの

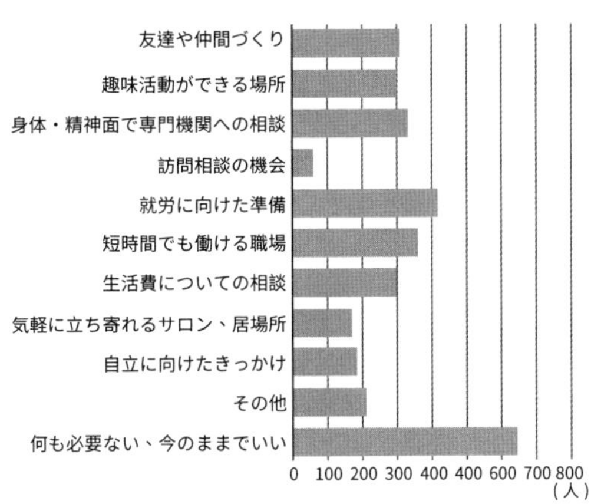

出所：江戸川区「引きこもり実態調査」

ひきこもるきっかけ

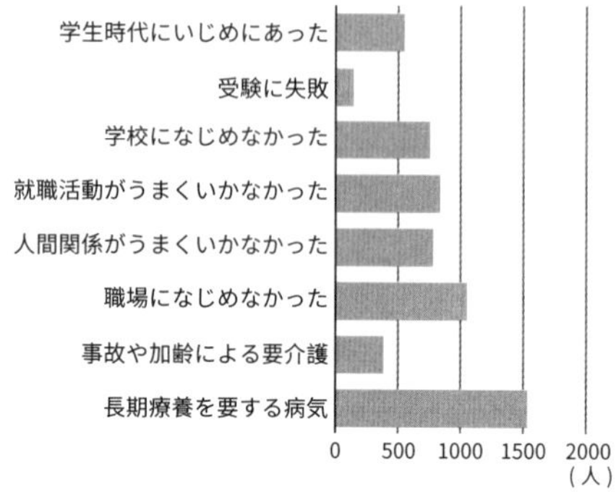

出所：江戸川区「引きこもり実態調査」

リンク：https://www.nippon.com/ja/japan-data/h01358/

題 72　次は 4 人の引きこもりによる引きこもるきっかけと求めるものに関する発言だが、（図二）をもとに総合的に見れば、誰が一番「典型的な」引きこもりだと考えられるか？

1　康夫：「俺は田舎から東京に来てすでに 5 年経っているけど、いまだに東京人の考え方に溶け込めないんだよね。あいつらどうせ俺を田舎者だと馬鹿にしているだろう。ってね、貯金はもう底が見えてきたので、ぶっちゃけお金が今の死活問題にかかわってんだ。」

2　武：「最後は 3 浪になってもうやる気をなくして引きこもってやるって考え始めた。こう見えても結構寂しがり屋なんで、なのに引きこもっているなんてちゃっとした矛盾だね。まあ、互いに自分らの不運が語れて慰め合える人がそばにいてほしいなぁってのが本音だけどね……」

3　洋子：「社会人になって、真面目に働こうと思っていた矢先に、『あんたは女やろう』という理不尽なことでいろいろ嫌な仕事をやらされたのがきっかけでしょう。まあ自分もそろそろいい加減に社会に戻ってリスタートしたいので、これからは如何に職場に楽しく生き残れるかについてのノーハウを学びたいです。」

4　真奈美：「きっかけは学校でずっとブスだと言われ続けたことかな。それで学校に行きたくなくなってしまったんだ。今の欲しいもの？そうね、親に頼らず自分で生計を立てたいから、そういう切っ掛けというかチャンスがあればいいなとは思っている。」

N1 模擬試験

聴解（50 分）

問題 1　問題 1 では、まず質問を聞いてください。それから話を聞いて、問題用紙の 1 から 4 の中から、最もよいものを一つえらんでください。

題 1

1　男の人の家
2　男の人の家の近く
3　実家
4　実家の近く

題 2

1　8 時 51 分発のキラリ 301 の指定席
2　9 時 10 分発のキラリ 302 の指定席
3　9 時 10 分発のキラリ 302 の自由席
4　9 時 28 分発のキラリ 303 の指定席

題 3

1　数学：90 点　英語：34 点
2　数学：100 点　英語：29 点
3　物理：90 点　英語：31 点
4　数学：90 点　英語：50 点

題 4

1 時間管理

2 悪戯

3 身なり

4 病気

題 5

1 11507974

2 11587974

3 11907974

4 11987974

題 6

1 デザイン

2 サイズ

3 音

4 値段

問題 2

問題 2 では、まず質問を聞いてください。そのあと、問題用紙を見てください。読む時間があります。それから話を聞いて、問題用紙の 1 から 4 の中から、最もよいものを一つえらんでください。

題 7

1　亡くなった猫への罪滅ぼしをしたかったから。

2　腎不全という病気を完全になくそうとしていたから。

3　動物の病気の恐ろしさを思い知らされたから。

4　「後悔先に立たず」という言葉に対して反発を覚えたから。

題 8

1　会いたがらない人がいるから。

2　恥をかいたことでおじいちゃんに合わせる顔がないと思ったから。

3　どうしても外せない約束があるから。

4　その日は救急車を運転する必要があるから。

題 9

	デザイン	1階	2階
1	純和風	自宅	シェアハウス
2	純洋風	シェアハウス	自宅
3	和洋折衷	自宅	シェアハウス
4	和洋折衷	シェアハウス	自宅

題 10

1　男の人が本音を言ったから。

2　男の人が暴言を吐いたから。

3　男の人が誤解を招きやすいロジックで説明したから。

4　男の人が同性愛者だったから。

題 11

1 七面鳥をお酒に浸す→野菜を入れる→七面鳥を焼く→調味料を塗る→お酒をかける。

2 七面鳥を焼く→調味料を塗る→七面鳥をお酒に浸す→野菜を入れる→お酒をかける。

3 七面鳥をお酒に浸す→調味料を塗る→野菜を入れる→七面鳥を焼く→お酒をかける。

4 七面鳥をお酒に浸す→七面鳥を焼く→調味料を塗る→野菜を入れる→お酒をかける。

題 12

1 ゴミ置き場に持って行く。

2 新居に持って行く。

3 中古屋に買い取ってもらう。

4 今の彼女の弟にあげる。

題 13

1 部下が仕事を怠ること。

2 部下の女遊びが激しいこと。

3 部下が見え透いた言い訳をすること。

4 部下の自我が強すぎて謝ろうとしないこと。

問題 3

問題 3 では、問題用紙に何もいんさつされていません。この問題は、ぜんたいとしてどんなないようかを聞く問題です。話の前に質問はありません。まず話を聞いてください。それから、質問とせんたくしを聞いて、1 から 4 の中から、最も よいものを一つえらんでください。

— メモ —

題 14

1	2	3	4

題 15

1	2	3	4

題 16

1	2	3	4

題 17

1	2	3	4

題 18

1	2	3	4

題 19

1	2	3	4

問題4　問題4では、問題用紙に何もいんさつされていません。まず文を聞いてください。それに対する返事を聞いて、1から3の中から、最もよいものを一つ選んでください。

— メモ —

題 20

1	2	3

題 21

1	2	3

題 22

1	2	3

題 23

1	2	3

題 24

1	2	3

題 25

1	2	3

題 26

1	2	3

題 27

1	2	3

題 28

1	2	3

題 29

1	2	3

題 30

1	2	3

題 31

1	2	3

題 32

1	2	3

問題 5　　問題 5 では、長めの話を聞きます。この問題には練習はありません。メモをとってもかまいません。

33 番、34 番

問題用紙に何もいんさつされていません。まず話を聞いてください。それから、質問と

せんたくしを聞いて、1 から 4 の中から、最もよいものを一つ選んでください。

題 33

1	**2**	**3**	**4**

題 34

1	**2**	**3**	**4**

35番　まず話を聞いてください。それから、二つの質問を聞いて、それぞれ問題用紙の1から4の中から、最も良いものを一つ選んでください。

質問1

1　開発部

2　広報部

3　品質保証部

4　海外貿易部

質問2

1　4つ

2　5つ

3　6つ

4　7つ

答案、中譯與解說

第一部分：漢字語音知識

1-2

題 1　**答案**：4

中譯：因為是組織內的有關人員，雖然一千個不願意，但也要被迫自掏錢包買零件，實在痛心。

題 2　**答案**：3

中譯：房地產的人在介紹房屋時，總是動輒吹噓商品的價值。

題 3　**答案**：3

中譯：人是很容易被那些將心比己地聽自己煩惱的溫柔異性所吸引。

解說：親身（しんみ）＝音讀＋訓讀＝重箱讀法。

題 4　**答案**：2

中譯：她曾說自己的廚藝是業餘水平，但看她使用菜刀的手法，也不見得就是。

解說：満更（まんざら）＝音讀＋訓讀＝重箱讀法。

題 5　**答案**：1

中譯：下半季的銷售額，比起上半季，先別說盈餘，更甚至有 25 億日圓的赤字。

解說：下半期（しもはんき），上半期（かみはんき）＝訓讀＋音讀＝湯桶讀法。

題 6　**答案**：2

中譯：我明明沒有過失，但卻被命令離職，實在感到遺憾。

解說：落度（おちど）＝訓讀＋音讀＝湯桶讀法。

題 7　**答案**：2

中譯：我家的孩子經常說甚麼「山窮水盡之際，就是最高能力發揮之時」這樣的說話，過着很頹廢的生活。

解說：切羽（せっぱ）＝音讀＋訓讀＝重箱讀法。

題 8　**答案**：4

解説：坦白說，這並非 N 試的考試形式，反而更像「日本語教育能力檢定」，但作為能深化湯桶、重箱 2 種讀法内涵的練習，筆者覺得也有一定的價值。「仕業（しわざ）」、「仕草（しぐさ）」和「仕事（しごと）」＝重箱讀法，然而「白髪（しらが）」既不是湯桶，亦非重箱，當屬「当（あ）て字（じ）＝假借字」（請參照《3 天學完 N2・88 個合格關鍵技巧》**8** 漢字知識⑧：当（あ）て字（じ））。

3-5

題 1　**答案**：2

中譯：今時今日的香港，男女老幼幾乎所有人都有接受疫苗注射。

解説：請參照理論 II。

題 2　**答案**：2

中譯：不好意思，我正在尋找包早餐和晚餐的宿舍，能否拜托你介紹一下？

解説：請參照理論 IV。

題 3　**答案**：4

中譯：就算是同班同學，聽說他的做人宗旨是不介入他人之間的事情。

解説：「他人事」的標準讀法是「ひとごと」，而通俗讀法是「たにんごと」。

題 4　**答案**：3

中譯：這裏是附近香港恒生大學女大學生們經常會來且價錢優惠的的咖啡室。

解説：請參照理論 VIII。基本上「達」（廣東話是 daat）主要讀漢音「たつ」（発達），偶爾會讀吳音「たち」（友達），殊不知還有「たし」這種變化音。

題 5　**答案**：3

中譯：自五湖四海所有地方的人都集中至此，無他的，就是為了參加偉人的喪禮。

解説：請參照理論 VI。

題 6　**答案**：1

中譯：那個叫凌凌漆的特務，以其稱之為神乎其技也不為過的刀法，把敵人砍倒了。

解說：請參照理論 XII 的 C。

題 7　**答案**：3

中譯：那兩個名人不離婚只是因為忌憚世間上的閒言閒語罷了。

解說：請參照理論 IV。

題 8　**答案**：2

中譯：希望你不要隱瞞甚麼，把當時的情況如實的告訴我們。

解說：請參照理論 II。

題 9　**答案**：2

中譯：大家彼此無言的望着對方，活着的我看着患重病的至親闔上眼睛，走上生命的終章。

解說：請參照理論 VII。

題 10　**答案**：4

中譯：平等和正義，他們所包含的意思是大有不同的。

解說：請參照理論 XII 的 B。

題 11　**答案**：1

中譯：我並非不想借給你，而是根本身無分文，想借也無法借。

解說：請參照理論 X 的 C。

題 12　**答案**：4

解說：這同樣不是 N 試，而是類近「日本語教育能力檢定」的題目。「体力（たいりょく）」的「力（りょく）」、「文章（ぶんしょう）」的「文（ぶん）」和（わ）「万事（ばんじ）」的「万（ばん）」都屬於漢音，唯獨「風鈴（ふうりん）」的「鈴（りん）」屬於唐宋音。

第二部分：語彙拔萃

6

題 1　**答案**：2

中譯：基於私人原因，我希望在令和 4 年 5 月 6 日這天辭職。

題 2　**答案**：1

中譯：人們都說由於受傷或碰撞而產生的瘀青，通常會在 1-2 禮拜後消退。

題 3　**答案**：1

中譯：能在比賽中勝利是因為平時在工餘抽空努力練習之故。

解說：「合間(あいま)を縫(ぬ)う」是一句表示「在做某件事（工作）的過程中停下來，抽出時間做另一件事（練習）」的慣用語。

題 4　**答案**：4

中譯：看來你的收入突然增加了，請務必把細節告訴我。

解說：1　根據　　2　理由

3　樣子　　4　細節

題 5　**答案**：1

中譯：我不打算把那件事公諸於世，但取而代之你應該知道怎樣報答我吧！

解說：2 應為「雄(おす)＝雄性」，3 應為「平等(びょうどう)＝平等」，4 應為「公立(こうりつ)＝公立」。

7

題 1　**答案**：2

中譯：父親翻開英年早逝的女兒的日記，嘗試找出她曾經活過的證明。

題 2　**答案**：3

中譯：這間住得舒適的房子裏，究竟隱藏着甚麼秘密和竅門呢？

題 3　**答案**：3

中譯：諸位，今晚是不分尊卑的宴會，我們盡情（＝無所顧慮地）喝酒再唱歌吧！

題 4　**答案**：2

中譯：在我介紹新計劃概略的過程中，老闆的臉色變得越來越嚴峻。

解說：1　nostalgia：鄉愁　　2　outline：概略

3　manifesto：宣言　　4　narcist：自我陶醉 / 自戀

題 5　**答案**：3

中譯：教師與學生（特別是未成年）之間的戀愛是不能被容許的 —— 這不是社會上的普遍看法嗎？

解說：1 應為「法律（ほうりつ）＝法律」，2 應為「郷（ごう）＝鄉，郷（ごう）に入（い）っては郷（ごう）に従（したが）え＝入鄉隨俗」，4 應為「誤解（ごかい）＝誤解」。

8

題 1　**答案**：4

中譯：所謂「不識廬山真面目」，是一句表示「不知道事情真相」的中國古典。

題 2　**答案**：3

中譯：一夜之間比特幣戶口的餘額從 1 億美元暴跌到只剩 1 美元，如果是夢的話請你叫醒我！

題 3　**答案**：3

中譯：我的座右銘是「盡力做好等待天命」這句說話。

題 4　**答案**：1

中譯：由於戰爭之故，從國家寄過來的生活費暫時中斷了。

解說：1　匯款　2　傳聞　3　音訊　4　杳無音訊（「礫（つぶて）」指的是「小石塊」。而「梨」和「無し」是諧音，都讀「なし」，表示「投擲出去的小石塊石沉大海，杳無音訊」。）

題 5　**答案**：2

中譯：沒有打粉底就化妝對皮膚不好？真的假的，我這個男人是一竅不通。

解說：1 應為「下心（したごころ）＝不懷好意」，3 應為「下（した）っ端（ぱ）＝小職員 / 跑龍套」，4 應為「地元（じもと）＝鄉下」。

9

題 1　**答案**：3

中譯：附近的中野大夫雖已年屆 90 歲，但仍然是一位現役的兒科兼耳鼻喉科醫生。

題 2　**答案**：1

中譯：不知聽哪裏説情緒不穩定時，暫停瀏覽社交媒體有助於改善症狀。

題 3　**答案**：3

中譯：不知這些東西能否入你法眼，但如果不嫌棄的話，我分一點給你吧！

解說：1　詳細説明　　2　送給你
3　分甘同味　　4　借給你

題 4　**答案**：1

中譯：經過長時間的商討，最終一個被認為是最好的折衷方案出現了。

解說：1　妥協　　2　比較
3　核心　　4　疑問

題 5　**答案**：4

中譯：鈕扣也是人生也是，只要出現一個偏差，則往後的次序就會不斷被打亂吧！

解說：1 應為「突き当たり＝道路的盡頭」，2 應為「擦れ違い＝擦身而過」，3 應為「人違い＝認錯人」。

10

題 1　**答案**：2

中譯：那樣不合邏輯、荒唐無稽的説話也算是證言嗎？

題 2　**答案**：1

中譯：雖然事業失敗令所有財產都失去，但我會嘗試由零開始砍掉重練。

題 3　**答案**：1

中譯：有言「成功男人的背後一定有個默默支持他的女人」，我實在很有同感。

題 4　**答案：**2

中譯：我被老師斥責說「你打算做的畢業論文題材，根本就是浪費時間！」一時之間方寸大亂，不知所措。

解說：1　徘徊流浪　　2　踟躕不前　　3　義憤填膺　　4　疑心暗鬼

題 5　**答案：**1

中譯：新婚燕爾的幸福只有一剎那，太郎將會為了工作單身前往他方赴任。

解說：2 應為「僅（わず）かな＝只有一點點的」，3 應為「板挟（いたばさ）み＝夾在中間」，4 應為「間（ま）が持（も）たない＝雙方有隔閡 / 有距離令對話不能持續」。

11

題 1　**答案：**3

中譯：有觀點認為模仿外國人說日語的口音，在某些情況下是等同於對該國的侮辱。

題 2　**答案：**3

中譯：對一百個學生就需要有一百種教法。教育工作並沒有想像中那麼單純，也不是三扒兩撥就能解決的事情。

題 3　**答案：**2

中譯：一直信任的朋友沒有還債就連夜逃跑，我父親作為他擔保人之故，落得被迫代還大量債款的下場。

解說：「～(という) 羽目（はめ）になる＝落得～的下場」。

題 4　**答案：**3

中譯：本店提供性價比（CP 值）高且每個星期都不一樣的精選貨品，希望大家享受購物。

解說：1　外國輸入的　2　種類豐富的　3　性價比高的　4　價錢便宜的。「お値打（ねう）ち」不能只是價錢便宜，而應該是「對比價錢，所得的貨品質量高」，換言之也就是「性價比高」。

題 5　**答案：**3

中譯：車站前的商店街裏，碩果僅存着一間令人不禁回憶起 1980 年代香港那些年的舊式咖啡店。

解說：1 應為「名高(なだか)い / 名(な)を馳(は)せる＝遠近馳名」，2 應為「口実(こうじつ)＝藉口」，4 應為「名(な)ばかりの＝有名無實的」。

12

題 1　**答案**：3

中譯：當我嘗試探索日本人的源流時，能追溯至秦代時從中國來的移民這一説法浮現眼前。

解說：1 是「足元(あしもと)＝腳下 / 身邊」，2 是「麓(ふもと)＝山腳」，4 是「袂(たもと)＝和服的袖子」。

題 2　**答案**：2

中譯：能親眼觀看偶像組合的現場演唱會，真是大飽眼福。

解說：「目(め)の保養(ほよう)＝大飽眼福」。

題 3　**答案**：2

中譯：作為一個稱職的銷售員，除了説話需要有的放矢外，還得掌握人的心理。

解說：「的(まと)を射(い)る＝有的放矢」。

題 4　**答案**：1

中譯：從師傅的角度而言，如果出現一個有望的弟子，當然都想精心栽培。

解說：1　希望　　2　景致　　3　預料　　4　報償

題 5　**答案**：3

中譯：如果釣到罕有而巨大的海洋生物，一般被認為是大地震前的先兆。

解說：1 應為「先駆(さきが)け＝先驅」，2 應為「先代(せんだい)＝上一代」，4 應為「前(まえ)もって＝事前」。

13

題 1　**答案**：4

中譯：我已經那麼卑躬屈膝的懇求他，他卻一點也不肯通融，真是無情的傢伙。

JPLT N1

題 2　**答案：**1

中譯：工作終於完成，正想休息一下之際，冷不防貓咪竟爬上我的膝蓋且開始想睡。

解說：「V た＋矢先（やさき）に」表示「正…的時候，誰知道 / 冷不防」。請參照本書 **41** 時間的表示②

題 3　**答案：**4

中譯：對於本年度預算的金額和使用目的，已經有大概的眉目。

解說：1　道理　　2　申請
　　3　範圍内　　4　預測 / 推斷

題 4　**答案：**3

中譯：容許我說心底話，先別說房租，這個房子實在沒有缺點。

解說：1　淵源　　2　藉口
　　3　需要指責的地方　　4　優點

題 5　**答案：**1

中譯：喂，你已經有我了，卻為甚麼老是東張西望的看其他女孩？

解說：2 應為「目先（めさき）＝眼前」，3 應為「愚見（ぐけん）＝愚見」，4 應為「余計（よけい）＝多餘」。

14

題 1　**答案：**4

中譯：她的一舉手一投足，以至於談吐用字，均彌漫着一股上品優雅的氛圍。

題 2　**答案：**1

中譯：想像今後人生有可能發生的最壞情節，並思考如何才能回避——這是我失眠夜用來打發時間的方法。

題 3　**答案：**1

中譯：分開不同的範疇去背誦英語單詞是我個人的學習方法。

解說：1　範疇　　2　難易度
　　3　規則　　4　使用頻度

題 4　**答案**：1

中譯：聽說這種動物求偶時會不斷地搖動尾巴。

解說：2 應為「アバウト（about）＝簡略 / 馬虎」，3 應為「アポ / アポイントメント（appointment）＝預約」，4 應為「アパレル（apparel）＝服裝」。

題 5　**答案**：1

中譯：A 先生最喜歡的電影類型是愛情動作片。

解說：2 應為「ジャングル（jungle）＝森林」，3 應為「ジャンク（junk）＝垃圾，ジャンクフード＝無營養食物」，4 應為「アングル（angle）＝角度」。

15

題 1　**答案**：4

中譯：從他那毫不客氣的回答中感受到一種否定的語氣。

題 2　**答案**：4

中譯：唉，無論說起惡作劇也好，還是作弊也好，田中都是班裏數一數二的搗亂者。

題 3　**答案**：3

中譯：雖然是從小到大的玩伴，但這段日子有一種被他視作敵人的強烈感覺。

題 4　**答案**：2

中譯：對金錢沒有概念的人，總會有一兩個在身邊。

解說：1　放在心上　　2　不放在心上

3　喜歡　　4　討厭

題 5　**答案**：4

中譯：女性的思維模式裏，應該有些是只有女性才能明白的東西吧！

解說：1　復仇　　2　完成

3　舉止　　4　結構 / 構造

16

題 1　**答案**：2

中譯：我覺得自己開始明白愈是向難題挑戰就愈能明白工作的妙趣。

題 2　**答案**：2

中譯：每次一回家，孩子都會藏在不同的地方再出來嚇我。

解說：I　「脅(おど)す」是「惡意的恐嚇」，如：

「男性(だんせい)が刃物(はもの)を手(て)にして殺(ころ)すぞと女性(じょせい)を脅(おど)した。」（男人手上拿着刀，恐嚇女 人，說要殺死她。）

II　「脅(おど)かす」是「非惡意 / 開玩笑的嚇唬」，如：

「脅(おど)かさないでよ、心臓(しんぞう)に悪(わる)いんだから。」（你不要嚇我吧，這對心臟不好！）

III　「脅(おびや)かす」是「無形的威脅」，如：

「コロナが我々(われわれ)の命(いのち)を脅(おびや)かしています。」（新冠肺炎正威脅着我們的生命！）

題 3　**答案**：4

中譯：所謂傀儡政權，指的是順從他國意願而被操縱的政權。

題 4　**答案**：3

中譯：聽說你最近手頭寬裕了，真是可喜可賀！

解說：1　皮膚好了　　2　懷孕了

3　錢多了　　4　結婚了

題 5　**答案**：1

中譯：公司的銷售額大幅度超出預期，今晚就由我這個老闆請大家吃完飯。

解說：2 應為「前(まえ)の章(しょう)＝中國古典小說經常說的「上回說到」的「上回」」，3 應為「意気込(いきご)む＝意氣風發 / 幹勁十足」，4 應為「赴(おもむ)く＝前往」。

17

題 1　**答案**：4

中譯：為了有效抵擋夏天那令人目眩的日照，我訂造了恰到好處的窗簾。

題 2　**答案**：3

中譯：這個見解直達前人未到的領域，坊間一直以來的說法有機會被他所推翻。

題 3　**答案**：2

中譯：這個系列的家具，其設計的確不同凡響，就稍嫌佔據空間。

題 4　**答案**：3

中譯：我家的貓咪，平常的話總是對我很冷漠，為何今天卻那麼纏身？

解說：1　腳步快　　2　生氣

3　挨近　　4　食欲旺盛

題 5　**答案**：1

中譯：黃昏時獨自徘徊的街道，一顆心今晚也佇立在月台上。（歌手中島美雪名曲『ホームにて』《在月台上》的兩句歌詞。）

解說：2 應為「囀(さえず)る＝鳥鳴」，3 應為「叶(かな)えて＝達成願望」，4 應為「志(こころざ)す＝立志」。

18

題 1　**答案**：2

中譯：的確我和他是青梅竹馬，但從來沒把他視作結婚對象。

題 2　**答案**：1

中譯：論文內容就不用說了，結構首尾連貫一致，真是不可多得的好作品。

題 3　**答案**：4

中譯：無論如何，拖欠了半年的房租，你不覺得太過分了嗎？

解說：1　寄貨人付款　　2　故意咳嗽引起對方注意

3　收貨人付款＝到付　　4　未付

題 4　**答案**：1

中譯：為了寫這一系列的書，你知道我花了多少的時間嗎？

解說：2 應為「呟(つぶや)く＝發牢騷」，3 應為「募(つの)る＝引起」，4 應為「妬(ねた)まれる＝被妒忌」。

題 5　**答案**：3

中譯：這個神經掌管口腔裏的知覺，是個非常重要的東西。

解說：1 應為「漂（ただよ）う＝洋溢」，2 應為「鈍（にぶ）る＝變得遲鈍」，4 應為「繕（つくろ）う＝修繕」。

19

題 1　**答案：**3

中譯：你頭髮濃密是個幸運的人，下次見到禿頭的人，不妨鼓勵一下他們？

題 2　**答案：**1

中譯：聽說這個國家明年開始實施新的政策，男女年滿 30 歲還未結婚的話，每年會被罰款 1 萬美金。

題 3　**答案：**4

中譯：明明沒有買的意思，就不要老是在問價好嗎？

解說：1　找茬後再買　　2　裝作聽不到價錢而買

3　猶豫買還是不買　　4　只問價錢而不買

題 4　**答案：**4

中譯：作為招待對方的東西，我感覺這有點失禮耶。

解說：1　個人能力　　2　工資

3　措辭　　4　招待

題 5　**答案：**2

中譯：兒子啊，你在新天地的工作順利與否，這是為父最擔心的事情。

解說：1 應為「墓荒（はかあ）らし屋（や）＝盜墓者」，3 應為「隔（へだ）たる＝相隔」，4 應為「葬（ほうむ）る＝埋葬」。

20

題 1　**答案：**3

中譯：他不顧醫生的忠告，每天過着暴飲暴食的日子。

題 2　**答案：**3

中譯：我丈夫過度的暴飲暴食，作為妻子的我難以不擔心他的身體。

題 3　**答案：**4

中譯：在孩子上 zoom 課之前，我再次測試電腦能否正常運作。

題 4　**答案：**1

中譯：說過很多次一個人登山是很危險的，然而他卻不吸收教訓，又偷偷的去了……

解說：1　重複相同的錯誤　　2　不聽從相同的意見

3　回顧不同的錯誤　　4　不採納和自己不一樣的意見

題 5　**答案：**3

中譯：我認為那個女演員最能抓住觀眾內心的地方是那張略帶憂鬱的臉容。

解說：1 應為「案内する＝帶領」，2 應為「持つ＝帶有」，4 應為「持つ＝攜帶」。

21

題 1　**答案：**1

中譯：乾涸的池塘配上枯葉，這不是水墨畫最好的素材嗎？

題 2　**答案：**2

中譯：那個國家過去曾盛極一時，影響深遠的語言，到現在已逐漸在式微。

題 3　**答案：**2

中譯：你既然這樣說，那麼我就恭敬不如從命了！

解說：1　讓我成立　　2　讓我接受

3　容許我拒絕　　4　容許我再次考慮

題 4　**答案：**4

中譯：以前換了一家又一家的公司，但這次我希望能在貴公司安定下來一直幹下去。

解說：1 應為「添える＝添上 / 配搭上」，2 應為「掲げる＝懸掛」，3 應為「聳える＝聳立」。「据える」是「將物品牢牢地固定在某處」，「腰を据える」可以理解成「將腰部和雙腳牢牢固定在櫈子和地面上」，也就是「安定下來」之意。

題 5　**答案：**4

中譯：那是難以忘懷的回憶，所以就算經過多少年也絕對不會褪色的吧！

解說：1 應為「失せる＝失去」，2 應為「貸す＝借貸」或「授ける＝授予 / 賜給」，3 應為「怯える＝膽怯」。

22

題 1　**答案：**1

中譯：把想痛罵部下一頓的心情壓抑住，先讓他們把事情的來龍去脈説清如何？

題 2　**答案：**3

中譯：各位隊友，這個週末就要面臨正式比賽，今晚將會是最後一次通宵練習了！

題 3　**答案：**2

中譯：我一早就知道是你幹的，所以你怎樣裝傻也沒用。

題 4　**答案：**1

中譯：一邊沿用那個意見，一邊重新設定自己獨有的計劃。

解説：1　根據　2　議論　3　駁回　4　貶低

題 5　**答案：**1

中譯：史提芬史匹堡導演的表弟，史提芬雙層芝士漢堡導演親自監督的作品，那非看不可！

解説：2 應為「避（よ）ける＝避開」，3 應為「震（ふる）わせる＝令…震抖」，4 應為「束（たば）ねる＝綁在 / 捆在一起」。

23

題 1　**答案：**1

中譯：我不顧雙親的反對，決定了高中畢業後就馬上到日本留學。

題 2　**答案：**4

中譯：這次的項目從頭到尾都是他一個人在負責。

題 3　**答案：**2

中譯：剛才已經介紹過的，我就是敝司負責採購工作的山田。

解説：1　銷售　　2　進貨

3　修理　　4　會計

題 4　**答案：**1

中譯：兩個證人同時間身處同一個現場，但證言卻有很大的出入，這是為甚麼呢？

解說：2 應為「食中り＝食物中毒」，3 應為「食べ残し＝吃剩」，4 應為「やり残す＝沒做完」。

題 5 **答案**：3

中譯：我知道這個事實可能有點難以相信，但希望您能接受……

解說：1 應為「受け継ぐ＝繼承」，2 應為「受け入れる＝收容」，4 應為「受け取る＝收取」。

24

題 1 **答案**：3

中譯：樣子看來很老實的木村先生竟然是個大色狼，我真是看錯了他！

題 2 **答案**：2

中譯：拼命在吃麥當勞的食物，為的只是得到【每個套餐】附屬的玩具。

解說：「マック」和「まくる」的發音類似，可以通過創作這樣的情景以便聯想。

題 3 **答案**：2

中譯：由於下大雪的關係，一部分地區的鐵路將會暫時停駛。

題 4 **答案**：4

中譯：能夠奪取 A 社的，除了我之外，還有誰有這個本領？

解說：1　讓他返回正軌　　2　改變運作方針

3　帶領他走向滅亡　　4　據為己有

題 5 **答案**：3

中譯：TMD，小夫那傢伙，又在炫耀他父母給他買的新車……

解說：1 應為「見逃す＝饒恕 / 網開一面」，意思是：「大雄，你又忘了寫作業。今天老師是不會饒恕你的。」2 應為「見習う＝學習 / 模仿」，意思是：「大家都要學習出木杉同學的言行舉止。」4 應為「見做す＝視為」，意思是：「很多人把胖虎的歌聲視為宛如從地獄那裏發出的呼叫。」

25

題 1　**答案**：1

中譯：《西游記》指的是描寫唐三藏和陪伴他同行的 3 個弟子的冒險故事。

題 2　**答案**：3

中譯：國民們，我們必須團結一致，抵禦外國的侵入。

題 3　**答案**：4

中譯：雖然時值夏季，但聽到那個驚人的消息後，渾身發熱的身軀一瞬間開始變冷。

解說：1　顯著的　　2　天氣預報
3　剛起床的 / 剛發生的　　4　令人嚇一跳的

題 4　**答案**：4

中譯：在宴會時由於前輩喝醉了，我負責照顧他。

解說：1 應為「抱(だ)っこする＝抱起來」，2 應為「介入(かいにゅう)する＝介入」，3 應為「介護(かいご)＝照顧行動不便的人或老人」。

題 5　**答案**：2

中譯：寫文章時不要隨便找一個字填入就算，請再三思量細味。

解說：1 應為「吟(ぎん)じる＝吟詠詩歌」，3 應為「味見(あじみ)する＝嘗味」，4 應為「味方(みかた)になる＝成為隊友 / 站在同一陣綫」。

26

題 1　**答案**：2

中譯：雖然是科幻片，卻是一部令人產生錯覺，以為現實也會發生相同事情的傑作。

題 2　**答案**：3

中譯：當大家都以為她已經處於巔峰，她卻再一次樹立新的世界紀錄。

題 3　**答案**：1

中譯：新的政權呈現出一種致力改善以往貿易不均情況的姿勢。

題 4　**答案**：4

中譯：那個足球選手剛才的犯錯，和他難得的帽子戲法功過相抵了。

解說：1　補足　　2　被暗殺　　3　踢假球　　4　互相抵銷

題 5 **答案**：1

中譯：突聞尊夫去世的噩耗，我深切體會夫人和其他家人的悲痛心情。

解說：2 應為「観察（かんさつ）する＝觀察」，3 應為「監禁（かんきん）する＝監禁」，4 應為「診察（しんさつ）する＝替病人看病」。

27

題 1 **答案**：1

中譯：近年小孩子運動能力下降一事逐漸被認為是不能漠視的問題。

題 2 **答案**：2

中譯：颱風 3 號正在接近 A 國，預定會在星期天早上 6 點左右登陸。

題 3 **答案**：3

中譯：經過了一段頗長的時間，聽説警察終於決定着手調查那個案件。

解說：1 完成　2 放棄　3 開始做　4 沒有做完擱下不管 / 半途而廢

題 4 **答案**：1

中譯：太過嬌養孩子的話，說不定將來會發生意想不到的重大事故。

解說：1 縱容　2 傷害　3 讓…學習　4 嘲笑

題 5 **答案**：3

中譯：決賽落敗後我深感能力不足，所以決定去接受更深層次的修煉。

解說：1 應為「心痛（しんつう）＝心痛欲絕」，2 應為「陣痛（じんつう）＝分娩時的陣痛」，4 應為「痛恨（つうこん）のミス＝令人飲恨的過失」。

28

題 1 **答案**：1

中譯：為了阻止越獄犯人逃亡，警察馬上封鎖了道路。

題 2 **答案**：2

中譯：伴隨着新項目的發展，從各個崗位招來了人才，打算創立新的部門。

題 3 **答案**：2

中譯：現在的公司，每天都重複簡單卻千篇一律的工作，我真受夠了。

解説：1　悠哉游哉　　2　感到厭膩
3　寂靜 / 感到心情沉重　　4　感到寒意

題 4　**答案**：2

中譯：一句話，怎樣做才算是享受人生？

解説：1　變得有意義　2　享受　3　改變　4　覺悟

題 5　**答案**：4

中譯：期待已久的活動要終止了，沒有一個人不感到沮喪。

解説：1 應為「胆嚢（たんのう）を摘出（てきしゅつ）される＝被取出膽臟」，2 應為「落第（らくだい）する＝不合格」，3 應為「堕落（だらく）させる＝令…墮落」。

29

題 1　**答案**：2

中譯：小申的老師：相比去年，你家孩子的英語有顯著的進步。
小申的爸爸：果然不出我所料！那都是因為我每天教他而得出的成果。

題 2　**答案**：3

中譯：才 15 歲就格外喜歡古典音樂，你可真是少年老成呀！

題 3　**答案**：2

中譯：裕子，你不要再對我那麼冷淡，好嗎？

解説：1　恐懼　2　冷淡不客氣　3　不公平　4　虛偽

題 4　**答案**：4

中譯：預賽時體力過度透支引起的疲勞，導致今天才比賽了 1 分鐘就輸了，真沒勁。

解説：1 應為「天然（てんねん）＝天真可愛」，2 應為「図々（ずうずう）しい＝不要臉的」，3 應為「浅（あさ）ましい＝膚淺的」。

題 5　**答案**：3

中譯：多年來公司一直虧本赤字，作為社長的您應該承擔責任，爽爽快快地辭職吧！

解説：1 應為「清々（すがすが）しい＝清新的」，2 應為「縁起（えんぎ）がいい＝吉利的」，4 應為「綺麗（きれい）な＝整潔的」。

30

題 1　**答案**：4

中譯：亞馬遜地區原居民：Ngo wa bei nei baan yau ji, gam chi dailinglok la……

開發商：他在說啥？

翻譯人員：他在說：「我們希望把祖先留下來的寶貴遺產死守到底！」

題 2　**答案**：4

中譯：搬家公司：「都是些輕而易舉的工作，就交給我們強壯的男性職員吧！」

題 3　**答案**：1

中譯：雖說是一套很有名且催淚的電影，但帶整卷衛生紙進戲院，你的淚腺也太脆弱了吧！

題 4　**答案**：4

中譯：對你糾纏不清的說明我已經感到厭煩，能否乾脆利落的解釋？

解說：1　單方面的　　2　無責任感的

3　天馬行空的　　4　複雜的

題 5　**答案**：4

中譯：不是甚麼複雜的問題，但卻無法解答，真是太難為情了。

解說：1 應為「夥（おびただ）しい＝大量的」，2 應為「寂（さび/さみ）しかった / 心細（こころぼそ）かった＝孤獨 / 膽怯」，3 應為「何気（なにげ）ない＝不經意的」。

31

題 1　**答案**：1

中譯：在重要關頭他總是不在。

題 2　**答案**：3

中譯：雖然是很簡單的儀式，但舉辦得很莊嚴。

題 3　**答案**：3

中譯：雖不能太過期待，但畢竟還有一點點的可能性，請勿放棄！

題 4　**答案**：4

中譯：從他口中得到那麼模棱兩可的回答，實在是意料之外。

解說：1　乾脆利落的　　　　2　過分的
3　荒唐無稽的　　　　4　含糊不清的

題 5　答案：3

中譯：在有限的時間內，容許我粗略介紹一下項目的內容。

解說：1 應為「大(おお)らかな＝磊落大方的」，2 應為「大袈裟(おおげさ)に＝誇張地」，4 應為「太(ふと)っ腹(ぱら)の / 気前(きまえ)がいい＝慷慨闊氣的」。

32

題 1　答案：4

中譯：不知是否爸媽讓他盡情喝飽了牛奶之故，小寶寶停止了哭泣，再用圓溜溜的眼睛看着爸媽。

題 2　答案：3

中譯：被戀人問及「我和你媽同時掉進水裏，你會先救誰？」這個問題時，怎樣才是無可非議的答案？

解說：1　充滿智慧的　　　　2　有幽默感的
3　不會令人難堪的　　　　4　沒有困難的

題 3　答案：3

中譯：我家的孩子沉默寡言，也因此常常被以為是冷酷無情。

解說：1　像 Hello Kitty 般沒有嘴巴的　　　　2　不能正常說話的
3　說話不多的　　　　4　口沒遮攔的

題 4　答案：1

中譯：我深切體會到草率的說話態度，往往會為人帶來意想不到的後果。

解說：1　不認真的態度　　　　2　知識的貧乏
3　良好的身教　　　　4　豐富的想像力

題 5　答案：1

中譯：我有一個很單純的問題，人為甚麼要工作？

解說：2 應為「質素(しっそ)な＝樸素的」，3 應為「素人(しろうと)の＝外行的」，4 應為「質(しつ)＝品質」。

33

題 1　**答案**：2

中譯：A：你的生意好嗎？

B：托賴，算是馬馬虎虎，還過得去吧！

題 2　**答案**：1

中譯：結論是，我們的形勢是不得不接受客戶提出的建議……

解説：1　不得已　　2　爽快

3　間接地　　4　主動

題 3　**答案**：3

中譯：你呀，為甚麼總是在公眾地方哭哭啼啼的？

解説：1　流汗　　2　渾身鮮血

3　流淚　　4　挖鼻屎

題 4　**答案**：2

中譯：內向的我，由於工作關係也變得經常會到客戶公司打招呼。

解説：1　各自　　2　頻頻

3　徐徐地　　4　故意

題 5　**答案**：4

中譯：對於這次意外的原因，專家的意見各不相同，無法得到共識。

解説：1 應為「たかが＝只不過 / 區區」，2 應為「丸々（まるまる）＝整整」，3 應為「堂々（どうどう）＝堂堂正正」。

34

題 1　**答案**：1

中譯：希望自己主動並有意識開始做的事情，某天會習慣且能變得自自然然地做出。

解説：「自（みずか）ら＝自己主動 / 親自」≠「自（おの）ずから＝自自然然地」。

題 2　**答案**：2

中譯：與其跪下向敵人投降，索性痛快死去還更好。

題 3　**答案**：4

中譯：新人的我所提出的建議被敬愛的上司全部反對。

解說：1　預期之內　　2　很意外地

3　很無情地　　4　從頭到尾

題 4　答案：3

中譯：由於惡劣天氣有可能導致送貨延遲，敬請事先諒解【並有心理準備】。

解說：1　務必　　2　重新

3　事先　　4　明顯

題 5　答案：3

中譯：雖然同樣是日語，但關西腔我只能勉勉強強聽得懂。

解說：1 應刪除「楽勝（らくしょう）＝輕而易舉」，2 應為「手塩（てしお）に掛（か）ける＝含辛茹苦」，4 應為「思（おも）いっ切（き）り＝盡情」。1 的「辛（かろ）うじて合格（ごうかく）する＝勉勉強強合格」，但其後又說「楽勝（らくしょう）」，意思上有矛盾。

35

題 1　答案：1

中譯：口裏說着這樣那樣但見到自己孩子有困難卻又於心不忍，父母，特別是母親尤其是這樣。

題 2　答案：4

中譯：交涉順利結束，算是不錯的結果吧！

解說：1　終於　　2　逐漸

3　總結來說　　4　沒有阻礙

題 3　答案：2

中譯：連對自己也沒法好好解釋的話，對其他人就更加不用說。

解說：1　他人的失敗，如「二（に）の舞（まい）を演（えん）じる」＝重蹈覆轍

2　更加　　3　三樓　　4　一樣

題 4　答案：2

中譯：恭喜您畢業哦。想必您的家人也會鬆了一口氣吧！

解說：1 應為「然程（さほど）〜ない＝並非那麼」，3 應為「若干（じゃっかん）＝有點」，4 應為「何卒（なにとぞ）＝務必」。

題 5　**答案**：3

中譯：到了緊急關頭，就變得瞬間啞口無言 —— 這正是學外語的特色。

解說：1 應為「到底（とうてい）＝怎麼也」，2 應為「中（なか）でも / 特（とく）に＝特別是」，4 應為「率直（そっちょく）に＝坦白的」。

36

題 1　**答案**：1

中譯：這個政權，事到如今已達到無可挽回的地步。

題 2　**答案**：3

中譯：陳先生你説的，根本就是日本人的英語。

解說：1　勝過日本人的英語　　2　差過日本人的英語

3　名正言順日本人的英語　　4　像日本人的英語

題 3　**答案**：2

中譯：我壓根兒不會説廣東話，我老公的話倒會説一點。

解說：1　並不太　　2　一點也不

3　稍微　　4　不常

題 4　**答案**：1

中譯：既然沒有好好調查清楚，就請不要隨便亂説話！

解說：1　認真仔細　　2　反正

3　動輒　　4　用不着

題 5　**答案**：3

中譯：除非是很特殊的理由吧，否則一般不會喜歡那種壞女人吧！

解說：1 應為「あれほど＝那樣 / 那麼多」，2 應為「ほどほど＝適可而止」，4 應為「後（のち）ほど＝往後 / 之後」。

第三部分：文法比較

37

題 1　**答案**：1

中譯：男性特別容易被不愛説話且渾身散發着謎一般氣息的女性所吸引——這個傳説是真的嗎？

解説：「謎がましい」和「謎ぶった」，的確文法上是講得通，但「謎がましい」表示「【生氣 / 諷刺】謎一般」，與原文「謎一般的女性」所蘊含的正面意思不符；後者如果想表示「假裝成猜謎的樣子＝賣關子」這意思的話，一般都會用「勿体ぶる」。

題 2　**答案**：2

中譯：你要是有甚麼好主意，就不要故弄玄虛，快告訴我們。我這邊是急得要死！

解説：「勿体」是名詞，表示「架子」，所以「勿体ぶる」也就是「擺架子」。

題 3　**答案**：3

中譯：在乒乓球比賽中，面對領先自己的 A 選手，B 選手以一種似乎要咆哮出「怎會輸給你」的眼神瞪着他。

解説：1 的「V たばかりに」表示「因為 V 了所以很遺憾」（請參照《3 天學完 N2・88 個合格關鍵技巧》**46** 理由的表示②）；4 的「V ないんがために」表示「為了 V」」（請參照本書 **47** 理由的表示②），與這課的「眼看就要 / 幾乎就要 V」的「V ないんばかりに」形態相似但意思完全不一樣，因為過去曾經有幾道考試題是比較這 3 個文法的，宜分辨清楚。

題 4　**答案**：2143　★＝4

中譯：不過和我們一樣，就是普通老百姓而已，但那副口吻，他以為自己是誰呀？

38-39

題 1　**答案：**4

中譯：絕對不是在鼓吹自殺，但要是想死的話就自己死好了，為甚麼非要把無關係的人牽連在內不可呢？

題 2　**答案：**3

中譯：他就算對着好友説話也會很緊張，要是 100 人的演講，那就更不用多説了。

解説：「ただでさえ…のに」是一個常見的組合，這裏有一種「明明知道 / 本來就有 A 這件事（對着好友説話也會很緊張），要是程度升級至 B 程度（100 人的演講）的話，那 C 情況（會變得更緊張甚至呆若木雞）就更加不難想像」的含義。

題 3　**答案：**3

中譯：你要是把這張穿着內褲的照片發給應徵工作的單位，那不用説一定會落選的。唉，你明明還有很多更適合的照片……

題 4　**答案：**3

中譯：這個國家的國民大半是佛教徒，對於死後世界的存在，大家是深信不疑的。

解説：基本上只需記住「Vて止まない」這個文型就可以。

題 5　**答案：**2

中譯：作為班上首屈一指的高材生，我鼓起勇氣向單戀對象的洋子告白，但竟然被拒絕，感到懊悔極了。

解説：這題 4 個選擇題只需改動一下都能成為正確答案。1 的「悔しいと言ったらウソになる」（説懊悔是騙你的）→「悔しくないと言ったらウソになる」（説不懊悔是騙你的）；3 的「くやしくて堪えない」→「遺憾に堪えない」（遺憾至極）；4 的「悔しいのを禁じ得ない」→「悔しさを禁じ得ない」（不禁感到懊悔）；2 的「くやしいったらない」的「ったらない」表示「無法形容的…」，可參照本書（請參照本書 71 強調的表示③）

題 6　**答案：**1234　★＝3

中譯：作為年輕時代自己的心靈寄托，聽到搞笑演員上島龍兵先生的訃告，我心底裏不禁發出一份滿滿的哀悼之情！

題 7　**答案：**2143　★＝4

中譯：我壓根兒也沒想過用說話來傷害你，但要是你聽到的是這個意思，那我從心底裏向你表示歉意。

題 8　**中譯：**前幾天，我因為有要事去市役所，一個年紀比我小一點，目測大概是 20 幾歲的男性職員為我進行說明。說明完了一段落，正當我打算問問題的時候，感覺他彷彿要說出：「甚麼？現在的話還聽不明白嗎？有甚麼話快點說！」這番話來，眼神是猶如自己高高在上般的看不起人。而且，之後聽到我的查詢，他多次發出「嗯」這種回答，那決不是一個新入職員工的那種入世不深的「嗯」，如果是這個還好，卻明顯是一種不可一世看扁人的「嗯」。投射在我身上的還有宛如包含着「你的問題根本不足一提，應該說，就算不問也能明白吧！」這意思的鄙視眼光。我當時已經覺得這種態度根本就是本末倒置，且生平的性格是就算我不犯人，但人若犯我，我必定與之堅持到底，所以馬上就申請與男性職員的上司進行更深入的會談。

題 8-1　**答案：**4

中譯：「如果是這個還好」中的「這個」指的是甚麼？

1　作為回應而說出的「嗯」。

2　帶有看扁人的語感的「嗯」。

3　男性職員所說的「嗯」。

4　新入職員工所說的「嗯」。

題 4-2　**答案：**3

中譯：作為「更深入的會談」的談話內容，以下哪一個是最有可能發生的？

1　讚賞職員應有的態度。

2　探討如何分別正確使用入世不深的「嗯」和其他的「嗯」。

3　杜絕職員不當的言行舉止。

4　今後加强對新入職員工工作的了解。

解說：1 的「しかるべき態度（たいど）」表示「應有的態度」；3 的「あるまじき言動（げんどう）」表示「不當的言行舉止」。

40-43

題 1　**答案**：2

中譯：【店鋪的廚師對客人說：】下次光臨小店時，如能預先通知，小的將會前往停車場迎接。

題 2　**答案**：2

中譯：兒子一回家就馬上哭起來，不知是否在學校發生了甚麼事。

題 3　**答案**：1

中譯：自從從城市搬到這個超級的農村後，他似乎變得再也不想外出了。

題 4　**答案**：2

中譯：唉，我家的孩子真是的，剛叫他不要老是纏身，轉眼又緊緊挨着我。

題 5　**答案**：2

中譯：俗語稱「吃飽睡，睡飽吃」的生活，不但令人容易胖，更對身體不好。

題 6　**答案**：4

中譯：這幾天希望能拜訪貴宅順道向您道謝，不知您方不方便？

題 7　**答案**：1

中譯：每次一聽到這首音樂，總會情不自禁想起曾幾何時的那個學生時代。

解說：2 的「につき」的其中一個意思是「由於」（請參照《3 天學完 N3・88 個合格關鍵技巧》**45** 理由的表示③）；3 的「にあって」表示「處於…情况下」（請參照本書 **48** 理由的表示③），均不恰當。4 的「や否（いな）や」的確有「剛 / 一 V 完…就」的意思，但相比起有「每當…總是」含義的「につけ」（請參照《3 天學完 N2・88 個合格關鍵技巧》**53** 媒介的表示①），「や否（いな）や」多表示過去，並不符合「每次一聽到」這個概念。

題 8　**答案**：4123　★＝2

中譯：聽說這種櫻花是特殊的品種，淺粉紅色的花蕾在開花時會綻放出白茫茫的一片，然而到了花落季節就會化成淡墨色云云。

題 9　**答案**：1432　★＝3

中譯：偶爾在連休時回鄉探親，順道盡情玩味故鄉那些充滿詩意的風花雪月也不錯。

題 10　**答案**：2314　★＝1

中譯：這段日子一會說頭痛呀，一會又說染上感冒呀，一直都在請假，但同學們都認為他是裝病不上課。

題 11　**中譯**：日本人的我，在留學上海時多次聽到其他日本人說過：「對日本人來說，一件再自然不過的事情，中國人卻會覺得非常吃驚。」而自己亦多次有着「原來一件對日本人是來說是老生常談的事，中國人卻是一時三刻難以接受」的真實體驗，每每醍醐灌頂，茅塞頓開。

某天，其中一個中國人朋友一邊對我說：「中國人都會背這首唐詩的。」一邊就把李白的《山中問話》「桃花流水杳然去，別有天地非人間」一詩給我看。我一看就跟他們說：「我知道這首詩呀，因為在中學的時候曾經唸過。」說完，當時在身邊的中國人朋友都感到很驚訝，甚至可以說是突然無語，大家均以一種似乎想表達「你不要忽悠我呀」的眼神看着我，目瞪口呆了一會才再張口問：「中文，更何況是古典中文，日本的中學生都能看得懂嗎？」

「甚麼？這些不是中文耶，是漢文才對！」我連忙跟他們說。

在之後的一段時間裏，我就嘗試用我不太靈光的中文跟他們介紹何謂漢文，也似乎勉强帶出了「那是古代日語的一種，例如把『桃花流水杳然去，別有天地非人間』搖身一變，變成『桃花流水杳然トシテ去リ、別ニ有リ三天地ノ非ザル二人間一』，並且只要能理解一堆奇妙數字和符號的意思跟用法，日本人也能夠和中國人一樣看懂古代的中文」這訊息。

由於日本的學校要求我們學這些，久而久之我們就覺得都是些理所當然的事，但是想深一層，以中文為母語的人，他們自然感到不可思議。確實如是，假如我們日本人看見外國人用奇怪的符號加在《源氏物語》原文上，繼而把順序顛倒，再用他們的母語，而且是現代語翻譯從而理解的話，難道我們不會感到驚訝嗎？

那一刻我重新感覺到，文化背景或立場改變了，就算是枯燥無味的日常瑣碎事，也能搖身一變，衍生出種種樂趣，這不就是異文化交流的最大妙趣嗎？

題 11-1 **答案**：3

解説：「呆気(あっけ)ない＝沒意思的 / 不過癮的」、「あやふやな＝含糊不清的」、「有(あ)り触(ふ)れた＝尋常的」，「曖昧(あいまい)な＝曖昧的」。

題 11-2 **答案**：4

解説：「目(め)から鱗(うろこ)」的原意是「遮住眼睛的鱗片掉下來了，所以能看得一清二楚」，即「醍醐灌頂，茅塞頓開」。

題 11-3 **答案**：4

題 11-4 **答案**：2

解説：「言(い)わんばかり」表示「彷彿要説出」（請參照本書 **37** 樣態的表示①）。

題 11-5 **答案**：3

題 11-6 **答案**：4

解説：「初々(ういうい)しく＝天真爛漫地」、「女々(めめ)しく＝雖是男人但一舉手一投足都像女人般」、「清々(すがすが)しく＝清爽地」，「たどたどしく＝不靈光地」。

題 11-7 **答案**：2

題 11-8 **答案**：1

解説：「改(あらた)めて＝再次」、「予(あらかじ)め＝事先」、「恰(あたか)も＝恰如」，「後々(あとあと)になって＝往後」。

題 12 **中譯**：4 年前父親患了重病，過了一段住院的日子，經過長期治療後，終於開始呈現出恢復的徵兆。某一天，他突然跟醫院的醫生說想退院。那個時候他的身體狀態還沒完全康復，頭腦意識倒是很清晰，卻礙於雙腿腳步不穩，創傷太嚴重還沒痊癒，被告知不能夠一個人獨自生活。但是我跟醫院說，如果父親希望居家療養，那就在新年期間接他返回家中住幾天，假使一切情況正常的話之後就退院。

當然就算退院，父親也需要定時去醫院進行物理治療，剛開始我打算盡可能不麻煩他人，自己親自照顧他，但想了又想，總不能老是向公司請假吧，也終於決定一邊盡最大努力，同時也聘請菲律賓傭人代為照顧。一切都在順利進行中，某天他説想出外曬一下久違的日光浴，正當我打算滿足他這個心願時，誰料到醫院突然給我來了電話，説父親好了一段日子的症狀，突然又復發並且惡化，雖然已經馬上替他進行了急救措施，但他還是成了不歸之人。

本來應該是「萬事如意」的，卻一夜之間變成了「萬事休矣」，坦白説我真的感到非常不甘心，但也許這就是所謂的「天命難違」吧！

題 12-1 **答案：**4

中譯：如用其他句子表示「萬事休矣」，以下哪一個能用？

1　所有事情讓他自然發展就好了。

2　事情需隨着他的發展而重新考慮。

3　任何事情只要以堅强的意志付諸實行就能成功。

4　已經是無計可施了。

題 12-2 **答案：**3

中譯：以下哪一個資訊是正確的？

1　作者曾為父親施行過一次急救措施。

2　醫院的醫生聽到父親的願望就毫不猶豫的馬上答應。

3　作者不把照顧父親的工作完全委托給傭人，自己亦打算分擔一部分。

4　作者的父親患上以往沒患過的病並因此去世。

44-45

題 1 **答案：**4

中譯：不論任何原因，對於讓您感到不愉快的地方，我再三表示歉意。

解説：「いかんを問(と)わず」＝「いかんによらず」

題 2　**答案**：2

中譯：「有錢能使鬼推磨」是一句表示「有錢的話甚麼問題都能解決」這意思的諺語。

題 3　**答案**：1

中譯：一個叫 Pierre 的男人，儘管他天生樣子醜陋，但【他不以為恥】也無阻他

1　向與自己身份遙不可及的高貴美女示愛。

2　去了一趟韓國做小手術。

3　孤獨終老度過餘生。

4　痛哭一場，繼而變得怨恨雙親。

題 4　**答案**：2

中譯：根據你今後的態度誠懇與否，你所提及的願望也並非就不能考慮。

題 5　**答案**：3

中譯：要是採取不同的判決尺度，我隊可能已經贏了。

題 6　**答案**：4231　★＝3

中譯：那個選手無懼受傷為他帶來的幾個月真空期，在觀眾面前展示了更勝於從前的表現。

題 7　**答案**：2314　★＝1

中譯：如果退休後夫婦兩個人打算移居海外的話，腦海裏除了泰國或馬來西亞等東南亞國家外就別無其他。

題 8　**中譯**：梵蒂岡國裏有一個名叫聖伯多祿廣場的地方。在非常接近廣場的一個位置，國際著名快餐連鎖店麥當勞無視教會的反對，於 2016 年 12 月 30 號正式開了分店。

與分店是同一座的建築物上住着天主教教會的關係者，他們對於可說是象徵歐美消費主義的麥當勞在那裏開分店，表示強烈的抗議。此外，當地居民亦擔心這歷史味道濃厚的區域會受到破壞。儘管有這些聲音，但麥當勞還是不為所動，仍舊按照計劃開設店舖，故引起了很多人的反感。

然而，即使有批評認為開分店是對教會的一種侮辱，但另一方面，部分觀光遊客卻認為在廣場的附近增設麥當勞分店，所提供

的服務會既快且方便，表示出支持的態度。

節錄並潤色自 AFPBB News 於

2017 年 1 月 3 日刊登的題為「梵蒂岡國旁邊開設麥當勞」的報道

題 8-1 **答案**：4

解説：「目(め)と鼻(はな)の先(さき)」是一句表示「就像眼睛跟鼻子的距離很近一樣，兩個地方近在咫尺」的諺語。

題 8-2 **答案**：1

題 8-3 **答案**：4

解説：「ともいえる＝可説是 / 可視為」。

題 8-4 **答案**：3

解説：「懸念(けねん)する＝擔憂」

題 8-5 **答案**：1

解説：1　そうした声(こえ)をよそに：不把這些反對聲音放在心上。

2　そうした声(こえ)のいかんで：視乎這些反對聲音。

3　そうした声(こえ)を皮切(かわき)りに：以這些反對聲音為代表。

4　そうした声(こえ)をおいて：除了這些反對聲音外再無其他。

題 8-6 **答案**：4

解説：「反感(はんかん)を買(か)う」或是更高程度的「顰蹙(ひんしゅく)（＝皺眉）を買(か)う」，這裏的「買(か)う」均有「引起」的意思。

題 8-7 **答案**：1

46-48

題 1　**答案**：1

題 2　**答案**：1

中譯：正因為恃着年輕而不顧一切拼命工作，終於把身體也弄壞了。

解説：題 1 的 1 和 3，最大不同在於

1　若(わか)いだけに：正因為年輕。

3　若(わか)いだけあって：不愧是年輕。

由於表示「不愧」的「だけあって」多表示正面的意思，然而這句連接的是「あげく」和「てしまった」等負面意思的單詞，所以比起 3，1 更為合適。

題 3　**答案：**1

中譯：不尋常的天氣之故，拿出冰箱的巧克力在 3 秒左右就全部溶掉了。

解説：N 和「ゆえ」連接時有幾個方法，一般是「N/N が /N であるがゆえ」。

題 4　**答案：**2

中譯：所有人不分貴賤，該出生時就會出生。

題 5　**答案：**3

中譯：這間酒店的服務很出色，不愧被稱為五星級酒店。

解説：1　称（しょう）されることを余儀（よぎ）なくされる＝迫不得已被稱為。
2　称（しょう）される甲斐（かい）があるまい＝沒有價值被稱為。
3　称（しょう）されるだけのことはある＝不愧被稱為。
4　称（しょう）される所以（ゆえん）はどこだ＝為何被稱為？

題 6　**答案：**3

中譯：雖說看了恐怖電影，但首先你又不是個小孩子，廁所的話一個人總能去吧！

解説：1　いくら大人（おとな）といえども＝就算是個大人。
2　子供（こども）が子供（こども）なだけに＝正正因為是個小孩子。
3　子供（こども）じゃあるまいし＝又不是個小孩子。
4　大人（おとな）じゃないくせに＝明明不是個大人。

題 7　**答案：**2

中譯：本來就不是一個懂得拒絕人的人，更何況要是單戀對象的貴子所求，那就更加勢在必行。

解説：與題 8 解説合在一起。

題 8　**答案：**1

中譯：黑夜過後黎明必至。所以就算身處如何艱難的階段，也總有辦法的。

解説：

1 にあっても	處於… 情況下也	貴子ちゃんの頼みにあっても： 處於貴子所求的情況下也 ✗ どんな困難な状況にあっても： 身處如何艱難的階段也 ✓
2 とあっては	如果 / 要是	貴子ちゃんの頼みとあっては： 如果 / 要是貴子所求 ✓ どんな困難な状況とあっては： 如果 / 要是如何艱難的階段 ✗
3 にあって	處於… 情況下	貴子ちゃんの頼みにあって：處於貴子所求的情況下 ✗ どんな困難な状況にあって：身處如何艱難的階段 △
4 とあって	「【客觀情況 / 社會現實】」由於	貴子ちゃんの頼みとあって：由於是貴子所求（「貴子所求」不能算是「客觀情況 / 社會現實」） ✗ どんな困難な状況とあって：由於是如何艱難的階段 ✗

題 9 **答案**：4312 ★＝1

中譯：「因為需要為這個世界做點甚麼事，我才出生的」這句話，是野口英世先生的名言。

題 10 **答案**：4132 ★＝3

中譯：由於我家是封建家庭之故，即使現在仍然保留着「既是長子，所以結婚的話必須盛大舉行」這根深蒂固的思想。

題 11 **中譯**：在日本居住的好朋友的父親，馬上就要動一個大手術，我懇求上天，希望一切能夠順利進行。回想年輕的時候，就去過一次好朋友在京都的老家拜訪，當時受到好朋友的爸爸媽媽盛情招待。當中印象最深刻的是，我把一個名字叫「ベッタラ漬」（一種東京著名的漬物）的漬物吃了個盤底朝天，而被我異常吃相嚇得目瞪口呆的爸爸媽媽，自從那次開始，就把「ベッタラ漬」改名為「陳洲漬」，也就是我的名字，並沿用至今。

新冠肺炎告終之日，我希望能再次去探訪久違的朋友的老家，把我現在執筆的著作呈上，然後再像當年那樣，一邊吃着「陳洲漬」，一邊與爸爸媽媽重溫舊事，讓他們歡喜也好。

題 11-1 **答案**：1

解說：4 個選擇裏面只有「思(おも)えば」有「回想當初」的意思。

題 11-2 **答案**：4

題 11-3 **答案**：4

解說：「あまりの N」＝「異於常人 / 過度的 N」。

題 11-4 **答案**：3

解說：「これから」是「從現在開始」、「それから」是「然後」、「あれから」是「自從那天開始」，而「次(つ)いで」是「接着」。

題 11-5 **答案**：2

解說：「～暁(あかつき)」是「～時(とき) /～際(さい)」。

題 11-6 **答案**：2

解說：其他的還有「拙者(せっしゃ)＝鄙人」或「拙宅(せったく)＝寒舍」等，都是謙讓語。

題 11-7 **答案**：1

解說：3 若改為「ご持参(じさん)させていただいて」（讓我帶上）也能成為正確答案。

題 12 **中譯**：去西藏旅遊之時，所到之處皆能耳聞目睹以下這首詩：

那一刻我升起風馬旗，不為祈福；只為守候妳的到來。
那一日我壘起瑪尼堆，不為修德；只為投下心湖石子。
那一月我搖動所有經筒，不為超渡；只為觸摸妳的指紋。
那一年我磕長頭在山路，不為覲見；只為貼近妳的溫暖。
那一世轉山轉水轉佛塔，不為來生；只為途中與妳相見。

倉央嘉措〈那一天，那一月，那一年，那一世〉

題 12-1 **答案**：3

中譯：和「只為投下心湖石子」意思最相近的說法是哪一個？

1　為你的生感到喜悅。

2　為你的死感到悲傷。

3　希望向你打聽從而得到反應。

4　尋求得到你的幫助。

解説：原意是「在水面上投入一枚石子藉此泛起一串漣漪」，引申為「引起對方注意，掀起一陣波瀾」。

題 12-2 **答案**：3

中譯：以下哪一個不能說是文章的特徵？

1　現代文與古文交織在一起。

2　文章的時空是以層遞法，即漸進形式展現出來。

3　在描寫否定意思前，幾乎都會用肯定手法鋪排加深印象。

4　關於「你」的身體描寫最起碼能找到 3 個。

解説：在主要是現代語的基礎上，也可見到「汝（なんじ）」或「んがためなり」等古文，所以 1 是對的；此外，文章是以那一天→那一月→那一年→那一世的次序鋪排下去，所以 2 也是對的；再者，關於「你」的身體描寫，「心湖」、「妳的指紋」和「妳的溫暖」，的確有 3 個，所以 4 也對。唯獨 3，整篇都是以「不為～，只為～」的手法作出描寫，所以是先否定再肯定。

49-51

題 1 **答案**：3

中譯：對於服務客人，小店一向認為沒有比恭敬款待來得更重要。

解説：只有「に越（こ）したことはない」才能符合文法要求。可參照《3 天學完 N2・88 個合格關鍵技巧》**65** 強調的表示①。

題 2 **答案**：3

中譯：即使如何努力，夢想不一定就能達成，當然也並非就不能達成。

題 3 **答案**：1

題 4 **答案**：4

中譯：再怎麼想也是沒完沒了，徒勞無功的，反而嘗試一下，未必就不會成功。

題 5　**答案：**2

中譯：那是一件發生在你懂得人情世故前的事情，你不記得也是無可厚非。

解說：「覚えていないのは無理もない」也可。

題 6　**答案：**4

中譯：女性的眼淚，對我們男性來說，彷彿就是一種激發同情的東西，不忍直視。

解說：3 的「忍ばない」改「忍びない」的話，就會與「堪えない」一樣。「見るに忍びない」＝「見るに堪えない」＝「不忍直視 / 慘不忍睹」。

題 7　**答案：**4

中譯：在進行重大決議前，跟父母商量是理所當然的。然而，最終的決定權還是應該掌握在自己手中。

題 8　**答案：**1324　★＝ 2

中譯：大家不要再誇我了，只不過是幫助了有困難的人而已，並不是做了甚麼了不起的事情。

題 9　**答案：**2134　★＝ 3

中譯：如果沒有其他更好的意見足以改變我這個總裁的想法，我將不打算更改現存的系統。

題 10　**答案：**3214　★＝ 1

中譯：大雄被胖虎欺負得讓我看不下去，已經達到無法假裝看不見的程度。

題 11　**中譯：**雖然住在東京快 11 年了，但因為一直住在郊外，東京的夏祭是一個怎樣的概念？我根本毫不認識。對我而言，東京的夏天很炎熱，甚至有大煞風景之感。至今只有寥寥可數的幾次，我手提一個裝着手帕和黑色兜襠褲的袋子去神宮泳池游泳，回家的途中在新宿的不二家附近，喝一杯濃厚的熱咖啡，或是去裝有冷氣設施的電影院乘涼順便再到處溜達溜達，這些都是從前東京夏天的樂趣。

說他大煞風景嘛，是因為我是農村出生的，所以如果是東京出生的人，他們應該更能領略當中的妙趣吧。今天，我和出生的故鄉已經沒有甚麼特別的關係了，但即使如此，仍能夠模模糊糊的感受到農村夏天的濃厚風情，這無疑是因為在孩提時代我曾經適應過那裏的生活。

我並非完全沒有住過【東京】市內，但是學生年代，一到暑假，我就會馬上飛奔回農村度過，所以不知道東京的夏祭也是無可厚非。

節錄自田畑修一郎《盆舞》

並對一部分舊式假名標音作出修正

題 11-1 **答案**：1

解說：「まるで知らない」表示「毫不知道」。

題 11-2 **答案**：2

題 11-3 **答案**：4

解說：「A がてら B」＝「短暫的 A 順便 B」。3 的「かたわら」傾向是長期，由於「只有寥寥可數的幾次」，所以不適合。

題 11-4 **答案**：4

題 11-5 **答案**：3

題 11-6 **答案**：3

解說：1　知ったらきりがない＝知道的話就沒完沒了。

2　知らない訳がない＝不可能不知道。

3　知らないのも無理はない＝不知道也是無可厚非。

4　知らず仕舞いだった＝最終也未能知道。

題 12 **中譯**：青樓女子向戀人（平田先生）表達傾慕之情：

如果要和平田先生分開的話，那我就沒有生存下去的價值了。我就算死，也要和平田先生成為夫妻。有別於我這個不自由的身軀，不能隨心所欲到處逍遙的身軀，我的心是永遠不能離開平田先生身邊的。我打算和你在一起，我打算和你一起到處去，我的心此刻正與你同在。無論發生甚麼事，我都不能離開平田先生身邊的。要我離開平田先生，我的心情怎能平伏？我是無法做到的。即使我的身軀在吉原，但我的心卻在岡山平田先生的身邊。

同一個想法每天縈繞在我心中，從來沒有休止。還有，我內心隱約覺得這個想法也應該傳達到平田先生的身邊了，所以今天早上，正要送出這封信之際，突然的情感驅使我的妄想產生強烈而又急促的變化，而隨着我的心情平伏下來，我對此事，需要妄想的時間變得越來越長，內容也越來越豐厚了。

節錄自廣津柳浪《今戸心中》

題 12-1 **答案**：1

中譯：構成「不自由的身軀，不能隨心所欲到處逍遙的身軀」的原因為何？

1　由於職業關係。

2　由於不能和平田先生成為夫婦。

3　由於不能離開平田先生身邊。

4　由於身體和心靈各自在不同的地方。

解說：雖然沒有明言，但 2-4 都是錯的，而眾所周知，青樓女子賣身給青樓後，從此是「不自由的身軀，不能隨心所欲到處逍遙的身軀」。

題 12-2 **答案**：3

中譯：青樓女子「內心隱約覺得」的是甚麼事？

1　一想到情人就無法自己，永無休止。

2　自從與情人分開後，已失去了生存的價值。

3　自己對情人的傾慕之情已傳達到情人身邊。

4　自己對情人的妄想，每天都在強烈而急促的變化。

解說：「我內心隱約覺得這個想法也應該傳達到平田先生的身邊了」，那究竟是一個怎樣的想法呢？也就是從文首到前一句「如果要和平田先生分開的話，那我就沒有生存下去的價值了。⋯⋯同一個想法每天縈繞在心中，從來沒有休止」中青樓女子表現的傾慕之情，她更相信這種感情能以心傳心，已直達平田先生的心坎裏。

52-54

題 1 **答案**：4

中譯：這個鄉下的小站每日的利用人數極其量也不過是 20 人而已，他成為一般人們所説的「廢站」的可能性將會越來越高。

解説：「せいぜい…といったところ」是常見的搭配，某程度可感受說話人對數字「不屑」的語感。

題 2　答案：4

中譯：因為對方是職業籃球隊伍，【贏是不太可能的，】但就算贏不了，

解説：1　如果只能和他打成平手的話，我寧願死。

2　被迫要贏了。

3　輸的話必須切腹。

4　投進他幾個 3 分球也好吧！

題 3　答案：4

中譯：竟有 100 萬人申請想成為奧運的義工。

題 4　答案：2

中譯：一向出名惜金如命的田中君去壽司店並點了一份要 5 萬日元的 Omakase 套餐時，大家都驚呆了。

題 5　答案：3

中譯：我家的孩子做甚麼都好都是「三分鐘熱度」，

解説：1　如果可以選擇不做的話，真想馬上不做。

2　想做的話，也並非就做不到。

3　熱情老是來得快也去得快有。

4　有很多情況是儘管想實行卻實行不到。

題 6　答案：1

中譯：A：你真是一個態度非常不好的人。

B：TMD！你在說啥呀？夠膽再說一遍，你這個老不死。

A：太過分了，就算怎樣不懂規矩也有個譜吧！

解説：「失礼極(しつれいきわ)まりない」和「失礼極(しつれいきわ)まる」是相同的意思，但後面只能是「ほどがある」，表示「有個限度 / 有個譜」。

題 7　答案：4

中譯：雖然受了傷，但還好未至於非常嚴重。

題 8　答案：4213　★＝1

中譯：那個大家都叫作「俺俺詐欺」的玩意，15 年前的話還說不定，可是到今天的話已經騙不了人了。

解說：「俺俺詐欺」是曾幾何時在日本很流行的詐騙手法，騙子一般是冒充被害人（多是獨居老人）的家人或熟人來電，直呼「是我呀！我呀！」來騙取對方的信任。

題 9 **答案：**3214　★＝1

中譯：高齡少子化越來越嚴重的今天，今後如何去承擔國家經濟發展一事，不難想像這個重擔會落在年輕人的肩膀上並成為他們沉重的思想包袱。

題 10 **答案：**4312　★＝1

中譯：如果是在途中才萌生放棄或擱置在旁等念頭的話，那索性一開始不做會更好。

題 11 **中譯：**偶然探索陳年往事也是一件不錯的事，如果能夠從當事人口中得知真相更是錦上添花。就好像「Wegmans LPGA 選手權」首日，和首名相差一球之差而完成當天比賽的朴世莉選手（韓國）出現在記者會場。朴選手在 4 月舉辦的「LPGA Lotte 選手權」因為生病而棄權，而隔週星期二舉辦的「Mobile Bay LPGA Classic」，又因在俱樂部踏錯樓梯而導致肩膀脫臼。不單僅是兩個禮拜連續棄權，她的傷勢甚至到達了被醫生勸説要求退出大會的地步，但是憑藉驚人的恢復力，她終於成功在今次的大會復歸。

朴選手透露，受傷的時候經常在她腦海盤旋的是自己「不能參加美國女子公開大賽」一事。如果是其他的年度還能説得過去，但今年的這個賽事是絕對不能夠有任何差錯的。然後在記者的引導下，朴選手驀然回首說出了當年的故事。14 年前，她在當地舉辦的全美女子公開賽中奪取勝利，成為了史上最年幼兼第一個奪魁的韓國人選手，同年 2 次的大會優勝也締造了史上最年輕冠軍這項成就。

節錄並潤色自 2012 年 6 月 8 日

GDO News 刊登的「朴世莉口述歷史性的一天」一文

題 11-1 **答案：**3

解說：「尚更（なおさら）」表示「更加」。

題 11-2 **答案**：3

題 11-3 **答案**：3

題 11-4 **答案**：4

解說：「復帰を果たす」表示「實現復歸」。

題 11-5 **答案**：1

解說：「思いが頭 / 心の中を過る」表示「某個念頭在腦海 / 心中湧現」。

題 11-6 **答案**：1

解說：1 他の年ならばいざしらず＝如果是其他的年度還能說得過去。

2 他の年は想像に難くないが＝不難想像是其他的年度。

3 他の年をものともせずに＝視其他的年度如無物。

4 他の年ではあるまいが＝雖然並非是其他的年度。

題 11-7 **答案**：3

解說：「振り分ける＝分配」、「振り込む＝存錢」、「振り返る＝回想」、「振り掛け＝撒在米飯上，和米飯拌在一起吃的調味食品」。

題 12 **中譯**：說起四世紀末五世紀初這段時期，正是雲崗及麥積山等石窟建成的半世紀乃至一世紀前。那個時候是中印度笈多王朝（Gupta Empire）最鼎盛的時期，迦梨陀娑（Kālidāsa）等偉大詩人劇作家輩出，與此同時亦從中國邀請得道高僧法顯前來。因此，不難發現擁有印度文化背景的印度阿富汗雕像美術，在此時已經超越了和林，在疏勒、莎車、和闐等地發展迅速，但凡前往敦煌而途經的這些都市，當時都應該是呈現出空前的繁榮吧！

然後，這些都市引入佛教，甚至企圖以其獨自的背景發展出屬於他們的佛教文化。佛教美術在這個基礎上被創作被發展是無容置疑的事，與此同時亦不難察覺在木材及石材缺乏的這些地方，利用灰泥或泥土製作塑像的方法更受到歡迎。這麼一說，塔里木盆地也許就是繼阿富汗後，另外一個大力發展雕像的地方也說不定。

節錄自和辻哲郎《麥積山塑像所暗示的事情》

題 12-1 **答案**：4

中譯：如何能推算出「雲崗及麥積山等石窟建成」為何時？

解說：1　約四世紀初

2　約四世紀末葉

3　約五世紀初

4　約五世紀中葉

文中有言「四世紀末五世紀初的這段時期，正是雲崗及麥積山等石窟建成的半世紀乃至一世紀前」，假設四世紀末至五世紀初為西曆 375 年 -425 年左右，取中位數西曆 400 年，其半世紀乃至一世紀後為西曆 450 年 -500 年，亦即五世紀中葉至六世紀初，故答案是 4。

題 12-2 **答案**：1

中譯：下面哪一項可證明「企圖以其獨自的背景發展出屬於他們的佛教文化」？

1　利用木材和石材以外的材料大力製作工藝品。

2　大力發展前往敦煌途中的眾多都市。

3　希望佛教的教義能被不同的階層所接納而大力滲透推廣。

4　比起木材及石材相對充足的地方，佛教美術在木材及石材缺乏的地域更受歡迎。

解說：「這些都市引入佛教，甚至企圖以其獨自的背景發展出屬於他們的佛教文化。… 與此同時亦不難察覺在木材及石材缺乏的這些地方，利用灰泥或泥土製作塑像的方法更受到歡迎」一段可見基於資源限制下地域的獨創性。

55

題 1 **答案**：2

中譯：由於戰爭的緣故導致人類不斷的犧牲 —— 只要一日有人類存在，這就是不變的現實吧！

解說：「でもって」和「をもって」的最大不同在於前者能表示理由但後者不可。而 3 如果是「のこととて」的話，也可成為答案。

題 2 **答案**：4

中譯：即使使用最新的技術，

解説： 1　我已經厭倦每日與癌症共存的日子了。

2　人是否就一定不能活到 150 歲？

3　不能根治的病只剩下一點。

4　依然還有很多不能根治的病。

題 3　**答案：** 1

中譯： 這個電視劇是按照滿清王朝真實歷史而製作的，所以被認為可信程度高。

解説： 1　按照滿清王朝真實歷史

2　「則って」改「即して」＝根據坂本龍馬波瀾壯闊的一生

3　「準じて」改「即して」＝根據 18 世紀美洲的印第安文化

4　「従って」改「則って」＝以江戶時代完成的法律條文為基礎

題 4　**答案：** 2431　★＝ 3

中譯： 本作乃在原作的基礎上改寫的作品，即所謂的「戲仿」（parody，屬二次創作的一種），但甚至有意見認為這比原作藝術性更高。

56

題 1　**答案：** 1

中譯： 一個被認為是名副其實的關西人，人們常常期待他們的説話裏有梗，否則就不地道。

解説： 某些關西人或關西出身的搞笑藝人擅於在一段話後面插上梗，令説話或故事有一個完整的起承轉合。由於這個形象太過深入民心，其他縣的縣民漸漸覺得所有關西人都會插科打諢，擅於講笑，所以當一個關西人説了一段沒有梗的話後，他縣的人就會追問梗在何處或為何沒有梗，令關西人感到無奈。

題 2　**答案：** 4

中譯： 身為父母，卻

解説： 1　請捨棄一些諸如「作為父母，應該這樣做那樣做」的先入為主觀念。

2　不應該對孩子的選擇有過多的干涉。

3　與孩子相處時，不應該忘記自己除了是教育者，也是他們的朋友。

4　竟然對孩子施加暴力，你怎樣解釋？

題 3　**答案：**3214　★＝1

中譯：我自負的以為【其他人不敢説】自己的話一定沒問題，卻偏偏就是這個以為沒問題的人，竟然粗心地犯下這樣的過失。

題 4　**中譯：**美國職業籃球協會（NBA）的球隊，洛杉磯快艇隊的班主，由於所作的發言涉及對黑人的種族歧視，引起了全國很大的迴響。4 月 27 日例行比賽前的練習中，快艇隊的選手們故意把運動服反過來穿，彷彿忌憚被人家看到會蒙羞似的盡量不展示球隊的徽章和名字，以表明他們抗議的精神。曾經風靡萬千球迷的著名選手米高佐敦亦對今次的事件作出以下的聲明：

「一個堂堂的球隊班主，竟然作出這樣令人不愉快的發言，對此我實在感到很遺憾。NBA，以至於世界上任何角落，那樣的種族歧視和憎恨的情緒是不能夠被允許的。這種無知的見解至今仍然在我國，甚至在運動世界上的頂端存在着，我實在感到很困惑，束手無策。NBA 選手的大部分是非裔美國人。總之，姑勿論任何程度的種族歧視，都絕對不能夠被容許的。」

節錄並潤色自 2014 年 4 月 28 日
HUFFPOST 刊登的「NBA 快艇隊選手對發出
種族歧視宣言的班主作出無言的抗議」一文

題 4-1　**答案：**3

中譯：這次事件中，人們怎樣向班主表達自己的憤怒？

1　匿名人士呈上批評的意見。

2　NBA 主席下令要求罰款。

3　選手們在公眾地方故意不顯示自己的名字。

4　球迷們一個接着一個燃燒球衣。

題 4-2　**答案：**1

中譯：所謂「感到很困惑，束手無策」是一種怎樣的心境？

1　不懂如何面對，不知所措的心境。

2　聽到對方無知的發言而感到悲傷的心境。

3　認為班主雖然有高高在上的身份，但卻行為幼稚，對此感到很荒謬的心境。

4　認為班主不應該説出一些不被容許的説話，對其所作所為感到遺憾的心境。

57-58

題 1　**答案：**3

中譯：把小孩長時間鎖在車裏而導致死亡，這是作為父母絕對不能被原諒的事情。

解説：1　許(ゆる)さないではおかない：不得不讓人原諒。

2　許(ゆる)しかねない：可能會原諒。

3　許(ゆる)すまじき：絕對不能被原諒。

4　許(ゆる)さなければそれまでの：如果不原諒的話那就完蛋了。

題 2　**答案：**4

中譯：如要凸顯電影的優秀，

解説：1　我覺得導演的功力和手腕有點不適合……

2　觀眾應該不買盜版電影，而要去電影院看才是呀！

3　剽竊其他電影是一種不要得的行為吧！

4　你不認為美妙的音樂是不可或缺的東西嗎？

題 3　**答案：**2

中譯：田中被告以「在餐廳的廚房裏大便，讓店員不得不打掃乾淨」的罪名被起訴。

解説：也許很多學習者會選「余儀(よぎ)なくされる」，但如果「清掃作業(せいそうさぎょう)を余儀(よぎ)なくされる」的話，就會變成「田中被告不得不打掃」，那就很奇怪了。要分辨「余儀(よぎ)なくされる」和「余儀(よぎ)なくさせる」兩個其實不難，如：

I.　母(はは)が病気(びょうき)になり、私(わたし)は帰国(きこく)を余儀(よぎ)なくされた。（母親生病了，我不得不回國。）

II.　母(はは)の病気(びょうき)は、彼(かれ)に帰国(きこく)を余儀(よぎ)なくさせた。（母親生病了，這讓他不得不回國。）

題 4　**答案：**3

中譯：那既美麗又描寫細緻的歌詞，應會讓人不得不神馳 20 世紀中葉的香港風貌吧！

題 5　**答案**：1

中譯：都怪在路上只顧看智能電話，所以很遺憾地

解說：1　遇上了意外。

2　要是遇上了意外怎辦呢？

3　幸好沒遇上意外。

4　可能已經遇上意外也說不定。

這裏如知道「ばかりに」＝「因為…所以很遺憾…」，那就不難選出答案。可參閱《3 天學完 N2・88 個合格關鍵技巧》46 理由的表示②。

題 6　**答案**：2431　★＝3

中譯：有云「不工作的人就不應該吃飯」，這句話到現在還能通用。

題 7　**答案**：4123　★＝2

中譯：承蒙教授厚愛，竟收到如此貴重的禮物，不投桃報李的話太說不過去吧！

題 8　**中譯**：在高中的畢業典禮上，某個老師發表了以下的演說：

高中三年生的諸君，恭喜各位順利畢業。回首前塵，三年前大家應該是抱着一種既帶着希望卻又混集了不安的複雜情緒入學的吧。入學以來不斷的學習和參加課外活動，投放了三年青春所帶來的回憶，恰如走馬燈般在眼前一閃，現在你們也要即將離開學校，踏上人生的另一段旅途。21 世紀即將進入第 21 個年頭，適逢這個歷史交替的日子，迎來的是畢業諸君的未來 —— 想必是種種呈現出日新月異而千變萬化的未來吧！即便如此，請你們務必運用在高中所培育的知性，所學習的知識，那麼各自的前路就會自自然然的開拓出來。請對自己保持自信及驕傲，也希望你們從此過着不恥於人的正面積極人生。「在我的前面沒有路，但在我的後面路已經出現了！」—— 這是著名的高村光太郎老師的詩歌，也只能是自己開拓的路，才能有一個充滿生存價值的人生。還有，正如中國古典所說「少年易學老難成，一寸光陰不可輕」，諸君必須在年輕的時候擁有堅定的目標，然後朝着目標一步一步堅實的前進，不要鬆懈，不要放棄。最後，今天也是我退休前的最後一

天工作，希望諸君不要忘記老師們對你們的教誨。同時，我亦代表老師們，感謝每一位諸君給予我們返老還童的能量，讓我們的生活添了很多快樂氣息，謝謝！

題 8-1 **答案：**1

解説：這裏只有「ご入学(にゅうがく)になった」是正確的尊敬語，如果把 2 的「ご入学(にゅうがく)なされた」改為「ご入学(にゅうがく)なさった」（不過稍嫌把學生的地位抬得過高）的話也可以成為正確答案。可參照《3 天學完 N4・88 個合格關鍵技巧》67 尊敬語轉換表。

題 8-2 **答案：**1

解説：「恰(あたか)も」是「恰如」、「案(あん)の定(じょう)」是「果然」、「悉(ことごと)く」是「悉數 / 所有」，而「辛(かろ)うじて」是「好不容易才」。

題 8-3 **答案：**3

解説：「時間名詞（如：国慶節(こっけいせつ)）にあたる」＝「適逢這個時節（國慶節）」。

題 8-4 **答案：**1

解説：「様相(ようそう)を呈(てい)する」是「呈現…的樣子」、「進(しん)ぜる」是「贈送」、「献(けん)ずる」是「獻上」，而「失(う)せる」是「消失」。

題 8-5 **答案：**2

解説：「何(なん)なりと」是「無論如何」、「自(おの)ずから」是「自自然然地」、「さぞかし」是「想必」，而「何卒(なにとぞ)」是「務必」。

題 8-6 **答案：**4

解説：3 的「べからざる」的話需要是「べからざる N」（許(ゆる)すべからざる行為(こうい)＝不可饒恕的行為）的形態。

題 8-7 **答案：**2

解説：「をもって / をもちまして」前放時間名詞（如「今日(きょう) / 只今(ただいま)の時間(じかん)」）的話，表示事情會從這個時間開始或結束。1 的「N に限(かぎ)って」若改為「N を限(かぎ)りに」則表示「以 N 這個時間為限 / 從 N 這個日子開始」，也能成為答案。

59-60

題 1　**答案**：3

中譯：説起日本這個國家，一旦在社會上失去了信用，就很難挽回。

解説：「なり」「や否や」均表示「過去『剛 / 一 V 完… 就』」的意思，而「あげく」後面也是傾向跟着一個「過去不好的結果」，均與「それを取り戻すのがいたって大変な国である」這表示現狀的文章不符。

題 2　**答案**：2

中譯：【平常一般都不會下雨的，但】一旦當我決定要登山，很多時候天就開始滴滴答答地開始下起雨來，我真是一個容易招風雨的男人。

題 3　**答案**：3

中譯：如果能住在你一直嚮往的日本，你想住在哪個縣？

題 4　**答案**：3

中譯：也許這就是當兵的命運吧，如果觀音娘娘向我苦苦哀求，就算薪金微薄，哪怕是愛馬仕還是甚麼的，我也會毫不猶疑爽快的買下進貢給她。

題 5　**答案**：1

中譯：這個系列的手機，應該馬上就會推出性能更加好的機種。所以，你現在的手機就算壞了，我勸你再等 2、3 個月買會比較好。

解説：「とあれば」「とあっては」均是強調後文的必然性（如「如果壞了就一定要買」），與「我勸你再他 2、3 個月買會比較好」不匹配。

題 6　**答案**：1234　★＝ 3

中譯：除非有正當的理由，否則若無有關人士的同意，是不可以胡亂把個人資料告訴給第三者的。

題 7　**答案**：4321　★＝ 2

中譯：的確，像他這樣的名人，想輕輕鬆鬆的在小鎮裏漫步一番也是不太可能吧！

題 8 **中譯：**從電影播放時大家對他的評價可知，動畫《再見螢火蟲》是怎樣催使觀眾潸然淚下。

A 小姐：一邊看電影，一邊哭得這麼厲害，這種事情有幾多年沒有發生了？淚水一直流着不能停下，令我打算從座位站起來的時候，甚至希望鄰座認識的人不要看到我這張臉呢！

B 先生：我閱讀《再見螢火蟲》原文是中學生的時候，那時雖然粗略明白戰爭是一件悲慘的事情，但對每天都能吃得飽、睡得好的我來説，真正的戰爭為何物根本難以體會！晚上當我鑽進被窩裏，想起自己小孩子的時候，想起弟弟，想起【電影裏】無罪的兄妹由於無情的大人們而被迫犧牲，每晚我的枕頭套都會被眼淚所沾濕。

可見，就算是沒有經歷過戰爭的世代，也能充分投入角色，受情感驅使而落淚。而促使出現這些沒有眼淚就看不下去的評價的其中一個原因，我認為就是對親戚「嬸嬸」的描寫方法。

在原作中的設定，本來是「爸爸表弟的太太的老家」，但在動畫裏則變成了「親戚的嬸嬸」。這是一種怎樣的關係？一個怎樣的親戚？觀眾當然無法判斷。只寫「親戚的嬸嬸」的話，有些觀眾可能覺得是「關係很好的親戚」吧！但在前面的篇章已經説明過，有關冷漠對待清太的「嬸嬸」，在原作中作者對其行為有一句「這也是沒有辦法」的描述，但到動畫裏就找不到這個附加説明，反而是通過對「嬸嬸」的容貌及口吻描述，給觀眾留下了其人冷酷的印象 —— 這種意圖十分明顯。

動畫中能通過對表情或者角色其一舉手一投足的刻劃，對聲音抑揚頓挫的處理等，塑造出特定的人物形象。在原作中，對於未亡人（筆者注：即動畫裏的「嬸嬸」）還有同情的餘地，但在電影的世界裏，她可説是被單純地塑造成一個「容易看得出來的壞角色」吧！正是由於這樣，清太和節子的不幸命運更加鮮明，而觀眾內心對他們的憐憫就更油然而生。

節錄自 2014 年上載的論文

山本昭宏〈『再見螢火蟲』的媒體文化論〉

題 8-1 **答案**：4

中譯：「在原作中作者對其行為有一句「這也是沒有辦法」的描述，但到動畫裏就找不到這個附加說明」，為甚麼會有這種處理手法呢？

1 因為通過這樣的手法，「嬸嬸」不為人知的悲哀也能逐漸展現出來。

2 因為動畫就算怎樣模仿原作的描寫也會有個極限。

3 因為「這也是沒有辦法」這句話，對於製作動畫層面而言重要性不大。

4 因為導演意圖運用不同的角度以達成人物描寫效果。

題 8-2 **答案**：1

中譯：總括而言，作者在文章中把最大的焦點放在何處？

1 通過嶄新的藝術手法就能產生預期的效果一事。

2 電影和原作中所見不同的時空人物設定及背後造成有差異的原因。

3 比起其他事情，重視只有原作才能體會的樂趣才是最重要的環節這觀點 。

4 怎樣做才能令沒有經歷過戰爭的世代也能感動這段落。

61-62

題 1 **答案**：1

中譯：就算憑他的本領，也很難把我們從這次的絕境中救出來吧！

題 2 **答案**：4

中譯：唉！先別說國內旅行了，

解說：1 最終的夢想是想環遊世界。

2 你問我的話，我是一個傾向宅在家的人。

3 甚至連國外旅游也是家常便飯。

4 就連旁邊的縣也沒去過呢！

即使有同樣有「不用說」的意思，但「はおろか」有種「唉 / 氣死人」的口吻，所以和 3 的積極文意不符。

題 3　**答案：**3

中譯：路上吸煙是一件極度給他人帶來麻煩的事情，即使不提倡全面禁煙，但至少也希望規定煙必須在特定場所才能吸。

題 4　**答案：**2

中譯：他視世間的嘲笑和責罵為無物，貫徹自己的理念，終於成功讓新商品面世。

解說：「冷笑(れいしょう)と罵声(ばせい)が相(あい)まって＝伴隨着嘲笑和責罵」的話，因缺乏如「無畏無懼 / 捨我其誰」這類轉折的語句，稍嫌與後文「貫徹自己的理念，終於成功讓新商品面世」難以接合。

題 5　**答案：**3

中譯：女兒：媽媽，今天的面試我又失敗了，真對不起……

母親：傻瓜，沒關係的，結果還在其次，竭盡全力才是最大價值所在。

解說：て型「さておいて」和 V-stem 的「さておき」都是動詞「さておく」的變身。

題 6　**答案：**3421　★＝2

中譯：唉，這個時勢，先別説獎金，連能不能收到全額工資也是存疑。

題 7　**答案：**3412　★＝1

中譯：那家餐廳味道就不用説【是很好吃】了，最重要的是店員的服務態度令人留下深刻印象。

解說：由於文法是「もさることながら」，所以次序必須是 3 → 4，而不能是 2 → 4。

題 8　**中譯：**本村盛產農業作物，當中活用地域的乾燥冷涼氣候，栽培夏季當造的芹菜，銷量更達致全國第一，被全國各地人民安心食用，是本村的最大驕傲。此外，高原上恰到好處的日光，為花卉倍添燦爛的顏色，這對於人們的生活，在精神和物理層面上均給予了大大的滋潤。對此，我們對造物主不勝感激，今後也定必繼續以振興和發展進一步的農業為己任。

長時期的封建歷史時代背景，對本村村民在勤勉、忍耐、團結、協調性及自尊心等各方面的性格形成，產生正面的影響並長期保留下來。近年，本村的發展及成長令到我們很鼓舞，大家對村的感情亦有增無減。前人開村以來經歷 400 年，為了表示對其勞苦功高的感謝，我們開始了本村的福祉服務。目的是繼承前人的期望，建立「不落後於時代的良好村莊」—— 這亦成為今天我們的信條。於是我們定下「幸福的生活首要的條件是建立在健康上」這個目標，為村莊貢獻了一生的高齡者自不必説，更為嬰兒、兒童、學生、傷殘人士、單親家庭及一家之主等人士提供免費醫療的服務。除此以外，各種健康檢查服務亦是免費提供的。詳情不能一一敘述，只想説和其他政策相輔相成下，今日本村已逐漸被稱為「福祉先進村莊」了。

「喜愛得不能再喜愛的村莊，希望你永遠繁榮安定下去」—— 我們今後會繼續秉承大力發展村莊的理念，不甘後人，邁步向前。

節錄並潤色自長野縣県原村　清水澄村長

「永遠熱愛的村莊」一文

題 8-1 **答案**：4

題 8-2 **答案**：3

題 8-3 **答案**：3

解說：日語的「評価する」有一種上對下的語感，所以「評価したくてならない＝我不得不讚許」，即使文法是正確的，但由於從「高原上恰到好處的日光，為花卉倍添燦爛的顏色，這對於人們的生活，在精神和物理層面上均給予了大大的滋潤」可見，作者作為村裏的代表，對施恩者「日光 / 造物主」應該是下對上的「不勝感激」，而不是上對下的「不得不讚許」，否則會產生前後文章卑恭程度不一致的問題。

題 8-4 **答案**：1

解說：「開いて以来」是「開村以來」、「開かんばかりに」是「眼看就要開村」、「開いたそばから」是「剛開村就」，而「開いたかとおもいきや」是「原以為開村了，怎知…」。

題 8-5 **答案**：1

解說：「言うに及ばず」是「不用説」、「言うとなると」是「如果要説的話」、「言うことなし」是一個特別意思，指「完美得無話可説」，而「言うどころか」是「別説説甚麼話，就連…」。

題 8-6 **答案**：2

題 8-7 **答案**：2

解說：「OO あれ」是一句祝福他人的特別語法，並非命令型而可理解為「OO であってほしい」，所以「栄(さか)えあれ＝栄(さか)えであってほしい＝繼續繁榮昌盛下去」。如果選「なれ」的話，需多加一個助詞即「OO に なれ」。著名歌手長渕剛的《乾杯》一曲中有「君(きみ)に幸(しあわ)せあれ」（希望你一直幸福下去）就是典型的用法。「せよ」的話，要不就是與 III 類動詞的名詞配合，如「結婚(けっこん)せよ＝快點結婚」，要不就是以「にせよ」的形態出現，表示逆轉。可參照《3 天學完 N2・88 個合格關鍵技巧》**63** 逆轉 / 否定的表示②。

63-64

題 1 **答案**：2

中譯：籃球比賽中還以為自己球隊投進了一個反超前的 3 分球，誰想到竟然

解說：1　跟對方只相差 1 分。

2　被裁判判了個進攻犯規。

3　球賽還有 3 秒就結束，等同於被判了死刑。

4　無論結果怎樣也好，觀眾們對於盡了最大努力的球隊給予熱烈的掌聲。

題 2 **答案**：1

中譯：考試合格與否我們會打電話通知閣下，所以不需親自過來。

題 3 **答案**：4

中譯：唉，為甚麼放假的時候一天過得那麼快，但相比之下，平日就感到那麼漫長？

解說：「そうはいうものの」是「雖然説是這樣説」、「それにもかかわらず」是「儘管如此」、「それをいうなら」是「如果要説的話」，而「それにひきかえ」則是「相比之下」。

題 4 **答案**：4

中譯：你後悔的心情我是理解的，但希望你明白，逝去的時間，發生了的事情是無可挽回的。

解説： 這裏嘗試把其餘選擇（惟 2 無法修改）的錯處改掉或補上適當的後續句子：

1　悔しいところで　✗ →　悔やんだところで　✓

2　悔しいばかりに　✗

3a 悔やしいといえども、毎日楽しいふりをする。（雖然很後悔，但出人意外的是每天裝作很開心。）

3b 悔やしいといえども、すべて運命のせいにしてはならぬ。（就算怎麼後悔，也不能把所有事情都歸咎於命運。）

題 5　**答案：** 2

中譯： 就算是及不上畢卡索，那個畫師的畫功也是一流的。

題 6　**答案：** 1423　★＝ 2

中譯： 她一直說想見家人，我當然以為她回國第一件事就是去見他們，豈不知她竟然先去見男朋友。

題 7　**答案：** 3142　★＝ 4

中譯： 我固然知道你並非有意，但無可否認的確是弄傷了人，在情在理也該道歉的。

題 8　**中譯：** 從前的話，企業是屬於自己的東西。工作上的盈利，只需交了稅金，剩下的就全部歸自己，若是股份有限公司的話，就屬於股東的，屬於公司自己的 —— 在本質上這樣想也是沒有錯。但是今天，若果這樣仍然有這樣的心態，我就覺得有點不恰當了。

當然在法律上，縱使是今天，如果是個人的生意，企業是屬於個人擁有無疑。公司在法律上也是屬於股東的，收益就應該由所有股東分配共享，就是這樣簡單的一件事。（… 中略 …）但是分析其本質的話，如果【企業及其業務】是屬於社會共有的東西，而自己只不過剛巧是一個適合就任的人而負責管理而已，那麼即使是父母也好，即使是自己的孩子也好，即使是親戚也好，也必須以一個大家都覺得合適的價格去售賣商品 —— 此思維就在這個大前提下應運而生。也可說是公正無私吧，反正我認為這種思想在近代經營的企業理念中，需要不斷的創造下去。

節錄自松下幸之助《松下幸之助發言集精選》

第四卷〈企業為公共之物事〉一文

題 8-1 **答案：**4

中譯：「從前的話」，企業

1 對盈利「若是股份有限公司的話，就屬於股東的」這個認知很薄弱。

2 的方針是工作一定會做，但不認同有納稅的義務。

3 總是認為企業是屬於以國家為首的公共的東西，多於是自己的東西。

4 所認為的盈利，只需計算稅金的這個那個後就能得知。

題 8-2 **答案：**1

中譯：「這個大前提」指的是甚麼？

1 「如果【企業及其業務】是屬於社會共有的東西」這假設。

2 對「即使是父母也好，即使是自己的孩子也好」這合理性的說明。

3 「必須以合適的價格去售賣商品」一事的理由。

4 關於「近代經營理念為何物」的定義。

解說：只要把選擇套進前文後理，則邏輯清晰無誤：「當然在法律上，縱使是今天，如果是個人的生意，企業是屬於個人擁有無疑。… 如果【企業及其業務】是屬於社會共有的東西，則必須以一個大家都覺得合適的價格去售賣商品。」

65-66

題 1 **答案：**3

中譯：突然想起，那個連續殺人事件發生了已超過 10 年，然而直至今天仍未能把凶手緝捕歸案。

題 2 **答案：**1

中譯：一旦自己站在一個孩子的父親的立場，

解說：1 我才明白那時候父親說話的真意。

2 我無論如何也不明白父親說話的真意。

3 如果你能理解那時你父親說話的真意就太好了。

4 我動輒就忘記那時父親說話的真意。

題 3　**答案：**3

中譯：班裏所有同學都合格，至於成績獨占鰲頭的山下君就更加不用說，聽說所報的學校全部合格。

題 4　**答案：**4

中譯：既然已經大學畢業的話，那就不能再靠父母，必須自食其力。

解說：無論「しまつ」或「あげく」都有一種「淪落…地步」的負面意思，但我們總不能說「自食其力」是一件不好的事情吧！

題 5　**答案：**2

中譯：這是個整天都要站着的工作，所以寧可說雙腳疲倦，倒不如說雙腳麻痹，感覺全失會更貼切。

題 6　**答案：**4321　★＝2

中譯：那個時候同學為甚麼會生那麼大的氣，我不得而知就畢業了。

題 7　**答案：**3142　★＝4

中譯：考試已成過去，事到如今無論你怎樣後悔都無補於事。

題 8　**中譯：**前幾天，透過在仙台居住的高橋社長的介紹，我跟從關西到香港出差的山本先生成為朋友。山本先生原是一個教授，在神戶大學執教鞭，現在則是作為一個顧問，除了對創業家提供精神並心理上的支援外，更把日本企業於海外發展商業時所需要的各種技巧等，傳授給企業家 —— 就是一位擁有這些華麗履歷的人士。

我倆在香港一家本地的餐廳裏，一邊不斷觥籌交錯，一邊從日本不同地方開始尋找話題，以致中日關係、中美關係、甚至於俄羅斯烏克蘭關係等等，天南地北無所不談，話題四起場面熱鬧。援引中國古典的一句說話「聽君一席話，勝讀十年書」，就是如斯意義。山本先生，非常感謝你，並希望在未來日子還能夠和你見面。

題 8-1　**答案：**4

題 8-2　**答案：**2

解說：「コンソメスープ＝ Consomme soup ＝清湯」、「コンサルタント＝ Consultant ＝顧問」、「コンタクトレンズ＝ Contact lens ＝隱形眼鏡」，而「コンプレックス＝ Complex ＝自卑感」。

題 8-3 **答案**：2

解說：「プライスダウン＝ Price down ＝價格下降」、「プロフィール＝ Profile ＝履歷」、「プリペイド＝ Prepaid ＝預繳」，而「プレゼンテーション＝ Presentation ＝演示 / 說明會」。

題 8-4 **答案**：4

解說：「N に因んで」表示「就着 N 這個話題」的意思，會話中常用的「因みに」也有這個含義。

題 8-5 **答案**：1

題 8-6 **答案**：1

解說：「N に勝る」表示「比 N 優勝」，如「筆は剣に勝る」（文筆之威力，勝於刀劍）。

題 8-7 **答案**：4

解說：「目をかける」是「關照」、「目が回る」是「頭暈眼花 / 非常忙碌」、「目が冴える」是「精神抖擻，頭腦清醒」，而「目にかかる」是「拜會對方 / 與對方見面」的謙讓語。

67-68

題 1 **答案**：2

中譯：父母在自己眼前被黑社會當場槍殺，這光景就算想忘也忘不了。

題 2 **答案**：2

中譯：世界上有數以億計的人由於缺乏食物而活在瀕死邊緣，所以不管好吃，還是不好吃，只要能吃飽就必須要感恩了。

題 3 **答案**：4

中譯：【唉，真麻煩 / 氣死了】我那愛操心的媽媽，總一廂情願的以為我一個人會餓死似的，不管是白天還是晚上都打電話來問這問那，實在令人感到煩擾。

題 4 **答案**：1

中譯：你一時衝動買下的衣服，打算怎樣處置？我建議或是扔掉，或是賣掉。

解說： 1　二選一，你覺得呢？

2　那麼你對東西的價值觀會產生改變也說不定。

3　但你做還是不做，跟我也沒有太大關係。

4　── 以為你會這樣做，但卻甚麼都沒在做，不是嗎？

題 5　**答案：** 1

中譯： 他來派對也好，不來也罷，

解說： 1　反正我是一定會來的。

2　計劃會隨之而變。

3　我也不知道呀，但希望能來吧……

4　我呀卻是想來也來不了。

題 6　**答案：** 2

中譯： 昨日的 F1 賽車，車手們你追我趕勢均力敵，看得我們心臟砰砰地跳個不停，十分有趣。

解說： 1　浮浮沉沉

2　你追我趕勢均力敵

3　若隱若現

4　互相扶持

題 7　**答案：** 4312　★＝1

中譯： 這次的旅行，我不去了。說白點，沒有錢，想去也去不了，就這麼一回事。

題 8　**中譯：** 題目：於吐露港即興書寫心境

從羽毛般的雲堆中，
飛機，
一架接着一架，
盤旋飛過。

在圓形的湖中，
黑白色的鷺鳥，
優哉游哉地，
甫把翅膀張開又閉上。

在公路上的迴旋處，
一輛公共巴士，
正彎着車身，
繞道而行。

正在這個時候，
伴隨着粗獷的鬚根，
和那幽怨的雙眼，
也許感到頭暈眼花，
一邊低聲地，
自言自語的，
一個中年男人。

迷迷糊糊地想着，
來世這東西，
有也好，沒有也好；
無限轉動着的，
輪迴這物事，
真也罷，假也罷；
逐漸體會到，
都並非是甚麼，
了不得的大事。

倒希望明天和，
今天一樣，
能從骨子裏深切體會，
生的喜悅。
就是這一份感受，

而能，

遠遠地凌駕，

所有超自然，

的一份平凡美。

正是這樣的一份平凡美。

題 8-1 **答案：**1

中譯：以下哪一個是這首詩的特徵？

1 利用擬聲擬態詞的例子俯拾皆是。

2 交織着幾個人的會話。

3 非科學的想法被詩人極力排擠。

4 相比起事物，詩歌的焦點更着重放在人物容貌的描寫上。

解說：人物的容貌描寫並非沒有，但也僅有區區的「粗獷的鬚根，和那幽怨的眼神，… 一個中年男人」而已；對比之下事物如「羽毛般的雲堆中」、「一架接着一架盤旋飛過的飛機」、「在圓形的湖中」和「黑白色的鷺鳥」等，邊幅更多。

題 8-2 **答案：**3

中譯：一言蔽之，詩人想表達的是甚麼？

1 比起生的喜悅，死的意識更見重要。

2 沒有生存意義的命，雖然為數很少，但的確是存在的。

3 你要找生的喜悅的話，隨便都能找到一大堆。

4 不去嘗試尋找生存意義而老是在煩惱的人，就如失去了生存意義一樣。

69-71

題 1 **答案：**1

中譯：在洞窟中發現的烏克蘭難民，據說他們被救出之前，在衞生條件非常惡劣的環境中持續了長達幾個月的避難生活。

題 2 **答案：**1

中譯：擅長釣魚的老爸釣了一尾長達 1 米的大魚，非常自豪。

題 3　**答案**：1

中譯：從前的人老是覺得一個男人，是不能輕易的把自己的弱點和眼淚表露，當中若是為人父親的則更有過之而無不及。

題 4　**答案**：4

中譯：對於何謂「最崇高的愛情」，大家各有定義眾説紛紜，然而對我而言，

解説：1　就算是一瞬間，哪有試過忘記呢？

2　文法錯誤。但若改為「最終的結婚に限ったことでもない」則表示「最終也不一定要結婚才算美滿」，也可以成為答案。

3　若撇除兩情相悦，也並非不能討論。

4　只有對對方一心一意至死不渝才是。

題 5　**答案**：4

中譯：前女友本來已經和我有婚約，但卻突然毀約而跟富二代結了婚。我一邊想「這不是背叛，還是甚麼？」一邊也不得不認同這就是人類本來的真面目。

題 6　**答案**：1

中譯：你的人生嘛，並非其他人所有，而是完完全全屬於你自己的，

解説：1　最好是以自己個人的方式過活。

2　就是為了聽父母親的指示而過。

3　如果不成為公司首屈一指的員工的話，那真是枉費了。

4　有靈魂伴侶才有自己的人生 —— 這實在太美妙了。

題 7　**答案**：3

中譯：寧可怪罪新冠肺炎，倒不如説是不敵自己的惰性，最近變得連一點路也不願意走似的，哪怕去附近的超市，最終也是開車前往。

題 8　**答案**：4132　★＝3

中譯：【大家能明白球隊的困難，但】再怎麼的準備不足也好，輸給榜末的那支球隊，沒有比這件事更令人沮喪。

題 9　**答案**：2143　★＝4

中譯：現在回想起，那個時候雖然言者無心，但對他説了些多麼殘忍的話，現在感到非常後悔。

題 10 **答案**：3421　★＝2

中譯：年輕的時候老是叛逆父母，對他們的孝道，哪怕是一毫米，根本連丁點兒都沒有盡，但今天自從有了孩子之後，也終於明白了為人父母的辛勞。

題 11 **中譯**：各位學生，你們平時是怎樣利用上網的呢？特別是畢業論文研究或特別研究等，今時今日如果沒有上網的話，應該很多研究都無法隨心所欲，順利進行吧！今時今日，和我自己在學生的時代，也即是 10-20 年前作比較的話，上網已經進化到一個不能同日而語／相提並論的地步。極端來說，想要的資訊，不管甚麼都可以容易入手了。但與此同時，近日成為城中話題之一的，以虛假新聞為主的虛假資訊也充斥網上，究竟哪一些資訊是確實的？是可靠的？這需要自己去考慮判斷，但誠然這對於學生諸君來說，也許是非常困難。

然而，若只論有關學術資訊的話，有一種上網就能利用且可靠性非常高的東西，那就是「電子期刊」。這是刊登在雜誌上的論文或記事，通過網上的形式可供閱讀。由於檢索和鏈接機能充實，參考文獻和二次資料都能夠很容易查閱。電子期刊有各種不同的種類，一般來說在家裏是無法使用的，只有在大學或高專等高等教育機構，通過定期購買的形式才能使用。不過即使限制使用，但基本上都可以閱讀文章的 abstract（概要）。Abstract 的意思是，不需閱讀全篇論文，只需閱讀這個東西就能大概知道整篇文章寫着甚麼。因此，收集它對大家也很有幫助。

另外，在網上搜集資訊時一個非常重要的技巧是，你需要花點功夫／動點腦筋在如何搜尋資訊上。大家是否對自己通過關鍵字所找到的論文或記事感到滿意？或者，當找不到令你感到滿意的資訊時，你會不會馬上就放棄？其實在感到滿意或放棄之前可多做一個動作，比如說「嘗試輸入其他和關鍵字相同意思的單詞」，或「找出在論文或記事中似乎有關連的事項然後再搜索」，甚至「閱讀論文或記事中鏈接的參考文獻」等。這樣的一種「反覆試驗，不斷摸索，從錯誤中成長」也是一種學習，可能還會帶來一些意外的收穫也說不定。

節錄並潤色自平成 29 年刊登的

〈小山工業高等專門學校圖書情報中心通訊〉

題 11-1 **答案：**1

解說：4 的「なせばなる」原文出自江戶時代米澤藩第九代藩主上杉鷹山所說的「為せば成る、為さねば成らぬ。何事も、成らぬは人の為さぬなりけり」(為即成，不為則不成。從來事情不成，是為人不為而已)，短短五個字，其實就是「有志者事竟成」的意思。

題 11-2 **答案：**2

解說：「ままならない」並非「不成為媽媽」(不過可以這樣記)，而是「無法隨心所欲，很不如意」的意思。

題 11-3 **答案：**4

解說：1　就算不能説是能比較，然而…。

2　就算比較也可以全部比較。

3　雖然說了無法比較，卻…。

4　無法比較＝不能同日而語 / 相提並論。

題 11-4 **答案：**4

題 11-5 **答案：**1

解說：「書いている」＝「某人正在寫」；如果是「書かれている」的話，這裏可視為與「書いてある」同等意思＝「寫着」。

題 11-6 **答案：**3

解說：言語道断＝「荒謬至極，豈有此理」；起承転結＝「文章或故事的起承轉合」。

題 12 **中譯：**「推理小說」是昭和 21 年首次使用的名稱，在戰前一般是被稱為「偵探小說」的。那為何戰後突然間把名字改變了呢？原因只不過是因為昭和 21 年發表的《當用漢字表》中沒有收錄「偵」這個字，所以無法標示出「偵探」這兩個字而已，亦換言之，當用漢字是作為「使用漢字範圍標準」，時人是很抗拒使用當中沒有記載的字。

不過哪怕叫推理小說也好，叫偵探小說也好，反正指的都是同一類作品。這個領域的初創人是 19 世紀前半的美國作家愛倫波，而其處女作推理小說為《莫爾格街殺人事件》一說，也已成為公論。作為推理小說的定義，江戶川亂步所下的解說最好。他說推理小說指的是「把主綫放在關於犯罪且難以破解的秘密上，其經緯發展通過理論邏輯被慢慢詮釋，從而產生一種【令讀者感到閱讀】樂趣的文學體裁」。（… 中略 …）江戶川亂步一生追求通過邏輯推理去解謎，並視之為正宗的推理小說 —— 他的信念是推理小說必須含有這種特質。

然而，這種正宗推理小說難以量產，所以很容易就陷入創作者江郎才盡的局面。

節錄自清水義範《學校不會教的日本文學史》

題 12-1 **答案：**4

中譯：以下哪一個可說是作者的觀點？

1　確定偵探小説地位的是江戶川亂步。

2　推理小説最合適的定義是外國人所定的。

3　從前根據推理小説所用的文字，有可能導致其銷量出現變動。

4　過度拘泥於偵探小説本來應有的內容，反而會產生不利的後果。

解説：從最後一句「然而，這種正宗推理小説難以量產，所以很容易就陷入創作者江郎才盡的局面」可見。

題 12-2 **答案：**2

中譯：「時人是很抗拒使用當中沒有記載的字」，換言之

1　即使是《當用漢字表》中不包括的文字亦被大量使用。

2　對使用《當用漢字表》中不包括的文字，採取敬而遠之的態度。

3　認為《當用漢字表》對於使用甚麼文字，沒有多大的參考價值。

4　記載在《當用漢字表》中的漢字，在戰前和戰後有着很大的不同。

72-73

不設練習

74

長篇文章理解①

3 年前，一個位於北極圈的俄羅斯的村莊裏，幾十頭北極熊徘徊在垃圾站裏尋找食物的樣子被拍攝下來。科學家和自然保護團體在上個星期發表的論文中提及，人類扔棄的食品增加了北極熊所帶來威脅及個案，而當時在世界各地廣泛報道的俄羅斯村莊事情只屬冰山一角，希望藉此敲響警鐘。

北極圈以比世界平均快 3 倍的速度正進行着溫暖化。北極熊在狩獵之際不可或缺的海水正在減少之故，這也導致牠們首當其衝的受到了嚴重的影響。作為環境保護專門學術雜誌《Oryx》的論文作者之一，且是北極熊保護組織「Polar Bears International」成員之一的 Geoff York 認為：「人類和北極熊之間的有害接觸，雖然以一個緩慢的速度，但是確確實實的在增加。海水減少是主因，這導致北極熊上陸的機會增加，更令牠們長時間滯留在陸上。」

Geoff York 繼續說：「通過歐洲和北美洲的熊的案例可見，我們有理由相信，對熊來說，垃圾站已然成了一個大問題。」

例如在美國阿拉斯加州卡克托維克（Kaktovik）這個地方，原始土著民族因紐皮雅特人（Inupiat）一直傳統地將捕獲的北極鯨魚屍骸扔棄在沿岸的垃圾站中，而每年一到秋天就有約 90 頭左右的北極熊集中到此，當中有些甚至是從 160 公里以外的地方千里迢迢來訪的。

論文的作者認為，在冰的狀態非常惡劣的 2019 年，在俄羅斯別盧希亞古巴（Belushya Guba）這個地方的垃圾站，聚集了 50 頭以上的北極熊，這深刻地反映了「開放投棄型」垃圾站可能招徠的問題。

就這樣，北極熊變得開始進食高脂肪的餌食。在春天，他們會捕食海豹的嬰兒從而增加體重，為的是在那一年剩下的日子能生存下去。

根據 Geoff York 所說，對北極熊而言，春天是個很重要的時期，當冰雪融掉後，除了有一些不能充分增加體重而登陸的北極熊外，即使是那些得到充分營養的一群，也變得長時間滯留陸上。

對北極熊而言，垃圾站就是牠們恰到好處的餌食地方，聚集在這裏實在自然不過。然而 Geoff York 提出：「但是北極熊他們不知道牠們自己亦會在無形之中攝取有毒的物質。」牠們或是吃了貓糧，或是在垃圾站和人類或其他動物接觸，這都增加了患病的風險。

Geoff York 還認為，北極圈的部落需要高昂的費用去處理家庭垃圾，這是由於在凍結及岩石多的地基上，處理垃圾的方法選擇有限之故。

一般的處理手法是開放投棄或低溫燒卻，但是相比之下，高溫燒卻雖然並非完美無瑕，但 Geoff York 認為卻是更好的方法。

一部分的村落裏，在北極熊吃人類的食物前，人們會組織巡邏隊把牠們趕出垃圾站。

論文的作者們提倡，除了加快推進有關問題的啟發活動外，活用空氣喇叭（空氣揚聲器）或電力圍牆這些雖然並非完全沒有，但幾乎是沒有殺傷力的工具也是可行的方法。

取材自 AFPBB News「對於人類的廢棄食品，北極熊的威脅等論文」
2022 年 7 月 26 日刊登的報道並部分潤色

題 1　**答案**：2

中譯：作者所描述的「冰山一角」，指的是

1　冰山不斷的在崩坍。

2　例子只是其中一部分而已。

3　所有的事例已經被詳盡報告出來。

4　已經沒有任何辦法了。

題 2　**答案**：3

中譯：「可能招徠的問題」是指甚麼？

1　北極熊的數量大幅度減少。

2　北極熊變得再也找不到食物。

3　北極熊上陸的機會增加。

4　北極熊一到春天就會捕食海獅的嬰兒。

解說：從上一句「聚集了 50 頭以上的北極熊」可知答案是 3。

題 3　**答案：**4

中譯：對於北極圈部落的垃圾處理方法，Geoff York 怎樣敘述？

1　相比高溫燒卻，低溫燒卻會更好。

2　有些北極熊甚至攝取塑膠或有毒物質而導致死亡。

3　雖然情非得已，但有必要取締管制原始土著民族的傳統活動。

4　垃圾處理的方法受限，源於和地理有密切的關係。

解說：「由於在凍結及岩石多的地基上，處理垃圾的方法選擇有限」＝地理因素。

題 4　**答案：**1

中譯：總括來說，作為防止北極熊上陸的策略，以下哪一個是正確的？

1　為了不讓北極熊進入特定的區域經常進行巡查及驅逐。

2　作為世界的潮流風尚，採取「開放投棄型」只是遲早的事情。

3　作為北極熊的餌食，預先把鯨魚的殘骸放在陸地及海洋的交界。

4　對於不法侵入的北極熊，有時難免採取獵殺行為。

75

天保十二年，年曆即將接近尾聲的十二月初某個陰天。半七在日本橋大道無事溜達着，突然有個面色蒼白的年輕男子，看似憂心忡忡，有氣無力地從白木橫町走出來。男子是橫町內一家名叫菊村的老字號雜貨店掌櫃。半七也在這附近出生成長，自孩提時代便認識他。

「阿清，往哪兒去呀？」

面對半七的招呼，清次郎只是無言地點了點頭。在半七眼裏，這位年輕掌櫃的臉色比那嚴冬天色還要陰鬱。

「受風寒了？臉色看起來很不好……」

「不，沒甚麼……」

好像迷惘着該不該説般的，但最後清次郎也靠過來低聲說：

「老實說，阿菊小姐失蹤了……」

「甚麼？阿菊姑娘竟然……到底怎麼回事？」

「昨天中午過後，阿菊小姐和女傭阿竹出門到淺草拜觀音，途中兩人走散了，只有阿竹一個人垂頭喪氣迷迷糊糊地回來。」

「昨天中午過後……」半七皺着眉，「然後到今天都不見人影，那她娘親肯定擔心死了。完全對去向毫無頭緒嗎？這就有點怪了。」

清次郎回答説，菊村家當然派人分頭去找，可是從昨晚至今天早上，全方位搜索阿菊可能在的地方，但依然毫無線索。他看起來徹夜無眠，濕潤充血的眼眸深處流露倦意，但仍閃着一絲鋭利的目光。

「掌櫃的，別鬧了，該不是你把她帶去哪兒藏起來吧！」半七拍着對方肩膀取笑。

「您別開這樣的玩笑……」清次郎蒼白的臉頰染上一抹紅暈。

其實半七一早隱約看出，姑娘與清次郎並非單純的主從關係。但老實的清次郎應該不會慫恿姑娘離家出走。接着，清次郎一臉沒把握的神情說，本鄉有位菊村家的遠親，雖然可能也是徒勞無功，但「不登長城心不死」，還是值得跑一趟探聽看看。清次郎蓬亂的鬢髮，在臘月的寒風中淒寂地飄搖着。

「你就去看看吧。我也會盡量替你留意的。」

「那就拜托你了。」(…中略…)

菊村家主人於五年前去世，現在是女主人阿寅當家。阿菊是去世的主人留下的獨生女，芳齡十八，是個標緻姑娘。舖子除了大掌櫃重藏外，還有兩名年輕掌櫃清次郎與藤吉，另僱了四個小夥計。後台還有阿寅母女、傭人阿竹，還有兩個打理廚務的女傭。這一切半七都記得一清二楚。

半七與女主人阿寅會面了，也跟大掌櫃重藏談過了，更向女傭阿竹問了話。但大家只是愁眉苦臉地連聲嘆氣，無法提供任何有助於搜尋阿菊的線索。離開前，半七把阿竹叫出格子門外，悄聲說道：

(A)「阿竹，你是陪小姐外出的人，跟這件事脫不了關係。你最好用心留意內外一切，要是有啥線索，記得馬上通知我，知道嗎？要是有一絲隱瞞，可對你沒有好處的。」

年輕的阿竹嚇得面無血色，渾身發抖。然而，恫嚇似乎奏效，隔天早上，當半七又來到菊村時，正在門前打掃、凍得直打哆嗦的阿竹，似乎已經迫不及待的奔到半七面前。

「是這樣的，半七大哥，阿菊小姐昨晚回來了唷！」
「回來了？那真是太好啦。」
「不過，轉眼又不知到哪兒去了。」
「這就怪了。」
「就是呀。……而且，後來又不知去向了。」
「她回來時沒人知道嗎？」
「有啊，我知道呀，老闆娘也親眼看到，可是不知道啥時又……」
說話的人比聽的人更加一副莫名其妙的神色。

節錄自岡本綺堂《半七捕物帳・石燈籠》

題 1　**答案**：3

中譯：「您別開這樣的玩笑」是對甚麼事作出的回應。

1　全方位搜索阿菊一事。
2　清次郎被半七拍肩膀一事。
3　阿菊被清次郎誘拐一事。
4　阿菊和清次郎並非一般的主從關係一事。

題 2　**答案**：3

中譯：畫着波浪線的 A 文中，半七說這段對白的意圖是甚麼？

1　一種鼓勵 —— 如果你知道甚麼的話，試着告訴我吧！
2　一種忠告 —— 如果你不知道事情真相的話，千萬不要說謊！
3　一種恐嚇 —— 如果你明明知道卻裝作毫不知情的話，將有嚴重的後果！
4　一種祈求 —— 如果你把知道的事情悉數告知，將不勝感謝！

解說：從後文「恫嚇似乎奏效」，不難找出答案為 3。

題 3　**答案**：4

中譯：在菊村中，包括了店主，一共有多少人在工作？

解說：女主人阿寅＋獨生女阿菊＋大掌櫃重藏＋ 2 名年輕掌櫃清次郎與藤吉＋ 4 個小夥計＋傭人阿竹＋ 2 個打理廚務的女傭＝ 12 人

題 4　**答案**：2

中譯：作為故事內容，正確的時序是哪一個？

1 阿菊暫時回家→阿菊第二次失蹤→半七對阿竹的恫嚇→家族總動員大搜索

2 半七對阿竹的恫嚇→阿菊暫時回家→阿菊第二次失蹤→阿竹的報告

3 清次郎與半七的對話→阿竹的報告→阿菊暫時回家→半七對阿竹的恫嚇

4 阿菊第一次失蹤→阿菊暫時回家→清次郎與半七的對話→阿菊第二次失蹤

76

〈作出決斷而活下去〉

（…前略…）阿光這個有殘疾的小朋友出生了。「好吧，我不入地獄誰入地獄？」——雖不至此，但是我們決定和他一起前進下去。我和內子決定一起以阿光為中心，一起活下去。（…中略…）其他的孩子們也全力協助我們。雖然哥哥被爸爸媽媽呵護重視，但他們卻沒有任何歪念。弟弟及妹妹，已經獨立地在生活了。

另外一個是，我曾經想過，既然打算和有殘疾障礙的孩子一起活下去，那麼不如也把自己的文學重心放在這邊吧。但事實證明，這是個最危險的選擇。應該可以這樣說，這個選擇會令我正蹲着的家，他上面的屋頂有可能向下倒塌。我甚至懷疑過：這就是把我的文學世界弄得很狹隘的元凶吧！

在我年輕的時候，我曾經想過，所謂日本語的文學，必須是要向世人展示他並非是一種特殊的文學。所以，我要創造一種只要翻譯就能變成世界通行的文學。亦是為了這個原因，我也曾想過需要放棄日本式的曖昧文筆。在這個層面上，不得不說有時候為自然氛圍所影響，【放棄日本式的曖昧文筆】的確有點難度，但我希望我能創作到一種境界——只要細心讀下去的話，讀者會發覺，我所說的答案只是一個，而並非模棱兩可的有兩個三個。

〈希望你打起精神再死去〉

（…前略…）我的母親是在愛媛縣農村長大的，也是在那裏去世的。父親在戰爭期間離開了我們，母親就和大哥兩個人支撐着我們一家。然後不知為何，我被選中了，得以繼續讀書。在七個兄弟姊妹之中，只有我一個人進了大學，因為當時我們的經濟能力僅限如此。

當聽說我想成為一個小說家時，一直期待我能成為一個學者的母親感到很失望。她曾經一個人走到東京，聽説是去會見我的老師渡邊一夫先生。另外，因為有女性願意和這個最終成為了小說家，但在孩童時代已經呈現出奇怪一面的兒子結婚，對母親來說，這是一件非常開心的事，所以她是很尊敬我內子的。然後，孩子出生了，從抱着殘疾的瞬間開始，母親就決定支持他。

雖然是個抱着殘疾出身的小朋友，但也不乏有趣的一面。例如他經常聆聽烏鴉的叫聲並且記着，這些在日常生活中根本用不上的本領，我們反而覺得很有趣，母親也是如此認為。然後有一次，阿光說了一句錯的話，母親卻覺得那句説話有着獨自的演繹方法，非常有趣。事緣某一天，阿光說：「嫲嫲，希望你打起精神再死去。」弟弟妹妹說這是錯的，連忙協助阿光在電話裏重新説一遍：「希望你在活着的時候拼命活着，然後再死去。」但是母親卻很喜歡阿光這句說話，甚至後來她承認「打起精神再死去」這個想法對自己往後的人生有着重要的意義。

〈阿光的一句說話給予我母親很大力量〉

母親在一場大病之後，我們都覺得似乎事已至此已經無可挽回了。但是她卻奇蹟地渡過了那次危機，原因是每當她想起「打起精神再死去」這句話時，身體就會充滿了力量云云。阿光開始學音樂的時候，母親也很替他歡喜。她是一個從來不會把「如果這個孩子沒有殘疾，能夠健康正常地活下去的話，那該是多美好的事情啊！」這種話掛在嘴邊的人，在這個層面上，母親和內子有着相同的性格。

節錄自新聞赤旗「細訴人類・歷史～大江健三郎先生專訪」

2001 年 7 月 15 日～ 20 日所載內容

題 1　**答案：**4

中譯：文中所說的「其他的孩子們」和「弟弟及妹妹」，指的是誰呢？

1　在大江健三郎的角度而言，前者是自己的孩子，而後者是自己的親戚。

2　在大江健三郎的角度而言，前者是和阿光一樣的殘疾人士，而後者是自己的孩子。

3　在大江健三郎的角度而言，前者是非殘疾人士，而後者是自己的兄弟。

4　兩者均是同一些人。

解説：「其他的孩子們」和「弟弟及妹妹」＝阿光的弟妹＝同一些人。

題 2　**答案：**1

中譯：大江健三郎的母親尊敬大江健三郎太太的最大原因是甚麼？

1　因為願意和自己性格奇怪的兒子結婚。

2　因為雖然出生的孫兒是殘疾人士，但她沒有放棄孩子。

3　因為她和自己擁有同一理念，即「打起精神再死去」。

4　因為自己的兒子全賴她的支持，最終才能夠成為小說家。

題 3　**答案：**4

中譯：文中「她是一個從來不會把『如果這個孩子沒有殘疾，能夠健康正常地活下去的話，那該是多美好的事情啊！』這種話掛在嘴邊的人」可見，大江健三郎的母親抱着怎樣的想法？

1　如果抱着「如果…的話」這種心態去考慮事情或者煩惱，終歸是沒完沒了的。

2　相比起正常健康成長，只要有喜歡的事情就足夠了。

3　從一開始就希望出生的孫兒並非一個普通的孩子，而是一個特別的人。

4　希望孫兒能夠接受現實，不恐懼且保持着殘疾兒童這個身份去過着他今後的人生。

題 4　**答案：**4

中譯：對於年輕時候的大江健三郎而言，真正的日本語文學是一種怎樣的東西呢？

1　為了要把焦點放在本國日本身上，就必須把世界觀弄得狹窄。

2　無論手法還是內容，任何事物都必須是特別的。

3　曖昧在某程度上是必須要被承認的。

4　並非只是日本，而必須是世界通行的一種東西。

77

背誦了 2 首有關對親情表示感謝的作品。

①《今生今世》by 余光中

我最忘情的哭聲有兩次
一次，在我生命的開始
一次，在你生命的告終

第一次，我不會記得，是聽你說的
第二次，你不會曉得，我說也沒用

但兩次哭聲的中間啊
有無窮無盡的笑聲
一遍一遍又一遍
迴盪了整整三十年

你都曉得，我都記得

②《酒矸倘賣無》
作曲：侯德健
作詞：侯德健
主唱：蘇芮

酒矸倘賣無　酒矸倘賣無
酒矸倘賣無　酒矸倘賣無

多麼熟悉的聲音　陪我多少年風和雨
從來不需要想起　永遠也不會忘記

沒有天哪有地　沒有地哪有家
沒有家哪有你　沒有你哪有我
假如你不曾養育我　給我溫暖的生活
假如你不曾保護我　我的命運將會是甚麼

是你撫養我長大　陪我說第一句話
是你給我一個家　讓我與你共同擁有它

雖然你不能開口說一句話
卻更能明白人世間的黑白與真假
雖然你不會表達你的真情
卻付出了熱忱的生命
遠處傳來你多麼熟悉的聲音
讓我想起你多麼慈祥的心靈
甚麼時候你才回到我身旁
讓我再和你一起唱

酒矸倘賣無　酒矸倘賣無
酒矸倘賣無　酒矸倘賣無（A）

酒矸倘賣無　酒矸倘賣無
酒矸倘賣無　酒矸倘賣無

題 1　**答案**：2

中譯：在「酒研倘賣無」引線的 A 部分中，哪一個是正確的描述？

1　主語的規模逐漸擴大。

2　主語的規模逐漸集中。

3　有直接的疑問，但沒有反問。

4　雖然有反問，但沒有直接的疑問。

解說：「沒有天哪有地　沒有地哪有家　沒有家哪有你　沒有你哪有我」可見，主語從天→地→家→你→我，主題沒有擴大，反而慢慢縮小集中，所以 1 不對。此外，這裏一系列的「沒有 A 哪有 B」都是反問句，強調「如果沒有 A 就一定沒有 B」；與此同時，正如注釋所寫，「酒矸倘賣無」的意思是「有空酒瓶賣嗎」，所以是直接的疑問句。由於既有直接的疑問，也有反問，所以 3 和 4 都不對。

題 2　**答案**：4

中譯：作為兩首作品的內容，哪一項是錯誤的？

1　①的作者並不諱言親人的最終結果，但沒有明言自己是否有再會的心願。

2　①很喜歡使用數字，且作者把焦點放在每一個數字的意思上。

3　②的作者向讀者表示親人在身體上的特徵及自己的特別成長經歷。

4　②對過去的事情有很多具體的描述，但卻找不到任何關於假設的內容。

解說：①的作者說「在你生命的告終」，說的是親人已經去世，但的確沒有流露明顯的渴望再會之情，而且詩中有很多數字，而每個數字都包含了詩人和親人之間的深厚感情，所以 1 和 2 是對的；②的「喋れないけど教えてくれた、手話のみで固く守る」表示親人是一個啞巴，而「孤児の俺を…爾いなかったら　道端で風や　雨にさらされて　露飲んでたでしょうか」則說明自己是個被撿回來養育的孤兒。除了這些對過去的回憶外，也有很多「如果沒有 A 哪有 B」這樣的假設，所以 3 是對但 4 是錯的。

關於死刑，找到了不同觀點的論證。

①支持廢除死刑

1〈廢除死刑是國際的潮流，所以我國也應該廢除死刑〉

・「今天，需要廢除死刑首當其衝的理由是，我們需要急速通過聯合國批准的廢除死刑條例。先不論廢除死刑條例的批准成敗與否，幾乎所有西歐諸國都已經廢除了死刑，而所謂先進國家中完全保持死刑的只有我國。…這樣的話，《日本國憲法前文》作出的宣言，即『維持和平，…希望能在國際上擁有名譽的地位。我們務必確認，全世界的國民，均能平等地免受恐怖及短缺之厄運，擁有在和平的環境下得以生存的權利』會變成甚麼？（平場安治「以廢除死刑為目標－為何、今天？」佐伯千仭等編著《廢除死刑》收錄）

2〈對死刑能否有效抑制犯罪存着懷疑〉

・「關於死刑的威嚇力，無論肯定否定雙方都未能提出以實證科學角度實踐且具公信力的調查結果。…在決定這個奪去人命的制度的未來去向時，不得不說，一個主要的觀點，卻偏偏未能提供任何有力的論據，這是極不恰當的。」（加藤久雄「有關代替死刑的刑法」《現代刑事法》25 號）

根據法務省「資料 4　關於死刑制度存廢的主要論據」

②支持保存死刑

1〈對一定程度窮凶極惡的犯人執行死刑是一般國民傾向相信的法律條文〉

・「當考察我國社會上的現代文化程度，或社會一般人民對法律的確信狀態時，直至現在仍然相信，對於在社會的某一面頻頻行凶作惡的犯罪者，如果不能保存死刑的話，就不能盡善盡美地維持國家的秩序。只要一天仍然考慮國民道德須以此為基準，還有行為本身是為了對社會正義的回應，則國家必須要肯定其存在的價值。」（安平政吉「改訂刑法總論」）

2〈對被害者及其家族而言，死刑制度是必須的〉

・「具體而言，很多殺人事件，其遺族，特別是自己子女被殺害的父母，或者是自己父母被殺害了的子女等，基於悲痛的心情及無法紓解的憤怒等原因，均促使他們向檢察官及裁判官要求對犯人作出死刑。…如果事件性質過於窮凶極惡，且大部分人都認為犯人必須以自己的生命作為補償的情況下，執行死刑的確能紓解被害人及其遺族的悲憤，是一個與正義一脈相承的做法。所以説：死刑判決正正就是對正義的實踐方法。」（《本江威憙「關於死刑的刑事政策的意義」刑法雜誌 35 巻 1 号）

根據法務省「資料 4　關於死刑制度存廢的主要論據」

題 1　**答案：**1

中譯：②的 1 和 2 中共通的東西是甚麼？

1　正義的表現方法

2　死刑的執行方法

3　秩序的維持方法

4　權力的擁有方法

解説：②的 1 的「還有行為本身是為了對社會正義的回應，則國家必須要肯定其存在的價值」和 2 的「是一個與正義一脈相承的做法。所以説：死刑判決正正就是對正義的實踐方法」均是認為死刑是正義的表現方法。

題 2　**答案：**3

中譯：對於死刑的必要性，①和②的觀點各自是甚麼？

1　①的 1 把焦點放於科學根據的有無，對此，②的 1 的主旨在於如何維持國家及社會的秩序。

2　①的 2 把焦點放於精神層面的損害，對此，②的 2 的主旨在於如何保存國家面子。

3　②的 1 把焦點放於國民道德的存亡，對此，①的 1 的主旨在於如何加速日本國際化。

4　②的 2 把焦點放於不贊成死刑正當化的人與偽善者之間的關連性，對此，①的 2 的主旨在於評價死刑所產生的威嚇力的強弱問題上。

解説：②的 1 認為死刑有助於維持高水平的國民道德＝國民道德的存亡；①的 1 不斷拿日本跟歐美國家作比較，目的也就是希望日本能早日躋身國際行列＝如何加速日本國際化。

79

以下是某藥物的商品説明書。

商品説明：小童服用「新皮洛傷風口服液」，除了包含各種舒緩傷風症狀的有效成分外，更以和漢山草藥為原材料配製成容易入口的口服液，對緩和嚴重咳嗽及喉嚨腫痛等症狀功效顯著，實為抵抗力弱，對微妙變化容易產生敏感的小童的居家良藥。

藥效：能夠有效舒緩各種傷風症狀（鼻水、鼻塞、打噴嚏、喉嚨痛、咳嗽、痰、發冷、發燒、頭痛、關節痛、肌肉痛）

使用方法 / 用量：

年齡	一次份量	次數
3 歲～6 歲	5mL	1 日 3 次，盡量在飯後 30 分鐘之內服用。在需要的情況下，睡覺前也可服用。必要時 4 小時服用 1 次，每日最多服用 6 次。（請用附帶的量杯計算適當的份量服用）
未滿 3 歲	請勿服用。	

有關用法・份量的注意事項：

(1) 嚴守用法及份量。

(2) 小童須得到保護者的監督指導下方能服用。

(3) 開瓶時，小心注意有機會割傷手指。

保管及處理上的注意事項：

(1) 請放於陰涼地方保存。

(2) 請放在小童不能輕易拿到的地方。

(3) 請不要把液體放進其他器皿（這有可能導致誤飲或產品變質）。

(4) 每次量杯使用後，請用清水清洗，經常保持清潔。

(5) 請不要使用過期的商品。

題 1 **答案：**1

中譯：關於這個藥的特徵，以下那一項內容是不正確的？

1 只採用純正的日本山草藥配製而成。

2 就算是小童，也有不符合服用條件的人。

3 不建議一日飲超過 30ml 以上。

4 能夠治癒或者減輕 3 種以上的痛楚。

解説：「3 才未満　服用しないでください。」可見 2 是對的；「1 日最大 6 回までご服用いただけます」，而「一回の量　5mL」，所以 3 也是對的；「かぜの諸症状（のどの痛み、頭痛、関節の痛み、筋肉の痛み）の緩和」，故此 4 也沒有問題。唯獨 1，由於是成分是「和漢生薬」，所以並非「只用純正的日本山草藥」，而是「和漢山草藥」。

題 2 **答案：**3

中譯：不要把液體放進其他器皿的原因是？

1 這有機會導致使用期限或份量出現問題。

2 這有機會導致珍貴的成分流失。

3 有人會以為這些藥是其他飲品而誤飲。

4 如果不是用原來連着鎖的蓋子蓋上，小童有可能很容易打開喝裏面的藥。

在網站上看到了一個名叫「世界各地年輕人對和平的意識調查—2021 年度」的調查結果，當中的回答是從共 149 國合計 6538 人（當中有 239 人為日本人）的年輕人中收集取得的。

Q1. 你覺得相比以前，現在世界變得和平了嗎？

1.1 世界各國年輕人的意見：

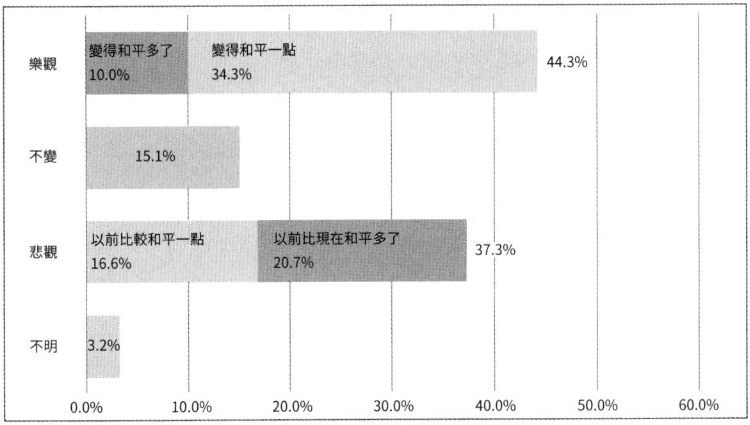

1.2 日本年輕人的意見：

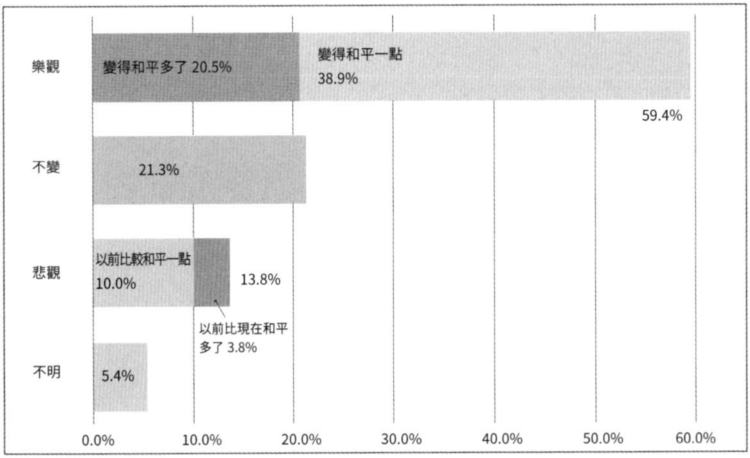

Q2. 你覺得現在的世界和平嗎？如果要你給和平指數評分，你會給多少分？

2.1 世界各國年輕人的意見：

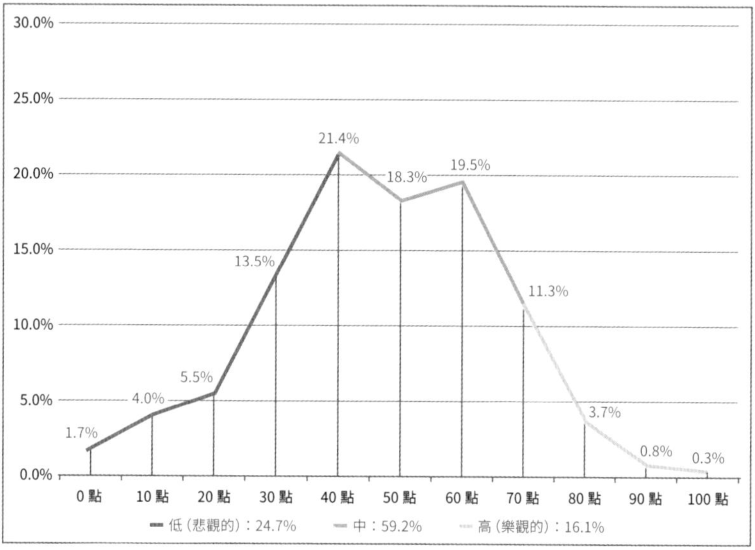

2.2 日本年輕人的意見：

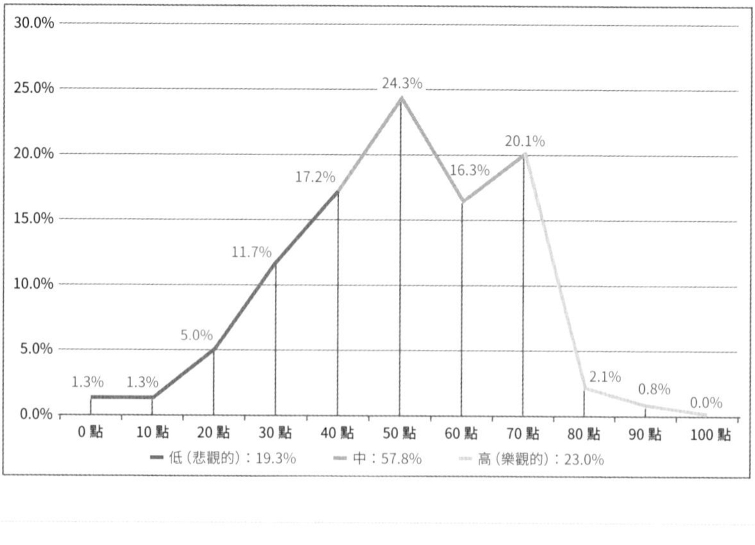

Q3. 為了令世界變得和平，你覺得必須解決的重要問題是甚麼？
（最多可選 3 個）

3.1 世界各國年輕人的意見：

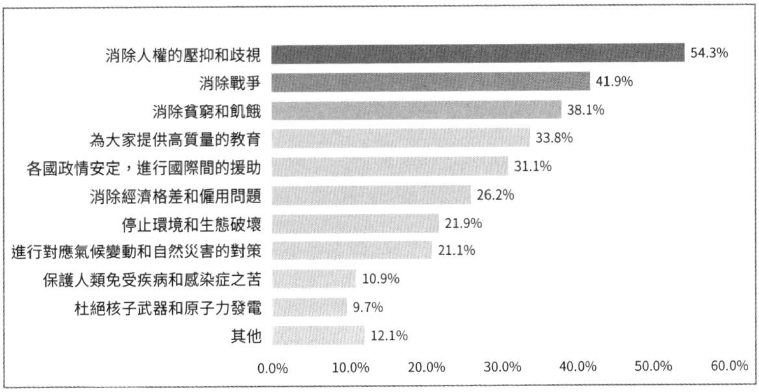

3.2 日本年輕人的意見：

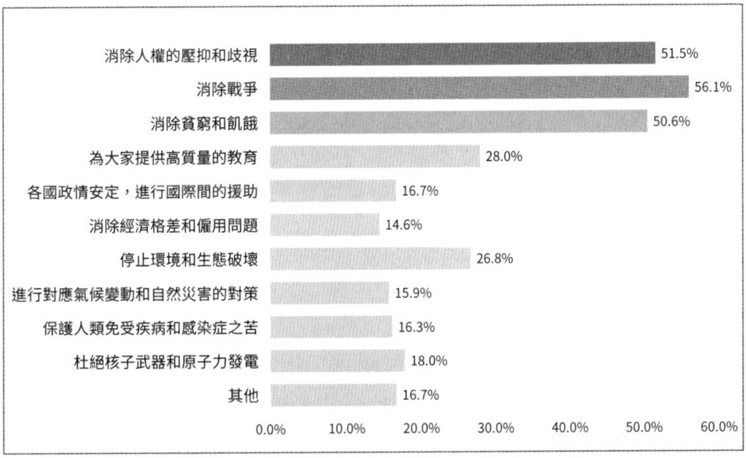

「公益財團法人　五井平和財團」HP 一部分潤色

題 1　**答案：**2

中譯：回答 Q1「你覺得相比以前，現在世界變得和平了嗎？」一問中，數字與數字之間最大的差在於以下哪一項？

1　在日本回答「不變」和「悲觀」之間的差異。

2　在日本回答「樂觀」和「悲觀」之間的差異。

3　在世界回答「樂觀」和「不變」之間的差異。

4　在世界和日本之間對於回答「悲觀」的差異。

解説：這一題是單純的減數題，只要將前後兩者的數字減去再找出相差最大的就是答案。1 是「日本國內的不變 - 悲觀，21.3%-13.8%=7.5%」，2 是「日本國內的樂觀 - 悲觀，59.4%-13.8%=45.6%」，3 是「世界各國的樂觀 - 不變，44.3%-15.1%=29.2%」，4 是「世界各國的悲觀 - 日本國內的悲觀，37.3%-13.8%=24.3%」。

題 2　**答案：**2

中譯：作為對 Q2「你覺得現在的世界和平嗎？如果要你給和平指數評分，你會給多少分？」的結論，以下哪一個是正確的？

1　日本也好世界各國也好，相比起悲觀的回答，樂觀的回答更多。

2　日本也好世界各國也好，悲觀和樂觀的回答均非最主流的意見。

3　在日本，給予滿分的答案，雖然為數極少，但也是存在的。

4　打 80 分或以上的世界各國的年輕人比起日本少一點。

解説：基本上世界各國也好日本也好，選擇中間 40 ～ 60 分的比例（世界：59.2%，日本：57.8%）是最多的，所以這才是主流的答案。

題 3　**答案：**3

中譯：Q3「為了令世界變得和平，你覺得必須解決的重要問題是甚麼」一問中，以下哪一個範疇的問題並<u>未被提及</u>？

A　和平　B　外交　C　移民　D　保育

1　A と B

2　C

3　C と D

4　B、C と D

解說：可能會有學習者會覺得 D 是正確，認為「環境や生態系の破壊を食い止めること」屬於「保育」，但日語的「保育」主要表示「保護照護幼兒成長」的意思，例如「保育園」就是「托兒所」。如果是「對環境 / 文化財產的保育」的話，日語一般是「環境 / 文化財に対する保護、保全」。

第五部分：聽解

81

題 1　**答案**：2

A：「今日先生の講義ちんぷんかんぷんだったよ！」(今天老師的課，我一竅不通！)

1. 「ええ、丁寧で分かりやすかったね！」(對呀，說得很仔細而且容易明白。)
2. 「でしょう！難しくて私もさっぱり……」(就是嘛！太難了我也完全不懂……)
3. 「案の定、みんなぺらぺら喋ってシーンとなっていたよね！」(不出所料，大家口若懸河的說個沒完，場面一片寂靜呢！)

解説：「ちんぷんかんぷん＝一竅不通」，和「さっぱり＝完全不懂」意思一致。

題 2　**答案**：2

A：「全く、あんな負け方をするくらいなら初めからやるんじゃなかった……」(真是的，要是知道會以那種方式慘敗，一開始就不應該參加……)

1. 「今更やりたいといっても手遅れよ！」(事到如今，你說想參加也太遲了。)
2. 「何事も挑戦だったんじゃない？」(甚麼事情都是一種挑戰，不是嗎？)
3. 「やってみればよかったね！」(如果你能嘗試參加的話，那該多好啊！)

解説：「V る＋んじゃなかった」表示一種「早就不應 V」的懊惱後悔之情。

題 3　**答案**：2

A：「すみませんが、もう少し席を詰めていただければ助かりますが……」(如果能再往裏面擠一擠就太感謝了……)

1. 「そんなにいるんだ……」(竟然要那麼多……)
2. 「気がつかなくてすみません！」(是我沒有留意，對不起！)

3. 「おかげさまで、だいぶ助かりました！」（托賴，你已經幫我很多！）

解説：「席を詰める」是「把座位往裏面擠一擠」的意思。

題 4　**答案**：3

A：　「仕事のピークもやっと終わったことだし、これからパ～ッと行こうぜ！」（最艱難的工作也完結了，今天就盡情的去喝幾杯吧！）

1. 「そうだね、ほっとしたのもつかの間だね！」（對呀，那時候的安心只是曇花一現！）
2. 「パッとしなくてすみませんね！」（我這個人毫不起眼，真對不起！）
3. 「ええ、今日は無礼講だ！無礼講！」（對呀，那今天來個不分身份地位，盡情歡樂的宴會吧！）

解説：日文中的「無礼講」有「不分身份地位，盡情歡樂」的意思，它常用於宴會中，以表示上司與部下須忘記平常的不同身份，不拘謹的觥籌交錯；它的相反詞是「慇懃講」，顧名思義，參加者必須保持一貫的禮儀。

題 5　**答案**：1

A：　「この俺に勝とうだなんて 100 万年早いぜ！」（少年你想贏我？再等 100 萬年吧！）

1. 「よくもそんなことを！」（你好大膽！）
2. 「昔からいたんだね。」（原來你自盤古初開時就在這兒！）
3. 「勝ちたいか勝ちたくないかといったら、勝ちたいほうです。」（你要是問我想不想贏？那我當然想贏。）

解説：「よくもそんなことを」是「よくもそんなこと言えるな」的縮略，直譯的話是「你居然會説這樣的話！」這裏意譯為「你好大膽！」

題 6　**答案**：3

A：　「ね、あなた、上の人はまたドラムをやりだしたわ。うるさいったらありゃしないね！」（親愛的樓上那個人又開始打鼓了，真是煩死人！）

1. 「いい加減にやめたら？」（你是不是該停手了？）
2. 「もう騒音を出したがらないよ。」（他已經不想再發出噪音了。）
3. 「俺にガミガミ言われても…….」（你對我嘮叨也沒用的……）

解說：「俺にガミガミ言われても」理論上應該是「俺にガミガミ言っても」，但作為約定俗成的句法，這裏的被動有種「我就算被你嘮叨也無能為力」的意思。

82

題 7　**答案**：2

A：「恐れ入りますが、山本が帰り次第、折り返しお電話させていただいてもよろしいでしょうか？」（不好意思，等敝社的山本回公司後，我讓他馬上給您回電話，可以嗎？）

1. 「はい、山本でお願いします！」（好的，那就拜托山本！）
2. 「恐縮ですが、そうしていただくと幸いです！」（不好意思，如果能這樣的話就太好了。）
3. 「よろしければ、そうさせていただきます！」（你願意的話那就讓我這樣做吧！）

解說：「折り返しお電話」表示「馬上回電話」的意思，是常出現的商業用語。

題 8　**答案**：1

A：「それでは香港大学の山本教授に開場式のスピーチをお願いします。」（那麼請香港大學的山本教授給我們致開場白，有請！）

1. 「只今ご紹介に預かりました山本と申します。」（小弟是剛才【司儀】剛介紹過的山本。）
2. 「只今ご紹介させていただきました山本と申します。」（小弟是剛才剛介紹過 OO【某樣東西】的山本！）
3. 「只今お見知りおきくださいました山本と申します。」（小弟是剛才您牢牢記下我樣子的山本。）

解說：「ご紹介に預かりました」是「承蒙某人介紹」的意思；而「お見知りおき」一般用於拜訪客戶，交換完名片再完成基本自我介紹後，對輩分高的一方說「今後ともお見知り置きくださいませ！」（直譯：希望今後把我的事放在您的心上，牢牢記住我），懇請意味濃厚。

題 9　**答案：**1

Q：「あの人、ああ見えても香港大学の教授なんだって、ほんとに『人は見かけによらない』わね。」（那個人，看他那樣子，居然是香港大學的教授，真是「人不可以貌相」啊。）

1. 「てっきり知ってるものだと思ってましたよ！」（我還以為你一早就知道！）
2. 「見かけたらすぐ教えて！」（找到的話，請馬上告訴我！）
3. 「寄るか寄らないかは他人の勝手でしょうが……」（順便去一趟還是不去，那是人家的自由呀）

解說：慣用語「人は見かけによらない」中「よる」是「根據」的意思。

題 10　**答案：**2

Q：「彼、また、しくじったんだって！」（聽說他又失敗了。）

1. 「大体しくじりたいって何なのよ！」（話說，說「自己想失敗」，是甚麼意思？）
2. 「その原因はしっくりこないなぁ！」（原因我是百思不得其解。）
3. 「あれほど自信がないって言ってたくせに！」（他明明說沒自信，卻竟然……）

解說：「しくじる」表示「失敗」，而「しっくり来ない」表示「沒出現令人滿意的答案＝百思不得其解」。

題 11　**答案：**1

Q：「今びた一文無し！」（現在我身無分文呀！）

1. 「なら俺が払ってやるよ！」（那我給你付吧！）
2. 「ではお言葉に甘えさせていただきます！」（那麼就恭敬不如從命！）

3.「これは 50 万円からするものだよ！」（那可是價值 50 萬的東西哦！）

解説：慣用語「びた一文無し」表示的「びた」的漢字是「鐚」，是「古代一種粗製濫造的貨幣」，連這種「含金量超低的貨幣」也沒有，也就是「身無分文」。

題 12 **答案：**3

Q：「ごめん、明日のデートだけど、ゼミ発表の準備でそれどころじゃなくなって……」（不好意思，明天的約會，因為要準備口頭發表，所以不是【約會的】時候……）

1.「正直ちょっとぴんとこないよね。」（坦白說，我毫無頭緒。）
2.「先越されないように一緒に頑張ろう！」（為了不被人超越，我們一起努力吧！）
3.「そっかぁじゃあまた今度にしよっか！」（是嗎？那下次再去吧！）

解説：「それどころじゃない」表示「不是適當的時機」，而「ぴんとくる」是「靈機一觸」，所以相反「ぴんとこない」就是「毫無頭緒」。

83

題 1 **答案：**3

大学の教授が論文の説明の仕方について学生と話していますが、学生は今度どのグラフを使うべきですか？

大学教授：発表の際は、発表内容だけでなく視覚的な表現も心がけましょう。例えば、因果関係を説明するのには、つまり A という現象が B という結果を起し、さらにその B という事実から C という結論が生じるなど、文章で書くよりも、グラフで表したほうが見た目にも興味を引きますし、またパッと目に入るから初めて読む人や聞く人にとっても解りやすくもなりますよね。ただし君らの論文のように、ある結果のそれぞれの原因を挙げたりまとめたりする場合、話は別になりますね。そういう場合は、グラフで原因は原因、結果は結果という風に、二者の位置はなるべく別れたほうがいいのかもしれませんね。

学生は今度どのグラフを使うべきですか？

大學教授正在與學生討論論文的説明方法，學生這次會用哪一幅圖呢？

大學教授： 發表的時候，除了發表內容之外，也需要花心思在視覺的表現上。例如，當要説明因果關係時，換句話説 A 這個現象會產生 B 這個結果，而 B 這個事實會衍生出 C 這個結論時，相比起用文字説明，通過圖表表達的話會更能吸引對方的興趣。而且圖表映進眼簾就能馬上一目瞭然，對於初次閱讀或聆聽的人來説，能夠容易明白掌握。然而，諸君的論文卻就着一個結果嘗試舉出並整合眾多不同的原因，這樣的話就跟剛才不一樣了。這個情況的話，圖表上原因是原因，結果歸結果，兩者的位置盡可能分開會比較好。

學生這次會用哪一幅圖呢？

題 2 **答案：**2

女の人と男の人が説明会の受付で話をしています、男の人は何時に面接が終わる予定ですか。

女の人： 全体説明会は 11 時からですが、それが終わったら弊社の個別の面接部分になります。

男の人： はい、分かりました。ちなみに、全体説明会は何時ぐらいに終わりますか。

女の人： 参加者の反応や質問によって少し前後する場合もありますが、昨日の午前中のは 1 時間 30 分で終りましたから、今日もそれぐらいでしょう。

男の人： なるほど。一所懸命頑張ります！

女の人： 先程言いましたように、全体説明会が終わり次第、まあ 10 分ほどの休憩を取っていただいてからすぐに個別の面接部分に入って、お一人は 20 分ぐらいかかりますが、えーと、ちょっとお名前の順列だと、2 時 20 分ぐらいになりそうです。

男の人： あのう、実は午後からアルバイトのシフトが入ってしまっているのですが、差し支えなければ、早めにお願いできませんでしょうか。

女の人：そうですか、ただ 1 番はすでに面接者が決まっていますが、2 番に登録しておきましょうか。

男の人：大変な融通を聞いていただきありがとうございます。

男の人は何時に面接が終わる予定ですか。

1　午後 1:00

2　午後 1:20

3　午後 2:00

4　午後 2:40

女人和男人正在說明會的接待處說話，男人會在幾點完成面試？

女人：全體說明會在 11:00 開始，結束之後就會進入敝公司的個人面試部分。

男人：明白了！話說，全體說明會在幾點結束呢？

女人：這會根據參加者的反應和提問多寡而有所不同吧，昨日用了 1 小時 30 分鐘就結束了，想必今天也大概是這樣吧。

男人：明白了，我會傾盡全力的！

女人：另外正如剛才所說，全體說明會結束後大概會有 10 分鐘的休息時間，之後就會馬上進入個別的面試部分。一個人有 20 分鐘時間，您的名字排列大概是 2:20 開始吧！

男人：其實，我下午被安排了兼職打工，所以如果可以的話，能否早點讓我面試呢？

女人：原來如此，不過第一位已經落實了，那麼我把你放在第二名吧！

男人：對能夠通融處理真的感到萬分感激！

男人會在幾點完成面試？？

1　下午 1:00

2　下午 1:20

3　下午 2:00

4　下午 2:40

題 3　**答案：**1

女の人と男の人が健康食品を選んでいます、男の人はどれを買うことにしましたか。

女の人： まだ迷ってんの？

男の人： だって成分が微妙に違うのは分かるけど、どれも自分こそ「業界ナンバーワン商品」って宣伝があってどれを信用すればいいか分からないよな。

女の人： 相変わらず優柔不断なんだから、カロリーが低いやつでいいんじゃない？最近お腹が気になってるって言ってたじゃん。

男の人： うん、じゃあ、まずこの２つはアウトね。後、なにこれ、タソパタ質とかビクミソとかよくわかんない成分だけど。

女の人： これもしかして「パクリ」じゃないかしら？

男の人：「パクリ」って？

女の人： ほら、本家と同じパッケージに変な日本語で宣伝フレーズを書いていかにも日本製っぽく見せる偽物のことよ。

男の人： それなら聞いたことがある。つまり、何を表そうとしてんの？

女の人： 多分「タンパク質」と「ビタミン」なんじゃない？本物だったら、タンパク質をたくさんとったほうがいいってテレビで言ってたよ。筋肉の製造とかに役に立つんだって。でも、これはちょっとあやしいね。怪しいやつの数字ほど優れていないけど、やっぱりちゃんとした製品を買おうよ。

男の人： そうだね、じゃあこれにしよう。

男の人はどれを買うことにしましたか。

女人和男人在選擇健康食品，男人決定買哪一個呢？

女人： 你還在猶豫不決？

男人： 是呀，雖然明白成分都有點不一樣，但是每一個都說自己是業界第一的商品，真不知道究竟要信哪一個好呢！

女人： 你這種優柔寡斷的性格總是改不了，選一個卡路里比較低的不就好了嗎？最近你不是經常說很在意自己的啤酒肚嗎？

男人： 嗯嗯，明白，所以首先這２個就不可以了。另外這２個「タソパタ質」和「ビクミソ」是甚麼呢？我看不懂他們是甚麼成分。

女人： 這個應該是「山寨品」吧！

男人： 甚麼是「山寨品」？

女人： 就是和本家採用相同的包裝，卻用一些奇怪的日語宣傳，讓人感覺他也是日本製造的冒牌貨呢！

男人： 這個我聽曾經聽說過。那這 2 個究竟是甚麼成分呢？

女人： 應該是「蛋白質」和「維他命」吧！如果是正牌的話，早前電視說吸收多點蛋白質會對身體好，因為蛋白質對於肌肉的製造很有幫助。不過這個有點奇怪吧！相比起這個奇怪東西的數字，另一個看起來沒有那麼優秀，但還是買一些正牌的東西比較好吧！

男人： 你說得對，就買這個吧！

男人決定買哪一個呢？

題 4　**答案：**2

女の人と男の人が話しています。男の人はどういう数字の組み合わせをつくりましたか？

女の人： これ何？ラッキーシックスって。

男の人： 宝くじだよ。好きな数字を 6 つ選んで、6 桁の数字を作るっていう宝くじ。作った数字が抽選で選ばれた数字と完全に同じだったら一等当選って仕組み。考えるだけでもワクワクしちゃう。

女の人： じゃあ、今回の当選番号は何だったの？

男の人： 驚いたことに、全部 6！

女の人： えっ！6 桁全部 6 だったの？

男の人： そう！信じられないでしょう！

女の人： へー、珍しいっていうか、それができるのは不思議だね。

男の人： そうなんだよね、まさかそんな数字になるとは夢にも思わなかった。6 桁の数字を全部当てるなんて不可能に近いし、というか 5 桁も 4 桁も当てるのも超難しい。運が良くて、5 桁当たってたら二等、4 桁だったら三等という具合。

女の人： それなら少し期待できそうだね。って、今回当たったのかしら？

男の人： あと 1 桁当たっていたら三等だったのになぁ、それが悔しくて悔しくてしょうがない。

男の人はどういう数字の組み合わせをつくりましたか？

1　623455

2　060606

3　678516

4　766669

女人和男人在說話，男人製作的數字是哪一組？

女人： 這是甚麼呀，“Lucky Six”？

男人： 這是彩票呀，選擇 6 個喜歡的數字再製作 6 位數的數字，如果製作的數字和抽選的數字完全一致的話就是頭獎，光想到這裏已經感覺很興奮！

女人： 那，這次的中獎號碼是幾號呀？

男人： 真令人意外，全部都是 6！

女人： 甚麼？6 個數字都是 6？

男人： 對，難以置信吧！

女人： 說他罕有還不足以形容，能出現這樣的數字真不可思議！

男人： 就是呀，我做夢也想不到竟然會出現這樣的數字。猜中全部 6 個數字應該是近乎不可能，就算是 5 位數或 4 位數也是很難猜中的。倘若運氣好的話，中 5 位數的話是二等獎，中 4 位數的話是三等獎。

女人： 這樣的話還可以期待呀，那你這次有中獎嗎？

男人： 如果讓我再中 1 個字的話那就是三等獎了，真是非常之可惜呀！

男人製作的數字是哪一組？

84

題 5　**答案：**3

女の子が警察官と話しています。女の子の分からないことは何ですか？

女の子： おまわりさん、早く来てください。大変です。

警察： どうしたんですか？

女の子： お母さんがけさ急にいなくなって……

警察： 失踪事件ですね。了解！

女の子： いや、しょっちゅう家出をする人なので、さほど心配していませんが……

警察： じゃあ、さき大変だと言ったのは？

女の子： 留守中に八百屋のおじさんが「お父さん」とすごい喧嘩をしているんです。

警察： そういうことか。どこで？

女の子： すぐそこの公園です。早くしないと、「お父さん」が殺されちゃいます。

警察： なるほど、現場まで案内してくれ！……あれか、すごい喧嘩だなぁ。どっちが君のお父さんなの？

女の子： あたしもさっぱりです。そもそもそれが喧嘩の原因なんです。

女の子の分からないことは何ですか？

1　お母さんがいなくなった時間

2　おじさんの正体

3　だれが自分の本当の親

4　喧嘩の場所

女孩和男警官在說話，女孩不明白的事情是甚麼呢？

女孩： 警察先生，請你快來呀，這次糟糕了！

警官： 發生了甚麼事？

女孩： 我媽媽在早上突然間不見了……

警官： 原來是失蹤事件，好，明白！

女孩： 不，不是，她是一個經常離家出走的人，這點我也沒有太擔心……

警官： 那麼你剛才說糟糕了的是為甚麼？

女孩： 她不在家的時候那個菜店賣菜的叔叔和我「爸爸」發生了嚴重的爭執。

警官： 哦，原來是這樣的，他們在哪裏？

女孩： 就在附近那個公園，你不快點去的話，我「爸爸」就會被殺掉的！

警官： 好，我明白了，那麼麻煩你帶我去現場吧！……是那個吧，他們吵得很厲害呀！哪個是你爸爸？

女孩： 你問我，我卻問誰呢？這就是他們爭執的原因！

女孩不明白的事情是甚麼呢？

1　媽媽失蹤的理由

2　叔叔的身份

3　誰是自己真正的父親

4　吵架的地方

題 6　**答案：**4

車の中で男の人と女の人が話しています。2 人のルートはどれですか？

女の人： ここが市道？でこぼこでひどい道ね。

男の人： そうなんだよ。でもすぐ国道に着くから、もう少しの辛抱だ。しかし、逆にこれだと眠くならないよね。まっすぐの高速だと、ついつい居眠りしてしまいそう、前みたいに……

女の人： それは危ないよ。気をつけてね、まだ死にたくないからね。

男の人： 縁起でもない冗談はよしなさいよ。てね、国道が終わったら、今度は短いけど、ちょっとした県道があって、そこを抜けたら目的地周辺になる訳よ。国道は 30 分ぐらいで降りられるんで、今朝最初の高速道路に入ってから、まるまる 5 時間もかかって、ようやく目的地に到達だね。

女の人： なんだか眠くなって来ちゃった。着いたら悪いけどゆっくり寝させて。

男の人： 別に寝るななんて一言も言ってないよ。っていうか、今からウトウトでもしたら？はい、どうぞごゆっくり。

2 人のルートはどれですか？

1　市道→県道→国道→高速道路

2　市道→国道→県道→高速道路

3　高速道路→市道→県道→国道

4　高速道路→市道→国道→県道

在車中男人和女人正在說話，兩個人的路程是哪一個？

女人： 這就是市道嗎？非常的凹凸不平啊！

男人： 就是嘛，但馬上就會到達國道了，再忍受一下吧！但反而是這樣才不會睏，要是筆直的高速公路，那就很可能會打瞌睡，就像之前一樣……

女人： 那很危險的，你要小心呀，我還不想死呢！

男人： 不要儘開些不吉利的玩笑好嗎。話說，走完國道之後，還要走一段很短的縣道，然後離開了縣道後，就到達目的地周邊了。國道需要行駛 30 分鐘左右，想一想從今天早上進入最初的高速公路，差不多花了 5 個小時，才能到達目的地。

女人： 不知為何感到有點睏，不好意思到了之後，請讓我好好睡一會。

男人： 我可沒有說過一句不能睡哦，要不你現在就開始睡吧，晚安！

兩個人的路程是哪一個？

1　市道→縣道→國道→高速公路

2　市道→國道→縣道→高速公路

3　高速公路→市道→縣裏道→國道

4　高速公路→市道→國道→縣道

題 7　**答案：4**

男の人と女の人が話しています。男の人は最近の吸い殻について、なんと言いましたか？

女の人： 昨日は海辺でゴミ拾いをなさったそうですが、お疲れ様でした。

男の人： 友人数人で今年から月一回のペースでやってるんですけど、年も年ですから大変ですね。

女の人： やっぱり多いのはペットボトルとか、コーヒーの缶缶でしょうか？

男の人： それも多いですが、道側へ少しでも出ると、タバコの吸い殻が圧倒的に多いです。

女の人： ああ、そうですか。確かにたまに車からそれも火のついたまま捨ててしまう人もいるんですよね。

男の人： そうなんですよ。まったく、ああいう人たちの親の顔が見てみたいですね。とか言いつつ、僕も今だからこそしませんが、昔は歩きながら、吸っては捨て、捨ててはまた吸い始めるの、いわゆるポイ捨てってことをかなりしてたんですけどね、ちょっと悪いことしたもんだなあ。しかしこの頃のタバコといえば、なんでも伝統的なタバコに代わって、電子タバコが主流になりつつあるそうだと聞きましたが、吸い殻が減少するどころか、逆に逓増するように見えるのはどうしてでしょうかね？

男の人は最近の吸い殻について、なんと言いましたか？

1　タバコそのものを吸う若者が多くなったがゆえに、吸い殻も多くなったようだ。

2　タバコそのものを吸う人が少なくなったのに、吸い殻は多くなったようだ。

3　従来のタバコを吸う若者が増えたからので、吸い殻も多くなったようだ。

4　従来のタバコを吸う人が減ったわりには、吸い殻は多くなったようだ。

男人和女人在說話，男人對於最近的煙頭，說了甚麼話？

女人：聽說您昨天在海邊拾垃圾，真是辛苦了！

男人：我和幾個朋友組隊，今年每個月進行１次，但畢竟年紀也大了，很吃力！

女人：一般都是那些塑料瓶或者是咖啡的空罐居多吧！

男人：那些也不少，不過從沙灘一走到公路旁，煙頭就壓倒性的多！

女人：原來如此，不過的確有時看見有些人從車上扔出還有火種的煙頭呢！

男人：就是呀，真是的，真想看一下那些人的父母是怎樣教自己的孩子的。但說是這樣說，的確我現在肯定不會做，但是曾幾何時也一邊走路一邊吸煙，吸完馬上扔，扔完又馬上開始吸，換言之也就是世間喚作的「亂扔煙蒂」吧，這樣的事情我也做了不少，我也覺得自己做了很多壞事呢。話說，説起最近的香煙，聽説相比起傳統的香煙，電子香煙已經逐漸成為了主流，但是煙頭不但沒有減少，反而不斷遞增，這又是為甚麼呢？

男人對於最近的煙頭，說了甚麼話？

1　由於吸煙的年輕人多了，所以煙頭好像也多了。

2　雖然吸煙的年輕人少了，但是煙頭卻好像比以前多了。

3　因為吸食傳統香煙的年輕人多了，所以煙頭好像也多了。

4　雖然吸食傳統香煙的人少了，但煙頭卻好像比以前多了。

題 8　**答案：**3

お医者さんと遺族が話しています。亡くなった人の死因について、遺族はどう思いますか？

医者： 残念ながら、2022 年 1 月 25 日午後 10 時 29 分に御臨終です。死因は新型コロナが引き起こした合併症による心臓の病気「心筋炎」によるものであり、国内での子供の死亡は初めてです。

遺族： 「脳死状態」として 3 歳ながら余命 1 か月の宣告をされた妹に続き、お姉さんまであたしたちを見捨てるなんてあまりにも酷すぎるわよ。

医者： ご愁傷さまです。

遺族： 先生、お手数ですが、ご記入いただきますようお願い致します。

医者： 死亡診断書ですかね？

遺族： はい、ここにサインを……

医者： でも、ここは死因を書くところですが……

遺族： おっしゃる通りです。先程申し上げました通りに、お名前を書いていただければ幸いです……

亡くなった人の死因について、遺族はどう思いますか？

1　新型コロナによる死亡だと思います。

2　合併症による死亡だと思います。

3　人為的なミスによる死亡だと思います。

4　脳死による死亡だと思います。

醫生和死者家屬在談話，對於死者的死因，家族是怎樣認為的？

醫生：　很遺憾，2022 年 1 月 25 日晚上 10:29 正式宣佈逝世。死因是新型冠狀肺炎所引起的併發症而導致的心臟病「心肌炎」所致，在我們國家，因這種原因而去世的小朋友這是首次。

死者家屬： 她的妹妹被認為是「腦死」，才 3 歲就被宣判只剩下 1 個月命，現在連姐姐也這樣拋棄我們，簡直是太殘酷了！

醫生： 請節哀順變！

死者家屬： 醫生，麻煩您填寫這個。

醫生： 是死亡診斷書吧？

死者家屬： 是的，請在這裏寫上您的名字……

醫生： 但是，這裏是填寫死因的地方耶……

死者家屬： 沒錯，就正如我剛才所說，在這裏寫上您的名字就可以了……

對於死者的死因，家族是怎樣認為的？

1　認為是新型冠狀肺炎所導致的死亡。

2　認為是併發症所導致的死亡。

3　認為是人為錯誤所導致的死亡。

4　認為是腦死所導致的死亡。

85

題 1　**答案：**4

男性レポーターがマラソン大会の結果について話しています。

レポーター： 今日の結果についてお伝えします。まず、ベテランの橋本選手がものすごいスピードでスタートし、いいペースをキープしながら走り続けていましたが、そのままだと優勝は言うに及ばず、アジア新記録が出来るのではないかと誰もがそう予測していました。しかし、こんな橋本選手ですが、中盤から痛恨のミスにより、無名の新人山下選手に追い越されて結局ゴールに至るまで再びリードを奪えず、仕舞に今年の桂冠を新人選手に譲るなんて、神のみぞ知る逆転劇と言っても過言ではないでしょう。

マラソン大会の結果はどうでしたか。

1　ベテラン選手が勝つという予想通りの結果でした。

2　新人選手が勝つという予想通りの結果でした。

3　ベテラン選手と新人選手が同時に勝つという驚きの結果でした。

4　新人選手が勝つという驚きの結果でした。

男性新聞報道員正在報道馬拉松大會的結果。

報道員： 現在報道今天馬拉松大會的結果。首先，經驗豐富的橋本選手以驚人的速度出發並一直保持良好的步伐走着，冠軍自是囊中物，甚至應該能創出新的亞洲紀錄吧 —— 這時誰也這樣預測的。但是就是這麼一個經驗豐富的橋本選手，卻在中途犯了一個無法挽回的錯誤而被無名的新人山下選手趕上，到終點之前他也無法奪回領先的優勢，最終也只能把今年的寶座拱手相讓給新人選手。這個驚心動魄峰迴路轉的逆轉劇，不得不說，也許只有上天才能事先知道吧！

馬拉松大會的結果如何？

1　正如所料，是經驗老到的選手的勝出。

2　正如所料，是新人選手的勝出。

3　出乎大家意料，竟然是經驗老到的選手和新人選手同時勝出。

4　出乎大家意料，竟然是新人選手的勝出。

題 2　**答案：**3

会社の部長が社員の皆さんに会社の今後について話しています。

部長： 今日社員の皆さんに話さなければならないのは、ほかでもなくこれからわが社が歩む道についての報告です。皆さんもご承知の通り、コロナが起きて以来、わが社は非常に厳しい状況になりつつあります。為すべき対策、例を挙げると管理職の我々の大幅な給料カットやオフィス移転なども一通り試みてきましたが、やはりこのままでは皆さんにお給料を払い続けることができなくなるため、わが社はライバル社からの合併提案にしぶしぶ承諾することになりました。倒産寸前にこのように致すのは本当に心外なことでございまして、また苦しい選択ですが、新しい会社では今の半分の社員数になるのも予めご承知ご理解くださいますようお願い申し上げます。

部長の話の内容に合っているのはどれですか？

1　全員の給与及び有休休暇を減らさざるをえません。

2　いよいよ倒産します。

3　半分以上の社員が解雇される運命になります。

4　いよいよライバル社を買収することになりました。

公司的總經理跟員工們在談論公司今後的發展。

總經理： 各位員工，今天必須和大家說的是，今後我們公司將會前進的方向。眾所周知，自從新冠肺炎發生以來，我們公司不斷面臨非常嚴峻的狀況，能夠做的對策，舉例說，對我們管理階層的大幅度減薪，以及轉移辦公室等，我們都一一試過，但無奈今後將無法繼續支付工資給大家，所以我們將會答應敵對公司所安排的合併計劃。希望大家明白在破產之前這樣做也是迫於無奈的，另外同樣是一個非常痛苦的決定，就是今後的新公司的員工，將會是現在的一半，這件事也希望大家能事先理解！

哪一項符合總經理說話的內容？

1　全體員工的工資及有薪假期不得不削減。

2　終於面臨破產。

3　有一半以上的員工將會面臨解僱。

4　終於能夠收購敵對公司。

題 3.1　**答案：**2

題 3.2　**答案：**2

女の人が天気について話しています。

女の人： 今日は朝から天気が崩れて小雨がしとしとでしたが、しばらく止みそうもありません。思えば一昨日友達とハイキングに行く途中、生憎暴風雨にあって、全身ずぶ濡れになってしまいました。山の奥の宿に一晩泊まって、昨日の朝はいつもより早く起きたのですが、目が覚めて窓の外を見たら、なんと太陽が地平線から昇りながら輝いているのではありませんか？しかし、それを見て安堵感を覚えたあたしが実にバカだったなあとのちに思い知らされました。昼過ぎると、ますます強くなる日差しが大地を容赦なく照りつけ始めました。帰り道は屋根一つない野原の故、激しい日差しの中をひたすら歩いていて汗で体中がびしょびしょになったし、直射日光のせいか目眩と尋常ならぬ吐き気にまで襲われて気付いたらすでに今の病床にいました。あの時側に友人がいなかったらどうなっていたかを想像するだけでひやひやになりますが、あるいはそう感じたのはたまたま寒気を帯びる小雨が降っているからでしょうか。とにかく、危ういところで命拾いをしてよかったと思いつつ、やはりこんな香港の天気が嫌ですよね。

題 3.1： 女の人はどうして自分が馬鹿だなとのちに思いましたか。

1　もうすぐ雨が降ると知りつつ、あえてハイキングに行こうとしたから。
2　太陽の恐ろしさを軽く見積もったから。
3　自分の持病を他人に知らせることなくずっと隠し続けていたから。
4　帰り道はよりによって屋根一つないところを選んでしまったから。

題 3.2： 女の人は今どこにいますか？

1　自宅
2　病 院
3　山の宿
4　友人の家

女人在談論着天氣。

女人： 今天早上開始，天氣變得不穩且滴答滴答的開始下起雨來，似乎一時三刻也不會停的樣子。想一想，前天和朋友一起去遠足的途中，不巧遇上了暴風雨，全身都被雨淋得濕漉漉的，於是我們只好在山裏的民宿住了一晚。昨天早上比平常早起床，當睜開雙眼看窗外的時候，竟然看到太陽從地平線上慢慢升起從而閃耀着的一刻。看到這個風景，那時覺得非常的安心 —— 後來我才知道自己根本就是一個大傻瓜。午後日光越發變得強烈且殘酷的照射着大地，回家途中，由於一路是沒有任何遮攔的原野，在強烈的光線中一直步行，汗水令身體變得濕漉漉，可能是受直射陽光的影響吧，我變得很頭暈，更被一股非比尋常的想吐的感覺所纏擾，當醒來的時候，已經在這張病床上了。那個時候，如果身邊沒有朋友的話，究竟我會怎樣呢？就隨便想一想就足以令我提心吊膽，渾身冰冷，還是說令我產生這種冰冷感覺的是緣於窗外那一直下個不停且帶着寒氣的小雨？無論如何，能夠拾回一條小命，我感到非常之慶幸，同時也的確很討厭香港這種天氣。

題 3.1： 女人為甚麼後來認為自己是個傻瓜？

1　因為自己明明知道會下雨，但偏要打算去遠足。

2　因為自己輕視了太陽的恐怖。

3　因為她沒有把自己的長期病患告訴他人，一直藏在心裏。

4　因為她回程時偏偏選擇了一個沒有任何遮攔的地方作為路線。

題 3.2： 女人現在在哪裏？

1　自宅

2　病院

3　山上的民宿

4　朋友的家

86

題 4　**答案：**1

女の人がタブレットやスマートフォンなどのハイテクノロジーについて話しています。

女の人：ここ数年で、タブレットやスマートフォンは急速に普及が進みました。その一番の要因は、パソコンに求められる一般的な用途を、より簡単に実現できるようになったからです。インターネットをすぐに楽しむことができ、デジカメ写真を撮るのも見るのも簡単になりました。指先だけで操作できるため、マウスやキーボードの動かし方を覚える必要がなく、起動や終了時の面倒な作法も不要です。さらに小説やコミックなどの電子書籍を何百冊も保存して手軽に読むことも可能です。Line のようなメッセージングアプリを利用して、無料で家族や友人とコミュニケーションすることもできます。どこにでも持ち運ぶことができ、いつでも簡単に利用できるタブレットやスマホは、生活を大きく変えてくれるアイテムとなっています。

説明をもとに、タブレットやスマートフォンの普及と関連していないのはどれですか？

1　機械の値段

2　アプリの利便性

3　読み物のストック

4　周辺設備の不要

女人正在談及平板電腦及智能電話這些高科技產品。

女人： 這些年來，平板電腦及智能電話急速普及的最大原因是，曾幾何時某些只有電腦才能做的工序，輕盈的平板電腦及智能電話也能簡單處理了。我們可以馬上上網瀏覽資訊，用數碼相機拍照或看照片亦變得簡單了。只需用手指操作也，也不需要記着滑鼠及鍵盤的操作方法，甚至開動及結束程式時的麻煩手續也不需要了。另外也可以保存並隨時翻閱幾百本小說或漫畫等的電子書籍。而如果用 Line 這些通訊 Apps 的話，更能免費和家人朋友通訊。攜帶方便，拿到甚麼地方都可以，而且隨時隨地簡單利用，平板電腦及智能電話已經成為了改變我們生活的一項發明。

上述說明中，與平板電腦及數碼電話普及無關的是哪一項？

1　機器的價錢

2　Apps 的方便程度

3　書籍的保存

4　周邊零件的節省

題 5　**答案：2**

夫と妻が話しています。

妻： ねぇねぇ、大変、今スウェーデンから連絡があったんだけど、あたしの小説はノーベル文学賞を受賞したんだって。

夫： へー、やったね。長年努力した甲斐があったね。

妻： でも、でも、どうして……？

夫： すまん、実は俺がお前の許可もなくこっそりお前の名義で投稿したんだ……

妻： えっ！ひどいと言いたいところだが、ありがとう。それにしても、今までずっと落ちてたのに、どうして……

夫： それは持つ能力がとうとう認められたんだよ。やっぱり俺の女房って実力者だな。

妻の書いた小説は今回どうなりましたか？

1　夫が彼の名義で応募して賞を取りました。

2　夫が内密に応募してくれたおかげで賞を取りました。

3　夫が黙って応募しましたが、受賞とはご縁がありませんでした。

4　夫に認められたものの、これまでの如く落ちてしまいました。

丈夫和妻子在談話。

妻子： 老公老公，不得了，我剛剛收到瑞典那邊的聯絡，他們說我的小說獲得了諾貝爾文學獎呀！

丈夫： 嘩，你太厲害了，恭喜你多年來的努力，終於沒有白費！

妻子： 但是，但是，為甚麼……？

丈夫： 不好意思，其實我沒有得到你的同意就悄悄的以你的名義投了稿……

妻子： 原來如此，雖然我很想說你太過份了，不過還是謝謝你。但是為甚麼一直以來都落選，這次卻……

丈夫： 這是因為你的能力終於被承認了呀，不愧是我老婆，真是一個有能力的人！

妻子寫的小說今次怎樣了？

1　丈夫以他自己的名義投稿再獲獎。

2　多虧丈夫偷偷地投稿再獲獎。

3　雖然丈夫偷偷地投稿了，但是還是和獎項緣慳一面。

4　雖然被丈夫所承認，但是一如以往地落選了。

題 6.1 **答案：**1

題 6.2 **答案：**3

テレビのレポーターがニュースを報道しています。

レポーター： 昨日夜 8 時半ごろ雨が降っている中、43 歳の女性伊藤洋子さんが運転して帰宅を急いでいました。ちょうど細い県道 13 号から広い山田通りに出ようとして、車の頭を少し出したそのとき、右側から走ってきたバイクとぶつかりました。バイクに乗っていたのは 17 歳の高校生の鈴木たけしさんで、かなりのスピードを出していたと責任を認めています。一方、伊藤洋子さんも鈴木たけしさんの自供に賛同すると共に、自分が左右をしっかりと確認しなかったのだと述べています。幸いに二人ともかすり傷で済みました。

続いて、本日 4 時ごろ国際公園で遊んでいた 2 歳の幼児をさらおうとした 52 歳の女性を香港恒生大学の女子大生 2 人が追いかけ、見事に幼児を取り戻しました。52 歳の女性はその場を逃げましたが、後ほど警察に自首に行きました。事件で女子大生のうちの 1 人が腕に軽い怪我をしました。

題 6.1：43 歳の伊藤洋子さんは交通事故についてどんな態度を取っていますか？

1　責任は一方的なものではないと思っています。
2　狭い道と悪天候のせいにしています。
3　高校生より自分のほうが責任重大だ思っています。
4　高校生に責任転嫁しようとしています。

題 6.2：国際公園で起きた事件にタイトルを付けるとしたらどれが良いですか？

1　女子大生が 52 歳の女性を襲撃。
2　52 歳の女性が誘拐された女子大生を救助。
3　誘拐された幼児を女子大生が救助。
4　52 歳の女性を幼児が襲ったのを女子大生が目撃。

電視台的報道員正在報道新聞。

報道員： 昨夜 8 時半左右天空正在下雨，43 歲的伊藤洋子小姐開車急忙回家，當她正準備從狹窄的 13 號縣道走出寬闊的山田大道，車頭略略突出之際，就跟從右面駛過來的電單車迎面相撞。騎着電單車的是 17 歲的高中生鈴木武先生，他承認當時電單車的速度超速了，願意承擔責任。與此同時，伊藤洋子小姐一方面贊同鈴木先生的供詞，一方面亦坦誠自己並沒有確認左右情況，幸好兩個人都是輕微擦傷。

另外，本日 4 時左右，52 歲的女性正想把在國際公園玩耍的 2 歲幼兒拐走之際，香港恒生大學 2 位女大學生連忙追趕，終於成功救回幼兒。52 歲的女性雖然一度離開現場，但是後來自己前往警局自首。事件中，其中 1 位女大學生的手腕受到輕微的受傷。

題 6.1： 43 歲的伊藤倫子小姐對於交通意外抱着怎樣的態度？

1　認為責任並非單方面的。

2　把責任歸咎於狹窄的道路和惡劣的天氣。

3　認為相比起高中生，自己需要負更大的責任。

4　想把責任轉嫁於高中生身上。

題 6.2： 如為在國際公園發生的事件加一個標題的話，以下哪一個比較好？

1　女大學生襲擊 52 歲女性。

2　52 歲女性救出被拐走的女大學生。

3　女大學生救出被拐走的幼兒。

4　幼兒襲擊 52 歲女性被女子大學生目擊。

87

題 1　**答案：**3

女の人と男の人が電話で話しています。

男の人： もしもし、電車を降りたけど、次はどこに行けばいい？

女の人： 目の前に大きなデパートがあるよね。

男の人： ええ、アーインデパートのことね。

女の人： そうそう。たしかその 3 階、あ、ごめん、その上の階だった。この 2 つの階にはレストランがいっぱい並んでるから。

男の人： 4 階を降りたけど、どこへ行けばいい？左も右もレストランいっぱいあるけど……

女の人： エレベーターを出たらまずは左側よ。本当は右の韓国料理「パウチョイ」に行きたかったけど、今日は満席だからやめた。ってね、最初の店が「ガームイ」という日本料理で、その向かいは「パーフォン」という名前のファミレスも。

男の人： へえ、ここがファミレスなんだ。でも入口の前に大きなハンバーグがあるね。

女の人： そうそう、あれはクッションなの、他にもレタスとか、ベーコンとかあるでしょう。自分の好きなクッションで自分ならではのハンバーガーを組み立てて、撮った写真をインスタグラムにアップロードする人は結構多いらしいよ。でも、今日は広東料理だから、くれぐれも間違いのないように！

男の人： でもその広東料理の店はどこにあるの？

女の人： ずっと左の道を行くと、一番奥のところに「ガウチョーア」って赤い看板があるでしょ、そこだよ。いま急いでそっちにいくから、先に入ってもいいよ。

男の人： でも開店までまだ 30 分もあるよ。時間つぶしにちょっと自分のオリジナリティを作りたくなったから、そこで待っているね。

女の人： 分かった、相変わらず SNS のヘビーユーザーね。あっ、電車が来たから、いったん切るね。

二人はどの店で待ち合わせしますか？

1 「パウチョイ」

2 「ガームイ」

3 「パーフォン」

4 「ガウチョーア」

女人和男人在打電話。

男人： 喂喂，我已經下了電車，接着應該怎樣去？

女人： 你眼前應該有一幢很大的百貨公司。

男人： 見到了，是這個亞研百貨公司吧。

女人： 對，沒記錯的話是 3 樓，不不，應該是上面那一層，這 2 層都有很多餐廳。

男人： 我已經在 4 樓出了升降機，應該去哪裏呢？左面和右面都有很多餐廳……

女人： 出了升降機，首先應該往左面走，本來是打算去右面那家叫「泡菜」的韓國餐廳，但是今天滿座只得放棄。話説左面最初你會見到一間名叫「喋妹」的日本餐廳，他的對面是一間名叫「扒房」的茶餐廳。

男人： 原來這裏是一間茶餐廳，但入口前面竟然有一個很大的漢堡扒。

女人： 對對，那是個 cushion，應該還有其他像生菜呀、煙肉呀之類的吧。最近有很多人用自己喜歡的 cushion 砌出一個獨一無二的漢堡包，再把拍出來的照片放在 IG 上面呢。但是我們今天吃廣東菜，你千萬別弄錯呀！

男人： 但是那間廣東菜餐廳在哪裏呢？

女人： 你一直往左走，走到盡頭，就會看見一間用紅色廣告牌寫着「搞錯呀」的餐廳，就是那裏了。我現在馬上過去，你可以先進去等我呀！

男人： 但是，還有 30 分鐘才開門呀，我突然想製作自己一個屬於自己的創作，我在那裏等你吧！

女人： 知道了，你真是一個 SNS 的重度使用者，好了，電車來了，我要趕緊關掉手機。

兩個人會在哪一間店舖會合呢？

1　「泡菜」

2　「喋妹」

3　「扒房」

4　「搞錯呀」

題 2.1　**答案：**3

題 2.2　**答案：**2

女の先生と男の生徒が話しています。

先生： 作弊くん、あなた、またカンニングが見つかったんだって。

生徒： はい、そうです。それで、ついに停学を命じられたんです。来年の今日まで先生に会えないなんてと思うと、なんだか悲しくなります。（シクシク）

先生： 泣くなよ、あなたも男だろう。それにしても、確かに悪いことをしたのは事実だけど、停学はいくらなんでも……

生徒： でしょう！みんなもそう言ってますが、しょうがないんです。そもそも学校のカンニングに対する罰は厳しすぎますよ。1回目は1週間の出校停止、次が2回目で1ヵ月、4回目までは半年です。それに、今度はいよいよ丸1年、信じられますか？

先生： えっ、なに、そんなにやってたの？

生徒： ええ、運が悪かったんです。隣のクラスの出猫くんったら、僕より倍もしていますが、いちどだけ見つかって後は全部セーブだったと聞きました。本人はカンニングの成功率が80%でほぼバレてないといまだに威張っていますが、そもそもあいつほんとにバカであんな簡単な計算なんかも間違ってるくせに、よく偉そうに言いやがって。いっそのこと、校長先生にでもチクってやろうかなと、一瞬思ってましたよ。

先生： どいつもこいつもあきれた奴だな。

質問 1

男の生徒作弊くんと隣のクラスの出猫くん、二人で合計何回カンニングをしましたか？

1　11回

2　13回

3　15回

4　17回

質問 2

男の生徒は出猫くんのどんなところに不満を感じていますか？

1　校長先生に密告しようとしているところ。

2　自分のしたことを偉そうに吹聴しているところ。

3　男の生徒のしたカンニングの回数を上回っているところ。

4　先生にいつも嘘をついているところ。

女老師和男學生在談話。

老師： 作弊君，聽說你又被人發現作弊了。

學生： 是的，亦因此被命令停學。一想到明年今日之前都不能夠見到老師你，我就覺得很悲傷（嗚嗚）⋯⋯

老師： 別哭了，你也是男人吧。雖然你的確做了壞事，但是這樣就被停學就有點兒那個⋯⋯

學生： 是吧，大家都這樣說。但是沒有辦法，本來學校對作弊的處罰實在太過嚴厲了。第 1 次罰停課 1 星期，第 2 次罰 1 個月，到第 4 次為止是半年，然後就是這次的整整 1 年，真是令人難以置信啊！

老師： 甚麼，你竟然做了這麼多次？

學生： 是的，都怪我運氣不好，鄰班的出貓君，他比我多作弊一倍，但只有 1 次被人發覺，然後其他全部都安然無恙。他竟然說自己的作弊成功率達 80%，幾乎都沒有被人揭穿，而到今時今日仍耀武揚威。他真是一個笨蛋，連那麼簡單的計算也不會，我愈想愈氣，真想把他的事情告發給校長聽呢！

老師： 你們倆都是無可救藥的傢伙！

質問 1

男學生作弊君和鄰班的出貓君，2 人合共作弊了多少次？

1　11 次

2　13 次

3　15 次

4　17 次

質問 2

男學生對出貓君的甚麼地方感到不滿？

1　出貓君打算向校長告發一事。

2　出貓君大力吹噓自己所作所為一事。

3　出貓君作弊次數比自己還要多一事。

4　出貓君經常向老師說謊一事。

88

題 3　**答案：**3

男の人と女の人が新型のクーラーを見ながら話しています。

男の人：家のクーラー、冷えることはまだ冷えるけど、音がうるさくて夜眠れないんだよね。

女の人：そうなのよ。ガンガンガンガンって音が耳に入ってきてなかなか眠れないの。かといって、消すと暑くて眠れないし。あなた、眠れないって言ってるけど、いつもグーグー寝てるくせに……

男の人：そんなことないよ。結構暑がり屋で何度も寝返りしているよ。

女の人：音もそうなんだけど、なんといってもこの新型のクーラーはね、部屋の中の状況に合わせて自動的に温度などを調節してくれるらしいよ。

男の人：へえ、つまりその分、電気代節約できるわけか？

女の人：そうなのよ。お金も節約できるし、CO2 も減るし、環境にちょっとした貢献ができた気分にならない？正に一石二鳥よ。

男の人：でも値段高いよ。普通の 3 倍ぐらいもする。来年のバーゲンまで待っててもらえない？もしかして 8 割の金額で買えるかもよ。

女の人：この暑さじゃその時はもう死んでいるかもよ。ね、ガンガンガンガンを修理に出すぐらいなら、いっそのことこれを買ったほうが得だし、長い目で見れば、家計的にも環境的にも良いことばっかりじゃない？

男の人：参ったな、そうしよう。

2人はどうして新型のクーラーを買いますか？

1　少しばかりだが、本体の値段が前より安くなっているから。

2　初期費用が安いから。

3　環境に優しいから。

4　古いクーラーは機能としてほとんど働けなくなったから。

男人和女人一邊在看新型的空調，一邊在談話。

男人：家裏的空調，雖然還能製冷運作，但是太嘈吵了，晚上根本睡不着。

女人：就是呀，總是發出「更更更更」的聲音，害我整晚睡不着。但要是把它關掉的話就會很熱，也睡不着。你呀，口裏說甚麼睡不着，但每晚都發出咕咕聲的，睡得很香呀……

男人：沒有啦，我是個很怕熱的人，好幾次都翻來翻去睡不好。

女人：聲音還是其次，看這個新型的空調，聽説它會根據房間裏的狀況而自動調節溫度呢。

男人：是嗎？換言之就是能節省電費是吧！

女人：就是呀，既能節省金錢又能減少二氧化碳，對環境作出貢獻，簡直是一石二鳥。

男人：但是價錢好貴呀，大概是普通類型的3倍左右，可否等到明年的大減價時再買？到時候可能8折的價錢就能買到呢！

女人：這麼熱的天氣，那時候可能已經熱死了。與其付款找人維修「更更更更」的噪音，倒不如買下這個更划算，長遠來說對家庭經濟和環境都有好處，你説是不是？

男人：我說不過你，就這樣做吧！

兩人為甚麼要買新型的空調？

1　雖然只是少許，但機器的價錢比以前便宜了。

2　初期所付出的費用比較便宜。

3　有利於保護環境。

4　舊的空調差不多已經不能運作了。

題 4.1　**答案：**4

題 4.2　**答案：4**

男の人と女の人が話しています。

男の人：昨日香港対マカオのバスケの試合見た？

女の人：見た見た、あれは駄目だったよね。香港チームは相変わらず得点力不足が致命傷だったね。

男の人：そうだね。相手のマカオチームよりこっちの方が海外でプレイしている選手も多いのにね。ほら、マイケル・ボーボーチャン選手は今年も NBA でプレイしてるでしょう。

女の人：まったく、あのキャプテンのマイケル・ボーボーチャンめ、ほとんど活躍できなかったじゃない。シュートの数も少なかったし、あたしがコーチだったら、絶対に彼を出さなかったよ。まったく、スラムダンクは出来ないくせに、スランプだけが一人前……

男の人：おい、おい、落ち着けよ。彼は去年アキレス腱が切れて、治療を重ねてやっとここまでの復活にたどり着いたよ。これ以上言わないでおいて！

女の人：はいはい、分かった。あんたにとって神様でしょう！香港のマイケルジョーダンとして崇めていることぐらいわかるよ。これ以上非難いたしません。

男の人：ところで、ガードのジョー・プン選手も結構頑張ってディフェンスしていたけど、いかんせん身長が僅か 150cm しかないから、何度も相手のフォワードに狙われてて、失点もかなり目立ったね。

女の人：でも彼なりに一生懸命プレイしてたから、彼にはもうこれ以上求めないわ。やっぱりオフェンスが課題なのよ、オフェンスが。

男の人：まあ、それは一理あると思うけど、全部じゃないな。っていうかさ、身長の話といえば、センターのアンディ・ウォング選手にも責任あると思うよ。身長は 2 メートル 50 センチあるのに、なかなかリバウンド取れないし、逆に度々身長の低い相手にリバウンドをとられてしまってなんという恥だったのか。

女の人： でも、彼はもともとバスケットボールの出身ではなく、なんでも前はサッカーのゴールキーパーをやってたらしいよ。バスケに転向してまだ半年しか経ってないから大目に見てあげたら？

男の人： そっか。そう言われると、許す気になるな。結局身長も海外経験も相手チームより優れているのに、選手一人一人の能力を最大限に活かせなかったのが一番の問題だったのかもしれないね。コーチのゲリー・タンは責任転嫁できるか？

女の人： ぶっちゃけ、あたしも一番の問題がそこにあると思うわ。例えていうなら、せっかく新鮮な食材が揃ってるのに、それぞれの良さを引き立てられないシェフと同じで、無能かつ無駄だよ。

質問 1

女の人はアンディ・ウォングをどのように弁護していますか？

1　彼なりに一生懸命プレイしていたから、厳しく非難するべきではない。

2　怪我による治療を重ねてきたから、厳しく非難するべきではない。

3　身長は優れているものの、海外経験に欠けている。だからといって、厳しく非難するべきではない。

4　つい最近までは別のスポーツをしていたから、厳しく非難するべきではない。

質問 2

2 人はバスケットボールの試合で香港チームが負けた最大の責任はだれにあると言っていますか？

1　マイケル・ボーボーチャン

2　ジョー・プン

3　アキレス・ケン

4　ゲリー・タン

男人和女人在談話。

男人： 昨日香港對澳門的籃球比賽看了嗎？

女人： 看了看了，那真是糟糕透了，香港隊還是和以往一樣，得分能力不足是致命傷呀！

男人： 就是啊，明明比起對手的澳門隊，這邊有很多球員在海外比賽。就好像 Michael 波波選手，今年都在 NBA 比賽吧！

女人： 説起那個隊長 Michael 波波真氣死人，一點貢獻也沒有。投籃次數少，如果我是教練的話，我肯定不會放他出來。真是的，灌籃一個都沒有，失誤倒是一大堆。

男人： 喂，你冷靜點吧！去年他的阿基里斯腱斷了，經過多次的治療終於能夠重出江湖，你就不要再說他的壞話了！

女人： 好了好了，我知道他是你的籃球之神，你把他視為香港的米高佐敦來崇拜，我就不再說他的壞話了！

男人： 話說後衛的 Joe Poon 選手，雖然都很努力打防守，但奈何身高只有 150 cm，所以多次被對方的前鋒重點狙擊，在他身上失去很多分數呢！

女人： 但是他已經貢獻了他所有的努力，我對他很滿意，覺得已經沒有可批評的地方了。畢竟進攻還是一個重大問題，進攻！

男人： 你說的也有一定道理。剛説身高的問題，打中鋒的 Andy Wong 也有責任啦，他雖然身高 2.5 米，但是不但自己搶不到籃板，還經常被矮小的對手搶去，真是丟臉！

女人： 但是你想一想，他本來不是打籃球出身的，聽說他從前是足球的守門員，而轉型到籃球比賽也只有區區的半年而已，我們還是不要對他太過嚴苛。

男人： 是嗎？你這樣一說，我也開始覺得他情有可原。到頭來，身高和海外經驗都比對方優勝，但是不能發揮每一個選手最大的能力，在這個層面上，教練 Gary Tang 難辭其咎呀！

女人： 其實我也這樣認為啊！打個比方，就好像新鮮的食材都放在眼前，但卻未能突顯素材風味的廚師一樣，無能兼浪費。

質問 1

女人怎樣為 Andy Wong 辯護呢？

1　他已經貢獻了他所有的努力，所以不應嚴厲斥責。

2　他經過多次的治療終於能夠重出江湖，所以不應嚴厲斥責。

3　他雖然有身高的優勢，然而缺乏海外的經驗，但也不應嚴厲斥責。

4　他到最近為止一直從事其他運動項目，所以不應嚴厲斥責。

質問 2

兩個人表示昨日香港隊輸球的最大責任在於哪個人的身上？

1　Michael 波波

2　Joe Poon

3　Achilles Ken

4　Gary Tang

問題 1

題 1 **答案**：1

中譯：就算是多麼好的朋友，那個交易我覺得還是拒絕比較明智。

解說：一如以往，漢語發音是 ju 的「拒」的音讀為何不是長音？關於漢字音讀的長短音，請參照《3 天學完 N5・88 個合格關鍵技巧》 **10** - **11** 普通話與日語⑥⑦。只要知道這竅門，馬上就能刪除某些選項，提高命中率。

題 2 **答案**：4

中譯：患了不知名的病而輾轉地換了很多家醫院，最終知道病名時卻為時已晚了。

解說：「得体」的讀音屬於「湯桶讀法」可參照本書 **1** - **2** 湯桶讀法、重箱讀法。

題 3 **答案**：3

中譯：我們費了那麼大的勁才勉强完成的工作，他卻輕而易舉的完成了。

解說：「無」這字的吳音是「む」而漢音是「ぶ」，且其主要音讀是吳音。可參照本書 **5** 的第 10 項。

題 4 **答案**：4

中譯：如果要讓受到新冠肺炎而停頓的經濟復甦的話，首先需要做甚麼呢？

題 5 **答案**：4

中譯：我們把次男的名字改為「じろう＝次郎」，再簡稱「じっちゃん」，但每當叫這個名字時，祖父總會問：「你們在叫我嗎？」——唉，真後悔改了這個容易引人誤會的名字。

解說：「端折る」本來的讀音是「はし＋おる」後來把 2 個音合併，就變成今日的「はしょる」。題外話，日語「じっちゃん」和「じいちゃん」一樣，都可解爺爺。某本著名偵探漫畫中的偵探每一次都會說：「我以爺爺之名立誓，必定解開所有謎團！」

題 6　**答案**：2

中譯：我們公司正在招募優秀的人材，且職位種類繁多，如果閣下應徵的話，必定能夠找到一份合適的工作。

題 7　**答案**：4

中譯：有個貴族朋友在硬幣背後　青春不變名字叫做皇后　每次買賣隨我到處去奔走　面上沒有表情卻匯聚成就…這個漂亮朋友道別亦漂亮　夜夜電視螢幕繼續舊形象（節錄自羅大佑《皇后大道東》）

問題 2

題 8　**答案**：4

中譯：為了解決前一日睡眠不足的問題，每天午休的時候他都會進行睡眠補給。

解說：「補償(ほしょう)＝金錢上的補償」、「補足(ほそく)＝説話上的補充」、「補強(ほきょう)＝建築物的強度補强」,「補給(ほきゅう)＝睡眠或營養的補充」。

題 9　**答案**：3

中譯：那個和尚十年如一日般，一直堅忍不拔地進行着修行。

解說：「執着心強く(しゅうちゃくしんづよ)＝很强的貪戀心 / 執着之念」、「気性強く(きしょうづよ)＝脾性剛强」。

題 10　**答案**：3

中譯：幽靈會在晚上襲擊殺死自己的人 —— 你不覺得這是無稽之談嗎？

解說：「有耶無耶(うやむや)な＝含糊不清的」、「非存(ひそん)の＝日語沒有這個字」、「無実(むじつ)な＝無辜的」。

題 11　**答案**：1

中譯：朋友馬上就要來了，但你卻完全沒有收拾房子的打算，房間裏腳無立足之地，你不覺得羞恥嗎？

解說：日語只有「踏み場(ふみば)＝立足處」或「立場(たちば)＝立場」。

題 12　**答案**：2

中譯：對方是一個職業選手，而我們只是業餘球員，那最起碼也要制定些規例拉近彼此的實力再比賽吧！

解說：1 是「Panties ＝女性穿的内褲」，2 是「Handicap ＝障礙」的縮寫，3 是「Penalty ＝懲罰」，4 是「Facility ＝設施」。「ハンディをつける」指的是制定特別方針以改善雙方實力懸殊問題。

題 13　**答案：**3

中譯：聽說你之前遭遇意外，安然無恙這實在太好了。

解說：「なにより」是「なによりもいい＝比甚麼都好」的縮寫。

題 14　**答案：**1

中譯：那個小朋友是一個特殊兒童，但是對於有興趣的事情，他有一股幹勁，堅持到底。

解說：「とことんまで＝堅持到底」、「がり勉＝書呆子」、「いちゃもん＝找碴」、「イメチェン（Image change）＝形象改變」。

問題 3

題 15　**答案：**2

中譯：我認為自己已經相當足夠了，所以還有必要提升教養嗎？

解說：「素質＝天資」、「質素な＝簡單樸素的」。

題 16　**答案：**4

中譯：雖然是一個平凡得不能再平凡的人，但他總是在自我陶醉，覺得自己是愛因斯坦的轉世。

解說：「思い余る＝想不開」、「思い浮かべる＝回憶起來」、「思い遣る＝體諒」、「思い込む＝深信不疑 / 一直以為」。

題 17　**答案：**3

中譯：他對日本的動漫，尤其是「鬼滅之刃」感興趣。

解說：「いっそ＝索性」、「一層＝更加」、「とくに＝尤其」、「とっくに＝早就」。

題 18　**答案：**3

中譯：聽到你們要結婚，雖然是陳腔濫調，但祝福永遠快樂、幸福美滿！

解說：「風変り＝與眾不同 / 標奇立異」、「真心から＝從心底裏」、「新鮮味のない＝無新意」。

題 19　**答案：**4

中譯：我們屢次從他口中聽到一些沒有常識的發言。

解說：「ナンセンスな（Nonsense）＝沒有常識 / 荒謬的」。

題 20 **答案：**1

中譯：詳細計劃之後再說無妨，首先你把構思告訴我們吧。

解說：1 是「Frame ＝框架」，2 是「Claim ＝提出不滿 / 要求賠償」，3 是「Trauma ＝精神創傷」，4 是「Back up ＝備份」。

問題 4

題 21 **答案：**1

中譯：不愧是年輕人，對於新事物的理解，比起我們這些老東西都要快得多。

解說：2 應為「見込み＝前景」，3 應為「染み込む＝滲透」，4 應為「寝たきり＝臥床不起」。

題 22 **答案：**4

中譯：在這個大會中取得金牌應該有十之八九的把握，但在結果出來之前，還是不可疏忽大意。

解說：1 應為「ご遠慮＝懇請別」，2 應為「薬物＝禁藥」，3 應為「持ち込み禁止の物＝禁止帶入的東西」。

題 23 **答案：**1

中譯：圍繞大會之後的利益分配問題，隸屬各派的相撲選手開始爭執起來。

解說：2 應為「絞って＝擰乾」，3 應為「揉んで＝瘙癢」，4 應為「踠けば踠くほど＝愈是掙扎約…」。

題 24 **答案：**4

中譯：《看真相吧》這個電視節目，對於後來各種緊貼採訪謠言醜聞的同類電視節目來說，絕對可說是先驅。

解說：1 應為「密会＝幽會」，2 應為「密集＝聚集」，3 應為「密輸＝走私」。

題 25 **答案：**2

中譯：希望新冠肺炎緩和後，各個觀光地方都能出現觀光巴士車水馬龍的盛況。

解說：1 應為「こんがりと＝烤得金黃」，3 應為「すんなりと＝心悅誠服 / 毫不懷疑」，4 應為「何なりと＝不管甚麼都」。

問題 5

題 26 **答案**：3

中譯：就算是為了採訪，但一個女人竟然深入龍潭，和據守在銀行裏的強盜集團交涉，說她魯莽還不夠貼切，我只能説是真不要命了！

解說：1　といったらない：⋯極了 / 没有比⋯更⋯了。

2　いえなくもない：不是不可以這樣說。

3　としかいいようがない：只能這樣説了。

4　いうに当たらない：用不着說。

「いえなくもない」錯的原因是，這是一組慣用語而並非因為受到「しか」的影響而變成否定句。如果是「命知らずといえなくもない」也可算是正確答案。

題 27 **答案**：2

中譯：雖然一天也沒有遲到，準時來到公司，但是他的工作表現真是糟糕到極點！

解說：請參照上面 題 26 解說 1。

題 28 **答案**：1

中譯：不顧家人對自己的期望，弟弟辭退了正式職員的工作，成為一個自由工作者。

解說：「反して」的話需要時「に反して」，而「N をものともせずに」時候，N 通常是一些涉及困難、危機或逆境等的不好東西。

題 29 **答案**：1

中譯：遭遇上很大的交通意外，雖然撿回一條命，⋯

解說：1　但從此變成只剩下一條腿的難看樣子，感到沒有比這更遺憾的了⋯⋯

2　但怎樣說都好，我很慶幸自己還活着！

3　我以為已經被上天拋棄了，可原來運氣還不錯。

4　事到如今可能已經太遲了，但希望今後能注意安全駕駛吧！

題 30 **答案**：4

題 31　**答案：**4

中譯：這一帶有很多小偷，如果你不關好門鎖，是有機會被小偷進入屋裏的，所以能保持小心謹慎就最好不過了！

解說：「V ないとも限らない＝不一定就不 V」，所以「入られないとも限らない＝不擔保就一定不會被小偷光顧。」

題 32　**答案：**2

中譯：真是的，老公也好，兒子也好，我家的所有雄性生物，都是自私自利的。

題 33　**答案：**4

中譯：這是我的第一個孩子，所以男孩子也好，女孩子也好，只要健康就好了。

解說：與 32 題一起解說，在本文裏已提及，「であれ」和「といい」最大的不同在於：

一　「N であれ」的 N 是相對（男の子 VS 女の子）而「N といい」的 N 則是眾多同類中的 2 個（眾多雄性生物中的夫和息子）；

二　相比「であれ」,「といい」的後文更多是對 N 的「評價」（みんな自分勝手なんだから）。

題 34　**答案：**1

中譯：

客戶：明天的飛機預計 3 點左右到達成田。

營業員：明白了，從敝司開車去機場只需 10 分鐘左右的車程，所以不好意思，當您到達之後，可否馬上給我們打一個電話呢？

文法＼條件	現在？過去？未來？	描寫？意志？
次第	未來	意志
や否や	過去	描寫
途端	過去	描寫
そばから	三者都可	描寫 or 意志

JPLT N1

解說：由於是明天的關係，可剔除「否(いな)や」、「途端(とたん)」，但由於「そばから」一來比「次第(しだい)」更加強調「在 A 動作還沒有完全結束時 B 動作就開始了」，二來「そばから」隱含「老是」的意思，強調動作並非一次性，而是「每每 / 總是」發生的行為，故不適用於這一題。

題 35　**答案**：4

中譯：我一邊聽諾貝爾獎得獎者謙虛謹慎的發言，一邊認為這就是一流人士被稱為一流的原因。

解說：「N たる＝堪稱 N」。

題 36　**答案**：2

中譯：明天是照 X 光的日子，今晚的晚飯和明天的早餐…

解說：1　不用吃就搞定了，不好嗎？

2　不要吃比較好吧！

3　我不會説你一定要吃，但還是認為不應該吃呀！

4　忍不住要吃 —— 這是人的本性吧！

問題 6

題 37　**答案**：3421　★＝ 2

中譯：需要有資金、經營策略以及人脈才能創辦企業，所以如果缺少任何一個，整件事就不能成功了。

題 38　**答案**：1234　★＝ 3

中譯：入了公司只有半年就被升為總經理，這不是異例破格，那是甚麼呢？

題 39　**答案**：1423　★＝ 2

中譯：作為首相的翻譯官和超有名的人舉辦座談會之故，平時不怎麼會出現的手汗，今天簡直汗流如雨，連綿不絕。

題 40　**答案**：2431　★＝ 3

中譯：我是一個初出茅廬的人，所以請原諒我多次失禮的言行。

題 41　**答案**：2134　★＝ 3

中譯：慈愛的母親佇立着室外的樣子映入眼簾，小孩子一副幾乎就要呼喊着「媽，你不要再走了」的樣子，一邊哭泣着，一邊飛快地跑出房間。

問題 7

在日本，直至今日為止發生了很多幼稚園幼童殺害事件，而每一宗事件的手法都只能説是殘酷至極。當中某些案件的犯人是外國人，且他們也有孩子，這實在令人不禁感到震驚。雖然他們甚至作出「都是周圍的小朋友不好，我家的小孩子深受他們的欺凌。長此下去的話，我家的小朋友就會變得一蹶不振。所以，殺掉了」這樣的供詞，但是沒有一個理由能把殺人行為正當化的。該外國籍的嫌疑犯多年來究竟是怎樣生活着的，或者是抱着怎樣的心理包袱，現在已經不得而知了，但其中有一個可以考慮的原因是難以適應日本的生活，故一直在煩惱着，一直被種種誤解所困吧！

事實上，我也有一些中國人的朋友，她們透過國際結婚然後在日本生活，至今已有幾年了，聽説煩惱及擔心的事情還不少呢！除了是語言上的問題外，更有些是文化習慣上的差異。她們認為因每個人的個性都不同，所以要完全沒有任何衝突的生存下去是一件很難的事情。

為了能早日融入自己不太適應的環境裏，我認為最重要的還是和家人等溝通。此外，積極參與自己居住地區的各種交流活動，還有就是通過外國語學習小組或俱樂部去介紹自己的國家等。換言之，就把自己當成一個國際親善大使，把一度曾經封閉的心扉慢慢打開，嘗試去進行各種活動，你認為怎樣呢？

題 42 **答案：**1

題 43 **答案：**4

解説：3「驚(おどろ)きを余儀(よぎ)なくされた」的話會翻譯作「不得已，只能震驚」，相比之下，4「不禁感到震驚」的「驚(おどろ)きを禁(きん)じ得(え)ない」會更加自然。1 如果改為他動詞的可能型，即「隠(かく)せない」的話也可以成答案。

題 44 **答案**：4

解說：「供」的漢語拼音是 gong，可推斷他的音讀有長音。

題 45 **答案**：3

解說：1　知(し)っていたつもりだ：雖然不知道，卻當自己知道。

2　知(し)らせようもない：沒辦法告知。

3　知(し)る由(よし)もない：不得而知 / 無從稽考。

4　知(し)らされずに済(す)んだ：用不着被告知。

題 46 **答案**：3

解說：1　まちまち：区々(まちまち)＝各式各樣

2　すべすべ：滑々(すべすべ)＝光滑細嫩

3　おのおの：各々(おのおの)＝各式各樣

4　そもそも：抑々(そもそも)＝本來

題 47 **答案**：2

題 48 **答案**：2

解說：「A のに / には…B が重要(じゅうよう) / 大切(たいせつ)」屬於 N4 程度日語，表示「如果要達到 A 這個目的，B 很重要」。

問題 8

1

日本國內雖然不承認使用台灣的國際駕照，但持有台灣駕照者，透過申辦取得駕照日文譯本，或是另外申辦日本駕照之方式，即可在日本駕駛汽車或摩托車。前者是適合短期停留者，後者是適合長期居留者之制度。

而本項措施不適用以營利為目的之計程車或巴士之駕駛，若有此需求，必須首先取得第一種駕駛執照，即是普通的駕照並持有 3 年或以上，再從而申辦日本的第二種駕駛執照（職業駕照）。

節錄自公益財團法人日本台灣交流協会

「持有台灣駕照者於日本國內駕駛車輛之制度」一文

題 49 **答案：**4

中譯：長期住在日本的台灣人如果打算駕駛以營利為目的之計程車或巴士，可以怎樣做？

解說：1　所持的台灣駕照必須取得日文譯本，再更換成日本駕照才能駕駛。

2　所持的台灣駕照必須放棄，再考取日本駕照才能駕駛。

3　只要取得第一種駕駛執照或第二種駕駛執照任何一個就要可以駕駛。

4　必須同時持有第一種駕駛執照和第二種駕駛執照才可以駕駛。

2

去年朋友的女朋友被人開車撞死了，而撞死人的司機卻逃之夭夭，直至今天，警方當然還沒有抓到犯人，連究竟是誰也不知道呢！那是朋友最愛的女人，不用說他至今仍然很失落，但這個每日如行屍走肉般迷惘地生活這的傢伙，這個時候也好像不忘要為我慶祝生日般，看到他那張勉強擠出來的虛假笑容，我簡直看不下去，但與此同時對於他的心意，坦白說我是很開心的。他甚至為我準備了禮物——在 Line 裏留下這樣的一句留言：

「男人老狗，直接交給你我感覺有點害羞，所以用後備鑰匙去了你的家，把它藏在調味料的架子上，記住是『醋的上一格，布的裏面』。」

根據他所寫的留言，我在「醋的上一格，布的裏面」翻了一翻，啊！那不是我最喜歡的櫻餅嗎？

「竟然送的是櫻餅！？」我一邊吃着，一邊會心微笑，但與此同時，我再次陷入撞死他女朋友後逃之夭夭一事的反省內疚中。可如果那個時候我沒有逃走而去自首的話，現在就不能這般自由自在地生活，說不定正蹲在監獄裏受着苦呢！反正花一生也不能夠彌補罪行，我就打算乾脆把這個秘密保留到死的那天。

「話說，櫻餅是這麼苦的嗎？真是的，那傢伙在哪裏買的這種難吃的東西？咦？「醋的上一格，布的裏面」，不會吧，要是這樣理解的話，天哪，那不是……？」我開始感到戰慄的那一瞬間，突然喉嚨發出劇烈的痛楚，「喀喀…喀喀…嗷呃…」黏糊糊的血塊一口又一口的吐出來，究竟這是為甚麼呢？

題 50　**答案：**2

中譯：主角思索了「醋的上一格，布的裏面」的意思後，為甚麼「開始感到戰慄」？

解説：1　如果揭開了謎的話，死去的朋友的女朋友就會復活過來。

2　因為「醋的上一格，布的裏面」裏其實藏着非常恐怖的訊息。

3　因為從「醋的上一格，布的裏面」裏可知朋友現在潛伏於家中何處。

4　如果揭開了謎的話，就會受良心譴責而變得想自殺。

其實這一題也不是很傳統的題目，讀者可能會憑感覺選中 2，但其實所謂「非常恐怖的訊息」究竟是何物就必須要從日語的「酢(す)の上(うえ)の段(だん)の布(ぬの)の中(なか)」中拆解。原文中其實已經給了點暗示，「『すの上(うえ)』と『ぬ・のの中(なか)』」—— 按照 50 音圖，「す」的上面是「し」，而「ぬ」和「の」的中間則是「ね」。「しね」，也就是「死(し)ね」——這就是主角朋友在櫻餅裏藏着的「非常恐怖的訊息」，也許他已知害死自己心愛女人的凶手是主角，所以藉此報復吧！

3

關於信用卡的合約，其實就算簽了合約也並非就不能在某個時間前解除。基本上，很多地方不需要任何手續費就可以解除合約，你只需向信用卡公司聯絡說想解除合約就可以了。所以理論上，即使為了得到入會時的一些優惠而與信用卡公司簽約，也不存在任何問題。但是如果只貪圖入會時的優惠而打算得到優惠後就馬上解約的話，有一些地方你必須要注意。

首先是不要在得到優惠前就解約。因為根據不同的公司會有不同的規則，一般來說很多公司並非入會後就能馬上得到優惠，而是入會後一個月，在戶口被扣除金錢，甚至是半年後才能陸陸續續得到不同程度的優惠。所以必須清楚究竟這些優惠是在甚麼時候能夠得到才進行解約。

此外，如果在簽約後半年之內就解約的話，有可能會給信用卡公司一個很壞的印象。今後萬一需要在同一所信用卡公司申請新的信用卡時有可能會未能如願。所以，還是一句，請三思入會後馬上就解約所帶來的後果。

參考自網上「信用卡比較 SMART」一文

題 51 **答案**：2

中譯：簽約後馬上就解約的話，考慮到哪些後果有可能發生？

解説：A　會被信用卡公司控告違反合約。

B　不能如願得到優惠。

C　可能會被罰付一些追加的費用。

D　今後即使申請也會被冷漠拒絕。

「そっけなくあしらわれる」的漢字是「素(そ)っ気(け)なくあしらわれる」，也就是「被冷漠的對待甚至拒絕」。

問題 9

4　以下是某個日文老師為學生所準備的演講詞。

諸位同學，計分已經完畢，這意味着第 3 學期正式閉幕了。這個學期正值新冠肺炎流行之際，實在充滿了波濤洶湧，荊棘滿途，但我感到有很多開心的地方，亦感到付出的努力得到回報。

回想很多年前，有一個從來沒有學過語言，由零開始學習的學生 C，她經常由於進步緩慢而感到失落，有一天就來找我傾訴。我一向是來者不拒，所以一開始是打算笑面迎人的，但沒説幾句她就突然哭了，坦白説我確實感到有點兒狼狽，不知所措呢。(A)

後來，逐漸冷靜下來的同學 C，決定不惜一切的去努力，在很多不同的課題上積極參與，在芸芸 75 人的班裏，最終她的成績竟然能差一點就能名列頭 5 名之內，這真是十分厲害，可喜可賀。

諸位同學，成功是需要 1% 天賦的才能，加 89% 的努力，但很遺憾仍需要 10% 的運氣，三者相輔相成才能實現的。只有中間那是掌握在我們手中吧，那就牢牢的把握着吧。最後我想跟大家想說：「一直都辛苦了，有機會的話再見吧！」

題 52 **答案**：4

中譯：波浪線 A 部分中老師的心境是

解説：1　剛開始的時候很驚惶失措，後來逐漸冷靜下來。

2　剛開始的時候不知怎辦，後來變得鼻子一酸，想哭起來。

3　剛開始的時候感到很悲傷，後來逐漸認為事到如今已無可挽回。

4　剛開始的時候心情很爽快，後來逐漸變得驚惶失措起來。

題 53 **答案**：1

中譯：老師在這裏為甚麼要說「但很遺憾」呢？

解説：1　因為即使全力以赴也有機會不能成功。

2　因為在世間上，引導人走向成功的完美方程式是不存在的。

3　因為諸位同學與天才之間，相隔很遙遠的距離。

4　因為掌握在自己手中的東西只有一樣而已。

題 54 **答案**：2

中譯：同學 C 的最終成績在班中位列百分之幾？

解説：因為全班的人數是 75 人，而「最終她的成績竟然能差一點就能名列頭 5 名之內」那應該是第 6 名（8%）或第 7（9.3%）名。

2a　發給客戶的悼文

收到　貴公司董事兼社長田中一郎老先生逝去的消息，我等表示深切的哀悼，希望老先生早登極樂。

這突如其來的消息，我等感到驚嘆之餘，亦追思田中老先生生前對我等諸多濃情厚意，愈發加深我們對老先生的思念。

我等相信田中老先生的遺族及公司諸位對老先生的仙游，所發出的悲嘆應是一發不可收拾。本來的話，應該親自去吊唁才對，但無奈相隔千里，只能忍痛作罷。
同信附上微不足道的金額，是我等的心意，希望能有幸放在老先生的靈前供奉。要訴的衷情很多，唯這次容許言簡意賅，遙寄愁思。

2b 遺族的回信

敬啓

謝謝在百忙之中寄來那麼有心思的信件，另外亦多謝你們所附上的心意（奠儀）。
拜讀諸位寫給亡父的的信，很不可思議地，我們的心情變得輕鬆起來。請容許我將信件和諸位的奠儀放在亡父的遺照前供奉。
我們實在非常感激諸位的心意，正所謂投桃報李，也容許我們送出一點季節的水果作為回敬。家母經過這些日子，似乎內心也開始慢慢平靜下來。她千叮萬囑的跟我說，要感激諸位對我們的關心。
容許我藉此機會，代替亡父再次感激諸位對他生前的濃情厚意，並希望我們彼此的關係能夠保持像以前一樣，繼續和洽合作。本來應該直接拜謁諸位道謝，唯這次容許以書信表達感激不盡之情及深深的歉意。

敬白

題 55 **答案**：2

中譯：「微不足道」指的是甚麼呢？

解說：1　在信中所寫的文辭　2　奠儀
3　時間　4　儀式

題 56 **答案**：4

中譯：「遺族的回信」中未能見到的內容是以下哪一項？

解說：1　報告　2　謝罪
3　憧憬　4　追憶

報告自己母親的近況屬於 1；由於未能親自拜謁客戶而感到深深的歉意屬於 2；寄望今後與客戶保持良好的關係屬於 3；唯獨沒有明顯的 4。

題 57 **答案**：2

中譯：寫悼文的人和回信的遺族，今後會採取甚麼行動？

解說：1　寫悼文的人和回信的遺族均決定親自拜訪對方。

2　寫悼文的人和回信的遺族均決定不親自拜訪對方。

3　寫悼文的人決定親自拜訪對方，但回信的遺族卻未有同樣打算。

4　回信的遺族決定親自拜訪對方，但寫悼文的人卻未有同樣打算。

3

朱迪斯・巴特勒（Judith Butler）對「用語言傷害人」作出論述，當中可見人受語言所傷是怎樣的一回事。我們經常被語言所傷害，那可能是一句無心之失，亦有可能是一句充滿了惡意歹毒的說話。但其實說受說話所傷，究竟是甚麼把我們弄傷了？是說話的含義把我們弄傷了？還是說話者的意圖把我們弄傷了？

確實，我們從不認為單憑說話本身就會威脅我們的生命。說話所發出的力量，只會在心理上對對方構成傷害，而並非直接奪去其性命，一句侮辱的說話亦不會在眼前人的容貌上留下了任何疤痕。畢竟說話歸根究底也就是一句說話而已。

但是我們卻總是說被說話所傷，那是因為即使說話並不會對對方構成物理學上的威脅，但其傷害力卻等同身體性創傷一樣，因此稱為被說話所傷。他人說了一句具侮辱性的說話時，我們的心臟就被就好像被手槍射穿了一般的，感受到巨大的衝擊和威脅。…（中略）…

一句說話的是否具有暴力，單從說話的意思上，很多時我們都不能斷定。自己無心說的一句說話，對於對方而言可能就是一種侮辱，這種經驗應該很多吧！換言之，就算是侮辱的單詞，亦並非一定就會對人構成傷害。所有的說話都會根據文脈，前文後理或者其他原因而包含了傷害人的成分。另一方面，即使是具侮辱意思的單詞，亦有機會只是一種表現親密的東西。例如「笨蛋」這個單詞，單獨抽出來的確是一句侮辱人的說話，但是自己的小孩子很冒失地做錯事的時候，很多母親都會一邊笑着，一邊說：「你這個小笨蛋！」這時候，與其說這就是責備小孩失敗的工具，倒不如說這包含了「你這傢伙，總是冒冒失失的，不過也很可愛呢」——一種親子之間的情感更為貼切。在這個層面上，要研究何謂「傷害人的說話」，只單純地抽出個別單詞再製作成一覽表，老實說，這是無法得出結論的。

節錄自望月由紀〈語言的暴力和主體性——朱迪斯・巴特勒的主體化論〉一文

題 58 **答案**：1

中譯：畫下波浪線的第一段落的主要疑問是甚麼？

解説：1　何謂說話對人所構成的傷害力？

2　說話在何時把誰弄傷了？

3　為何人會受到他人一句無心的說話而受傷？

4　因說話的意思而受到的傷害，與因說話者的意圖而受到的傷害有何不同？

從「但其實說受說話所傷，究竟是甚麼把我們弄傷了？是說話的含義把我們弄傷了？還是說話者的意圖把我們弄傷了」可見，整段文字主要在探討 1。

題 59 **答案**：2

中譯：正確的組合是哪一個？

題 60 **答案**：4

中譯：若要為「要研究何謂『傷害人的說話』，只單純地抽出個別單詞再製作成一覽表，老實說，這是無法得出結論的」這觀點添加一個例子，以下哪一個是最貼切的？

解説：1　城市的小孩對農村的小孩說：「你竟然沒有智能電話？真厲害！」

2　日本人對韓國人說：「看你也應該吃過狗肉吧！」

3　關西人對東京人說：「如果要表示『笨蛋』這意思的話，不能說『馬鹿（ばか）』得說『アホ』才行！」

4 男朋友對女朋友說：「你真是天下第一的愛哭鬼呀！天哪，愛哭鬼又要出沒了！」

4 的例子類近本文中父母稱自己孩子為「笨蛋」般，語言本身（愛哭鬼）的意思是負面的，但說出來亦散發着說話者與被說話者之間的親密情懷。

問題 10

「那麼，你喜歡哪一個近代文學作家？」

對於大學考試面試官的這個問題，我的回答是森鷗外。接下來我們再激烈討論了將近 30 分鐘，彼此過度的意氣相投差點令我延誤了飛機航班。然而我的內心是雀躍的——因為有一種迷信説法是，如果能和面試官談話超過 15 分鐘的話，那麼就幾乎斷定可以合格了。

果然不出所料，我被大學告知合格了。在那裏我本應正式開始學習日本近代文學，然而卻逐漸發覺我對他並非如我相像中那麼喜歡的。那邊廂，我卻被日本漢文有趣之處所吸引並慢慢變成她的「裙下之臣」，猶記得上森鷗外課時，老師朗讀《舞姫》之際，我卻以一種遊戲的心態，埋首於學習「レ點」之中，一邊可說是苦戰，但與此同時更是樂此不疲——對此，如果說一點都不感到內疚，這是謊話。

當我聽到研究班成員田中君説：「TMD，真是一個徹徹底底的叛徒呀！」時，我有點生氣並反駁說：「你怎麼可以這樣説話的？確實我並非很喜歡近代文學，並慢慢喜歡上日本漢文，但你也不能因此就叫我叛徒的！」「？？？大哥你說甚麼啊？我聽不懂。難道你不認為拋棄了愛麗絲的豐太郎不是一個背叛者嗎？」（以上是《舞姫》的部分內容）看見田中君不求甚解的望着我，我深知道自己鬧上了一個大誤會，害羞得真想找個地洞鑽進去。

後來應該可以説是一個很自然的發展吧，突然某一天腦海裏浮現出一個念頭：對呀，我要成為一個日本漢文的研究者！我意識到通過研究日本漢文，我能從不同的角度去欣賞本來就喜歡的中國文學，與此同時名義上是日本漢文，但其骨子裏還是日語，我亦能夠發掘到至今未曾見過的日本語的美，「此非一石二鳥乎？」

在閱讀某一本時代小說時，書中有着這樣的一句對白：
「雖然說是枯葉，卻並非凋謝了就算。為了明年百花璀璨，為了他日纍纍果實，樹葉甘心成為他人的豐富營養而選擇凋謝。」
我不禁哼起了「落紅不是無情物　化作春泥更護花」，和本家不一樣，日本漢文並非韻文，但是相比之下，「就算」或是「吧」等在本家中難以發覺的的餘韻，或是被隱藏的因果關係，卻鮮明的表現在日本漢文身上。這種當之無愧的擴散力迅速令到形象澎湃，亦令我開始夢見：如果其他人也能感受到漢文的美，那該是一件多麼美妙的事呀。
9 年前我回到了故鄉香港，在香港的一間大學裏執起教鞭，成為了塵世間一個小小的日本語老師，除了上課授業外，我也逐漸開始投稿著書，希望哪天能推廣日本漢文教育而每日鞭策自己。在香港如果能精通現代日語的話，某程度也容易建立自己的事業，相比之下日本漢文這樣的老派學問總是被認為對於就職或升遷是沒有絲毫幫助的。然而，我卻相信，對於受到殘酷的現實社會洗禮，而飽受心靈鱗傷遍遍的學生們而言，功效未必非常顯著，但日本漢文應有宛如「落紅」般的價值無疑。
總而言之，我希望把這些有別於平常的日本語的美傳給下一代，在這個層面上，我非但不是甚麼背叛者，更甚至可說是丹心一片——這件事特別想告訴給田中君聽。

題 61　**答案**：3

中譯：引起「如果說一點都不感到內疚，這是謊話」這種感情的契機是？

解説：1　被日本漢文有趣之處所吸引並慢慢變成她的「裙下之臣」一事。

2　正式開始學習日本近代文學一事。

3　上《舞姬》的課時學習日本漢文一事。

4　否認自己是「叛徒」一事。

「後(うし)ろめたい」是内疚「後(うし)ろ目(め)痛(いた)い」的變音，意思是當做了一件虧心事後，内心有鬼，便不敢「正面迎着他人，只能偷偷看着」。

題 62 **答案**：1

中譯：稱「擴散力」的原因是？

解説：1　某個概念在本家中文裏難以發覺發現或被隱藏，但卻鮮明的表現在日本漢文身上。

2　某個概念只存在於本家中文裏，而日本漢文是沒有的。

3　本家中文裏的因果關係，當被譯作日語後會變得很曖昧。

4　本家中文裏的某個意思，當被譯作日語後會變成完全不一樣的含義。

題 63 **答案**：1

中譯：「宛如「落紅」般的價值」具體指的是甚麼？

解説：1　能夠治癒學生們百孔千瘡的心靈的一種力量。

2　能夠如實地告訴學生們社會殘酷一面的一種力量。

3　能夠幫助學生們就職或是升遷的一種力量。

4　能夠治癒因生病或受傷而導致身體傷痕纍纍的一種力量。

「宛如「落紅」般的價值」治癒的的對象不是學生們的身體，而是心靈。

題 64 **答案**：2

中譯：作者説「這件事特別想告訴給田中君聽」的理由是？

解説：1　因為他想向田中君解釋當初為甚麼放棄日本近代文學。

2　因為他想向田中君説明當初兩個人對説話理解不同而導致的分歧。

3　因為他覺得似乎田中君能夠和他一起推廣日本漢文教育。

4　因為她想向田中君請教怎樣做才能把不同的日語的美傳授給下一代。

問題 11

以下 A 和 B 文章是關於對在日本進行早期英語教育的不同意見。

A　贊成早期英語教育的專家的意見

① 如果能在聽覺機能完成，即大約是小學低年級之前多聽和多説英語的話，就能培養出聽懂英語獨特音聲和韻律的所謂「英語耳朵」。這樣的話，L 跟 R、TH 等日語沒有的音聲亦能聽取，這自然有助掌握學習漂亮悦耳的英語發音。

② 幼兒期，當小孩子的嘴巴和喉嚨並未固定成「日語規格」，這個時候應該建立適當的口部肌肉發展以迎合英語漂亮悅耳的發音。

③ 人年紀愈大，當要面對有異於日語的事物時，其所受的困惑和阻力也愈大，甚至出現大於正常程度的「難度」，故孩子們亦會對發音感到害羞。孩子們各自有擅長不擅長的事情，這在學語言的時候也一樣。隨着年齡增長，愈是學習不擅長的東西，孩子們所費的功夫也就愈大。但若能在幼兒期就開始的話，那麼對事物的抗拒相對會比較小，換言之，縱然是微小的一步，但若能積累，慢慢也會瞭然於胸，最終融為身體的一部分。

④ 英語並非「學習」的東西，而是需要通過歌曲、遊戲或手工藝等，一邊活動身體各部位，一邊讓孩子們產生興趣從而投入的一項活動，而這些事的黃金時期都是年幼階段。這個時候如果能讓小孩子產生一種「英語真是快樂的東西啊」的情感及自信，他們成長之後也會慢慢變得對英語及異文化產生興趣，最終能主動的繼續學習。

B　反對早期英語教育的專家的意見

① 一般認為在嬰兒的腦海中，他們會強化使用頻度高的語言系統，同時也會關掉並非這類的系統（即使用頻度低的系統）。如果要能熟習兩種語言的話，英語和日語必須具有相約數量的投入才能做到，否則的話雙語對於小孩子來說，就會產生很大壓力。嚴重的話，小孩子會由於過分的壓力而令到日語和英語同時只能達到一般水準以下的能力，兩敗俱傷。

② 語言除了是作為溝通的工具外，同時亦是一種思考的工具。學習英語會話後，就算或多或少懂得說英語，但是在家裏，在幼稚園裏，在學校裏生活的時候，如果差不多所有時間都是日語環境的話，自然思考模式也會是日語。所以英語可以在小學高年班，某程度上邏輯思考力鞏固後再學會比較好。

③ 小孩子學英語後，如果不使用的話就會馬上忘記，效率亦會很差。既然是這樣，就不要把專注力只放於學習語言一事上，反而讓他們吸收不同的經驗會更好。小學高年班或者升上中學之後，要是決心學習的話自然也能夠學好。

參考「林修老師『反對幼兒英語』對於早期英語教育，你是反對派？贊成派？」一文

題 65 **答案**：2

中譯：作為配對，哪一個是錯誤的？

解說：A ④的重點並非放在「異文化必要論」上，反而是「寓遊戲於學習的重要性及其黃金時期」。

題 66 **答案**：4

中譯：贊成者和反對者持有的共同觀點是甚麼？

解說：
1 並非歧視男女任何一方，但是針對學習能力這個層面上，不得不說會隨着性別而產生某些差異。
2 語言這東西，相比起去學習他，反而通過遊戲而讓他成為身體一部分的話會更有效。
3 學習英語，相比甚麼黃金時間，更重要的在於那個人究竟有沒有恆心鬥志。
4 並非只限於英語日語，所有的語言學習，都有機會對孩子產生壓力。

A ③和 B ①對語言學習多少會給小孩子帶來無形壓力一事持相同意見。

問題 12

如果你喜歡日本恐怖作品的話，那麼「伊藤潤二」這個名字你一定有聽過吧！或者就算你不熟悉伊藤潤二，也應該曾經聽過川上富江這個角色的名字吧！

伊藤潤二作品的最大魅力在於他的恐怖並非只有令人毛骨悚然的故事，當中更包含對人性的深層洞察。其作品能夠將潛伏於人心裏醜陋的部分赤裸裸地描寫出來，把源自人類陰濕險惡的一面，及血淋淋的本能所孕育出來的一朵朵邪惡花卉，妖艷燦爛地盛放開來。

伊藤潤二擅長藉着把一些原本是平凡不過的故事誇張並恐怖化，這亦是其作品的精髓所在。因此，他差不多所有的作品都是在描寫現實世界，但當中卻呈現出一種脫離現實世界的風貌。一個普通得不能再普通的事物，意念或是情節插曲，經過他寫實的畫風洗禮，被賦予了生命，成為了一個活生生的個體。另外，說起其人物風格的話，給人的印象彷彿就是「這樣的一個好人，我好像曾經遇過，又好像沒遇過」般，如一個很平實穩重的紳士，當他變得不高興或憤怒時，他的一舉手一投足，又或是在他狹長並若無其事的面龐上，閃過冷冰而沉靜的微笑——這種容貌，當然未至於說他就是和我們凡人不同的外星人，但我們的既有觀念卻伴隨着這些不常見的物事而被背叛至分崩離析體無完膚，最終更甚至產生一種令人不安的疏離感。換言之，正是有這種距離隔膜，恐怖就呈現出來了。**A**

伊藤潤二的作品中，最暢銷的當屬《富江》。當中登場的是擁有絕世美貌的女子高校生川上富江，她是一個不分男女老幼，任何人只要看上她一眼，都會拜倒在她石榴裙下的一個魔性之女。男性的話會慢慢喜歡她，相比之下，見到被自己美貌俘虜的男性，富江卻從不會喜歡上他們任何一個，就算當中有男性和自己發生戀愛關係，但看見那些不被她真心所愛的男性在焦慮着的團團轉——這就是富江快感，樂趣所在。然後，在這裏會產生一個固定模式 **B**，就是她被男性深愛之後，亦必定會被他們所憎恨，最終被殺。然而就算男性把她的身體砍成一片片的碎塊，但只要有一片的細胞仍然存在的話，她就能無限次復活，更者她的外貌和內心亦永遠不會改變。説起改變，那邊廂，圍繞富江周遭的人則經常變化，當中有經常見異思遷的極端貪婪之輩，亦不缺淳樸善良的人。富江只是擴大了人心醜陋的部分，她給予男性們的痛苦，正正是對充滿醜陋欲望的他們作出的一種懲罰。

說起伊藤潤二作品的人氣，今時今日簡直是世界規模。根據以北美為中心，每年把約 350 種日本漫畫翻譯成英語並販賣的公司 VIZ MEDIA 負責人門脇（47）氏所說，到現時為止，在北美發售過的伊藤作品只有 11 本，但其銷售額可媲美總數 72 卷的《Naruto》或至今已連載了 95 卷的《One piece》的總銷售額。

2019 年伊藤潤二的作品除了在堪稱漫畫界奧斯卡金像獎的艾斯納獎中獲獎外，更有一連串從台灣開始，以至上海、北京等地區舉行的巡迴個人展覽，還和設計師 Yoji Yamamoto 公司的品牌 S'YTE 聯手製作並發售外衣及 T 恤等。最近 SNS 中的一股熱潮是，世界不同國家的粉絲們扮演作品中的角色（Cosplay），然後把他們拍下的相片上載，然而這也只不過為戰績彪炳的作品多加一項成就，錦上添花而已。

《人民網》日語版
「描繪美麗卻又令人戰慄的恐怖漫畫　伊藤潤二作品的人氣是甚麼呢？」
節錄自 2020 年 6 月 29 日刊登的新聞並作部分修改

題 67　**答案：**3

中譯：如要把 **A** 部分所寫的「換言之，正是有這種距離隔膜，恐怖就呈現出來了」說得更明白一點，也就是

解說：1　恐怖是在人類內心深處潛伏的醜惡及邪惡被暴露時才會產生的東西。

2　恐怖是事情並非朝着自己期待的方向發展時所產生的東西。

3　恐怖是當意識到某些事物有別於自己既有的認知時所衍生的東西。

4　恐怖是從來沒有經驗過的事物突然出現在眼前時所產生的東西。

前文寫着「我們的既有觀念卻伴隨着這些不常見的物事而被背叛至分崩離析體無完膚，最終更甚至產生一種令人不安的疏離感」，基本上就是在論及當自己認為 100% 正確或屬於真理的認知，被外來力量所打破時而變得模棱兩可甚至被全盤否定時，人便會變得恐懼。

題 68 答案：2

中譯：B 部分所提及的「固定模式」指的是甚麼模式？

解説：1　富江看見那些深愛自己但自己卻毫不喜歡的可憐男性，從而產生快感及樂趣。

2　富江被殺後很不可思議地馬上就能復活。

3　有別於內外永恆不變的富江，男性們急促地衰老下去。

4　男性們不斷被富江投放精神上的痛楚。

題 69 答案：3

中譯：根據上文，有關北美日本漫畫業界的訊息中，哪一個是正確的？

解説：1　伊藤潤二作品的銷售額，相當於《Naruto》＋《One piece》的總銷售額。

2　《One piece》的總銷售額略高於《Naruto》。

3　每一本伊藤潤二作品的平均銷售額，都比每一本的《Naruto》或《One piece》要高。

4　到現時為止一共有 350 種日本漫畫被英語翻譯發售。

1 並非《Naruto》＋《One piece》，而只是相當於《Naruto》，或相當於《One piece》；2《One piece》比《Naruto》高的不是總銷售額，而是發行卷數（95 卷 vs 72 卷）；4 是每一年 350 種。由於「在北美發售過的伊藤作品只有 11 本，但其銷售額可媲美總數 72 卷的《Naruto》或至今已連載了 95 卷的《One piece》的總銷售額」，假設大家的銷售額都差不多是 100 萬美金，那「伊藤潤二作品 vs《Naruto》vs《One piece》」的每一本平均銷售額是「100 萬÷ 11 本 vs 100 萬÷ 72 本 vs 100 萬÷ 95 本＝ 9.1 萬 / 本 vs 1.4 萬 / 本 vs 1.1 萬 / 本」，所以 3 是對的。

題 70 答案：3

中譯：以下那一個不可説是伊藤潤二作品的成就？

解説：1　獲得業界首屈一指的獎項，其實力被肯定。

2　漫畫的形象成為了衣服款式及設計來源並被商品化。

3　所拍攝的 cosplay 照片在展覽會中作一般公開。

4　在 SNS 的世界裏，掀起了一個小小的熱潮。

問題 13

圖（一）是大學生近況調查而圖（二）是江戶川區大規模調查，兩者同被視為是關於人際關係的調查。

(圖一)：根據 Benesse Corporation 的「大學生學習・生活近況調查」可知，由於新冠肺炎的影響，學生難以透過校園生活建立朋友關係，也感到生活不充實。調查是在 2021 年 12 月，通過互聯網共得到全國大學 1 年生 -4 年生合共 4124 人的答案而製作的。

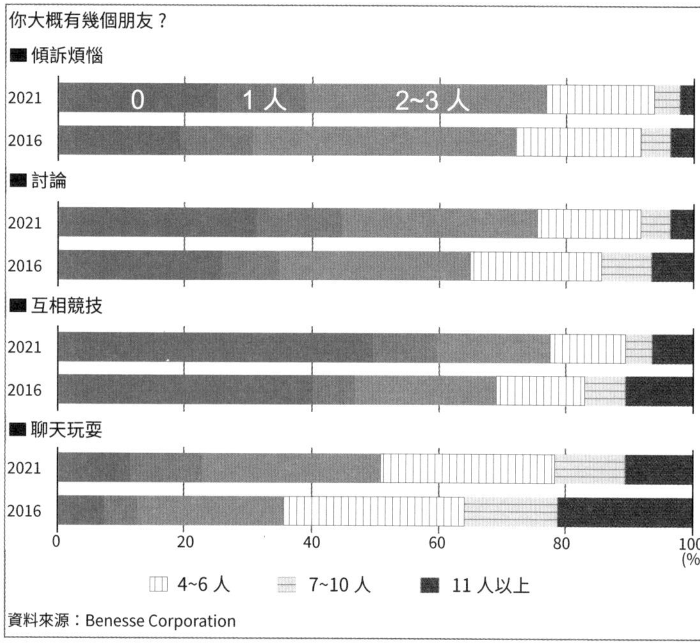

題 71 **答案**：1

中譯：通過（圖一），可知道的事情是甚麼？

解說：1　比起 2016 年，2021 年「一起說話一起玩耍」的朋友整體來說減少了。

2　2021 年，「能夠傾訴煩惱」的朋友，只有 1 人的比例是最多的。

3　2021 年，有近 8 成人最起碼有 1 個能夠「討論」的朋友。

4　2016 年也好 2021 年也好，在「學習或運動等互相競技」時，朋友不在身邊的可能性和朋友在身邊的可能性相約。

2，2021 年「能夠傾訴煩惱」的朋友，2-3 人的比例是最多的；3，2021 年，最起碼有 1 個能夠「討論」的朋友大概是 7 成左右；4，2021 年的確朋友不在身邊的可能性和朋友在身邊的可能性相約，但 2016 年時的比例是 4：6。只有 1，2016 年有約 8 成人擁有「一起說話一起玩耍」的朋友，但到了 2021 年微降至 75% 左右，符合說明。

(圖二)：以下是東京都　江戶川區在 2021 年度進行對「長期足不出戶人士」的大規模近況調查，接受調查的對象為區內 7,604 個家庭共 7,919 人長期足不出戶人士。

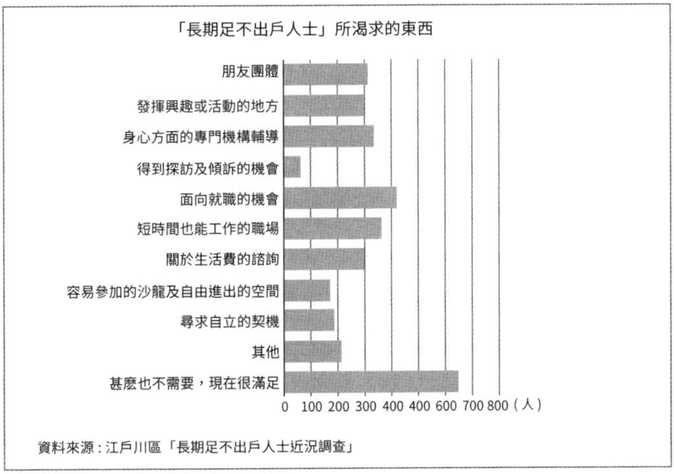

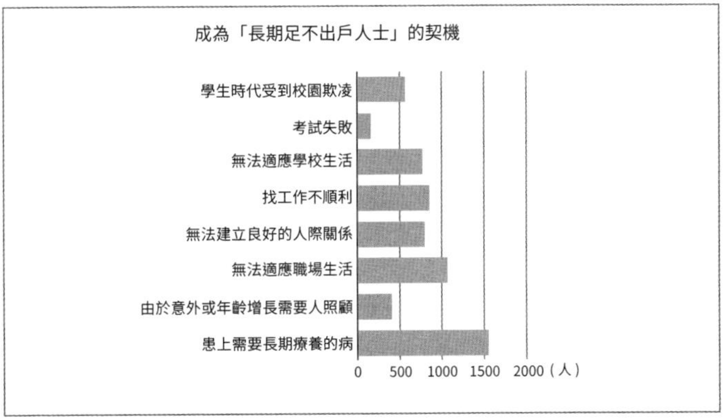

題 72　**答案：**3

中譯：以下是 4 個「長期足不出戶人士」的發言，根據（圖二）整體看來，哪一個人屬於最典型的「長期足不出戶人士」？

1　康夫：「我從鄉下來到東京已經 5 年了，但至今還是未能融入東京人的生活及接受他們的思考方法。反正他們都在笑我是一個鄉下仔吧。我的儲蓄已經見底了，坦白說，現在金錢關乎到我的生死問題。」

2　小武：「考了 3 次都未能考上大學，最後我失去動力，成了一個長期足不出戶的人。可能你看不出吧，其實我是一個挺怕寂寞的人啊，但這樣的一個人卻又躲在家裏不出門，的確有點矛盾。你問我的話，坦白說我真希望有一個能傾訴彼此不幸命運，互相安慰的人在身邊呢……」

3　洋子：「當我踏出這個社會，正打算努力工作之際，『因為你是一個女人』── 僅僅就這麼的一個理由，我被強迫做了很多討厭的工作，這致使我成為一個長期足不出戶的人吧。不過我也差不多該重新回歸社會了，所以今後我希望學到一些能夠在職場開心地生存下去的知識竅門。

4　真奈美：「契機是在學校一直被人稱為醜女吧，因此慢慢變得不想上學了。現在最想要的是甚麼？我也不想一直啃老，不想一直拖累我的父母，我也想自己能夠獨立維生，所以如果能夠有一些這樣的契機或者機會就好了。」

解說：其實這題需要找出（圖二）2 個圖的主要原因和主要渴求的東西。如果按照排第 1 得 1 分，排第 11 得 11 分的做法，則愈是典型普遍則其分數會愈低。1 的康夫是「無法建立良好的人際關係（4 分）＋關於生活費的諮詢（5 分）＝ 9 分；2 的小武是「考試失敗（8 分）＋得到探訪及傾訴的機會（11 分）＝ 19 分；3 的洋子「無法適應職場生活（2 分）＋面向就職的機會（2 分）＝ 4 分；4 的真奈美「學生時代受到校園欺凌（6 分）＋尋求自立的契機（9 分）＝ 15 分，所以答案是 3。

N1 模擬試験——聴解

問題 1

題 1　**答案：**2

女の人と男の人が話しています。男の人のお母さんは今どこに住んでいますか？

女の人：たけし君、お久しぶりです。
男の人：ああ、洋子ちゃんじゃないですか？久しぶりです。
女の人：ご両親も元気ですか？
男の人：実は 2 年前に親父が亡くなりまして……
女の人：あー、それとは露知らず、ごめんなさい……
男の人：いいですよ。なので、今母が 1 人なんです。一人暮らしの老人が心配でしょうがなくて、かといって僕が実家に引っ越してしまうと、通勤時間がだいぶ長くなるので、母にちょっとこちらに来てもらったんです。
女の人：じゃあ、ご一緒に住まわれているのですね。
男の人：いや、いくら親子とはいえ、一緒に住むのはちょっとね、できれば 1 人のほうが気楽だとお互いに思ってますんで……
女の人：そうですか、じゃあ、今はどちらに住まわれてるんですか？
男の人：知ってると思いますが、うちの母は結構スープを作るのが好きでしょう。いつもスープを作ってくれてるので、スープの冷めない距離で行き来できるところに引っ越したいと言って、僕の家から歩いて 5 分程度のところにマンションを借りて住んでいます。
女の人：たけし君はお母様に愛されていて幸せですね。

男の人のお母さんは今どこに住んでいますか？

1　男の人の家
2　男の人の家の近く
3　実家
4　実家の近く

JPLT N1

女人和男人在聊天。男人的媽媽現在住在哪裏？

女人： 小武，很久不見了！

男人： 啊，那不是洋子嗎？很久不見！

女人： 你的父母還好嗎？

男人： 其實 2 年前家父去世了……

女人： 啊，我一點也不知道呀，真對不起……

男人： 不要緊呀，所以，現在家母是一個人生活呢！但是我非常擔心老人家獨自生活，然而如果要我搬到我老家附近的話，那麼上班時間就會變得很長，所以最終讓母親來我這邊住。

女人： 那麼現在你們兩個一齊住，是嗎？

男人： 不是啊，就算是母子，一齊住的話總有點問題吧！所以我們都認為盡可能一個人住比較輕鬆點……

女人： 原來如此，那麼現在她住在哪裏呢？

男人： 你也知道，我媽媽她很喜歡煲湯的吧。由於經常煲湯給我喝，所以她說過希望搬到一個湯不會變涼的距離以方便我經常走來走去，所以她現在住在離我家走路 5 分鐘的一個公寓裏。

女人： 小武，你母親這樣愛你，你真是幸福呢！

男人的母親現在住在哪兒？

1　男人的家

2　男人的家附近

3　老家

4　老家附近

題 2　**答案：**3

男の人が新幹線の窓口で女性スタッフと話しています。男の人はどのチケットを買いますか。

男の人：　すみません、明日名古屋行きの指定席を取りたいんですが……

女性スタッフ：お時間のほうは？

男の人：　できれば明日 9 時ごろに大阪を出たいんですが……

女性スタッフ： 9時10分に大阪から名古屋行きのキラリ302ですと、指定席はもう全て完売いたしておりますが、自由席はいかがでございますか？

男の人： じゃあ、もしその一本前だったら、指定席はまだ大丈夫ですか？

女性スタッフ： 8時51分発のキラリ301ですと、指定席はまだございます。

男の人： じゃあ、それでもいいです。

女性スタッフ： 只今通路側の席しか空いておりませんが、宜しいでしょうか。

男の人： そうですか、今日はついてないな。じゃあ、さっきの9時10分だっけ？その次の車両で指定席＋窓側のチケットはまだありますか？

女性スタッフ： はい、9時28分のキラリ303で宜しければ、すぐご発券できますが……

男の人： ごめん、やっぱり最初お願いした時間で席の種類関係なく予約させてもらえませんか？お騒がせしてほんとにすみません。

女性スタッフ： いいえ、とんでもないことです。それでは、只今発券いたしますので、しばらくお待ち下さいませ。

男の人はどのチケットを買いますか。

1　8時51分発のキラリ301の指定席
2　9時10分発のキラリ302の指定席
3　9時10分発のキラリ302の自由席
4　9時28分発のキラリ303の指定席

男人在新幹線的售票處和女性職員在說話。男人會買哪一張車票呢？

男人： 不好意思我想預約明天去名古屋的指定座位……

女性職員： 請問時間是？

男人： 盡可能是早上9點左右從大阪出發的……

女性職員： 如果是9:10從大阪往名古屋的Kirari 302的話，指定座位已經全部售罄，自由座位可以嗎？

男人： 那麼，如果早一班的話，還有指定座位嗎？

女性職員： 8:51 出發的 Kirari 301 還有指定座位。

男人： 那麼，這個也可以呀。

女性職員： 現在只剩下靠通道的座位，客人你可以嗎？

男人： 是這樣的啊，今日運氣不太好呢！剛才説的那班 9:10 是嗎，再下一班車，指定再加靠近窗邊座位的車票還有嗎？

女性職員： 有呀，9:28 出發的 Kirari 303 的話，可以馬上出票給你……

男人： 嗯… 不好意思，我想還是最初我拜托你的那個時間吧，任何座位都可以。給你添了麻煩，真不好意思呢！

女性職員： 你別這樣説，那麼我現在發票給你，請稍等！

男人會買哪一張車票呢？

1　8:51 出發的 Kirari 301 指定座位

2　9:10 出發的 Kirari 302 指定座位

3　9:10 出發的 Kirari 302 自由座位

4　9:28 出發的 Kirari 303 指定座位

題 3　**答案：1**

お母さんと子供が話しています。子供のテストの点数はどれですか。

お母さん： たけし、先週のテストはどうだった？

子供： 自分なりに良くできたと思うけど……

お母さん： 見せて！

子供： もう子供じゃないんだから、やめてよ……

お母さん： いいじゃない？子供じゃないって言ってるけど、まだ高 3 よ。見せて！ほら、やっぱり数字に敏感な子だけあって、ここさえできれば満点だったんじゃない。

子供： この数学問題は大学の物理学に絡む計算の方程式だそうなので、誰一人解ける人はいなかったよ。

お母さん： へえ、それぐらい難しい問題ね。じゃ、英語は？

子供： ほんとに見せなきゃいけないの？

お母さん： なんで見せてくれないのよ。英語のテストはどうなってんの？ほら、間違いだらけじゃない？あれほど自信あると言っていたくせに、前回の 70 点より半分足らずとはどういうこと？せめて 50 点ぐらい取ってくれないと困るわよ。もう今日から、A から Z まで 50 回書きなさい。

子供： まじで？

子供のテストの点数はどれですか。

1　数学：90 点　英語：34 点
2　数学：100 点　英語：29 点
3　物理：90 点　英語：31 点
4　数学：90 点　英語：50 点

母親和孩子在說話。孩子的測驗分數是哪一個？

母親： 小武，上星期的測驗怎樣啊？

孩子： 我自己感覺已經很不錯了……

母親： 給我看一下吧！

孩子： 我也不是小孩子了，別這樣好嗎……

母親： 為甚麼不好？還有說甚麼不是小孩子，你還只是一個高三的學生而已，給我看看。你看，你這孩子畢竟對數字很敏感，這裏如果答對的話就可以得到滿分了。

孩子： 聽說這條數學題是和大學物理學相關的計算方程式，沒有一個人能夠答對。

母親： 原來是這麼難的問題。那麼，英語呢？

孩子： 一定要給你看？

母親： 為甚麼不讓我看？究竟你英語的測驗考成怎樣？甚麼，全部都是錯，你明明說很有自信，但為何比起上次 70 分，這次連一半分數也不夠，究竟是怎麼一回事？你起碼要拿 50 分才行呀！氣死我啦，從今日開始罰你抄 A 到 Z 50 次！

孩子： 不會吧！

孩子的測驗分數是哪一個？

1　數學：90 分　英語：34 分

2　數學：100 分　英語：29 分

3　物理：90 分　英語：31 分

4　數學：90 分　英語：50 分

題 4　**答案：**3

男の人と女の人が喫茶店の前で話しています。女の人は男の人の何を怒っていますか？

男の人：洋子、早いなぁ、確か 3 時の約束じゃなかったっけ？わあ、もう 3 時 10 分だったんだ。ごめん、ちょっと遅れちゃって。

女の人：……

男の人：たかが 10 分遅れただけで、怒ることはないだろう。はいはい、10 分遅れた俺が悪かった。

女の人：それは別にいいよ。

男の人：そうだよね、そんなことでいちいち怒る洋子ちゃんじゃないよね。もしかしてラインメッセージを「既読」したのに返事しなかったから？だってあの時ぎゅーぎゅー電車の中でとてもじゃないけど、人込みに押し潰されそうになって、危うく向かい合ってたおじさんとキスするところだったよ。

女の人：そうじゃないわよ。

男の人：あっ、分かった。こないだ洋子が寝てる時に顔にパンダと同じような隈を画いたのを、まだ根に持ってんの？

女の人：ちがうちがうちがう。いまだにわかってないの？どんだけ人に変な視線で見られていれば気が済むわけ？ねえ、今日予約したレストランは、男性なら「ネクタイ」を見せないと入れないって何回も言ってたよね、なんで裸で来たわけ？

男の人：だから洋子に言われた通りに、見せるつもりでいたよ、「肉体」を……

女の人：いい加減にして！あたしはもう帰る。あと、聴力に問題がありそうだから、あんたも早く耳鼻科に検査を受けに行ったほうが良いよ。

女の人は男の人の何を怒っていますか？

1　時間管理

2　悪戯

3　身なり

4　病気

男人和女人在咖啡室門前說話。女人對男人的甚麼感到憤怒？

男人： 洋子，你這麼快就到了。我記得咱們應該約了 3 點吧，哎呀，原來已經 3:10 了，遲到了不好意思。

女人： ……

男人： 我只不過遲到 10 分鐘而已，你也不用那麼生氣吧。好了好了，遲到 10 分鐘，是我的不對！

女人： 這個沒有所謂。

男人： 就是嘛，我知道我的洋子不會因為這種事而生氣的。啊，莫非是因為我在 Line 上既讀不回？但可你知道嗎？那時候我在一輛很擠擁的電車裏，擠得像沙丁魚般，我還差一點和對面的叔叔接吻了。

女人： 也不是這個呀。

男人： 我記起了，肯定是因為那天你睡覺的時候，我在你臉上畫了和熊貓一樣的黑眼圈吧！你還念念不忘？

女人： 不是不是不是！你還不明白嗎？還要被多少人用奇怪的眼光看着我們你才心滿意足？今天預約的餐廳，男性的話一定要給店員看他的「領帶」才能夠進入，我跟你説過多少次？可你為甚麼光脫脫的過來？

男人： 就是因為聽你的，我才打算讓他們看，我的「肉體」……

女人： 你太過份了！我現在回去。還有，你的聽力有問題，最好早點去耳鼻喉科接受檢查！

女人對男人的甚麼感到憤怒？

1　時間管理

2　惡作劇

3　外觀打扮

4　病

題 5　**答案：3**

男の学生と女の学生が話しています。男の学生の学生番号は何番ですか？

女の学生： 山田くん、学生番号教えて！

男の学生： はい、ズバリ「いい子は泣くなよ」。

女の学生： えっ、なにそれ？

男の学生： まず後ろから「泣くなよ」は「7974」で……

女の学生： それは分かりやすいね。じゃあ、「いい子」の「いい」はつまり「1」が2つで、「こ」は5ですね。

男の学生： 前半は合ってるけど、後半はブブー……

女の学生： えっ、5じゃないんだ。

男の学生： ちょっと強引かもしれないけど、「9つ」の「こ」から来てるんだ。

女の学生： まあ、言われてみれば腑に落ちるけど……じゃあ、最後の「は」は「ha」とも「wa」とも発音するけど、もしかして「8」？

男の学生： それも違うよ。「わ」は「指輪」や「浮き輪」の「わ」で「○」なんだよね……

女の学生： わあ、すごい発想力。あたし、山田君に惚れちゃうわ。

男の学生の学生番号は何番ですか？

1　11507974

2　11587974

3　11907974

4　11987974

男學生和女學生在談話。男學生的學生號碼是幾號？

女學生： 山田君，告訴我你的學生號碼！

男學生： 好的，一句說話 ——「好孩子不要哭哦」！

女學生： 你說啥？

男學生： 首先後面的「不要哭哦」暗示「7974」……

女學生： 哦，這個很容易明白。那麼「好孩子」的「好」應該就是 2 個「1」，「孩子」應該就是「5」吧？

男學生： 前面正確但後面不對……

女學生： 原來不是 5 呀？

男學生： 或許有點勉強吧，這是來自「9 個」的「9」。

女學生： 但經你一說，我也覺得言之成理……那麼，最後的「は」既可以讀「ha」，也可以讀「wa」，莫非來自 8？

男學生： 這個也不對呀，其實是源自「戒指」或者「水泡」的「wa」，而「wa」本來的意思是一個「圓圈」……

女學生： 嘩，你真是想像力豐富！我有點愛上山田君你！

男學生的學生號碼是幾號？

1　11507974

2　11587974

3　11907974

4　11987974

解説：有關於日文數字和「語呂合わせ」（諧音）的關係，請參照《3 天學完 N4・88 個合格關鍵技巧》 **7** 。

題 6　**答案：**2

男の人が最新の電動歯ブラシについて話しています。この商品が若い女性の間に急速に広がった最大なウリはなんですか？

男の人： 皆さんは 20 代と 30 代女性をターゲットにした新しい電動歯ブラシ「ピカピカクリーナー」をご存知ですか？とても素晴らしい商品ですよ。もともと商品開発のきっかけといえば、アンケート調査で 20 歳から 39 歳までの女性の約 7 割が外出先で歯磨きはしているものの、およそ 80% が手磨きであるという結果に遡ることになります。では、なぜ電動歯ブラシを持ち歩かないかと聞くと、「かさばるから」と答えたのが 60% で、「機械音が気になるから」という回答が 45% だそうです。そこで、長さがわずか 12 センチで重量はなんと 200

グラム、しかもポーチに収まるサイズにして、機械音を大幅に抑制できた商品「ピカピカクリーナー」がいよいよヒット商品となりました。デザインも従来の電動歯ブラシの古臭いイメージを一新して、なんと「着替え可能」という概念が取り入れられますが、つまりボディーの色はお気に入りの色に変更出来るように複数の付け替えボディーをご用意させていただいております。また、磨いた後の爽やかな香りもお好きなフレーバーに変更出来て、今日は桜なら明日はラベンダーにするとか実に自由自在。大人気商品となっているので、今も 1 週間ぐらいの入荷待ちとなっておりますよ。最後に、気になるお値段ですが、なんと 10000 円を切って 9999 円となっております。迷うことなく今すぐご注文ください。

この商品が若い女性の間に急速に広がった最大なウリはなんですか？

1　デザイン
2　サイズ
3　音
4　値段

男人在談論着最新的電動牙刷。這個商品在年輕女性之間急速成長的最大賣點是甚麼？

男人： 大家知道這個以年齡是 2 字頭及 3 字頭女性為對象的新式電動牙刷「Pika Pika Cleaner」嗎？這是一個非常出色的商品啊。先說開發這個商品的契機吧，我們可以追溯到一項問卷調查 —— 從這個以 20 歲至 39 歲女性為對象的調查中得知，約 7 成的女性在外出時會有刷牙的習慣，而當中的 8 成是用傳統手刷形式進行的。問她們為何不願意帶電動牙刷出外？有 60% 的人回答「因為東西體積大，佔空間」，而有 45% 的人回答「因為感到機械音嘈吵」。為此，這個長度為 12 厘米，重量只有 200 克，而且可以收納在手袋裏，而機械音亦得到大幅度改善的「Pika Pika Cleaner」終於面世並成為暢銷商品。首先在設計上，有別於傳統電動牙刷陳舊老土的設計，這次採用的是外殼可以更換的概念，換言之就是機身可更換為自己喜歡的顏色 —— 所以我們特別為用家準備了數款不同顏色的外殼以供替換。另外，用家也可以選擇刷牙後不同的清爽香味，今日是櫻花，明日是薰衣草，實在是自由自在，任君選擇。由於這個商品非常暢銷，所以儘管現在下單，也需要等待 1 星期左右才能到達閣下手中。最後，大家關心的價錢問題，竟然不要 10,000 円，只需 9,999 円就能購得心頭好。請不要再猶豫，現在就馬上下單吧！

這個商品在年輕女性之間急速成長的最大賣點是甚麼？

1　設計

2　體積

3　聲音

4　價錢

問題 2

題 7　**答案：1**

男の人と女の人が話しています。女の人が獣医になろうとしていた切っ掛けは何ですか。

男の人： そういえば、まさか君が獣医になるなんて夢にも思っていなかったよ。そもそもどうして獣医になろうと思ったの？

女の人： それはね、あたしが小学生の時に、猫を飼ってたの。親におねだりして、やっと買ってもらったの。でもね、自分の成長とともに、その子も大きくなっていって、だんだんそのあどけなさっていうか、可愛らしさが薄まってきたように思え、そのせいか、世話もしたくなくなったので、お父さんが代わりに世話をすることになったの。おしっこもうんこも、病院に連れて行くことなども、とにかく全部お父さんに任せっきりだったの。

男の人： まぁ、よくある話だけどね。

女の人： でもある時から急に元気がなくなっていったの。食欲もなくなって、病院に連れて行ってあげたけど、いきなり余命宣告をされて、つまり手遅れだったわけね。そして、まもなくそのまま死んじゃった、腎不全という病気にかかって……

男の人： そうなんだ。かわいそうだなぁ。

女の人： ほんとね。死ぬ前にあたしの蒲団に潜り込んで、まるで人間の鳴き声のような感じで、か弱く喚いたというか泣きながら、一晩ずっとあたしの体をスリスリしていたの。あたしもね、涙を流しながら彼女をなでなでしてて、夜中から朝方まで、体の暖かかったころから、だんだん冷たくなってしまった時まで。でもね、どうしてそんなに優しくしてくれたの？あたし、それほど彼女を優しくしてあげられなかったのに……

男の人： そうなんだ、なんかこっちまで泣けてくるね。

女の人： それを今となって、すごく後悔してるの。でも「後悔先に立たず」ってよく言うんじゃない？だからせめて獣医になって、あの子のような病気で苦しむ動物を1匹でも救ってあげたいと決意したのよ。

女の人が獣医になろうとしていた切っ掛けは何ですか。

1　亡くなった猫への罪滅ぼしをしたかったから。
2　腎不全という病気を完全になくそうとしていたから。
3　動物の病気の恐ろしさを思い知らされたから。
4　「後悔先に立たず」という言葉に対して反発を覚えたから。

男人和女人在聊天。女人當初想成為獸醫的契機是甚麼？

男人： 話說你竟然成為一個獸醫，這真是我做夢也想像不到的事。但為甚麼想成為一個獸醫呢？

女人： 其實呢，我在小學的時候養過一隻貓，這是我懇求我父母，然後他們最終給我買的一隻貓。但是隨着自己的成長，那隻貓也逐漸長大，那種屬於小貓咪的天真無邪，還是說孩子氣好呢，反正就慢慢失去吧，我開始變得不想再照顧她，而我老爸就替代我，無論大小二便還是帶去醫院看病，所有的事情都交給了我老爸。

男人： 這也是經常聽到的故事。

女人：但是，忽然有一天開始，她突然間變得沒有精神，也沒有食欲，我們馬上帶她去看醫生，但竟然被告知剩下的日子不多了，為時已晚，不久她也離開了這個世界，原因是一種叫做腎功能衰竭的症狀……

男人：原來是這樣的，真是很可憐啊。

女人：對呀，在死前的一晚，她潛進了我的被窩，就好像人在哭泣般的，她也微弱地哀叫着哭泣着，整晚用她的身體去擦着我的身體。我也一邊流着淚，一邊去撫摸她的身體，從黑夜到清晨，從暖和的身軀漸漸變得冰冷為止。她為甚麼對我這麼好？明明在生的時候我對她並不是很溫柔呀！

男人：原來是這樣的，聽着聽着我也感動得想哭。

女人：所以到今天，我非常後悔，但是我們不是經常說「覆水難收」嗎？所以，我便決定最起碼能成為一名獸醫，哪怕一隻也好，盡量拯救些像她般被病患所困擾的動物。

女人當初想成為獸醫的契機是甚麼？

1　因為希望對離世的貓作出贖罪。

2　因為希望能令腎功能衰竭這種病症完全消失。

3　因為被殘酷地告知動物病患的恐怖。

4　因為對於「覆水難收」這句話感到反感。

題 8　**答案：**1

親子が話しています。男の人はどうして墓参りに行きたがらないのですか？

母親：　たけし、来週の日曜日のおじいちゃんの墓参り、あなたはどうする？

男の人：俺はいいよ。友達と約束もあるし。

母親：　たまには行ってあげないとダメよ、あれほどのおじいちゃん子だったのに…… まさか、またおばさんのことを気にしてるの？

男の人：じゃ、見破られた以上、正直に話してあげるね。ええ、まだまだ気まずいと思ってるから、友達との約束にかこつけることにしたんだ。

母親： だからもう気にしないってば！あれはあんたが小学校６年生の時だから、だいぶ前のことじゃない？根に持つタイプね。

男の人： 違うよ。だって研究者になる素質があるだの、研究者になったら家族全員の光栄だの、いつも厳しくプレッシャーかけてきたじゃない？一時こっちも心を動かされて、大学の教授の助手として働いてみたけど、コツコツ文献を読んだり分析したりするのはどうも性格に合わなくてすぐ諦めた。まさか研究者の道をやめて、救急車を運転して道を走るなんて信じられないわってこれまでどんだけ言われてきたことか？会ったらまた怒られるに違いないから、やめよう！

男の人はどうして墓参りに行きたがらないのですか？

1　会いたがらない人がいるから。
2　恥をかいたことでおじいちゃんに合わせる顔がないと思ったから。
3　どうしても外せない約束があるから。
4　その日は救急車を運転する必要があるから。

兩母子正在說話。男人為甚麼不想去掃墓呢？

母親： 小武，下星期天外公的掃墓，你打算怎樣？

男人： 我不去了，我和朋友有約會。

母親： 偶然也要去探望外公才行哦，想想當年你是多麼喜歡外公的。莫非你還在介懷嬸嬸說的話？

男人： 既然比你識穿了，我也坦白告訴你吧。對呀，我還覺得很尷尬，所以謊稱和同學朋友有約會。

母親： 我已經跟你說過多少次不要介懷呢？那是你小學六年班時的事情，不是已經過了很多年嗎？你還真是一個記仇的人。

男人： 不是的，因為她多次說我有成為研究者的潛質啦，還有如果能成為研究者的話，是全家光榮啦之類，你還記得嗎？她老是很嚴厲地把壓力加諸在我身上。的確我曾經動心過，亦嘗試當了大學教授的助手，但是終日埋首閱讀文獻再去分析，這根本就不是我的性格，不久就放棄了。「你放棄了『研究者』的道路，竟然選擇在路上駕駛『急救車』，我簡直難以置信！」—— 這番說話我被她說過多少次你知道嗎？所以我跟她一見面的話，絕對會被罵死的，我還是不要去了！

男人為甚麼不想去掃墓呢？

1　因為有一個他不想見的人。

2　因為他認為自己出醜了，沒有面目見自己的外公。

3　因為有一個無法推掉的約會。

4　因為當日需要駕駛急救車。

題 9　**答案：**1

男の人と女の人が話しています。2 人はどういうプランで家を建てようとしますか？

女の人：いよいよ自分の家を建てることを考えとかないといけない時期がやってきたね。

男の人：そうだね、お前はどんな家がいい？

女の人：そうね、今までずっとこんな狭いアパートに住んできたけど、もうそろそろ限界だわ。自分の家を建てるなら、一戸建てにしようよ。

男の人：それはもちろんいいよ、子供がもう結婚して別々に住んでるから、そんなに大きい所じゃなくてもいいだろう。ふと思いついたけど、この辺は観光地でしょう、いっそのこと、2 階建てにしない？1 階は外国人観光客向けのシェアハウスにして、2 階は私たちの部屋でもいいし。

女の人：なるほど、多かれ少なかれ稼げるから、良いかもしれないね。流石一流商社のビジネスマン出身だけあって、頭が切れるね、あなた。惚れちゃうわ。

男の人：お前やめてね、いい年して。てね、我々のは和風で、観光客はベッドに寝たがるだろうから、洋風だったりして、つまり和洋折衷ってどう思う？

女の人：ん、でもさ、せっかく日本に来ているのだから、畳に布団を敷いて寝てみたいとか、ふすまの開け閉めをしてみたいとか、そういう願望を持っている外国人観光客がかなりいるって前とあるテレビ番組で言ってたよ。

男の人： えっ、つまりとことんまで和風にしたほうが良いってこと？

女の人： ええ、あと、あなたもあたしももう若くないでしょう、近ごろ階段がしんどくなってきてない？なので、出来れば歩かずに済むところに住みたいの。ねえ、あなた、これだけあたしの願いをかなえてくれない？

男の人： はいはい、わかった。

2人はどういうプランで家を建てようとしますか？

	デザイン	1階	2階
1	純和風	自宅	シェアハウス
2	純洋風	シェアハウス	自宅
3	和洋折衷	自宅	シェアハウス
4	和洋折衷	シェアハウス	自宅

男人和女人在說話。2 個人打算用怎樣的方式建築房子？

女人： 終於都到了要考慮怎樣建築自己家的時候。

男人： 是啊，你覺得怎樣的建築比較好？

女人： 這個問題嘛，到今天為止我們一直都住在狹小的公寓裏，我已經不想再住下去了，如果建築自己房子的話，不如就建築一整層的一戶建吧！

男人： 當然好啦！孩子們都已經結婚而搬到別處住，所以房子也不用太大。對了，我突然想到，這一帶是觀光地區吧，不如索性建一間兩層的房子，第一層給外國觀光客作 share house，而第二層就是我們的房子也不錯。

女人： 好呀，這或多或少也能夠賺到一些錢，那應該是很不錯的主意呀。不愧是一流商社的營業出生，果然頭腦清晰，親愛的，我愛死你了！

男人： 你不要這樣吧，我和你都一把年紀了。說回剛才的話題，我們的房子採用和風，而觀光客他們應該想睡在床上吧，所以 share house 採用洋風，換言之就是和洋合璧，你覺得如何？

女人： 但是呢，之前看過一個電視節目說，有很多外國人他們有個心願，就是認為既然難得來到日本，就想在榻榻米上鋪上被鋪睡覺，或者開關紙門等，體現一下這些日本文化。

男人： 哦，你的意思是徹徹底底的將它建築成和風比較好？

女人： 是呀！還有，我和你都不年輕了，最近爬樓梯不覺得開始有點辛苦嗎？所以可以的話，我想住在不用爬樓梯的地方，親愛的，你能滿足我這個心願嗎？

男人： 好的好的，明白了！

2 個人打算用怎樣的方式建築房子？

	設計	1 樓	2 樓
1	純和風	自宅	Share house
2	純洋風	Share house	自宅
3	和洋合璧	自宅	Share house
4	和洋合璧	Share house	自宅

題 10 **答案：**3

男の人と女の人が喫茶店で話しています。女の人が「えっ」と言った理由として、考えられるのはどれですか？

女の人： ね、あなた、頭のいい女と、顔の綺麗な女と、スタイルの抜群な女と、どれが好き？

男の人： どれも好きじゃないな。

女の人： ウソ？まさかゲイじゃあるまいな……そもそも男の人って、大抵この 3 つのどれか 1 つ好きでしょう。

男の人： お前しつこいな、俺が好きなのはお前だけだから。

女の人： えっ？

女の人が「えっ」と言った理由として、考えられるのはどれですか？

1　男の人が本音を言ったから。

2　男の人が暴言を吐いたから。

3　男の人が誤解を招きやすいロジックで説明したから。

4　男の人が同性愛者だったから。

男人和女人在咖啡廳裏說話。推測女人說「吓」的原因是？

女人： 親愛的！頭腦聰明的女人、樣貌漂亮的女人和身材出眾的女人，你喜歡哪一個？

男人： 我哪個都不喜歡。

女人： 不會吧！莫非你是 Gay 的？一般來説，男人大致上喜歡三個裏其中一個吧？

男人： 你真是囉嗦，我喜歡的只有你。

女人： 吓？

推測女人說「吓」的原因是？

1　因為男人說出了心底話。

2　因為男人說出了粗魯的說話。

3　因為男人使用了容易招惹誤解的邏輯來說明。

4　因為男人是同性戀者。

解説：男人說「頭腦聰明的女人、樣貌漂亮的女人和身材出眾的女人」都不喜歡而只喜歡女人，所以女人產生錯覺，覺得男人認為她「頭腦不聰明、樣貌不漂亮、身材不出眾」。

題 11　**答案：**1

女の人と男の人が昨日友達の家でご馳走になった七面鳥料理について話しています。七面鳥料理はどの順番で作られましたか？

女の人： 昨日たけしくんが作ってくれた七面鳥料理はおいしかったね。

男の人： うん、あれはどうやって作ってたっけ？

女の人： まず、七面鳥をお酒に浸して焼くんじゃなかったっけ？

男の人： そうだっけ？お酒を加えるのはほぼ最後じゃなかったっけ？

女の人： いや、確かにたけし君は、食材が持つ味と梅酒の風味をたっぷりと引き出せるように、七面鳥を一晩お酒に浸して寝かす必要があるって言ってたよ。ちゃんと聞いてた？

男の人： その件はたぶん僕がトイレに行っている間に言ってたでしょう。まったく覚えてないよ。

女の人： それはさておき、一晩寝かされた七面鳥をまず丸ごと焼くんだったよね。それから、焼いている間、特製の調味料を何度も上に塗って、そして、仕上がる前に再度梅酒を丸 1 本かけるんだった。

男の人： 野菜はいつだっけ？確かに七面鳥のお腹には野菜がたっぷり入ってたよね。

女の人： あっ、すっかり忘れていた。七面鳥を焼く前にぎっしりとお腹に野菜を入れて一緒に焼くんだった。

男の人： さすが料理店で働いているだけあって、よく覚えてるね。今度作ってみて。

七面鳥料理はどの順番で作られましたか？

1　七面鳥をお酒に浸す→野菜を入れる→七面鳥を焼く→調味料を塗る→お酒をかける

2　七面鳥を焼く→調味料を塗る→七面鳥をお酒に浸す→野菜を入れる→お酒をかける

3　七面鳥をお酒に浸す→調味料を塗る→野菜を入れる→七面鳥を焼く→お酒をかける

4　七面鳥をお酒に浸す→七面鳥を焼く→調味料を塗る→野菜を入れる→お酒をかける

女人： 昨天小武給我們做的火雞料理，真是太好吃了。

男人： 是啊，還記得那個是怎樣做的嗎？

女人： 首先好像是把火雞浸在酒裏，然後再烤？

男人： 是這樣嗎？加酒不是最後幾道工序嗎？

女人： 不是呀，的確小武曾經說過，為了能帶出食材及梅酒之間的風味，必須要把火雞浸在梅酒中一晚才好。你沒有聽到他這一句？

男人： 這一段話應該在我去洗手間的時候說的吧，我完全零記憶。

女人： 那麼這個算了吧，然後就把浸了一晚的火雞整隻拿來烤。在烤的過程中，多次塗上特製的調味料，最後在烤好之前，再次把一整瓶的梅酒倒在雞的身上。

男人：蔬菜呢？甚麼時候放？我記得在火雞肚子裏有很多蔬菜。

女人：哎呀，我完全忘記了，烤雞之前先要把蔬菜放進火雞肚子裏再一起烤呀。

男人：你不愧在料理店工作多年，記得很清楚呢。下次煮給我吃吧！

火雞料理是按着怎樣的順序製作的？

1　把火雞浸在酒裏→放入蔬菜→烤火雞→塗上調味料→倒入梅酒

2　烤火雞→塗上調味料→把火雞浸在酒裏→放入蔬菜→倒入梅酒

3　把火雞浸在酒裏→塗上調味料→放入蔬菜→烤火雞→倒入梅酒

4　把火雞浸在酒裏→烤火雞→塗上調味料→放入蔬菜→倒入梅酒

題 12　**答案：**1

男の人と女の人が話しています。男の人はこの後元カノにもらったものをどうしますか？

男の人：洋子、わざわざ片付けに来てもらってわるいね！

女の人：しょうがないんじゃない？たけし君ったら、来週引っ越しなのに、あたし来るまでまだプレイステーションで遊んでいたなんて本当に呑気ね。それにしても、こんなにものがあるなんて思わなかったわ。

男の人：整理整頓ができない性格を受け入れたうえで俺と付き合っているんじゃない？ところで、掃除機もかけたいんだけど、このままじゃ無理だよね。

女の人：そうね、まずここにあるものはなんとかしないと先に進まないわ。全部いる物なの？

男の人：処分しようと思ったんだけど、なかなか踏み切れなくて……

女の人：元カノの明子だっけ、彼女にもらったものだから踏み切れないのも無理はないわ。ほらダンボールに「あき」って書いてるものは全部そうでしょう。

男の人：ちょっと待てよ。また焼きもちを焼く訳？

女の人：いちどでも捨てようと思うなら、思い切って捨てなよ。かりに捨てるのに心理的な抵抗があるなら、何でも買い取ってくれる中古屋さんに持って行くのもありだし。でも、捨てられないんだよね。

男の人： あのうさ、中古屋に売っても二束三文にしかならないでしょう。大学で経済を専攻している俺に言わせれば、無理やり売って損するなら、やっぱり引っ越し先にもって行くべきだと思うよ。

女の人： ふん……

男の人： だから、お前、誤解すんなよ。もう彼女のことをきっぱり忘れてるんだから。今お前のことしか頭にないよ。そういえば、洋子の弟、こんなスニーカー要らないのかね？

女の人： うちの弟は基本的にスニーカーは履かなくてサンダルばっかり履いているから、お気持ちだけ受け取っておきます。

男の人： はいはい、わかったわかった。梱包して断捨離すればいいでしょう。

女の人： コソコソ新居にでも持って行ったら一生許さないからね。

男の人はこの後元カノにもらったものをどうしますか？

1　ゴミ置き場に持って行く。

2　新居に持って行く。

3　中古屋に買い取ってもらう。

4　今の彼女の弟にあげる。

男人和女人在說話。男人之後會怎樣處理前度女友給他的東西？

男人： 洋子，要你特意來替我收拾東西，真不好意思呢！

女人： 真拿你沒辦法。小武，下星期就是搬屋的日子，你竟然還在家裏打 PlayStation，真是「從容不迫」呢。話說，我想不到你居然有這麼多東西。

男人： 可你一早就知道我是個不懂收拾的人，卻仍然願意和我談戀愛呢。對了，我想用吸塵機打掃一下，但是這麼亂，應該還不行吧！

女人： 對呀，所以你首先要把這裏的東西清理掉才能進行下一步。這裏的東西全都要嗎？

男人： 本來打算都丟掉的，但總是下不了決心……

女人： 你前度女友好像叫明子對吧？因為是她送給你的東西，所以不能下決心扔掉，這也是無可厚非的。你看，紙皮箱上寫着「あき」的應該全部都是她的東西吧？

男人： 喂！等一下，你又開始吃醋了？

女人： 如果你曾想過要扔掉的話，就要斬釘截鐵的去做。假如有心理負擔的話，也可以拿去二手店舖那裏，因為二手店舖甚麼都會買下的。但是，你應該是捨不得扔的吧！

男人： 是這樣的，拿去二手店賣給他們也值不了幾個錢。對在大學研究經濟的我而言，與其勉強賣掉蒙受損失，倒不如拿去新居那裏更好！

女人： 哦……

男人： 剛說過，你不要誤解好嗎？我已經把她的事情忘記得一乾二淨了，我現在心裏面只有你。話說，洋子的弟弟要這樣的運動鞋嗎？

女人： 家弟基本上是不穿運動鞋而只穿涼鞋的。您的一番好意，我們一家人心領了！

男人： 好了好了，我明白了。我把東西捆在一起來一個斷捨離扔進垃圾桶總可以了吧？

女人： 要是讓我知道你偷偷地拿去新居，我這一輩子也不會原諒你的！

男人之後會怎樣處理前度女友給他的東西？

1　拿到垃圾站。

2　拿去新居。

3　找二手店買下。

4　送給現任女友的弟弟。

題 13　**答案：**1

ある課長が新入社員の部下について話しています。彼が腹を立てる最大な理由は何だったんですか？

課長： 先週のことだったかなぁ、新入社員の部下山下ってやつを叱らずにはいられなかった。「早く見積書を出せないか」と聞いたら、「あっ、忘れてしまった。アイ　アム　ソリー、ヒゲソリ」ってへらへら笑うんだよ。まったく、いくら新人とはいえ、半年も経てばそれぐらいの仕事が自主的にできないと話にならないぞ。しかも、ついでにその訳を聞いてみたら、「合コンの幹事になって忙しいっすよ」と軽々しく言って、わしもいよいよ堪忍袋の緒が切れて「こっちの知ったこっちゃねえ」と言って久しぶりにキレてしまったわ。

彼が腹を立てる最大な理由は何だったんですか？

1　部下が仕事を怠ること。

2　部下の女遊びが激しいこと。

3　部下が見え透いた言い訳をすること。

4　部下の自我が強すぎて謝ろうとしないこと。

某個課長正在談論新入職的部下。令他生氣的最大原因是甚麼呢？

課長： 應該是上星期發生的事吧，新入職的部下，好像叫山下的那個傢伙，我真的不罵他不行。我問他：「你能否早點發出報價單呢？」他竟然說：「哎呀，忘記了，I'm sorry，higesori」，然後在一個勁兒地傻笑。TMD，就算是一個新人，但是過了半年，如果連這些工作也不能夠自發做好的話，那其他的也根本不用再説。然後我問他為甚麼忘記了？他輕佻地說甚麼這次聯誼的主持是他，所以很忙云云。我終於忍無可忍的說：「那跟我有甚麼鳥關係呢？」老夫很久都沒那麼火冒三丈了。

令他生氣的最大原因是甚麼呢？

1　部下對工作怠慢一事。

2　部下沉迷亂搞男女關係一事。

3　部下説些一眼就能看穿的藉口一事。

4　部下自我中心太強，不願意道歉一事。

解説：「I'm sorry, higesori（鬚刨）」是一句日本傳統的「爛 gag」，因為 sorry 和 higesori 後半發音接近，而且年代久遠（應該是流行於昭和年間），從一個年輕人口中説出有種不倫不類的感覺，帶出喜感。

問題 3

題 14　**答案：1**

女の人が建物について説明しています。

女の人： 今皆さんの目の前にある塔のうしろにそれを作った人のお墓があります。これらはいずれも約 300 年前の江戸時代に作られたものですが、ご存知の通り、江戸時代には何度も大きな火災がありまして、塔はうちの一回の火事によって惜しくも失われましたが、お墓はというと、恰も何か見えざるものにしっかりと守られているかのように恙なく現在に至っております。そして、ちょうど 50 年前に国の文化政策により塔は再建される対象と認められて、現在ご覧になっていただいているものはその時の完成品となっております。なるべく建てられた 300 年前の姿を忠実に再現しようとしているのが、国の文化政策の特色といえよう。

今の塔とお墓はそれぞれいつ建てられましたか？

1　塔は 50 年前に、そしてお墓は約 300 年前に建てられました。
2　塔は約 300 年前に、そしてお墓は 50 年前に建てられました。
3　塔もお墓も約 300 年前に建てられました。
4　塔お墓も 50 年前に建てられました。

女人正在對建築物作出說明。

女人： 大家眼前的這個塔的後面，是其製作者的墳墓，兩者都是約 300 年前江戶時代所製作的。眾所周知，江戶時代有幾次很嚴重的火災，所以塔在其中一次的火災中很遺憾地被燒卻了，可墳墓就好像被甚麼肉眼看不到的東西牢牢地保護着般，安然無恙的直至今天。然後在大概 50 年前，基於國家的文化政策，塔被承認為重建的對象，所以現在大家所看到的是當時的完成品。盡量忠實還原 300 年前的建築風貌，這可說是國家文化政策的一大特色吧！

現在的塔和墳墓是甚麼時候建好的？

1　塔是 50 年前，而墳墓是約 300 年前建好的。
2　塔是約 300 年前，而墳墓是 50 年前建好的。

3　塔和墳墓都是約 300 年前建好的。

4　塔和墳墓都是 50 年前建好的。

題 15　**答案：3**

男の人と女の子が同じ 10 階建てマンションのエレベーターに乗っています。

女の子： おじさん！

男の人： なんだ？

女の子： あのねあのね、うちのエレベーターのボタン、いっぱいあるじゃん！

男の人： 10 階建てマンションだから、そりゃあいっぱいあるわな。

女の子： それでね、ぜんぶいっしょに押したら、どうなると思う？

男の人： そりゃつまり、お前は全部のボタンを同時に押したってことか？

女の子： そう！どうなると思う？

男の人： そうだなぁ……。そしたら、いきなり 10 階まで行くんじゃないかな？

女の子： じゃあ、いまやって見せるね。1 階から 10 階まで、そして「開く」と「閉める」を同時に。

男の人： おい、イタズラは止しなさい！

女の子： ほら、なにも起きてないよ。

男の人： まったく腕白な子だな。前もやってたでしょう。

女の子： ふんふん……

男の人： そ、そういえば、お前どうして……あり得ないでしょう……やばい、早く逃げないと……

男の人は何に気付いたのですか？

1　そもそもマンションにはエレベーターがなかったこと。

2　そもそもエレベーターにはボタンがなかったこと。

3　女の子には一気にボタンを押すことが不可能だったこと。

4　ボタンが押されたら「なにも起きてない」ではなくてすでに異変が起きたこと。

男人和女孩正在乘搭同一幢 10 層公寓大廈的電梯。

女孩： 叔叔！

男人： 甚麼事啊？

女孩： 其實呢，其實呢，我們這個電梯，有很多按鈕吧！

男人： 那 10 層公寓大廈，那自然有很多按鈕的。

女孩： 是啊，如果我把它們一起按下，你覺得會發生甚麼事？

男人： 你的意思是把所有的按鈕同時按下？

女孩： 對呀，你覺得會發生甚麼事？

男人： 這樣呀，那可能一下子會去 10 樓吧？

女孩： 那麼我現在做給你看吧！1 樓到 10 樓，然後還有「開」和「關」同時按上。

男人： 喂喂喂，你不要惡作劇！

女孩： 你看，甚麼都沒發生！

男人： 真是個頑皮的小孩，你之前也做過吧！？

女孩： 呵呵……

男人： 話說你為甚麼能……不可能吧……危險……我得馬上離開這裏……

男人察覺到了甚麼事情？

1　本來大廈裏面就沒有電梯。

2　本來電梯裏面就沒有按鈕。

3　對女孩子來說，同時按下全部按鈕是不可能的。

4　當按鈕同時被按下的話，並非「甚麼都沒發生」，而是已經產生了異常。

解說：這是一篇「細思極恐」的小故事，「1 樓到 10 樓，然後還有『開』和『關』同時按上」的話，10 根手指是不夠的，最起碼需要 12 根，這也解釋了為甚麼後來男人說：「你為甚麼能……不可能吧……危險……我得馬上離開這裏……」。

題 16　**答案：4**

女の人が高齢者の物忘れについて話しています。

女の人： 歳をとると、物忘れが多くなりがちですが、一口に物忘れといっても、概ね 2 つの場合があります。1 つは年齢による自然なもので、もう 1 つは病気の後遺症ともう言うべきでしょうか、それが原因でなるものです。前者は行為の一部の内容を忘れるのですが、後者の場合は行為自体が当事者の頭からきれいさっぱりに忘却されてしまうことです。昔は俗にボケとか痴呆症とか言っていたのですが、差別化を無くそうとする理由で、今では認知症という名前で呼ばれています。

ほかの 3 つと種類の違う物忘れはどれですか？

1　何を食べたか、しかもそれは美味しかったかどうかを忘れます。

2　いつ、どこで食べたかを忘れます。

3　なぜ、そしてだれと食べたかを忘れます。

4　食べることそのものを忘れます。

女人正在談及關於高齡人士的健忘症。

女人： 年紀愈大，就會愈容易忘記東西。不過一句話健忘症亦可以大致分為兩種：其一就是隨着年齡而自然產生的健忘症，另外一種就是可理解為患病後的後遺症吧，由此而產生的健忘症。前者是忘記行為的一部分內容，而後者是整個行為在當事人的腦海中被忘記得一乾二淨。從前我們會俗稱這種症狀為癡呆症，但基於歧視的問題，今時今日我們一般把它稱為認知症。

哪一個是和其他 3 類不同的健忘症？

1　忘記吃了甚麼且好不好吃。

2　忘記幾時在哪裏吃了東西。

3　忘記為甚麼且和誰吃了東西。

4　忘記吃東西一事。

解說： 1-3 屬於自然產生的健忘症，特徵是忘記行為的一部分內容；唯獨 4 是患病的後遺症所產生的健忘症，特徵是把整個行為都忘掉。

題 17　**答案：1**

女の人が友達の買った絵について話しています。

女の人： 先週香港の「ガーイエ博物館」というところで本物のモナリザを買ったそうなんですが、見せていただけませんか。……なるほど、あのう、ちょっと申しにくい話ですが、これは紛れもなく偽物なんです。たしかに本物のモナリザの絵にそっくりですね。非常に良く出来ていることに感心しています。しかし、よく見るとこの画家はサインを左下にカタカナで「モナ」と書いたんですね、実は本物なら右下にローマ字で「Mona」となっているはずです。また、笑顔もなんとなく違いますよね、本来ならば和やかな笑顔でないといけないですが、この偽物ではなんだかいやらしい笑顔じゃありませんか？それに、色の付け方に関しても、暗い色がベースとなっている本物に反して、偽作のほうでは非常に鮮やかですね。そもそも赤いパジャマを着ているモナリザって見たことはありますか？

女の人が話している主な内容は何ですか？

1　本物と偽作の見分け方。

2　本物ならではの色の付け方を裏付ける理由。

3　画家の持つ個性に富むサイン。

4　モナリザの笑顔の中に隠されたメッセージ。

女人談及有關朋友所買的畫。

女人： 聽說你上星期在香港一間名叫「假嘢博物館」的地方買了一幅蒙羅麗莎的真跡，能給我看一下嗎？……原來是這樣的，雖然有點難以開口但恕我直言，這毫無疑問是一件贋品。的確和蒙羅麗莎的真跡非常相似，我甚至有點佩服他能夠製作出這麼像真度高的東西。但是認真看的話，這個畫家在左下角用片假名寫着「モナ」，但如果是真跡的話，應該是在右下角用羅馬字寫着「Mona」才是的。另外，笑容也有點奇怪吧！真跡的話，應該是一種充滿和顏悅色的笑容，但這個贋品，你不覺得她笑起來有點色色的嗎？另外，關於顏色的上色手法，對比以暗色系為主的真跡，這個贗品上色非常鮮艷。首先，你有見過穿着紅色睡衣的蒙羅麗莎嗎？

女人所說的主要內容是甚麼？

1　分辨真跡和贗品的方法。

2　印證真跡獨特上色方法的理由。

3　畫家所持有的富有個性的簽名。

4　蒙羅麗莎笑容中所隱藏的訊息。

題 18　**答案：**2

夫と妻が店で自分の子供の服を見ながら話しています。

妻：ねえ、あなた、この服はデザインも色も申し分ないけど、うちの子は頭でっかちだから着られないよね。

夫：そうだね、しかも身長が 2 メートルあるわりには竹のようにひょろひょろしているなんて、滑稽な組み合わせとしか言いようがないよね。

妻：うちの家系はどれもチビだから、残念だけどこれはお父さんの遺伝子だよ。

夫：身長は俺かもしれないけど、俺の頭のサイズは普通だぜ。逆にお宅の家系はチビのくせにどれも頭でっかちでそっちの血が濃いでしょう……

妻：なによ、その言い方、うちの一族を馬鹿にしやがって！

夫：いや、つまり俺の遺伝子もお前の遺伝子もしっかりと受け継がれているんだと言いたかったんだよ。

妻：それならいいけど……うちの子、身長は恐らくこれ以上伸びないだろうけど、せめてお父さんみたいに筋肉バカになるように祈るわ。

夫：おいおい、お前こそ俺を馬鹿にしやがってるんじゃないか？

妻：ごめんごめん、こっちも「筋肉バカ」じゃなくて「筋肉パパ」と言いたかったわ。

夫：……

二人の子供の体格はどうですか？

1　頭の大きさは普通だし筋肉もあるが、身長が低い。

2　頭が大きい上に身長もあるけど、体重が軽すぎる。

3　頭が大きいわりには身長も低いし、体重も標準以下だ。

4　頭の大きさは普通だし、筋肉も身長もそこそこある。

丈夫與妻子一邊看孩子的衣服一邊在說話。

妻子： 喂喂，親愛的，這件衣服無論是設計還是顏色都很完美，但我們的孩子他頭太大了，應該不能穿吧！

丈夫： 就是啊，而且身高有 2 米但恍如在風中搖曳不停的竹子一樣踉踉蹌蹌，我只能說這是一個非常滑稽的組合。

妻子： 我們家的血統全都是矮小的人，很遺憾這個應該是爸爸你的遺傳因子吧！

丈夫： 身高說不定是我們家，但是我的頭的大小很普通呀！相反你們家雖然個個都是侏儒，但是每個人的頭都很大，我想你們家的血緣已經比較濃厚吧……

妻子： 甚麼啊，你這種說話方式，簡直就是在侮辱我們家！

丈夫： 不是不是，我的意思是我和你的遺傳基因都被這個孩子牢牢地繼承下來呀！

妻子： 如果是那個意思的話還可以接受……我們的孩子，身高應該不會再增長吧，但是最起碼也希望能夠像爸爸一樣，成為一個「肌肉傻瓜」！

丈夫： 喂喂，你才是在侮辱我吧？

妻子： 不是不是，不是「肌肉傻瓜」，是「肌肉爸爸」才對。

丈夫： ……

兩個人的孩子體格如何？

1　頭的大小普通，而且有肌肉，但是長得很矮。

2　頭很大而且也長得很高，但體重過輕。

3　頭很大但是身高很矮，而體重亦在標準以下。

4　頭的大小一般，有一定程度的肌肉和身高。

題 19 **答案：3**

お店で孔乙己という男の人と彼を揶揄う人たちが話しています。

孔乙己が店に入って来るやいなや、そこにいる酒飲みの皆さんは笑い出した。

酒飲みの一人：「おい、孔乙己、お前の顔にまた一つ傷が増えたね！」
（とその中の一人が言った。孔乙己は答えずに９ドルのお金を机の上に並べ、）

孔乙己：「暖かい酒を二合、それから豆を一皿」と注文した。

酒飲みの一人：「懐が温かいやないか。またどっから盗んで来たんじゃない？」
（とさっきの酒飲みの男が再びわざと大声を出して言った。すると、孔乙己は眼玉を剥き出し、）

孔乙己：「ちょっ…ちょっと、真っ赤なウソをついて人に濡れ衣を着せるなんてもってのほかです。」

酒飲みの一人：「何、濡れ衣だと？俺はな、お前が人の家の本を盗んでボコボコにされたのをこないだ見たばかりだぜ！」
（孔乙己は顔を真赤にして、額の上に青筋を立て、）

孔乙己：「本を拝借したのは事実ですが、それは盗みとは訳が違います。そもそも、人にものを拝借するのは知識人の為すことで、盗みの類に入れるべきではありません。」
（そこから分かりにくい説明が次から次へとされてきた。「知識人は固より貧乏だが」とか「云々かんぬんちんぷんかんぷん」の類だから、みなの笑いを引き起し、店内は俄に愉快な雰囲気に溢れている。）

孔乙己はなぜ酒飲みの皆さんに揶揄われたのですか？

1　濡れた服を着たまま店に入ったから。

2　口下手でハプニングの経緯をちゃんと説明出来なかったから。

3　自分の犯した過ちを美化したり、正当化したりしようとしたから。

4　お金が足りないのに、わざわざ高価な酒と食べ物を注文したから。

孔乙己與那些一邊取笑他，一邊在喝酒的人們在説話。

孔乙己一到店，所有喝酒的人便都看着他笑，有的叫道，「孔乙己，你臉上又添上新傷疤了！」他不回答，對櫃裏說，「溫兩碗酒，要一碟茴香豆。」便排出九文大錢。他們又故意的高聲嚷道，「你一定又偷了人家的東西了！」孔乙己睜大眼睛說，「你怎麼這樣憑空污人清白……」「甚麼清白？我前天親眼見你偷了何家的書，吊着打。」孔乙己便漲紅了臉，額上的青筋條條綻出，爭辯道，「竊書不能算偷……竊書！……讀書人的事，能算偷麼？」接連便是難懂的話，甚麼「君子固窮」，甚麼「者乎」之類，引得眾人都鬨笑起來：店內外充滿了快活的空氣。

節錄自魯迅《孔乙己》

孔乙己為甚麼被喝酒的人們所取笑？

1　因為他穿着濕漉漉的衣服進入店裏。

2　因為他口齒不伶俐，不能好好將事情的經過說明。

3　因為他試圖把自己犯的錯誤美化及正當化。

4　因為他明明沒有足夠的金錢，卻特意叫一些昂貴的酒和食物。

問題 4

題 20　**答案：**3

Q：「ただいま渋滞に巻き込まれていて、今日のパーティーには間に合わない恐れがあるよ！」（現在堵車中，恐怕來不及參加今天的派對。）

1. 「あなたっていつもそういうのしない主義なのね！」（你的宗旨是從不做這樣的事情吧！）
2. 「恐れれば恐れるほど何もできなくなるよ！」（愈是恐懼愈是甚麼都做不了。）
3. 「折角のイベントも台無しになるんじゃない？」（好不容易舉辦的活動豈不就泡湯了？）

解說：「台無しになる」表示「泡湯」，與「パーティーには間に合わない」相呼應。

題 21　**答案：**2

Q：「完全に立ち往生だね！」（【多用於堵車】簡直是動彈不能呀！）

1. 「ええ、あの世に行ったらもっと幸せになって欲しいね！」（是呀，希望他去了那個世界，會變得更幸福！）
2. 「まさかここまで進まないとは想像だにしなかった！」（根本沒想到會堵到如此地步！）
3. 「ですから、王女様、宜しければお座りください！」（所以公主陛下，不嫌棄的話請就坐！）

解說：「立ち往生」有一種「進退維谷」的語意，發音類似「立ち王女」（站着的公主），第 3 的梗就是源自於此。

題 22　**答案：**2

Q：「今日の授業は何も準備していなかったから、先生に指名されなくてよかったよ！」（今天的課堂甚麼都沒準備，幸好老師沒叫我答問題。）

1. 「そう、めっちゃもたもただったね！」（對呀，真 TMD 的慢吞吞呀。）
2. 「そう、めっちゃヒヤヒヤしたよ！」（對呀，真 TMD 的提心吊膽！）
3. 「そう、めっちゃパサパサだったよ！」（對呀，真 TMD 的乾巴巴到一個點。）

解說：「ヒヤヒヤ」源自「冷やす＝讓東西變得冰冷」，引申為害怕而出冷汗。

題 23　**答案：**3

Q：「わかった、これまでのことは水に流そう！」（好吧，那以前的事就既往不咎吧！）

1. 「かかって来いや！」（你放馬過來！）
2. 「どこか詰まってるでしょうからできないよ！」（應該是哪兒堵住了吧，無法做到！）
3. 「ほんとに許してくれるの？」（你真的肯原諒我嗎？）

解說：「水に流す」表示「把誤解拋入大海，從此不在記恨」，但也有人認為是「用聖水洗滌身上罪惡之際，把怨恨也一併洗掉」，這裏採用前者。

題 24　**答案：**1

Q：「これで一件落着だね！」（這樣事情終於有了着落！）

1. 「そうね、ようやく一段落ついたね。」（對呀，終於告一段落了。）
2. 「そうね、ほらよく『後悔先に立たず』と言うもんね。」（對呀，不是有「後悔莫及」這句說話嗎？）
3. 「そうね、まもなく到着だね。」（對呀，馬上就到了。）

解說：「一件落着」表示「事情有了着落 / 得到解決」，有些書譯作「大功告成」，其實不然，比如是一直困擾自己的一件事情終於搞定了，比起說「大功告成」，我們更傾向說「事情終於得到解決」吧！

題 25　**答案：**2

Q：「外人だからってなめるんじゃねーよ！」（不要以為我們是外國人就好欺負！）

1. 「しかし我々の口に合うと言わざるを得ない！」（但不得不說味道還挺合我們口味的。）
2. 「バカだから人に翻弄されても自業自得よ！」（都是一群笨蛋，被人愚弄也是咎由自取！）
3. 「やっぱり人間の感覚って揺さ振られ易いものだね！」（人的感覺嘛，畢竟還是很容易被他人所動搖的。）

解說：「なめる」除了「舔」以外，還有「輕視 / 欺負」的意思。

題 26　**答案：**1

Q：「あの店はずっと閑古鳥が鳴いてるってほんと？」（那家店一直門可羅雀，是真的嗎？）

1. 「まあ、コロナのせいでみんなそうなってるのよ。」（都怪新冠肺炎，到處都是一般蕭條 。）
2. 「あれは稀に見る生き物だよ！」（那是難得一見的生物呀！）
3. 「この季節ならではの風物詩なんじゃない？」（那是這個季節獨有的風情吧！）

解說：這裏的「閑古鳥が鳴く」用廣東話來說的話，俗稱「拍烏蠅」，有着異曲同工之妙。

題 27 **答案：**2

Q： 「久しぶり、あら、洋子ちゃん、また少し太ったんじゃない？」（好久沒見，咦，洋子，你好像又胖了？）

1. 「もう、そんなこと言っても何も出ないからね！」（真是的，雖然你這樣口甜舌滑，可我甚麼都不會給你。）
2. 「それはあんまりだよ！」（TMD，你太過分了！）
3. 「さあ、噂をすれば影。」（看！一講曹操，曹操就到！）

解説：如果想用「そんなこと言っても何も出ない」的話，對方必須誇讚你才行。另外，「噂をすれば影」直譯的話是「剛説起某個人的話題就看見他的身影」。

題 28 **答案：**3

Q： 「何かあったのかなと思って電話してみたまでだ。別にこれといった用事はないけど……」（我還以為你有甚麼事，所以給你打個電話而已，其實沒有甚麼要事的……）

1. 「じゃあ、いちいち怒るまでもないよ！」（那麼你也不需要每一件事都生氣吧！）
2. 「用事って、本当に必要な時に限ってないんだよね……」（事情嘛，總在需要他的時候就沒有……）
3. 「ご心配をおかけしましてすみませんでした。」（讓你擔心了，真不好意思！）

解説：這次 2 的「用事って、本当に必要な時に限ってないんだよね」雖然很奇怪，但如果把「用事」換成「お金 / もの」的話，那就合情合理，句式可以一記。

題 29 **答案：**1

Q： 「もう済んだことだし、根に持ってぶつぶつ言ってもね……」（事情已經過去了，你懷恨在心終日發牢騷也無補於事的……）

1. 「あれほど助言してあげたのに、飼い犬に手を噛まれるとは正にそういうことだね！」（我指點了他那麼多，到頭來所謂的「養虎為患」也正正如此……）

2. 「まだ終わってないから、調子に乗ってんじゃないよ！」（事情還沒結束，你別那麼囂張！）

3. 「言いたいことがあったら言ってごらん！」（你有甚麼事想說的就儘管說吧！）

解說：「根に持つ＝懷恨在心」、「ぶつぶつ＝發牢騷」和「飼い犬に手を噛まれる＝受被自己養的狗咬了＝養虎為患」都是些 N1 或 N1 以上的日常諺語，值得一記。

題 30 **答案：**2

Q： 「聢と頼んだぞ！」（那就拜托你了！）

1. 「はい、必ずしも。」（好，不一定。）
2. 「はい、畏まりました！」（好，遵命！）
3. 「はい、遺憾に堪えません」（好，萬分遺憾！）

解說：年紀大的日本人當委托他人做事時，很多時會用「聢と頼んだぞ！」直譯的話是「我確實的把事情交代給你了！」

題 31 **答案：**3

Q： 「国の建設により、長年ここに住んでいる地元の人たちも移転を余儀なくされて……」（隨着國家的發展需要，多年來住在這裏的本地居民也不得不面臨遷移……）

1. 「まさにめでたいことこの上ない！」（那沒有比這個更值得祝賀的消息了！）
2. 「移転だなんて失礼極まりないよ！」（說甚麼遷移？簡直是無禮至極！）
3. 「誠に同情の念を禁じえないよね！」（我不禁表示同情！）

解說：「極まりない」「禁じ得ない」都是 N1 經常出現的與情感 / 傾向有關的語法請參照本書 **52** 程度 / 傾向的表示①和 **39** 情感的表示②。

題 32 **答案：**3

Q： 「こんな物でよろしければ、お裾分けをさせていただきたいですが……」（你如果不嫌棄這樣的東西，我希望能就和你一起分甘同味……）

1. 「本当に頼もしい方ですね。」（你真是一個可靠的人！）
2. 「そこまでおっしゃらずとも……」（你不用把話説到那個地步吧……）
3. 「いつもご親切に！」（謝謝你經常對我這麼好！）

解説：在「お裾分け」是「把獲得的東西或利益和他人分享」的意思。「裾」指的是古代衣服的「下擺」，這裏暗示「不值一談的東西」，即「つまらない物」的意思。

問題 5

題 33　**答案：**2

男の人と女の人が話しています。

女の人：わあ、ここにあったじゃん、あたしがずっと欲しかったもの。
男の人：どれどれ？そっか、イヤリングか。
女の人：ずっと探してたの、たったの 50 万円だけだよ、高くないでしょう。
男の人：おいおい、ちょっと待ってよ、これは片っ方の値段でしょう！つまり倍になるよ。
女の人：ほんとだ。そりゃちょっと高いなぁ。あ、ほら見て！こんなデザインのネックレス、今年大流行よ。これが欲しいの。
男の人：ネックレスなら、先週ドレスと一緒に買ってやったばっかりじゃない？
女の人：だってデザインも違うし、色も違うから、着る服によってつけるものも違うでしょう。
男の人：わかったわかった、それいくら？
女の人：7 桁だけど……
男の人：へー、冗談冗談、アクセサリーを買う前に、まず俺名義の生命保険を買って ***、それから何らかの形で俺を死なせないとそんな大金は手に入らないよ。
女の人：なるほど、じゃあ、とりあえずネックレスを買わないで闇市場でピストルでも買っとこう。

男の人： おいおい、本当に殺す気か？まだ死にたくないよ。
女の人： あんたってホントにバカね。冗談に決まっているでしょう。
男の人： そんなことぐらいわかってるよ、お前の探偵ごっこに合わせてやっただけだよ。じゃあ、殺さないでくれた恩返しとして、薔薇の花をモチーフにした指輪をどうぞ。花びらもあるし、色も先週買ったドレスとすっごく似合うと思わない？
女の人： 口がうまいね。じゃあ、7 桁のネックレスは出世払いにしてあげるね。

*** 生命保険を買って：雖然「生命保険を買う」並非錯，無可否認一般來說買保險會多用「生命保険をかける」。但這裏「アクセサリーを買う前に、まず俺名義の生命保険を買って」，為了營造「不買 A，但買 B」的一種前呼後應，特意用「生命保険を買う」。

物事の意味を表すカタカナ語として、話しの中に出ていないのはどれですか。出ていないほうです。

1　設計
2　市場
3　飾り物
4　銃

男人和女人在說話。

女人： 哇，終於找到了，我一直都想要的東西原來在這裏。
男人： 哪一個？讓我看看！哦，原來是耳環。
女人： 這是我一直夢寐以求的東西，只需 50 萬円，不算貴吧！
男人： 喂喂，你等下，這只是一個的價錢，一對的話換言之要雙倍啊。
女人： 是啊，那麼的確有點貴呀。看這個，這種設計的項鏈，今年很流行啊！
男人： 但是項鏈的話，不是上星期買裙的時候一併給你買了嗎？
女人： 但是這款跟那款設計不同，顏色也不一樣。根據不同的衣服，所佩戴的東西也不一樣耶。
男人： 好了好了，多少錢？
女人： 7 位數啊……

男人： 不會吧，小姐你在開玩笑吧？！買首飾之前，我建議你先用我的名義購入人壽保險，然後再以甚麼方式也好讓我死了之後，你才能夠得到一筆巨款，才能買到！

女人： 對呀，那麼就先不要買項鏈，而是去黑市買把手槍好了！

男人： 喂喂，你真的忍心把我殺掉嗎？我還不想死！

女人： 你真是一個傻瓜，只不過是跟你開個玩笑而已。

男人： 這種水平的玩笑，誰也看得出來，我只不過是配合你的偵探演技而已。那麼為了報答你不殺之恩，我送這個玫瑰花形狀的戒指給你吧！上面既有花瓣，而且顏色和上星期買的裙簡直是絕配，你不覺得嗎？

女人： 你的嘴巴真甜，那麼 7 位數那條項鏈就等你將來名成利就後再買給我吧！

作為表示事物意思的片假名，在故事中未曾出現過的是哪一個？是未曾出現的。

1　設計（デザイン）
2　市場（マーケット）
3　飾り物（アクセサリー）
4　銃（ピストル）

題 34　**答案：**3

女性の警察と男性の容疑者が話しています。

警察： そろそろ真相を打ち明けてください。君こそカレーライスに毒を盛って無差別殺人を起こした犯人なんでしょう。

容疑者： はい、すごく後悔しています。

警察： じゃあ、ほんとに悪いと思ってるんですね。

容疑者： はい、無実な人たちに残虐極まりないことをしました。おまわりさん、死刑になるのは覚悟の上ですが、処刑される前に一日だけ釈放してもらえませんかね、いや、1 時間だけでもいいです。

警察： その間、何をするおつもりですか？ まだ生きている間に新鮮な空気でも思う存分吸おうと考えているんですか？

容疑者：いや、あんな贅沢なもの、私ごときなんかがいただく筋合いはどこにもありません。

警察：　じゃあ、最後にだれか会いたい人でもいますか？

容疑者：それが現実ならどれほど幸せだったことか！母親が亡くなってからというもの、天涯孤独なんです。

警察：　じゃあどうして？

容疑者：できれば若い頃に勤めていたコンドーム工場に潜入させていただいて……

警察：　で？

容疑者：「無差別殺人」を起こした人間であるがゆえに、針でこっそり穴を開けて、いささかではありますが、今度はせめて「無差別出産」を目指して手柄を立てたいんです。

容疑者は何のために一時放してもらおうと考えていますか？

1　母親のお墓に行くため。

2　最後に新鮮な空気を吸うため。

3　今後の社会に貢献するため。

4　以前働いてたところでもう一度働くため。

女警和男性嫌疑犯在說話。

女警：　差不多是時候把真相和盤托出了！你就是那個在咖喱飯中下毒，進行無差別殺人的兇手吧，不是嗎？

嫌疑犯：是的，我現在感到非常後悔！

女警：　這樣一來，你也認為自己做了件非常壞的事吧！

嫌疑犯：是的，我對那些無辜的人做出了極其殘忍的事情。警察小姐，我知道一定會被判死刑，同時亦心甘情願的受刑，但處刑之前，可否放我出去一天呢？不，一個小時也足夠了！

女警：　你打算在那段時間做甚麼？是不是想在有生之年盡情呼吸新鮮的空氣？

嫌疑犯：不，那種奢侈的事情，我這樣的人哪有資格接受？

女警：　那麼，莫非你有些想見最後一面的人？

嫌疑犯：如果有的話，你説那該是多麼幸福的事啊！但現實是，自從我母親離世之後，我是孑然一身，孤身走天涯！

女警：　那究竟為甚麼？

嫌疑犯：可以的話，請讓我潛入我年輕時候工作過的安全套工廠……

女警：　然後？

嫌疑犯：作為一個犯下「無差別殺人」的罪犯，我希望能偷偷地用針在安全套上扎開些小洞，以「無差別出生」為目標，對未來社會作出些微貢獻……

嫌疑犯為甚麼希望警察能放他出去一會兒？

1　為了去母親的墳墓。

2　為了呼吸最後一口新鮮的空氣。

3　為了對今後的社會做出貢獻。

4　為了在從前工作的地方再一次工作。

題 35.1 **答案：**1

題 35.2 **答案：**2

男の人（鈴木）と女の人（高橋）が会社で話しています。高橋さんは今どの部署で仕事をしていますか。

高橋：ああ、鈴木課長、お久しぶりです。来週異動されるそうですね。

鈴木：高橋さんじゃないか？ずいぶん久しぶりだな。そうなのよ、今度は品質保証部から海外貿易部になる。

高橋：うちの開発と課長の海外貿易ですが、これからはご一緒に働かせていただくチャンスが多くなりそうですね。

鈴木：そりゃそうだなぁ。ところで、高橋さんは営業部で積んできた経験が今役に立っているのかね？

高橋：そうですね、どのような態勢でお客様の声を聞いて、それを如何に新商品の開発に反映させるかという面では非常に役に立ってます。それにしても、あの頃仕事が異常なほど忙しかったのが新人のあたしにとっては大変でして、若気の至りでついつい上司に憧れの広報部に移らせてくれないかって聞いてしまいましたね。

鈴木： ハハハ、若い時は誰にでもそういう事はあるから、ドンマイドンマイ。そういえば、今度うちの海外貿易部は物流部と広告部と共同会議をすることになって、生産部は「納期が近いので、いま猫の手も借りたい状況だが、都合が付けば参加したい」とのことだが、今日の時点でまだ日程確認中だと聞いた。でね、開発部からも何人か顔出してもらいたいとすでに高橋さんの上司、山田課長にご連絡させてもらったんだけど、高橋さんも出られるのかね。

高橋： はい、明後日の打ち合わせのことですよね、大丈夫ですよ。むしろ、皆さんにお目にかかれるのを楽しみにしています。

質問 1

高橋さんは今どの部署で仕事をしていますか。

1　開発部

2　広報部

3　品質保証部

4　海外貿易部

質問 2

今度の共同会議は最大いくつの部署が参加することになりますか。

1　4つ

2　5つ

3　6つ

4　7つ

男人（鈴木）和女人（高橋）在公司裏說話。

高橋： 鈴木課長，好久不見了。聽說你下星期要調動部門呢。

鈴木： 那不是高橋小姐嗎？真的很久不見了。對呀，今次是由品質保證部轉去海外貿易部。

高橋： 那麼今後我們的開發部和課長的海外貿易部，應該有很多機會可以一起工作吧！

鈴木： 應該是吧。話說，高橋小姐你在營業部所積累下的經驗，對現在的工作有用吧！

高橋： 這個嘛，以一種怎樣的態度聆聽客人的聲音，然後如何反映在開發新商品這個層面上，我覺得是非常的有用。不過回想當初，那時工作異常的忙碌，對還是新人的我來說，實在是吃不消，年少氣盛的我，竟然向上司要求轉移去自己朝思暮想的廣告部工作，唉，真是太不成熟了！

鈴木： 哈哈哈，年輕的時候誰也會有一兩件這樣的事情，也不必太過介懷。話說，我們海外貿易部、聯合物流部和廣告部，計劃開一個共同會議，生產部那邊說甚麼：「因為交貨期很接近，現在處於一個非常忙碌的階段，但如果時間許可的話，也想參加！」然後聽說今天還在確認中呢。我已經聯絡了你的上司山田課長，希望你們開發部也能夠派幾個人來開會，高橋小姐你也能夠參加嗎？

高橋： 是的，是後天的那個聯合會議吧，沒問題呀！應該說我很期待和大家見面呢！

問題 1

高橋小姐現在隸屬於公司哪一個部門呢？

1　開發部

2　廣告部

3　品質保證部

4　海外貿易部

問題 2

這次的共同會議，最多會有多少個部門參加呢？

1　4 個

2　5 個

3　6 個

4　7 個

日語考試
備戰速成系列

日本語能力試驗精讀本

3 天學完 N1・88 個合格關鍵技巧

編著

亞洲語言文化中心
CENTRE FOR ASIAN LANGUAGES AND CULTURES
香港恒生大學
THE HANG SENG UNIVERSITY OF HONG KONG

香港恒生大學亞洲語言文化中心、
陳洲

責任編輯
簡詠怡

裝幀設計
鍾啟善

排版
辛紅梅

插畫
張遠濤

中譯
陳洲

錄音
陳洲、陳文欣、杜欣榫、洪玉儀、嚴嘉慧

出版者
萬里機構出版有限公司
香港北角英皇道499號北角工業大廈20樓
電話：2564 7511　　傳真：2565 5539
電郵：info@wanlibk.com
網址：http://www.wanlibk.com
http://www.facebook.com/wanlibk

發行者
香港聯合書刊物流有限公司
香港荃灣德士古道 220-248 號荃灣工業中心 16 樓
電話：2150 2100　　傳真：2407 3062
電郵：info@suplogistics.com.hk
網址：http://suplogistics.com.hk

承印者
中華商務彩色印刷有限公司
香港新界大埔汀麗路 36 號

出版日期
二〇二二年十一月第一次印刷

規格
特 32 開（210 × 148 mm）

ISBN 978-962-14-7449-0